天津社会科学院 2013 年度重点课题

天津社会科学院学术著作出版基金 2016 年度资助项目

科论丛

城市的文学书写

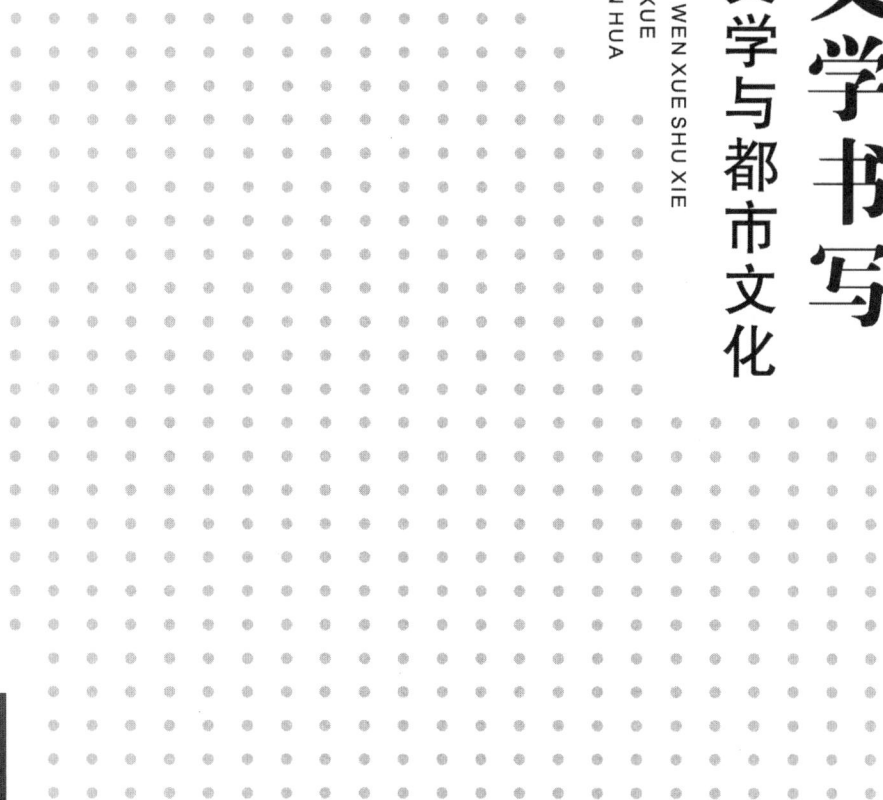

■

闫立飞 著

CHENG SHI DE WEN XUE SHU XIE

TIAN JIN WEN XUE

YU DU SHI WEN HUA

天津文学与都市文化

图书在版编目（CIP）数据

城市的文学书写：天津文学与都市文化 ／ 闫立飞著
. -- 天津 ：天津社会科学院出版社，2016.9
ISBN 978-7-5563-0300-7

Ⅰ．①城… Ⅱ．①闫… Ⅲ．①文学研究－天津 Ⅳ.
①I209.921

中国版本图书馆CIP数据核字（2016）第235206号

出版发行：天津社会科学院出版社
出 版 人：钟会兵
地　　址：天津市南开区迎水道7号
邮　　编：300191
电话/传真：（022）23360165
　　　　　（022）23075303
网　　址：www.tass-tj.org.cn
印　　刷：高教社（天津）印务有限公司

开　　本：787×1092 毫米　　1/16
印　　张：21
字　　数：339 千字
版　　次：2016年9月第1版　2016年9月第1次印刷
定　　价：68.00 元

目　　录

第一编　长篇小说与天津

第二编 天津作家与作品

序一

文学研究：地域意识与文化自觉

王之望

　　闫立飞的专著《城市的文学书写：天津文学与都市文化》即将出版。应该说，这是天津地域文学研究领域的新突破、新跨越。

　　20世纪末、21世纪初，天津社会科学院文学研究所在深化科研改革的进程中，毅然将科研重心向"地理空间"和"地理时间"倾斜，以本土文学资源为主要研究对象，着力为地方社会、政治、经济和文化发展服务。短短十几年，天津文学研究全面铺开，成效斐然，硕果累累。郭武群的《天津现代文学史稿》、张宜雷的《图说20世纪天津文学》、张元卿的《民国北派通俗小说论丛》、孙玉蓉的《天津文学的历史足迹》、王玉树的《鲁藜传论》、刘宗武的《孙犁研究论文集》等专著先后问世。凝聚全所科研智慧和心血的集体著作，如《回眸与前瞻——天津文学面面观》《天津作家论》《天津文学新论》《三星丽天——天津与京、沪文学比较论》《天津作家纪念文集》《天津文学史》等陆续出版。与此同时，研究人员还在重要学术报刊上发表了大量学术论文。毫无疑义，在天津文学研究这一学术领域，这些成果无论在学术深度上还是在涉猎广度上都是前所未有的，为天津文学的进一步研究奠定了坚实的基础。

　　然而，一种科研方向和学科的设定，必然意味着在某种程度上对科研人员个人兴趣与才华形成一定的规约。所以，个别年轻科研人员对地方文学研究往往一开始会感觉有点不大适应。难得的是，闫立飞从高校甫一跨入社科院大门，就极其敏锐地对地域文学研究有着清醒深刻的认识。他十分认同"中国文学从源头上就与地理结缘"的理念，在他看来，区域文学不仅是"重绘中国文学地图"的基本组成部分，而且也是地方性意识建构与地方性知识增长的重要途径，尤其在经济一体化的背景下，文学对于推进地方经济社会发展的作用显得更加突出。天津作为中国北方经济重镇和国际化港口大都市，其文学发展具有独树一帜的优势和特点，是天津丰富的历史积淀和地域文化的重要标志和有机构成。对天津文学进行历史回顾和总体发掘，展现天津文学创作的整体面貌、独特成就和基本特征，无论是对于提升本土文化的自信心和创造力，还是对于丰富和深化整个中国文学的认识，都具有莫大的积极意义。多年来，闫立飞以极大热忱和聪明才智全力投入天津文学研究，在个人学术研究、全所学科规划和科研组织等各方面都有特殊贡献。《城市的文学书写：天津文学与都市文化》的出版，则是其学术个性中地域文化意识的再确证。

闫立飞治学观念开放，思维灵活，敏于转益变通。回溯天津文学研究历程不难看出，既往的天津文学研究有成绩也有缺陷和不足——因袭专业学术规范，局囿于从文学到文学的科研模式，致力作家作品研究、文学史的研究。这种研究当然具有其无可非议的基础性和必要性，而且在任何时候这种研究都还将会继续下去，但其弊端是，很难在更加广阔的学术视阈中探究文学发展的真谛。而检阅闫立飞的专著《历史的诗意言说》和已发表的大部分论文则会有一种与众不同的新的发现，即他很早就注意把文学研究纳入时代与文化的框架之内，力图将文学的研究上升到文化的研究，或者说从文化学的高度审视和考察文学发展。《城市的文学书写：天津文学与都市文化》是在天津文学研究原有基础上的一种大胆尝试和突破，不仅是文学研究中地域意识的体现，更是高度文化自觉的集中展示。

《城市的文学书写——天津文学与都市文化》从长篇小说与天津、天津作家与作品和天津文学与文化三个方面对天津文学与都市文化进行研究和阐释。长篇小说不仅是天津城市现代性的集中展示和媒介，而且通过传播与阅读，在市民当中创造现代城市的想象共同体。它以《新新外史》《小扬州志》《津门艳迹》《海河春浓》《血溅津门》《都市风流》六部长篇小说为线索，以样本个案分析了20世纪以来不同时期天津城市的性格特征、文化面貌和空间构型，以及从传统商贸城市向社会主义工业城市、新时期新型城市的发展历程。其次，天津作家群体的构成，与城市开放包容格局的形成具有高度一致性。以中华人民共和国成立后三个不同时期的六位代表性作家——孙犁、梁斌、王林、蒋子龙、冯骥才、秦岭为案例，分别对其杰出的艺术成就、精神价值及其对城市文化面貌构建产生的深远影响展开深入解读。再次，文学是城市性格联想与想象的一个基本途径和方式。缘此途径，在津、沪双城镜像中解读林希市井和家族小说对都市文化的重构和文化认同，在乡土、市井与工业化的图景中分析文学天津的基本特征与形象构成，从老城区与五大道的转换中探索城市意象的流转，从"新村"想象中寻找从工人新村到城市世纪危改的文化动因及由此导致的新市民群体的诞生，这些也是解读当下城市叙述焦虑症和重塑城市现代文化根源的基本途径。

不言而喻，《城市的文学书写：天津文学与都市文化》以天津文学研究为主导，将文学研究与社会学、历史学和文化学的研究结合起来，将文学研究与城市文化、社会转型紧密联系而作综合审视和思考，为文学研究开辟了一条崭新的路径，极大地拓展了文学研究的层次和深度，不管是从研究内涵的深化还是研究方法的创新上，都值得我们予以高度评价。

闫立飞正当盛年，科研生涯来日方长。正因为如此，我们有理由对他今后的学术登攀与成就抱有更高的期许。同时，也期待他所领衔和带领的科研团队不断壮大成长，整体优势更加彰显，在学术界产生更大影响。

序二

文学与城市的双重变奏

李锡龙

　　近年来，都市文学研究越来越受到中国现当代文学研究界的重视，尤其是把城市与城市文学相关联的研究逐渐成为关注的热点。如香港、北京、上海等城市，被发掘出走向"现代"过程中的文学想象。关于天津的文化记忆也开始受到重视，得到了初步的整理和研究。闫立飞研究员专注于天津文学与城市文化研究，他的著作《城市的文学书写：天津文学与都市文化》发掘了"城市天津"与"文学天津"之间的关联，梳理了二者之间的相互"塑造"关系，全面展示了现代以来天津文学的发展与城市文化的建构。

　　《城市的文学书写：天津文学与都市文化》涉及的内容时间跨度较大，从中国现代到当代，从天津文学到天津文化，几乎囊括了天津近百年的文学与都市文化。如第一编从20世纪上半叶的通俗小说到中华人民共和国50年代的天津工业小说、新时期的革命通俗小说以及都市题材与景观小说，以样本个案形式分析了二十世纪以来不同时期天津城市的性格特征、文化面貌和空间构成，以及从传统商贸城市向社会主义工业城市、现代与后现代城市的发展历程。第二编"天津作家与作品"，从抗战作家到改革文学作家、新世纪作家，涉及了天津三代的代表作家与作品，他们作为天津的主要作家，直接关涉和影响到都市文化的建构。第三编"天津文学与文化"中，不仅以天津文学作为想象城市的方法，从"意象"角度研究都市和城市形象的变迁，而且对新世纪天津文学创作存在的问题及其出路做了探讨。该著视野开阔,涉及历史、文学、社会的转型,内容丰富、厚重,具有较强的历史感与时代特色。

《城市的文学书写:天津文学与都市文化》的一个显著特征是,以天津文学作品为依据,从解读作品出发,在文学作品中寻绎和发掘天津都市文化的内涵。如在《新新外史》中探询近现代报纸副刊与现代长篇小说的关联,及其与近现代城市文化的内在联系。通过对《小扬州志》"方志"书写解读近代天津人物、故事与民俗风情,以及空间、地点与城市性格。在《津门艳迹》中寻找和还原津门混混儿的行为特征、文化心态与英雄"艳迹"。在《海河春浓》中通过作家与书写的转型、工人的教育与转变,描述天津城市工业化的同时,刻画出社会主义城市的工业图景。在革命通俗小说《血溅津门》中,通过话语分析与城市空间的重新构形,在沟通历史和唤醒城市记忆的同时展现了城市传奇性的一面。在《都市风流》中,通过城市空间的再生产,对新的都市景观和都市经验进行了重点分析,再现了新的都市文学景观的构建过程。以上六部长篇小说不仅从一个方面勾勒出20世纪天津文学的基本轨迹,而且以文学的方式参与了近现代天津城市史的建构,成为天津城市史和都市文化史的有机组成部分。该著的观点和立论都有着坚实的文学基础,而非空泛立论,这也是该著具有学术性与可读性的根源所在。

目前,在已公开出版的天津文学与文化的研究专著中,类似的著作并不多见,《城市的文学书写:天津文学与都市文化》为天津文学与都市文化研究填补空白、开了好头。相信后继会有年轻学者沿着此路继续开拓。

序三

都市文学与文化研究的新成果

刘卫东

在城市文学与文化的论述框架中,天津作为最早开埠的城市之一、北方最重要的通商口岸、地方洋务运动的中心和重要工商业城市,虽然一定时期内受到不恰当的忽视与遮蔽,但随着研究的深入,其作用与地位越来越被人们所认识。闫立飞研究员长期致力于天津文学与文化研究,他的著作《城市的文学书写:天津文学与都市文化》以文学与城市为两个中心点,从长篇小说与天津、天津作家与作品和天津文学与文化三个层面对"天津文学"与"文学天津"进行阐释与研究,不仅描述了近现代以来天津文学发展的轨迹,而且对天津城市意象的构成与形象的变迁做了理论解读。该著在推动天津文学与城市文化研究发展的同时,也为丰富和完善中国都市文学与文化研究做出了贡献,是都市文学与文化研究的新成果。

《城市的文学书写:天津文学与都市文化》视野开阔,视角新颖、独特,立论稳妥、扎实,结构合理,层次分明。在第一编"长篇小说与天津"中,作者以文学为视角,从《新新外史》《小扬州志》《津门艳迹》《海河春浓》《血溅津门》《都市风流》等六部作品中,发现不同时期天津的文化面貌与城市性格,细致深入,多有"文学视角"中的发现。比通常意义而言的"津味小说",发生了从"人"到"城"的学术理念变迁。第二编"天津作家与作品"通过对孙犁、梁斌、王林、蒋子龙、冯骥才、秦岭等六位作家及其作品的批评与研究,勾勒当代天津文学大致轮廓的同时,以

"文学视角"为天津城市开放进取与多元包容的城市性格与文化精神的形成寻找到一个注脚与解释。与单纯的作家与作品研究相比,更注重发掘地域与空间的作用与影响,发生了从"时间"到"空间"方法论的试验与转向。第三编"天津文学与文化"以城市为中心,把天津文学作为想象城市的方法,在"镜像""意象"与"形象"等不同层面分析城市文化的构成。如在林希小说的市井与家族双重记忆与想象中探索城市镜像,并在津沪城市的对比中发现城市话语背后的认同危机;通过民国北派通俗小说、新文学、工业题材小说和"津味小说",探索文学中天津从乡土、市井到工业化变迁的轨迹与链条;从老城区与五大道的对比中重构都市的意象及其现代意识的生成机制;从工人新村到城市世纪危改中描述城市形象的变迁及城市自我的更生。城市既是文学的归宿与栖息地,也是文学再出发的起点。城市与文学在"镜像""意象"与"形象"等关键词的映射中获得了同频共振。作者在深入到文学与城市内部的同时,也使这一论述本身获得了方法论的意义。

《城市的文学书写:天津文学与都市文化》起点较高,根基厚实,分析透彻、深刻,参阅资料充足,以充足的材料和翔实的论述探究了20世纪以来天津文学及城市的性格、文化风貌和空间构形,深化了人们对天津文学和城市的认识。从某种程度上说,该著弥合了都市文化与天津文学研究之间的裂痕,从文化、文学与都市的内在关联的角度推动了这一领域的研究,是这一研究领域的重要成果。

导　言

　　随着城市化进程的加快和大都市计划的兴起，人们越来越多地卷入到城市中，城市作为现代性的重要表征，已然成为我们个人和国家命运不可分割的部分。城市与文学之间的关系越来越受到人们的重视并成为文学研究的一个重要领域。瓦尔特·本雅明在《发达资本主义时代的抒情诗人》一书中，从漫游者的外在视角研究了文学与城市之间的关系，指出"在波德莱尔那里，巴黎第一次成为抒情诗的题材"，该著不仅是研究文学中城市的开始，而且为城市文化研究提供了最富于启示性的起源和参照。理查德·利罕的专著《文学中的城市》则以内在视角揭示了文学与城市之间的"共生关系"，他认为，"城市的兴起与五花八门的文学运动有割不断的联系，尤其是与小说和继之而起的叙事模式——喜剧现实主义、浪漫现实主义、自然主义、现代主义和后现代主义——的发展有着千丝万缕的联系"，并以此为主线对以伦敦、巴黎、都柏林、纽约等为中心的欧美城市进行了文学解读。就国内文学的城市研究来说，以赵园的《北京：城与人》、张英进的《中国现代文学与电影中的城市》、李欧梵的《上海摩登》和陈平原、王德威编的《北京：都市想像与文化记忆》等海内外学者的研究著作为代表，这些著作在敞开城市文学性，展现城市与文学之间联系的同时，也为我们开启了理解城市和解读文学的新路径。但是，相对于文学的城市研究主要集中于上海、北京这两个城市，而天津却受到有意无意遮蔽与忽视的事实，《城市的文学研究：天津文学与都市文化》提出了天津现当代文学与天津城市的问题,即把文学的城市研究延伸至在近现代有着重要地位和影响的天津,企图从文学的角度探索和描述天津城市的历史与文化的构形。

《城市的文学书写:天津文学与都市文化》从长篇小说与天津、天津作家与作品和天津文学与文化三个方面对天津文学与都市文化进行研究和阐释。

第一编　长篇小说与天津

长篇小说是天津文学的一个重要方面,现代长篇小说的出现与城市的现代转型几乎同时发生,以现代报纸副刊连载作为载体的长篇小说,不仅是天津城市现代性的一种重要标志和媒介,而且通过传播与阅读,在市民当中创造现代城市的想象共同体。本编以《新新外史》《小扬州志》《津门艳迹》《海河春浓》《血溅津门》《都市风流》六部长篇小说为线索,以样本个案分析了 20 世纪以来不同时期天津城市的性格特征、文化面貌和空间构形,以及天津从传统商贸城市向社会主义工业城市转型,并在新时期走向现代与后现代城市的发展历程。

第二编　天津作家与作品

天津作家群体的构成,与城市开放包容的性格具有高度的一致性。1949 年以来,解放区作家孙犁、梁斌、王林等人不仅创造了天津文学的巅峰,而且为天津文学版图和文化样态增添了新的内容和形式。本编分析了作为知识分子的孙犁对其创作的影响,梁斌的文学成就与精神遗产,以及王林对历史的"原生态"展示和见证,他们的创作为天津文学现实主义主体形态的构成及城市务实性格文化面貌的形成具有重要作用。蒋子龙、冯骥才是新时期以来天津文学的代表人物,秦岭是新世纪以来具有一定实力和发展潜力的新锐作家。本编对蒋子龙从开拓者到思想者的发展历程进行了分析,对其改革文学对国家现代化想象进行了阐释,同时对其新作《农民帝国》做了较为详细的解读。对冯骥才的早期散文做了分析,指出其现代主义向文化保守主义发展的内在痕迹和基本逻辑,以此解读《怪世奇谈》对城市文化和津味小说的贡献与推动。分析了秦岭的教师经历对其创作的影响,及其长篇小说《皇粮钟》的基本特征、中短篇小说的试验色彩。1949年后三个不同时期的六个作家,构建了天津文学的基本面貌,并影响到都市文化的建构。

第三编　天津文学与文化

天津文学是想象城市的一个基本途径。缘此途径,可以在津、沪双城镜像中解读林希市井和家族小说对都市文化的重构和文化认同,在乡土、市井与工业化的图景中分析文学天津的基本特征与形象构成,可以从老城区与五大道的转换中探索城市意象的流转,从"新村"想象中寻找从工人新村到城市世纪危改的文化动因及由此导致的新市民群体的诞生,这些也是解读当下城市叙述焦虑症和重塑城市现代文化根源的基本途径。新世纪天津文学,在经历20世纪90年代危机之后,在变革与开拓中呈现出新的生机。这也是天津文学与都市文化的希望所在。

《城市的文学研究:天津文学与都市文化》力图弥合天津文学研究与都市文化之间的裂痕,从文学的文化研究中为文学与城市寻找和探索一条互文性的内在平衡。本研究仅是一个开端,不仅在个案研究中存在着偏颇,而且在综合研究中也有不足之处。总体结构虽较平衡,但个别章节存在着失衡现象。这些不足都是以后需要深入研究的地方。

第一编　长篇小说与天津

第一章　《新新外史》:报刊连载与长篇小说

第一节　报纸副刊与现代长篇小说

20 世纪天津长篇小说的出现、发展与繁荣,与天津现代报刊业的发达有着明显的关系,可以说是现代报刊业发展的结果。

据史料记载,1886 年 5 月天津第一份中文报刊《时报》创刊。1897 年,严复、夏曾佑、王修植创办天津第一份中国人自办报刊《国闻报》。此后,天津的报刊业发展迅速,各种报刊如雨后春笋般地出现,据统计,"天津在旧中国曾出现过中文报刊 1190 种(报纸 291 种,期刊 936 种),外文报刊 39 种(包括英、日、俄、法、德文等);通讯社 61 家;广播电台三十多个……曾先后出现过一批声名显赫的报刊和一大批著名报刊政论家、新闻工作者及报刊经营者。这些报刊有:《国闻报》《国闻汇编》《大公报》《益世报》《商报》《庸报》等。重要人物包括:严复、梁启超、雷鸣远、张季鸾、胡政之、范长江、萧乾、徐铸成、王芸生、曹谷冰等"①。就其发行量来说,"到 20 世纪 30 年代初,天津发行报纸 30 余种,总发行量超过 29 万份,本地发行 18.7 万份。如果按当时天津有阅读能力的人计算,日均 2.5 人就有一

---

① 冯并:《中国文艺副刊史》,北京:华文出版社 2001 年版,第 2 页。

份报纸。这还不包括多如牛毛的各种小报"①。可以说,报刊业的繁荣使天津成为近代中国北方的新闻中心。

　　报刊业的迅速发展奠定了天津在中国新闻传播史的重镇地位,同时促进了文学的发展,一个主要的标志就是文艺副刊的崛起。有论者指出,近代中国报刊业的发生,固然与西方列强的文化入侵有着密切关系,但它的发展则适应了"变法图强"的民族需求,因此,"报纸一开始就不仅负担着传播新闻的使命,也必然地成为传播知识、启蒙思想的工具。在我国,商业化报纸和消闲性副刊不是主流,占有主流地位的是具有强烈政治色彩的报纸和富于思想性的副刊"②。这些占有主流地位具有强烈政治色彩和思想性的报纸及副刊,虽然其寿命往往较短,但是这些报刊的影响往往较大。如《国闻报》在《本馆附印说部缘起》一文中指出:"本馆同志,知其若此,且闻欧、美、东瀛,其开化之时,往往得小说之助。是以不惮辛勤,广为采辑,附纸分送。或译大瀛之外,或扶其孤本之微。文章事实,万有不同,不能预拟;而本原之地,宗旨所在,则在乎使民开化。"③其在突出文艺副刊启蒙作用的同时,特别强调小说的社会性功能,这对于提高小说在文学中的地位和副刊连载小说的出现起到了重要作用。

　　文艺副刊的崛起与小说取代诗文占据文学的主要地位几乎同时发生。小说由过去被鄙视的边缘文体一跃而成为"文学之上乘",与康有为、梁启超等维新志士对政治小说的呼吁是分不开的。梁启超在 1898 年发表的《译印政治小说序》中说:"有不读经,无有不读小说者。故六经不能教,当以小说教之。正史不能入,当以小说入之,语录不能喻,当以小说喻之,律例不能治,当以小说治之"。他还指出,"在昔欧洲各国变革之始,其魁儒硕学、仁人志士,往往以其身之所经历,及胸中所怀,政治之议论,一寄于小说","往往每一书出,而全国之议论为之变,彼美英德法奥意日本各国政界之日进,则政治小说为功高焉"④。1902 年梁启超

---

① 俞志厚:《1927 年至抗战前天津新闻界概况》,《天津文史资料选辑》第 18 辑,天津:天津人民出版社 1982 年版。

② 冯并:《中国文艺副刊史》,北京:华文出版社 2001 年版,第 8 页。

③ 几道别士:《本馆附印说部缘起》,《国闻报》光绪二十三年(1897)10 月 16 日至 11 月 18 日。

④ 梁启超:《译印政治小说序》,《清议报》第一册,1898 年 11 月 11 日。

在日本发起"小说界革命",振臂一呼,应者云集。当时的小说杂志都在模仿《新小说》,其效果连梁启超自己后来都深感惊讶①。以梁启超为代表的维新派早期激进文学观,"直接影响到报纸副刊的发展,即在政论性报纸发生之时,文艺便作为不可分割的一部分登上报坛"②。

报刊面对的是市民大众,它在思想启蒙和知识传播之外也存在着自身的生存与发展问题,因而报刊也有着俯就与迎合大众文化趣味的一面。特别是文艺副刊,有着明显的消闲性特征③。这也是民众文化水平及其文化需求所决定的。"1925年天津人口超过100万,80%以上是工厂和手工作坊里的非熟练工人、商店店员、小商贩、手艺人、仆役以及游民、难民,多半是靠出卖劳动力来维持生计。天津虽然是中国北方最早接受西方近代文化的窗口,但生活在社会底层的平民百姓,对于文化的需求偏重于实际和通俗化"④。为了迎合市民百姓的兴趣与需求,20世纪20年代,天津许多商业性的报刊先后恢复和设立消闲性的文艺副刊,如《益世报·益智粽》《庸报·天津卫》《北洋商报·游艺场》《天津商报·杂货店》《华北晚报·华灯》《东方时报·东方朔》等,尽管各报副刊水平不一,但都展现了"旧文学、旧思想"的"趣味主义"。《新民意报》曾刊文批评过这一倾向,"常常听到很多人讲,本报的第三张太干枯了,应该加些滑稽文章、侦探小说,才有兴趣。不错,在这种商业化的天津,要想宣传文化,要想使一般人向光明的路途上去,的确是一件不容易的事。但是我总不明白社会一大部分的看报人——尤其是商人——为什么用一种游戏的消遣的态度去看报,玩视那神圣的纯洁的言论?而一般只知谋刊的新闻报纸,处处只要迎合阅者的心理,把神圣而纯洁的新闻事业变为供人们娱乐的游戏品。世界思潮怎样趋向,他们亦不管;国民的责任怎样重大,他们亦不管,只是终日地在报纸上,以逛窑子为雅事,以捧坤角为清高,去迎合一般人们的劣根性,我们处在怎样黑暗的天津社会里,假使我们的良心还活着,就应该更加努力,使处在这沙漠般的天津社会上的人们,看到一些文化之

---

① 袁进:《中国文学的近代变革》,桂林:广西师范大学出版社2006年版,第38页。
② 冯并:《中国文艺副刊史》,北京:华文出版社2001年版,第8页。
③ 郭武群:《报纸文艺副刊的消闲性》,《天津大学学报(社会科学版)》2008年第4期。
④ 徐景星:《近代天津报业概述》,《天津文史资料选辑》第96期,天津:天津人民出版社2003年版。

光"。文章呼吁,"决不愿把那种消遣式的文学登在报上,供人们为消遣品,使中国永远为进化道上的落伍者。我们很诚恳的希望社会上的人们大略看一看世界各国进化的程度,同时回想我国的近状,起来自决"①。

《新民意报》的批评,从另一个方面证实了天津消遣性文艺报刊的发达。报刊文艺副刊迎合大众的一个主要方式就是小说连载,以小说故事激发大众的阅读兴趣,如《天津日日新闻》曾连载晚清著名的小说《老残游记》。天津报刊连载小说主要经历了两个阶段,在天津本土作家出现之前,报刊一般选用外埠报纸的作品,如1915年10月1日创立的副刊《益世报·益智粽》,刊载小说大多来自上海《时报》《申报》《新闻报》的作品,如《无肠公子》《魂灵世界》《辫子大会》等;随后,原创作品开始出现在报纸副刊中,并逐渐增多,如《相面谭》(滑稽小说,病骸著)《华胥梦》(理想小说,蕊子著)《魔王之血》(历史小说,瘦鹃著)等。但是,这些选载和原创小说多为应景游戏之作,"这是小说作为民众娱乐消遣工具之始的一种时髦运作",而《益世报》在其早期最大的贡献,"便是连续推出了多部本土作家所撰的长篇通俗小说的连载",如董濯缨的长篇历史小说《新新外史》、董荫狐的长篇社会小说《换形奇谈》。其他报刊也纷纷推出长篇小说连载,如《大公报》推出了潘凫公的长篇市井小说《人海微澜》,《新天津报》推出了评书剑侠小说《三剑侠》《雍正剑侠图》,《商报》推出了刘云若的长篇小说《旧巷斜阳》等,"这些作品不但为创办初期的报纸赢得了极大销路,而且也为萌芽时期的北方通俗小说创作带了生机,更为日后天津乃至华北通俗小说的繁荣培养积聚了人才"②。报刊连载既是天津长篇小说生产的主要方式,也是民国时期天津长篇小说的主要特征。

---

① 《本刊今后的趋向和任务》,《新民意报》1923年8月1日。
② 倪斯霆:《旧人旧事旧小说》,上海:上海远东出版社2010年版,第59至61页。

第二节　作为现代历史演义小说
"罕见之作"的《新新外史》

1920 年,《益世报》副刊《益智粽》开始连载董濯缨的小说《新新外史》,至 1932 年结束,历时 12 年,全书共 101 回。作者在 1936 年《〈新新外史〉发刊全书小引》中叙述了该书写作与出版经过:"《新新外史》小说,刊登《益世报》,肇始于民国九年,循已故刘濬卿先生之请也。蝉联继续,直至二十一年始登竣,岁星盖一周矣。十五年曾出版甲乙两集,十八年续出丙集,亦仅及七十回而止,自七十一至百回,仍无专书与世人相见也。上年春间,馆中执事,倡印全书,商得鄙人之赞同,从头整理之,错误矛盾之处,均经修改,已由排字房逐日排印。唯以人工不敷,难免迟滞,自李渡三经理继任,百度维新,对《新新外史》出版事,尤为注意,指定专工赶作,限于本年九月底出书,并登广告,发售预约。以定价之低廉,购者云集,全书二百余万言,不难克日观成,著者亦与有荣焉,颠末如上。"①"一部作品持续连载了竟十二三年,到出全集之时,依然'购者云集',这恐怕在中国文学史和出版史上都是绝无仅有的现象。"②这一"绝无仅有的现象"本身与《新新外史》文本一道成为可供分析的文化样本。

《益世报》创办伊始,发行量并不稳定,1920 年,经理刘濬卿请该报编辑董濯缨创作连载《新新外史》,以吸引读者,扩大发行量。《新新外史》以真人真事的方式完整地展现了清末(1905 年)至袁世凯复辟帝制失败(1916 年)这 10 多年间的社会历史的"风景画",尽管人物大多用了化名,如称袁世凯为项子城、刘坤一为牛揆一、张之洞为庄之山、段祺瑞为段毓芝、冯国璋为冯国华、黎元洪为李天洪、李莲英为李得用、吴炳湘为吴必翔、宋教仁为宋樵夫、张作霖为章春林、章炳麟为臧炳文等,由于是晚近发生的事件和故事,读者一眼便可以辨出人物的原

① 濯缨:《新新外史》,长春:吉林文史出版社 1987 年版。
② 陈子平:《中国近代通俗历史小说史略》,成都:四川民族出版社 1996 年版,第 174 页。

型，因而刊出后大受欢迎。吴云心在《〈新新外史〉重刊序》中说："一九二三年间，我在学校读书时，看到天津《益世报》，很喜欢看它的副刊《益智粽》。记得最清楚的是《新新外史》……我当时家贫，无力订阅报纸，只是抽工夫在学校图书馆看看，以后离开学校，便没有接着看了。等到一九二八年间，我由同学介绍到天津《益世报》作记者。在报社编辑部，看到一位老者，干瘦、驼背，坐在一张办公桌前，埋头写作。有人介绍说这是董老，董郁青先生，就是写《新新外史》的濯缨先生。"从谈话中吴云心得知，"他年轻时在北京交际是相当广泛的，他知道许多事情。原来，他是满族，北京通县人，青年时可能中过举，对民初袁世凯做总统时的社会情况比较熟悉，对国会议员活动亦很知情，但究竟他作过什么工作，我没有问过。当时北昆在天津演出，他提出荣庆社来滔滔不绝，特别对荣字辈演员更为熟悉，如陈荣会、张荣秀都是他欣赏的演员。对于韩世昌、白云生也很赞扬，特别是对白玉田、王益友有更多详细的评论。至于京戏，他一谈必是谭叫天、杨猴子、路三宝等，看来他年轻时是一个经常看戏的人……董郁青以天主教徒中文化水平较高的文人，在报社从写社论到编副刊、写小说，无所不能，应该说是'五四'以后直到1937年抗战开始，在天津新闻界一位知名的人物，而他写的《新新外史》则是他一生呕心沥血之作。今日看来，虽然书中所述，不尽是历史事实，观点也不尽正确，但据他自己说，许多事是他耳闻目睹的。我和他接触当中，谈到往事，他是不厌其详，但不是漫无边际地夸夸其谈，看他所写的恐怕还都是当时的传闻，当然写小说采用传闻，是允许的。而且，传闻中难免也会有些真实的"。他评价该书，"《新新外史》终究是一部实拍拍的大作品，其中多有一些历史价值的材料"，"当视为以现代历史故事写演义小说的罕见之作"①。

小说采用了"集锦式"结构，作者在小说第十六回中自述，"因为这一部《新新外史》，乃用的是流水体裁，一回事说完了，便要另换一事。一个人讲罢了，便要别易一人，与那抱住一人一事，直叙到底的，迥乎不同。所以这部书虽然很长，在看的人，并不觉得讨厌，同《官场现形记》是一样的精神"②。鲁迅先生批评《官

---

① 吴云心：《〈新新外史〉重刊序》，见《新新外史》，长春：吉林文史出版社1987年版。
② 濯缨：《新新外史》，长春：吉林文史出版社1987年版，第246页。

场现形记》，"头绪既繁，脚色复夥，其记事遂率与一人俱起，亦即与其人俱迄，若断若续，与《儒林外史》略同。然臆说颇多，难云实录，无自序所谓'含蓄酝酿'之实，殊不足望文木老人后尘。况所搜罗，又仅'话柄'，联缀此等，以成类书；官场伎俩，本小异大同，汇为长编，即千篇一律"①。《新新外史》虽属联缀"话柄"的"类书"，但较之同类作品，"《新新外史》毫无油腔滑调、哗众取宠之处，更没有庸俗的低级趣味，纯然一片正气"，其所以能吸引广大读者，"全凭政坛风云和有关的传说本身具有的趣味性"②，也即是在于小说故事本身的丰富内涵和历史的真实性。在《新新外史》中，作者再现了一个真实富有历史趣味的清末民初的社会景象，该著可以说是一部当时社会的"百科全书"。

第三节　《新新外史》与晚清官场

晚清政治之腐败，于官场为甚。茂苑惜秋生在《〈官场现形记〉叙》中指出："限资之例，始于汉代，定以十算，乃得为吏。开捐纳之先路，导输助之滥觞……沿至于今，变本加厉：凶年饥馑，旱干水溢，皆得援救助之例，邀奖励之恩；而所谓官者，乃日出而未有穷期，不至充塞宇宙不止。"③《新新外史》以翔实的笔法描述了晚清衰败腐朽的政治，从官场的角度刻画了大厦将倾时刻的世人行为心态，深刻揭示了王朝覆灭的必然缘由。清朝末年，不断加剧的内忧外困使其处在风云飘摇，政权随时面临崩溃的绝境，即便如此，最高统治者却仍在搜刮民财、贪财纳贿、卖官鬻爵，挥霍透支政治信用，视国家公器为穷奢极欲之私有财产。如第七、八回描写慈禧太后借六十五寿辰"开门纳五千万金寿礼"一事，"这位太后虽然才气很大，却有一宗毛病，就是爱财如命。每月内务府给她进十二万两银子作为点心费，她老人家一个也用不着，全都存在内库。她这内库同她的寝宫彼此接连，一共是九间，有五间专存银子，有两间专存金子，有两间专存珍珠钻石、碧玺翡

---

① 鲁迅：《鲁迅全集》第九卷，北京：人民文学出版社 2005 年版，第 292 至 293 页。
② 张赣生：《民国通俗小说论稿》，重庆：重庆出版社 1991 年版，第 183 页。
③ 茂苑惜秋生：《官场现形记》，上海：世界繁华报馆 1903 年版。

翠、各种奇珍异宝。她每日必要开开库自己检点一回，把金银珠宝等摩弄几番，才算过了她的财迷瘾。内务府每月明进的，她兀自于心不足，又派宦官出去兜揽官缺。最著名的山海关织造各种旗缺，每年全有千八百万的进款。这种缺非内务府人是不能得的，自己够了资格还得托太监，向皇太后打通了关节，至少得要孝敬三五十万，然后此缺才能到手。其余督抚司道也是大卖特卖，言不二价，童叟无欺。所以皇太后的私蓄真有敌国之富，没想到庚子之乱，两宫出走，联军进京，大好的一座皇宫全被人占据了。他们倒不客气，把皇太后的内库私囊全给搬运一空。及至回銮以后，痛定思痛，对于丢失的这一笔财时刻不能去怀，总要变着方法儿，仍然恢复原状。但是急切之间哪能立刻如愿，今年恰赶上六十五岁的万寿，算是有了发财好题目"①。寿辰完毕，"太后把礼单细细核算，一共京官外官，金银宝物通共算起来，足值五千万两。虽然补不足庚子以前的数目，也勉强可抵三分之一，自然心满意足"②。

流风所及，上行下效，官职在晚清成为谋求财富的终南捷径，油水丰厚的官位作为稀缺资源更是候补官员们追求的对象，他们耗费巨资、通过各种门路获取这种"阔缺"，"在前清时代，全国最著名的阔缺就是粤海关监督、杭州织造、长芦盐政、两淮盐政这四个缺。每年全有几百万进款"③。福海为了获取长芦盐政的缺，花了五十万的运动费。祥呈（即瑞澂）花了二十万银子换取苏松太兵备道职衔，该道俗称上海道，"因为代管关税，又管买金磅还洋债，其中出入甚大"，凡作过这个缺的，如盛宣怀、吕海寰、袁树勋等，其收入皆富逾千万，所以，这个"道缺"人事更迭频繁，"向来上海道没有作满二年的"④。广西作为边远省份，巡抚章凤周自称"规规矩矩做官，不敢胡乱想钱"，每年还可以剩"七八十万"，在京城，他拿出一百五十万两银子的巨款贿赂恩王义匡（即庆亲王奕劻）等人，换取了一个两广总督的头衔。罢职官员瑞方（即端方）为谋求复出通过伶人田际云穿针引线奔走于恩王义匡门下，向义匡行贿白银 40 万两，谋得督办铁路的钦差大臣

① 濯缨：《新新外史》，长春：吉林文史出版社 1987 年版，第 94 页。
② 濯缨：《新新外史》，长春：吉林文史出版社 1987 年版，第 105 页。
③ 濯缨：《新新外史》，长春：吉林文史出版社 1987 年版，第 470 页。
④ 濯缨：《新新外史》，长春：吉林文史出版社 1987 年版，第 930 至 931 页。

一职。这四十万是瑞方的倾家之财,但田际云却为他算了一笔账:"你(瑞方)如今虽拿出四五十万来,眼前就可以得复原官;再加上督办铁路的钦差大臣,这一趟走出去,至少也能弄到百八十万,这便是对合的利息;你到了湖北四川,说不定摄政王一喜欢,便放你该省的总督,一帆风顺,不定赚多少钱回来。这四五十万,算得甚么?"①瑞方在此前的两江总督的任上,曾侵吞二百万淮北赈捐善款,当时淮北一代大闹水灾,田园庐舍被大水冲没,溺死者不下数万人,流离失所有一二百万之众,"露天席地,嗷嗷待哺,困苦情形,真是难以笔述"。瑞方见钱眼开,置灾民生命于不顾,套取和侵吞设募捐来的赈灾款。晚清官员贪婪堕落之丑态与政治生态之恶劣,由此尽显。

晚清重臣奕劻之贪财,为时人所诟病,许指严在《十叶野闻》中写道:"庆王奕劻之贪婪庸恶,世皆知之,其卖官鬻爵之夥,至于不可胜数。人以其门如市也,戏称之曰:'老庆记公司'。上海各新闻纸之牍尾,无不以此为滑稽好题目。盖前此之亲王贝勒,入军机当国者,未尝有赃污贪墨如此之甚者也……庆之政策无他谬巧,直以徇私婪贿为唯一伎俩。较之树党羽以图权势者,犹为未达一间。其所最喜者,多献礼物拜为干儿,故门生、干儿满天下。然门生不如干儿之亲也。"②《清史稿》中载有御史蒋式瑆弹劾奕劻的奏折:"户部设立银行,招商入股。臣风闻上年十一月庆亲王奕劻将私产一百二十万送往东交民巷英商汇丰银行收存。奕劻自简任军机大臣以来,细大不捐,门庭如市。是以其父子起居、饮食、车马、衣服异常挥霍,尚能储蓄钜款。请命将此款提交官立银行入股。"③《新新外史》详细生动地描述了奕劻的贪婪及其招权纳贿之行径,展示了这位贪鄙圆滑的末代宰辅鲜活的性格特征,小说第四十二回写恩王义匡和二福晋斗蛐蛐玩,赌资为吉林巡抚朱宝田(即朱家宝)八月节汇来的两万元"节敬",赌输了钱的恩王对二福晋发牢骚说:"你们妇人家,就知道爱钱。你要知道这两万块钱,不是容易拿的,这是他作巡抚的保险费。摄政王爷同皇太后,那时要问到他,我得撒谎调皮,替他

---

① 濯缨:《新新外史》,长春:吉林文史出版社1987年版,第984页。
② 许指严:《十叶野闻(下)》,上海:国华书局1917年版,第100至101页。
③ 赵尔巽等:《清史稿》第30册,北京:中华书局1976年版,第9098页。

说许多好话。你如果拿了去,我就不管了,以后摄政王爷再问到他,你去回话吧。"①项子城拜恩王为师,"一份赞见礼便是二十万雪花白银,每年三节两寿,三万五万的随时孝敬"②。各省的督抚也不敢怠慢恩王,"得时刻有驻京的人员前去探听消息。比如府里想置办甚么物品,京员得着消息,赶紧置办齐了,托管家大人送进去,说这是某省某督抚孝敬老王爷的,务必请赏脸收下……有时王爷提起谁来,意思是想用钱,要三万五万呢,京员得着信,立刻就给送进府去,然后再去信报销。如果数目太大了,就即刻去电报请示,那边回电,叫照拨,京员便即刻由银行拨过"③。义子田际云因官司亏了三千多元,且戏园子生意惨淡,恩王就特许他来拉"官纤","你看有甚么人运动差缺,不妨替他说一说;我但能为力的,必然为力,借此就可以调剂你了"④。恩王义匡二十年军机大臣的显赫权势,造就了他的敌国之富和清王朝不可挽回的衰亡。

第四节　王朝覆灭的教训与反思

《新新外史》揭示官场腐败叙述王朝衰亡的同时,也对覆灭的原因与教训进行了总结反思,在讽刺与揶揄中寄予了同情。

小说描述了贵族上流社会的风貌,展现了其生活的奢靡与精神的堕落。由于承平日久生活优渥,八旗特权贵族子弟早已丧失祖辈的尚武进取精神而沦为耽于享乐的寄生食利阶层,不再具有管理国家和应对大事的能力。恩王义匡劝诫儿子载兴(即载振)要建功立业时说:"你要知道,咱家的天下不牢固了,那汉人队中一个强赛一个的,全是跃跃欲试。听说近来海外还闹着甚么革命,为首的孙文、康有为全合在一起,要与大清为难,再看看我们旗人,终日睡生梦死,就懂得吃喝玩乐,抽大烟,能学两口叫天儿,还是安分的上流人物呢! 甚么叫政治? 甚

---

①　濯缨:《新新外史》,长春:吉林文史出版社 1987 年版,第 822 页。
②　濯缨:《新新外史》,长春:吉林文史出版社 1987 年版,第 106 页。
③　濯缨:《新新外史》,长春:吉林文史出版社 1987 年版,第 982 页。
④　濯缨:《新新外史》,长春:吉林文史出版社 1987 年版,第 976 页。

么叫外交？甚么叫军事？谁懂的呀？你如今年富力强，也在国家大事上，稍稍用一点心，将来我死了，你也作几天军机大臣。"①然而纨绔子弟载兴并没有因其父的劝勉改过自新，依然荒唐如故，悠游玩乐、沉迷嗜好、不务正业，即便出使英国贺英皇加冕，也不忘借滞留天津之际收纳歌伎谢宝珊（即歌伎杨翠喜）为妾，从而因违反皇室规定遭弹劾而辞去农工商部尚书一职。

其他皇亲国戚王公贵族同样荒唐不羁，以吃喝玩乐为能而疏于政事。摄政王载丰（即载沣）的两个弟弟载询（即载洵）和载滔（即载涛）两人各有自己的癖好。"载询专讲口腹之欲，一日三餐，非常的讲究。凡各省甚至各国出名的中西菜品，他全要亲口尝过，比较高低。并且他还有一样绝技，凡调和五味，煎炒烹炸，满汉全席，中西大餐，凡厨子应有知识技能，他是无一不精，无一不晓。每逢满汉大员宅中办甚么婚丧大事，他总是戴着宝石顶子，穿着四开气八团龙的袍子，杏黄缎八团龙马褂子，打扮得很威武的。不拘谁看见，都知道这必是亲王贝勒，怎敢不格外恭维。哪知这位爷进门之后，同主人略作周旋，他便要打听厨房在哪里……此时但听刀杓乱响。这位大贝勒在厨房中，实地试验这代庖的技艺，果然炒的菜另有滋味。等炒过几样来，他的瘾也过足了，便将炒杓向旁边一放，将油裙解下来。侍卫赶忙把帽子替他戴好，马褂替他穿好，他摇摇摆摆的，仍旧走入客厅……凭一位堂堂的贝勒，光绪皇帝的亲弟弟，宣统皇帝的亲叔叔，偏要去当厨役，这不是自轻自贱吗？然而性之所好，自然是乐此不疲。按说摄政王既知道胞弟是这种材料，最好派他管御膳房，才算是用当其才；哪知这位王爷真是奇想天开，硬派这位乃弟管理海军处……其实海军是个甚么东西，有甚么用处，他连影儿也不知道。"②载滔更出格，摄政王派他到通州检阅军操，这位痴迷于唱戏玩票的王爷，操持着全套演戏行头，把军演场当作唱戏的舞台，硬要三军跟他改学和演练"中国操"，"这时锣鼓齐鸣，催他上场。这位贝勒爷，先抄起金背刀来，大踏步趟马式的跑了一个回合，然后将这刀舞上舞下，一招一式的，练了许久功夫。果然抬腿动脚，全与锣鼓点相合，一切姿势非常好看。看的人不知不觉齐

①　濯缨：《新新外史》，长春：吉林文史出版社 1987 年版，第 123 页。
②　濯缨：《新新外史》，长春：吉林文史出版社 1987 年版，第 600 页。

齐喊了一声好。贝勒爷从叫好声中,将家伙收住"①。在文武官吏的喝彩声中,这位王爷通过实地试验他在艳阳楼学到的绝技而过足了戏瘾,着实把军队戏弄了一次。用载询、载滔这样的人掌管国家的军队,虽说是维护清政府的无奈之举,但其做法无异于自取灭亡。

一些贵族出身的封疆大吏痴迷嗜好,庸碌无能,昏聩颠顸,玩忽职守。河南巡抚宝芬(即宝菜)癖好服饰,"单夹皮棉纱,分门别类,连花样全不许重,约略计之,总在一百箱以外","他因为衣服多,所以特用了四名家人,专门替他掌管衣裳,各箱子的钥匙是随身带着。他一天不定要换几遍,要换甚么,伸手就得拿来,迟了片刻,他便要发脾气。所以他一生的精神,完全用在衣服上了"。在京时曾同本部的司官某甲,"赌穿衣服要一样的材料,二十天不许重复"。他作了河南巡抚,"到任之后,别的事一概不曾提倡,唯有对于属员的衣服问题,确是励精图治,不肯草率。他每逢传见属员,必要演说一回……自宝芬这一提倡,河南官场的风气为之一变,上至司道,下至杂佐,身上的衣服,无不崭然一新"②。因此,朝廷命宝芬监察罢官在籍项子城的动向而藉此准备查办时,项子城投其所好,拿出一件世所罕见的金丝猴皮袄,便把他收买了,并闹出"六月披裘"中暑晕倒的闹剧。作者对此议论道:"项子城拿出一件金丝猴皮袄,便将这天大的事化作烟云,枭雄的手段,诚然不可企及。但是旗人的贪小利忘大事,完全无用,也就可想而知了。"③被称为"赛和峤"的两湖总督祥呈(即瑞澂)对钱更是有着特别的癖好,他对家人说:"我必须凑足千万之财,才能罢手。古人说和峤有钱癖,我自信就是和峤重生。"④他对自己的七姨太分析为官之道:"咱们做官的人,得先讲钱,不能先讲面子。比如一样的钱,给这个不给那个,这就叫面子。要是一个钱不花,不要说干姊妹,便是亲姊妹,不怕姨太太过意……没有钱也不成功。"⑤湖北新军本已军心不稳,祥呈却昧于形势,肆意克扣军饷,终日变着方法在军队里敲钱,"凡营官以

① 濯缨:《新新外史》,长春:吉林文史出版社1987年版,第608页。
② 濯缨:《新新外史》,长春:吉林文史出版社1987年版,第577至578页。
③ 濯缨:《新新外史》,长春:吉林文史出版社1987年版,第597至598页。
④ 濯缨:《新新外史》,长春:吉林文史出版社1987年版,第930页。
⑤ 濯缨:《新新外史》,长春:吉林文史出版社1987年版,第946页。

上的,每月全有报效,如其不然,便即刻撤差,毫不客气"。其胡作非为的直接结果就是武昌起义的发生。

清王朝败亡的最终原因还在于其自身的彻底腐朽和政治的堕落。作为最高统治者的慈禧太后及其周围的王公大臣,即便在王朝倾覆之际,其所关心的仍是个人的享乐问题,仍沉浸在太平燕乐之中。庚子年间,两宫出走西安,路遇伶人郭宝臣迎驾,慈禧太后赐其四品顶戴,即刻组织班子到御前演戏,好给"他老人家"解闷。郭宝臣担心陕西地方"没有人会唱二簧",凑不够演员。不过郭宝臣的担心是多余的,没过几天,北京的王公贝勒都来了,"他们这些人全是文武昆乱,六场通头。到了以后,便加在戏班中终日演戏,给皇太后开心。敬亲王同通将军善演胡生,信贝勒、浪贝勒善演武生,其余各样角色,无一不备。皇太后开心极了,却忘了乘舆播迁,天子蒙尘,清朝的宗社怎会不墟?"[1]作者董濯缨的感叹带有"怒其不争"的意味,同时也借谭鑫培之口对这一现象进行了批判:"难道说唱戏还当得了军国大事吗?假如我姓谭的,要是天潢贵胄,处在这样时局,办正事还办不过来,不要说学戏,连听戏也没得功夫啊!"连伶人都明白的事情,大清王朝的统治者却不明白。即便如此,这些满族权贵不思改进,颟顸愚昧,持续加强集权专制统治,以排斥汉人官员来维护自身血统的纯洁,这便彻底损毁了政权的基石。正如庄之山所言,"从前皇室虽然偏向满人,到底还知道他们无用。遇着大事,还是依靠咱们汉人。如今可不然了,这一班后起的亲贵,看他们满人,个个全是擎天玉柱,架海金梁,文能安邦,武能定国;看我们汉人,全是眼钉肉刺……恨不将汉人做官的,全部诛杀净尽,俱换了他们满人方才觉着放心。防家贼的手段,一天比一天厉害;哪知汉人革命的思想,也就一天比一天坚深。早晚老成凋谢,再没人替他敷衍维持。这一群昏天黑地的满官,放手为之,毫无顾忌。一遇有人发难,便立成土崩瓦解之势,还愁不宗社为墟吗!"[2]排汉集权的结果不仅导致汉人官员的离心离德,而且也导致满族贵族内部的分崩离析,从而加速了王朝的灭亡。

---

① 濯缨:《新新外史》,长春:吉林文史出版社1987年版,第453页。
② 濯缨:《新新外史》,长春:吉林文史出版社1987年版,第829页。

第五节 《新新外史》与近代城市文化

作为报载通俗小说,《新新外史》因《益世报》这一近代传播媒体的刊载和市民大众的接受而得以问世与存在,其本身就是近代城市文化的一个有机组成部分。小说在传播的过程中,除了讲述演绎历史故事满足大众文化需求之外,还表达了作者对城市现实生活的看法与立场,如在七十二回董濯缨借艺人王玉峰的穿戴与排场对北京城市的特性进行了剖析和批判,"北京城一个卖艺的,全有这种排场。其习气之腐坏,可想而知。无论甚样的伟大人物,只要请他在北京住上三年,保管能与北京人同化,这是一点儿也不会错的……要说北京城,一切饮食起居,周旋酬酢,及所有悦目赏心,及时行乐的场合,宗宗样样,全与人类恶根性的嗜好,吻合无间。而且来的非常自然,全无丝毫勉强。凡居处在这里的,纵有贲育之用,也决然拦不住这种浸润滋灌。始而尚能矜持,及至日子长了,便觉着无一不适,这同化力就算成功了。不要说本国人逃不出,便是东西洋人,凡在北京住过五年以上的,你看罢,多少总要带一点中国的官气,并且举动也疏缓了,决没有迫不及待的样子……由这上看起来,北京实在不是一块好地方。要想成大事业,千万不可恋居此土"①。老北京城市文化的一个主要特点是它的同化力,"这也是一种'风教':北京以其文化优势,使外乡人变土著俨若'归化'"②。董濯缨对北京城市做派与习俗的批判,从反面印证了老北京的魅力,这种魅力同化和吸引着几乎所有曾经居住过北京的人。萧乾在《北京城杂忆·游乐街》中指出:"说起北京的魅力来,我总觉得'吸引'这个词儿不大够。它能迷上人。著名英国作家罗德·艾克敦三十年代在北大教过书,编译过《现代中国诗选》,还翻译过《醒世恒言》。一九四〇年他在伦敦告诉我,离开北京后,他一直在交着北京寓所的房租。他不死心呀,总巴望着有回去的一天。其实,这位年已过八旬的作家,

① 濯缨:《新新外史》,长春:吉林文史出版社1987年版,第1656至1657页。
② 赵园:《北京:城与人》,北京:北京大学出版社2002年版,第142页。

在北京只住了短短几年,可是在他那部自传《一个审美者的回忆录》中,北京却占了很大一部分篇幅,而且是全书写得最动感情的部分。"①

对于天津,作者同样采取了批判的立场,他以北京为参照对其城市特性与习俗进行了分析。作者借瑞方(端方)公子瑞琦在南市三不管寻找花莺莺之际说道,"原来天津风气与北京不同。北京是全国第一首都,讲的是里阔外不阔。无论甚样的阔人物,只要到了北京,便也平平常常,显不出甚么声势来。许多公子王孙,达官显宦,身上只穿两件洋布衣裳,在地上随便走路,也不坐车。可是到了园馆居楼,班子下处,那些里门的,一见面就认得,老远便招呼几爷几爷,请安问好,恭维的了不得。要不是他们素常认识的,你便穿一身云锦霞缎,驾着驷马高轩,他也只照寻常应酬,决不肯刮目相待的。这乃是北京下等社会的惯例,差不多久住北京的全都知道"②。至于天津,可就大大不然了。因为天津是商埠,"纵然有阔人,也不过是浮来暂去。至于老土著的阔客,是很少的。所以养成下等社会一种势利眼,对于来游的客人,专在衣服车马上留意,居然分出三路九等来。比如你来的时候,驾着汽车,穿一身华丽洋服,或是时花时色的袍子马褂,再有两个护兵,或是长班随着。你看吧,那看门的,便如接着黑虎财神一般,又是欢迎,又是害怕。立时提高了嗓子,一声吆喝,恨不将全院子的人全叫出来,好迎接贵人。这是头一等的。要坐马车来,便是第二等了。坐包月胶皮是三等。坐现雇人力车,是四等。至于安步当车的,在他们眼里,是最下等,也可叫作不列等。连招呼一声也没有了"③。这一分析,准确反映了天津作为码头开埠城市"利"字当先、以貌取人、唯利是图、笑贫不笑娼的市民习性。

其次,小说对天津城市市井生活进行了较为详细地描述,这主要集中在具有代表性意义的戏园场馆。小说第十一回描写贝子载兴从英法归来滞留天津,在段毓芝的引领下到各戏园观看演出:"此时天津各园子的戏,正在男女合演,人才鼎盛时代,男的有刘鸿升、李吉瑞、白文奎、双阔亭、尚和玉、苏廷魁一班角色,女的有小兰英、金月梅、恩小峰、冯子梅、小连芬、张凤仙几个名伶"。段毓芝向载兴

① 萧乾:《北京城杂忆·游乐街》,北京:人民日报出版社1987年版,第44页。
② 濯缨:《新新外史》,长春:吉林文史出版社1987年版,第1271页。
③ 濯缨:《新新外史》,长春:吉林文史出版社1987年版,第1272页。

特别推荐中华园："各园子的戏，你全听烦了，今天到中华听一听落子。他那里有王鸿宝的大鼓，德二姑娘的二黄，全都很好。并且今天晚上，刘宝全也来了，他的大鼓是海内第一人，都奉为大鼓中的谭鑫培。"①第八十三回写社会团领袖田见龙南市的见闻，"拉车的如飞一般，转眼拉到南市牌楼底下……（田见龙）便顺着丹桂茶园，一直向西。见来来往往，游人很多。他是穿了这条街，又进那条街，出了这个胡同，又进那个胡同，所有大街上的买卖，多半以饭馆、戏园、澡堂、娼嫽占多数。见龙走到一家戏园门口，见门外的报单上，列着一尺大小的金字，有甚么金月梅、张凤仙、小达子、何翠宝等。他不觉心里一动，想在上海的时候，虽听过几回戏，总不曾见过么甚好的角色，如今适逢其会，来到这个戏园子门前，久已闻名金月梅，是坤伶花旦中一个最老的角色，小达子、何翠宝、张凤仙，听说也都很好"②。沪上难得一见的名角，田见龙却在天津的戏园子中都碰上了，可见天津戏曲文化之发达。

小说中提到的中华园和丹桂茶园分别位于天津南市的旭街和平安街，是以莲花落演出为主业的戏园。中华园建于光绪年间，最早是一座席棚，名为中华茶园。光绪二十七年十二月初一（1902 年 1 月 10 日），翻盖为青砖灰顶楼房，座位为长条木椅，两廊及楼上是长凳，由魏德元、朱德庆、李文元三人集资银圆 2000 块合股经营，与权乐落子馆、群英落子馆、华乐落子馆合称为"南市四大部"。因该园地势适中，交通便利，地处南北要道，生意一直不错。丹桂茶园建于 1910 年，园子不大，仅容 600 余名观众。1912 年 6 月 10 日，鲁迅先生曾到该园观看新剧。20 世纪 20 年代改称丹桂戏园，演出京剧和河北梆子，汪笑侬、苏廷魁、小菊芬、金玉兰等名角都曾在此演出过③。

戏园场馆的出现，与清末民初天津市民阶层的形成以及由此导致的城市文化兴起有着密切的关系。天津的地方文化成型时间较短，在历史上既没有形成深厚的地方文化积淀，也没有出现过文化强力集团，但作为"路通七省舟车"的水旱码头，却处在南北文化交流的要冲。特别是进入 20 世纪以来，天津城市人口

---

① 濯缨：《新新外史》，长春：吉林文史出版社 1987 年版，第 154 页。

② 濯缨：《新新外史》，长春：吉林文史出版社 1987 年版，第 1960 页。

③ 周利成，周雅男编著：《天津老戏园》，天津：天津人民出版社 2005 年版，第 217 至 219 页。

空前增多,大量来自北方靠出卖劳动力来维持生计的社会下层涌入天津,他们推动城市发展的同时,也把发源于乡村各地的戏曲与曲艺带到了天津,"有的最终在天津形成了正式的艺术流派,有的在天津成熟或'走红',从而使天津成为世俗艺术产生的摇篮"①。戏曲与曲艺在城市的流行,促进了通俗文化在天津的繁荣,形成了以戏园曲艺消费为主导的下层市民文化,这也标志着近代城市文化的发生。《新新外史》通过"从新人新事着笔",借这批清末以来具有留学背景的"新人"展开历史画卷,并由此牵引出一批风云人物:革命家、政治家、军阀、皇族,展开引人入胜故事情节的同时,"为我们勾画了一副风俗画——一副腐朽破败的图画"②,这既是那个畸形社会的写照,也是近代城市文化滥觞之时的真实状况。

---

① 罗澍伟主编:《近代天津城市史》,北京:中国社会科学出版社1993年版,第625页。
② 竞鸿:《灌缨和他的〈新新外史〉》,《参花》1987年第8期。

第二章 《小扬州志》："方志"书写与文学天津

第一节 刘云若与《小扬州志》

《新新外史》对天津城市生活的描述，仅仅是长篇小说叙述天津城市的开始，其意义在于为城市开创了一种新的文学文化形式。刘云若（1903－1950）的《小扬州志》以天津城市作为其叙述的对象与主体，把天津完全纳入到长篇小说之中，则代表作家地域意识的觉悟和"文学天津"的开端。

刘云若之所以能写出《小扬州志》这样具有城市主体意识的小说，与其底层生活经历和对城市底层市民的同情与关心是分不开的。著名报人徐铸成在《张恨水与刘云若》一文中，一方面批评中国报载小说"大抵都是在报刊上随写随登的急就章"，一方面高度评价刘云若的报载小说。他说，"我在天津工作时，看到《商报》和《新天津报》等刊载刘云若的长篇小说，极为惊奇，看到他的笔触极细致，刻画人物极生动，特别是描写天津下层社会的生活，真可说入木三分"。同时，他也描述了刘云若的生活与写作状态，"一位《大公报》的记者和他很熟识，据他告诉我，刘的生活潦倒，每天有大部分时间流连在'三不管'附近的小馆中。他为几家报纸写章回小说，总是要报馆派人到小烟馆中去坐索。在他吞云吐雾过足了瘾后，坐起身，要了一方手纸，就着烟灯，密密的蝇头小楷写完一张纸，即交给索稿的人，拿回去排出，总是恰恰排满预留的地位"。他还转述了郑振铎的评价,"1949 年 3 月,在由香港赴解放区的船中,曾和郑振铎先生讨论近年出版的章回小说。他对刘云若的作品也极口推许,认为他的造诣之深,远出张恨水之上。我向他介绍所耳闻的关于刘的生活和写作情况,对于刘同时写几个长篇小说,而又如此仓促写作,何以能情节、人物互不错乱,也绝少敷衍故事、草率成篇的痕迹,表示很惊讶。振铎先生说,这是首先由于刘对当时的下层社会,各个方面,有深刻的切身体会,在所遭遇的各色人物中,早已抽象出各种典型。其次,他在一榻横陈时,早已把各个小说的故事、布局,了然于胸,并构思其具体情节的演变,所以,他能一挥而就"①。从徐铸成的回忆文字中,大致可以看出刘云若的生活经历和文学成就及其影响。

　　不同于一般通俗文学作家,刘云若对于自己的创作,有着清醒的认识和较高的期许。他既为传统旧文学辩护,认为其可以和新文学并存和一较高低,"吾人曾作过故纸堆中的蠹鱼,习染很深,以后虽大受新潮激陶,仍然不能不恋旧时骸骨。常觉着举世诟病的死文字,固有它新鲜活泼的精神,精微深妙的运用,足以和新文学并存,不必偏废"②。同时刘云若也总结自己创作的特点及其影响的渊源,他在《〈酒眼灯唇录〉自序》中指出:"当初为此道,仅以游戏出之,不谓倏忽今兹,竟以此为资生之计。非有所长,盖舍此无他道矣。退笔如山,厌人坐老年光,可胜叹哉!然鄙陋之文,虽难言著作,妄灾枣梨,幸不为社会所薄,嗜痂日众。余既感读者爱护期许之殷,又复以此资生,宁敢不敬所业。乃更自课程功,求学养成旧集新编,广阅历乎人情世态,期能功力暗增,如春水日涨一篙,渐臻进境。虽不敢望张章回小说之军,亦庶得稍免纯盗虚声之诮。然数年刻苦,至境如何,尚不自知。迨撰《酒眼灯唇录》,乃致力以赴之,虽仍日写数百言,杂凑成篇,终难惬意。然世间大雅,奖励纷来,皆谓为功力最纯之作,精整锤炼,为以前所未有。余虽惭恧不敢自承,迨取旧作观之,仍深觉其芜陋。因知数年刻苦用心,绝非无益,且益信境不限人,学无止境之言。余已逾中年,且工作日无暇晷,然得暇开卷,便有见贤思齐之思,殚心努力,或得颉颃时贤。然时贤之上,有古人焉,古人之外,

---

① 徐铸成:《旧闻杂忆》,香港:生活・读书・新知三联书店香港分店 1980 年版,第 116 至 117 页。
② 刘云若:《"神心""劲儿"与"味儿"》,《北洋画报》1935 年 8 月 8 日。

有外人焉,又何年得比肩曹(雪芹)施(耐庵),而与狄(却尔司·狄更司)华(华盛顿·欧文)共争短长乎? 孜孜求进,犹恐不足,瞻望前途,弥觉辽远,且往贤名著,罗列当前,惭汗不遑,而何暇沾沾自喜也……"①刘云若欲把旧文学提升到"足以和新文学并存"和希望"比肩曹施,而与狄华共争短长"的抱负,使其具有了古今中外的文学大视野和良好的创作基础,使得其早期小说《小扬州志》能在报载小说创作中脱颖而出,成为大家关注和评品的对象。而自刘云若小说问世,"天津报纸上始有天津人写的能与北平的张恨水相抗衡的小说"②。这也从另一方面佐证了郑振铎的评价。

《小扬州志》于1932年初开始在天津《中华新闻画报》连载③,1933年3月由天津中华画报社出版,该书包括了《小扬州志》的前4回,十八万字。1941年天津书局在接续前4回的基础上出版8回本,即《小扬州志》的全本。作者在第一回目中特别强调了创作该小说的动因,"在下近年来,左作一篇小说,右作一篇小说,如今又是一篇来了,怎样说呢? 记得有一个人能说六国语言,人家问他哪一国话说得最好,他回答是中国话最为精熟。这是实情,因为他是中国人啊。于是在下既是中国人,又是用中国字写中国事,便不盲从当代名家,把中国人写成外国式,因而也不能使担水卖菜的人,说话都有些西洋哲学家意味,这是我于读者最抱歉的。至于这一篇该说些什么呢? 俗语说'秀才不出门,便知天下事',在下不敢吹牛,倘若早生三十年,大约可以在天津弄个一品大秀才玩玩,譬如有人问我:你这秀才,对天下哪一处事最为明白呢? 那我只能告诉他:对天津的事知道得最为亲切。如此说来,在下既是中国治下天津生长的人,似乎不必好高骛远,另去混说什么,好照样谈谈天津好了,所以就写了这一部《小扬州志》"④。刘云

---

① 刘云若:《〈酒眼灯唇录〉自序》,《酒眼灯唇录》,天津:生流出版社1941年版。

② 吴云心:《吴云心文集》,天津:天津古籍出版社1990年版,第592页。

③ 《中华新闻画报》与1931年3月创刊的《中华画报》曾在1932年、1933年"共同发行",如《中华画报》1932年1月29日刊载"本报订阅价目":"本报附在中华新闻画报共同发行,两报合订半年只收洋五元,全年十元。单独订阅每期零售五分,本报每二十期一元,四十五期二元,一百期四元,国内邮费在内,国外加邮票代作洋九五折计费。"《中华画报》1932年12月26日刊载《小扬州志》预约出版广告,"津门小说家刘云若,为中华新闻画报著《小扬州志》一书,登载年馀,深受读者热烈欢迎,现将初集重加润饰先印单本,隆重预约,计全书十八万言,于二月十五日出书"。

④ 刘云若:《小扬州志》,天津:百花文艺出版社1986年版,第2至3页。

若作为"出于旧学界而输入新学说者"①的开明知识分子,不仅对西方文学有一定的了解和认识,对自己的创作有着相当高的企望,而且他并未因新文学的兴盛而妄自菲薄,坚持以自己擅长的话语方式写作自己熟悉的人和事,这就使得他在新旧文学之间寻找到一个平衡点。从某种意义上说,《小扬州志》就是这一平衡点的典型样本。

第二节 作为"小扬州"的天津

作为天津旧称的"小扬州"一词,源自于清代著名诗人张问陶(1764～1814)的名句"二分烟月小扬州",此句见于《船山诗草》卷四《出山小草》,即《咏怀旧游十首》中的一首,诗末注"天津":"记曾孤艇送残秋,潞水盈盈绕郭流。十里鱼盐新泽国,二分烟月小扬州。衣冠谁醒繁华梦,江海遥通汗漫游。欲指三山挥手去,只愁风力引飞舟。"②张问陶在诗中把天津比作二分烟月的"小扬州",并怀念其十里鱼盐泽国的"繁华梦","小扬州"由此成为天津的一个重要别称。

天津之所以被称作"小扬州",与其当时作为北方盐运中心的经济地位及盐商文化的繁盛有着密切关系。有论者指出,"张问陶将天津称作'小扬州',绝不仅仅指两地景色相似,而是这两座城市相近的经济、文化特征的准确概括。比起建城仅有600年的天津来,扬州的资格要老得多,它有着将近两千五百年的建城史。扬州在历史上几度辉煌,成为中国数一数二的经济文化中心。明清时期,扬州是两淮盐运漕运中心,万商云集,富甲天下。从张问陶写'二分烟月小扬州'上溯一百多年间,即'康乾盛世',扬州文化达到了历史的顶峰,扬州园林、扬州八怪、扬州评话、扬州美食、扬州漆器、扬州学派等,无不璀璨夺目。而此时的天津,也恰好进入了文化的成熟期,成为堪与扬州媲美的北方名城。唐代诗人徐凝《忆扬州》有'天下三分明月夜,二分无赖是扬州'的名句,将天下月色划为三分,而将

① 觉我(徐念慈):《余之小说观》,《小说林》第十期(1908年)。
② (清)张问陶撰:《船山诗草》,北京:中华书局1986年版,第101页。

其中二分归于扬州;张问陶的'二分烟月小扬州'即化用徐凝诗句,亦可见天津当时的繁华殷盛。此外,行销淮盐的扬州,与行销芦盐的天津,都是极为重要的盐运中心。两地盐商云集,且通过大运河沟通联系,有着共同的盐商文化底蕴。这无疑也是把天津称作'小扬州'的重要原因"。该论者由此得出,"古人将天津比作扬州,这个史实说明,早在开埠之前,天津就是中国北方最重要的经济中心,同时也是一座人文荟萃的文化名城。天津与扬州在经济、文化方面的密切联系也说明,盐商文化曾经是天津的主流文化"①。然而自近代以来,天津与扬州的地位发生了此起彼伏的变化。扬州因大运河运输功能的减弱及经济文化中心向上海的转移而繁华不再,天津却在开埠后历经洋务运动和北洋新政的洗礼发生了巨变,其经济地位和国际影响迅速提高,一跃而成为中国北方最大的工商业城市与港口城市。"小扬州"由此成为天津的过去式。

刘云若以"小扬州"代指天津,显然蕴含有浓重的怀旧情结,那么他眼中的"小扬州"是什么样子的呢?"未说天津,先谈一段诗话。中国旧诗人,近来也被新诗人骂得苦了,然而旧诗人有一种手段是未可厚非的,就是能用几个花花绿绿的字眼,给人们一个不可磨灭的印象。像张船山的《过津沽诗》(即《咏怀旧游十首之五,'天津'》):'十里鱼盐新泽国,二分烟月小扬州。'只十四个字,竟把天津说得水软山温,令人想着心销骨醉。但再细按起来,这自然还是当日荒城野水的情形,大异于今日洋楼马路的景致。可是若干年以前的天津,究竟是否如此,在下只可先拼命地引些旧诗,给船山先生多寻些补证。明李东阳《过直沽诗》曰:'二水合趋海,孤村斜抱城。'清秦大士《登天津望海楼诗》曰;'杨柳仙人市,帆樯估客舟,'清瞿佑《过津诗》曰:'潮水四时来海上,天河一脉落人间;挂帆商舶秋风顺,晒网渔翁夕照还。'另外还有朱彝尊《中秋宴天津兵备副使署诗》曰:'北里商歌倚笛床,津城秋色未苍凉。'丁屡恒《津沽中隐园诗》曰:'不遣繁音调北里,只余清景属南楼。'我们研求各人诗中之意,天津倒确是个小规模的扬州。当时城外是绿野晴川,城内是笙朝笛夜,腰缠千万贯,虽无跨鹤仙人;月明二十四桥,当多吹箫玉女。加以北方民风淳朴,自然与水木明瑟之中,更有熙攘往来之气,

---

① 罗文华:《七十二沽花共水》,南京:南京师范大学出版社 2007 年版,第 84 至 85 页。

教人回想起来，真恨未能早生一百年，领略这般风味"①。在旧诗人这些"花花绿绿的字眼"中，刘云若所向往的一个"水软山温""笙朝笛夜"作为"小扬州"的天津意象得以呈现。

"小扬州"虽已不存，但这不影响刘云若以其作为标准对天津的状况进行批判，"这般情形，到何时才改变的呢？这当然以庚子年联军之役为一个大关键，因为在庚子联军破城以后，地方毁灭殆尽，当然又照例行了一番破坏以后的建设。那时门户大开，东西两洋的风任意吹来，渐渐把天津吹成了这样一个世风日下的繁华景况，好似把天津的二分明月，遮蔽了一片烟云。所以如今要看天津独有的面目，是瞧不见的了。现在所有的高楼广厦，马路明灯，都是世界物质文明所产出的普通东西，地球上随处都见得到的，哪有一丝的天津乡土气味？所以天津固有的精神文明，都已消灭，只有高年野老，偶尔还在脑中回溯一下罢了。至于天津风俗所以变到如此繁华，人心所以变到如此淡薄，据野老迷信的说法，却关系着天津城内鼓楼上一只大钟。那钟在庚子以前，照例每天要撞一百〇八下，人们传说那钟是专唤醒世人繁华之梦的，故而天津名诗人梅小树的竹枝词说：'繁华自昔谁梦醒，辜负蒲牢百八声。'可惜庚子之后，那钟已不再闻，人们的繁华梦便日愈沉酣，因此成了今日的模样。这种迷信之谈，原是不值一笑。却难得这谣言造得适逢其会，也就恰值得我拉来做这小说荒唐引证。著者生来嫌晚，并未听过百杵钟声，自然要算这繁华世界上的人物；虽有心谈些开元遗事，可惜并非白发宫人，所以也只可还来描画着污浊世界"②。庚子年后，开埠与开放速度的加快，使得天津进入"高楼广厦、马路明灯"物质文明繁华近现代的同时，也与"小扬州"的过去天津做了分割。这是一个必然发生的过程，尽管刘云若无力"唤醒"沉浸其中的"世人繁华之梦"。

"小扬州"向"天津"的转变，在清人张焘的《津门杂记》中也有记载，他在《自序》中写道，"仆籍隶虎林，生居燕市。幼年随侍侨寓津沽，迄今将卅载矣。尝考津门为畿辅喉襟之地，人杂五方，繁华奢侈，习俗使然。昔年漕运盐务盛时，生意

---

① 刘云若：《小扬州志》，天津：百花文艺出版社1986年版，第2至3页。
② 刘云若：《小扬州志》，天津：百花文艺出版社1986年版，第4页。

勃勃，异常热闹。迨后屡经灾歉，市面萧条，不无减色，惟逢岁时令节，尚不致十分冷落，然较之于昔，亦大有悬殊也。乃自西洋通款，各国来津贸易者既伙，议准于距城五里之紫竹林地方，设立关榷，建造房屋，中外互市，华洋错处，轮艘戬迁，别开生面，为北洋通商要地。由是益臻繁盛，焕然改观。各省宦商进京者，四方人士来游者，接踵而至，咸喜留连以瞻风景"①。

天津告别"小扬州"而走向"益臻繁盛"的"焕然改观"，也即意味着其自身主体性的确立和现代性都市的诞生。刘云若从作为他者的"扬州"亦即古代性的视角审视和描写了这一现代性诞生的过程。

第三节　作为"方志"的小说书写

刘云若以《小扬州志》为小说题名，其明显的"方志"色彩昭示了作者的"史家"意识与"史志"情结，他是以小说的形式为作为"小扬州"的天津修志立传，事实上，《小扬州志》也起到了"方志"的效果。有论者撰文："日前到一位朋友家去，见他的书架上新添了一部《小扬州志》。这位朋友是喜欢扬州掌故一类的书的，但买下此书，却未免上当了。于是这也就引起了我的一番谈兴……《小扬州志》虽然并不写扬州，但仍是一部可读的书。它通过一对青年男女悲欢离合的曲折故事，揭露出了旧中国的种种阴暗的侧面。故事的背景虽说是天津，但对于我们认识旧时代的扬州，却不无启发。何况，这部书也是作者最著名的作品之一。"②把《小扬州志》作为扬州掌故一类的书买未免上当，但把其看作了解天津历史风俗民情的类书，则能说得过去。

刘云若出生在天津，绝大部分时间在天津度过，写作的绝大部分小说都是以天津为背景，他与天津的关系从某种程度上和巴尔扎克与巴黎的关系相类似，当然，刘云若无论从影响地位还是艺术水平思想深度，都是无法与巴尔扎克相比

---

① （清）张焘：《津门杂记》，天津：天津古籍出版社 1986 年版。
② 韦明铧：《醒堂书品》，南京：江苏教育出版社 2001 年版，第 44 至 45 页。

的。美国学者大卫·哈维在《巴黎城记——现代性之都的诞生》中指出，巴黎是巴尔扎克的核心角色，它几乎出现在《人间喜剧》的每个地方，"根本没有选择可言，巴尔扎克不管到了哪里都只是在追寻巴黎的踪迹"。他认为，"《人间喜剧》透露各种与城市相关的事物，如果没有'人间喜剧'，城市的历史地理可能因此被埋没。巴尔扎克那种能预见未来的洞察力以及表述能力，势必要比当时的文人雅士更能在读者的情感上留下深刻的印记……我将说明，巴尔扎克最大的成就，在于他细致地解开并表述了随时随地充满于资产阶级社会子宫中的社会力量。巴尔扎克去除了巴黎的神秘面纱，同时也去除了覆盖在巴黎之上的现代性神话，因此而开启了新视野，这些新视野不只表现在巴黎是什么，也表现在巴黎能成为什么。重要的是，巴尔扎克揭露自己在表述时的心理基础，同时也将阴暗而难以透视的欲望表现（特别是资产阶级的欲望表现）显示出来——这种欲望表现湮没在巴黎档案馆毫无生气的文献之中"①。对于天津来说，如果没有刘云若，20 世纪上半叶天津生动丰富的城市社会生活也将减去不少颜色，他不仅开启了天津的"新视野"，而且将天津下层市民的"欲望表现"显示出来。

　　刘云若自称受狄更斯影响且获益良多，刘叶秋认为刘云若"对于生活的体验，及其刻画之深刻，确实很像狄更斯"，"狄更斯以其卓越的表现手法，广泛地揭示资本主义社会的种种现实，并对其加以抨击和批判，同时颂扬一些具有高尚情操的人物，以寄托其人道主义精神和革新的善良愿望。云若写小说，以认识现实，反映现实为目的，其揭露与批判的作用正自相同。由于云若久居天津，于当地的风土人情特别熟悉；由于经常接触文士、艺人，对他们的生活状况和思想感情了解尤多，并能深入社会下层，以其明锐的目光，观察世态，觅取典型；使其作品有很坚固的现实基础，因此，云若在小说中所展示的社会面，真如牛渚燃犀，无幽不见；所塑造的形形色色的人物，无不呼之欲出，如在目前"②。正是通过他所熟悉的文士、艺人以及城市下层民众等形形色色人物的生动塑造和表现，刘云若除去了天津城市的"神秘面纱"，以人道主义的精神形成了"方志"式小说书写，

---

　　①　[美]大卫·哈维著，黄煜文译：《巴黎城记——现代性之都的诞生》，桂林：广西师范大学出版社2010 年版，第 29 至 30 页。

　　②　刘叶秋：《忆刘云若》，《今晚报》1989 年 2 月 19 日。

这一写作方式在《小扬州志》中表现得尤为突出。

在《小扬州志》中，刘云若以细腻的笔法写出了具有时代和地方特色的底层民众大杂院的众生态，刻画和展示了他们的生活现实与精神特质。如第一回写末世王孙虎士沦落到津中南王家台贫民大杂院，"虎士一进院子，便觉眼界大开。见这两丈见方的院子，却有十几间鸽笼似的小土房。各房的窗子，全是用旧报纸糊着，每窗上差不多全有一块四寸见方的玻璃，和看西湖景洋片的镜子差不多一样，大约是各住户外眺望的特别设置。满院里的檐下，横七竖八平扯着许多根绳子，绳子上晾着花花绿绿的旧衣服，咋一看仿佛进了染坊。每一个房间门口，都放着一个柴灶，灶旁放着干柴，还有几只破旧花鞋丢在墙根，大约是放得日子太久，一半埋在土里，有许多荒草从鞋里生出来"①。在这样拥挤恶劣的环境中，生活着一群城市最底层的市民，"这时夕阳西下，暮色苍然，院中住户渐次归来。方才院中是没有许多人的，只这一会儿的功夫，已由冷清变成热闹，十几个柴灶都生出了炊烟。一个没有鼻子的穷汉，正蹲在窗下和烧火的一个老妇说话，肩上却蹲着个耍的猴儿，旁边还立着两三个十三四岁的小女孩，都穿着绸缎袄裤，却旧得不成样子，脸上擦着怕人的怪粉，每人手里拿着一条手帕，正做着身段，在炊烟弥漫中小声合唱。忽然门外有人高喊借光让路，接着从外面晃荡荡的进来一座蓝色的山，把几个女孩歌场冲散。细一看时，那座山原是耍傀儡戏的布制的戏台，戏台进门以后，自到墙边靠住，才从布幕里钻出一个人来，进到一间屋去。那几个女孩才要重新接演，外面又进来一辆独轮小车，车上还插着一个长柄小鼓，原是个卖布的行商。那布商，把车子推到傀儡戏台下面停好，口里唱着'打牙牌'，慢慢地向下搬运布匹……忽然从一个房里跳出个极肥壮的青年妇人，虽然衣服褴褛，却是光头净脸，拉住那布商笑道：'王老大，我要量一件袄料，颜色要时兴的。'说着就要揭开包裹挑拣。那布商笑着挡住道：'不成，不成，上回的三尺白布钱，还没有还我哩！要买，拿钱来。'那妇人嬉皮笑脸地打了那布商一下道：'瞧你这财迷，到年底准还你。'那布商还自摇头。那妇人抱着他的脖子附耳说了一句话，布商转脸，似乎在无意中吻了她一下，笑道：'好，你等我搬到屋里，再消消

---

① 刘云若：《小扬州志》，天津：百花文艺出版社 1986 年版，第 17 至 18 页。

停停的挑拣不好吗?'那妇人居然不闹了,只红着脸儿害羞似的等着。布商把包裹抱起,拥着那妇人进房去了"①。

刘云若这里描述的是一个典型的旧天津贫民区的大杂院,这一描述也得到了人们的认同和佐证,有学者指出,"在旧时天津,人们的居住场所除了租界洋房与城里深宅大院外,遍布城区的居民不是门脸房便是形态各异的大杂院。天津大杂院既有别于老北京四合院,又不同于老上海里巷弄堂,它有着自己的特色。这特色其一便是'大'。大到什么程度? 最大的大杂院里住着几百户人家,当然这是少数,更多的是院子套院子地住着十几户或几十户人家;其二则为'杂'。杂又有多种'杂'法。即有平房楼房混搭的'杂',又有院落里各户人家门前不同景致的'杂',更有五方杂处从事不同营生的人员之'杂'。天津大杂院没有老北京四合院的整齐划一,也没有老上海石库门的大同小异,而是形态各异甚至中西合璧地随着弯曲河道随心所欲地建构。正是这种不受约束的随心所欲,形成了天津人'合则留,不合则去'的流动生存方式,并由此衍生出一种择群而居的底层民众和谐生态"②。也正是从《小扬州志》的大杂院中,可以看到独具天津特色的人物性格与风物面貌。比如上面所说要猴的穷汉、烧饭的老妇、练功的女孩、耍傀儡戏的男子、推独轮车买布的行商、肥壮的妇人,他们虽然行业不同、品性各异,却在逼仄困苦的环境中表现出一种自在的超然和浓郁的情味。刘云若以此为故事的开端,在塑造和表现各色人等的同时,也为小说定下了暖色基调,并开始了其作为"方志"的小说书写。

第四节　人物、故事与民俗风情

"方志"书写的主要特征,在于作者运用极具地方色彩与民俗风情的材料塑造人物,推动情节的发展,使得这些材料与人物、情节不仅各有特性,而且共同构

---

① 刘云若:《小扬州志》,天津:百花文艺出版社1986年版,第20至21页。
② 倪斯霆:《旧文旧史旧版本》,上海:上海远东出版社2012年版,第139页。

成一个融洽的整体。人物性格既因这些材料而生动鲜活、独具个性，同时也成为其展示与表现的基本平台，故事情节在人物与这些背景材料的融合中得以自然发展。

小说以秦虎士为主人公，叙述了他与柳青青之间的悲欢离合，虎士与青青构成了小说故事的主线。而虎士能结识青青，与尤大娘这一人物的出现和收留分不开的。尤大娘虽是一个四五十岁、脸长横肉、身形肥壮、粗眉大眼、张牙舞爪的凶悍妇人，从事在娼窑里放利债的下等生意人，却有仁人之心、侠义之举，只因虎士的一次救助她便永记在心，寻机报答。面对落难的秦虎士，尤大娘热心接待倾力相助，"秦少爷，当初你待我德行大了，我虽然不是正经人，可也有人心。这几年想起你的好处，就心里发烧，只道这一世报答不了你，只好来世变牛变马还债了。谁想少爷你会落了魄。咳，老天爷没有眼哪！可是既遇了我，就是我报答你的日子到了。你只要不嫌这里杂乱，尽管住着。要是用钱呢，也尽管说话"，虎士正是从尤大娘身上体会到了人间的温暖与真情，"虎士见她词意恳挚，自想在这蓬门瓦牖之间，谁知竟有如此血性的人，居然不像高亲贵友的世态炎凉，不觉心里倒难过起来"①。接着小说笔锋一转，介绍起尤大娘的放利债生意，"到九点以后，尤大娘从炕洞里取出个小木匣儿，从里面拿出十几个钱折。虎士见折面都写着宝翠、金红等类的名字，便知是在娼窑放债的借据……虎士问她何以这般时节才去。尤大娘笑道：'少爷你哪里懂这些事，班子姑娘借钱，动不动就是千儿八百，我哪里放得起，不过在下等窑子里放些零碎账，最多也不过一百。这等窑子的姑娘，都是穷到底，而且还好花钱，每天必到夜里十二点以后，从柜上劈下账来才有钱到手，到手就随便用了。所以我必得这时候去，早也不成，晚也不成，这种买卖才难做哩。'"②这些谈话看似闲笔，却有着极为重要的作用，它不仅展示当时天津下等娼窑妓女出身贫贱却奢华轻浮的本性，而且也解释了尤大娘面恶心善的缘由：从这些可怜又可恨之人身上讨生活，既不能心慈手软又无法完全做到铁石心肠，只能在利益与道德的夹缝中生存。尤大娘这个人物的性格面貌也因

---

① 刘云若：《小扬州志》，天津：百花文艺出版社1986年版，第20页。
② 刘云若：《小扬州志》，天津：百花文艺出版社1986年版，第24页。

此被激活了,成为一个活生生的立体人物。

小说第二回描述了谢度芝这一具有代表性的天津"闲人"。谢度芝虽不是小说主角,却是一个不可或缺的人物,类似于戏剧中的"花脸",可以说是津门社会中一类人的代表。尽管"他除了帮闲捧富以外,毫无其他技能",但正因他的拉纤起哄、插科打诨,在推动故事情节发展、调节故事张弛同时,尽显世态炎凉与市井百态,从而使得小说具有浓郁的地域色彩。谢度芝设计败了虎士家业之后,自己得了一些油水,却因坐吃山空而陷入困境。当他走投无路之时,偶遇华乐落子馆年终"封台大典",借此机会,他挑拨宋明泉与妓女孟韵秋的矛盾,从而造成孟韵秋的出走,为后来故事埋下伏笔,并在落子馆帮坤伶李美云找到了阔主符咏南,自己获得了一百元的酬劳。随着谢度芝这座"肉山"的挪移,华乐落子馆进入人们的视线。小说中的华乐落子馆位于天津南市,与中华、权乐、群英等落子馆同属坤书馆,有研究者指出,"坤书馆俗称花茶馆,到此演唱的都是各妓院的妓女,叫作'唱手',她们演唱后不取任何报酬,其目的是借台展示自己,招徕嫖客。在这里她们不但要展示自己的才艺,还要做出各种风骚动作与台下观众眉目传情,不断'沟通'。她们演唱的除有京剧、梆子外,还有大鼓、十不闲、荡调、时调和莲花落等地方曲种。唱手们坐在台上两边的条凳上,依次轮唱,园子的茶房高声报出唱手的花名、所在的妓馆与所唱曲目,唱手迈碎步到台口的勾栏前手扶栏杆摆弄媚姿,然后开唱。如果哪位观众相中了,散戏后自会到妓院去寻其芳踪。所以说,坤书馆实际上是妓女们为自己做广告的场所"①。

刘云若熟悉坤书馆的演艺习俗,并运用到《小扬州志》的写作中,他借"闲人"谢度芝的故事插入对"封台大典"的介绍,"原为结束一年歌舞,并且藉着题目,给阖园上下执事人等筹些度岁之资。凡是妓女的客人,都有捧场的义务。照例客人点曲的赏钱,完全归前后台分散,同梨园行搭桌一样,妓女毫无利益,并且除了尽唱义务以外,按规矩还要敬点曲的客人以四盘鲜果、一筒香烟,倒要受一笔小损失。不过妓女们因好面子而争强斗胜,情愿如此,损失愈多,面子愈壮,何况损失还有所取偿呢? 故而此日都竭力邀客人捧场,时常一个妓女有十几拨儿

---

① 周利成、周雅男编著:《天津老戏园》,天津:天津人民出版社 2005 年版,第 21 页。

戳活的(个中人谓点曲曰戳活,被点一曲曰一拨儿,奔走于客人厢中,扬声报告曲名者,曰递活人),也不算稀奇。平常妓女上台,起码唱一小段,此日可以唱两句或四句,即算交差,以便经济时间。此际台上许多妓女,正都在依次的小试珠喉,递活人每喊出一个曲名,便有个妓女走到台前唱几句,时调、大鼓、梆子、皮簧,各色不一。唱完了,递活人喊过赏钱,再说题目,接着又是一人上来。若是红姑娘连唱几次,台下的鼓掌喝彩,也加倍热闹"①。谢度芝对这些活动都司空见惯,他是等着封台大典的高潮,"又过了半点钟头,台上已是歌休舞罢,但是观客一个不走,都等着看这封台仪注。池子里的观客,全被请到周围立着,桌椅也都移到一边,中间露出一片空地,向着歌台设上香案,案上放了供品,点起了两枝极大的红烛。先是园主穿得衣帽整齐,第一个上香向上叩拜,立刻园外的爆竹沸然响起,接着百十个花枝招展的妓女,都鱼贯的走下台,依次叩头行礼。照例领班行礼的人,必须名重烟花队,齿高姊妹行,等这一人礼毕,然后群姬依次行礼。在这华灯影里,爆竹声中,灯影摇红,香风成阵,加以妖姬结对,几乎围成个肉屏风,个个卖弄风姿,互相调笑,真是看不尽的姹紫嫣红,听不尽的莺啼燕语。礼毕回归台上,都把预备好的洋钱角票,向台下抛掷;许多茶房人等,滚成团的乱抢,满园笑语喧哗,好一番繁华气象"②。谢度芝真正感兴趣的是这一香艳热闹的景象,在这一景象中谢度芝追腥逐利、厚颜无耻、圆滑狡诈、可恨可叹的"闲人"品行与面貌在"封台大典"活动的描述中得到圆满展现。

第五节 空间、地点与城市性格

《小扬州志》通过人物故事在表现津门习俗的同时,也以空间的形式大篇幅介绍津门底层文化活动集中地——南市三不管。20 世纪 30 年代的三不管,是一个热闹的去处,连阔如在《江湖丛谈》一书中指出,"凡是到过天津的人,都知道有

---

① 刘云若:《小扬州志》,天津:百花文艺出版社 1986 年版,第 47 至 48 页。
② 刘云若:《小扬州志》,天津:百花文艺出版社 1986 年版,第 55 至 56 页。

个三不管。外省人没有到过天津的,听人说得三不管可逛,那里最热闹,说得天花乱坠,叫那没到过的人闻香不到口,不知这三不管是怎样热闹哪!"他回忆幼年(清末)游三不管的印象,那时三不管一带还到处都是大水坑,"坑内净是小船,供游人乘坐。每至夜里,船上有乘客,或三或五,一人弹弦,一人敲打茶杯,二人对唱靠山调的小曲。什么《从良后悔》《报杆打忘八》,使人听了能感觉那真是天津的土产,地道的天津味儿"。"三不管"一名的来源,是因为"那地方离外国租界很近,外国人对那里是不管;市政当局知道那里是臭水坑子,是垃圾堆,不大注意,亦不管;县署因为那地方的界限属于市政所辖,他们亦不管"。这也成就了三不管作为"天津平民娱乐场——江湖人的根据地"的繁华与热闹①。

小说通过虎士寻找义弟毛儿进入南市三不管,通过他的观察和感受,以"方志"的形式详细记录了其地理布局及现实状况。他首先从平康曲巷中通过,"这种地方,本是他旧游之地,一份家业,全都掷与此中,几乎每一个门内都有绮情可忆,旧梦可寻"②。路过长街向南,进入东兴市场,"虎士旧年曾抱着好奇心理,探幽访胜,来过这地方几次,知这下等娱乐场中,还分有贵族、平民两派:市场之内,除了一行小街是小商店聚处,其余房舍多是所谓坤书场,因为有屋顶遮蔽风日,有女性快活心灵,顾客得花较多的钱,所以可称为贵族区域;市场的西方却是一片空地,所有变戏法、拉洋片、说评书、摔跤和使枪棒卖药的,一应低级娱乐无不齐备"③。

虎士先来到市场东边,那是一个说《济公传》卖药糖的,"那人练得一副特别活动的五官,时时眉飞眼走,口鼻易位"。往里走是唱怯大鼓的,"只见他撇鼻瞪眼,敲了一阵鼓,扯着破竹喉咙唱道:'众位压言仔细听,我这里整整鼓板,书就开了正峰。上一回唱到那一段,还有半本本半没有把他说清。哪里丢了哪里找,闲文闲话咱就把它扔。'声音憋得老粗,听着好像头颅就生在腔上,中间缺少脖子似的"④。再往里是变戏法的场子,"那变戏法的正把一把铁片宝剑,由口内插入喉

① 连阔如著,贾建国、连丽如整理:《江湖丛谈》,北京:当代中国出版社 2005 年版,第 23 页。
② 刘云若:《小扬州志》,天津:百花文艺出版社 1986 年版,第 324 页。
③ 刘云若:《小扬州志》,天津:百花文艺出版社 1986 年版,第 325 页。
④ 刘云若:《小扬州志》,天津:百花文艺出版社 1986 年版,第 326 页。

咙穿进腹中,吼吼作声的向四面作揖"。虎士连忙跑开,恰躲在一个相面先生桌前。那相面先生看到虎士的慷慨行动,连忙主动搭讪,告诉他所寻的人在东北方,"反正在东北面。也许近在眼前,就在这东兴市场里;也许远在天边,到了关外沈阳、哈尔滨也保不定,你只向东北方向寻去,准能见面"①。联系小说的情节,可以看出算卦先生的卦象暗示了故事的发展方向,关外沈阳寄钱救济虎士并托人给他安排工作的人,也许就是他所找的青青。刘云若在描绘城市文化地图的同时,也顺便安排了情节的总体走向。

在市场西门的平民区,刘云若最为用力地是对著名相声演员"万人迷"的描述。万人迷姓李,名叫德锡,按说相声的支派,是德字辈的。连阔如在《江湖丛谈》中指出,"提起万人迷三个字来,平、津一带几乎妇孺皆知,其魔力之大更可想见。相声有双春,是两个人说,一个正角逗哏,一个配角捧活儿,使出活儿来容易将人逗笑了。'单春'难说,一个人的相声要把人逗乐了,实在是不容易。说单春成名的有已故的万人迷"②。万人迷当时在三不管"撂地","虎士走近翘足向里一看,只见场中坐着一个五十多岁的生意人,生得驴样长脸,满面连鬓胡碴儿夹着鸦片烟气,合成青黑颜色,身上穿着很齐整的长袍马褂,正坐在一张短凳之上手弄折扇,在那儿念念有词,听众一阵阵的哄然大笑,但他却满脸冷隽无笑容。虎士一见,便认得是著名说相声的万人迷。心想他向来在杂技馆献艺,却怎么到三不管撂地起来?忽然想起此人性好挥霍,听人说过,他有时被债主逼急了,便到三不管来回临时外串弄钱救急,大约今日便是这个原因。举目向万人迷身后一瞧,果然坐着三四个面目刁悍、神情迥异的人,一望而知是放账的文明恶霸。虎士凑近几步倾耳细听,万人迷正说着一段《刘石庵请客》,词句神色都妙到毫巅。正听得入神,忽然全场哄然大笑,原来万人迷说到分际,抖了个包袱儿,听众乐得前仰后合,万人迷却闭嘴再不作声"③。

南市三不管既是天津市民的娱乐场,同时也是市井文化空间的集中地,更是天津城市文化性格的代表。作家林希特别强调,"天津人在'三不管'里创造了一

① 刘云若:《小扬州志》,天津:百花文艺出版社1986年版,第327页。
② 连阔如著,贾建国、连丽如整理:《江湖丛谈》,北京:当代中国出版社2005年版,第291页。
③ 刘云若:《小扬州志》,天津:百花文艺出版社1986年版,第328页。

种生活方式,也创造了一种天津独特的文化模式","你几乎可以在每一个天津人的身上看到'三不管'的影响,'三不管'文化,已经融进了天津人的血脉",无论是什么品位的天津人,全部离不开'三不管',"正人君子,可以到这里来吃饭看戏;平民们要到这里来买日常用品;再至于贫苦市民,那就更要到这里来'混事由',其他各色人等,也要到'三不管'来找饭辙。于是'三不管'就一天一天地更见繁华,'三不管'里发生的一切,都关系着天津人的生活,也影响着天津人的生活。天津人的性格特点,只有到了'三不管',才会淋漓尽致地表现出来,天津人到了'三不管',也全都暴露了自己的本来面目。生、旦、净、末、丑,神仙、老虎、狗,到了'三不管'就全都现了原形。老天津人每天又必到'三不管'闲逛,日长天久,也必然要受到'三不管'的种种影响。天津人创造了'三不管','三不管'也创造了天津人。'三不管'在天津的出现,是一个必然现象。一切天津人的智慧、机巧,一切天津人的聪明、诡诈,一切天津人的忍让、畏缩,一切天津人的粗野、蛮横,全都在'三不管'有了用武之地。所以,不了解'三不管',就无法了解天津人"①。三不管的形成既源于外国租界、现代市政当局和传统县署的共同抛弃,同时也因与其关联而具有了"混杂"形态,属于一种融合了外来文化、城市文化与乡土文化的混杂性的文化形态与城市文化品格,并在这种混杂中萌生出其现代性的主体。

总之,刘云若以自己的观察和叙述,通过《小扬州志》在描绘天津城市人物、故事与民俗风情及其独特的地理空间构成与形态时,也集中揭示了其独特的城市性格与混杂性的城市文化品性,建构了文学天津的文化现象,这是一种不同于乡土北京和摩登上海的新的城市文化建构。

---

① 林希:《其实你不懂天津人》,天津:天津人民出版社2007年版,第101至105页。

第三章 《津门艳迹》:天津混混儿的"艳迹"

第一节 李燃犀与《津门艳迹》

作为"掌故小说"的《津门艳迹》,与刘云若的《小扬州志》一样都把叙述的目标瞄准 19 世纪末 20 世纪初的天津。但就其形式与内容来说,这部以天津混混儿为叙述对象的长篇小说,不仅塑造了汪玉洲、穆西楼、王二楞等众多的混混儿形象,展示了混混儿群体的组织形态与行为方式,而且以"都市乡土小说"形式呈现天津城市独具个性风情世态的同时,也"记下了我国现代化过程中的一环一节一链,我们就是通过这环环相扣,节节相连,构成了现代化工程的长链,可以看到转型期中的一串蹒跚的步履足迹"①。《津门艳迹》鲜明的"原生态"性质,使其不仅成为我们了解和解读城市民俗文化不可多得的文学史料,是"进入"近代天津的一条"捷径",而且从某种意义上构成"津味小说"的远祖。

《津门艳迹》的作者为李燃犀,其弟子李松年回忆,李燃犀生于 1900 年前后,1966 年 8 月去世,学名柏年,笔名大梁酒徒,晚号醒盦。天津人,住北门内晋丰里 1 号。中学毕业后,曾在英国洋行当翻译。后经其舅舅戴愚庵的介绍进入报馆当记者。李燃犀秉性豪侠,颇有风范,他拜评书艺人海文泉为师学说相声,"一次遇

---

① 范伯群:《论"都市乡土小说"》,《文学评论》2002 年第 3 期。

到一个'踢场子'的。过去走江湖都得拜师，没有师父不行。说相声的一上台，桌子上有三件物：一块醒木，一把扇子，一块方白手帕。当时上来一个人，把扇子横在醒木上，手帕往上面一盖，这就是要盘道了：谈哪个'门'的，师父是谁？如果没有师父就不能干这一行。你的辈分比他高，他就得包陪你一天的损失，他的辈分比你高，你要请他吃一顿饭。当然我的辈分比他高，我也没有计较就叫他走了"。艺人讲究辈分，李燃犀比著名相声演员张寿臣还高着两辈，"踢场子"的自然甘拜下风。凭着较高的辈分和豪侠的作风，他在社会上混出了影响。李燃犀曾经帮那月林站台助阵，"那月林初来津，登台前，弦师马涤尘找到先生，说：'六爷，那月林首次来津唱辽宁大鼓，你捧捧吧！'先生说：'行！'送了一个小花篮，下款写'大梁酒徒赠'。不久有几个混混儿见了先生说：'六爷，你怎么捧那月林啦？''怎么啦？唱得不错吧？''嘛不错，太不怎么样啦，我们本想不好就砸场子，可看见您送的那个花篮，我们就没敢哄！"①。

李燃犀曾在《天津平报》《津报》《中南报》《晓报》做编辑，"自 20 世纪 30 年代起为天津各家报纸副刊撰稿。因其久居津门，故对津沽风情掌故所知甚多，曾经写过《津门艳迹》《同室操戈》《老哏正传》《危机四伏》《流云锁月记》《粉红色的三不管》等地方色彩很浓的小说，尤以《津门艳迹》最为著名"②。而这些以天津地方民俗为背景描写"混混"的小说，除《津门艳迹》以外，大多无甚反响，自然被人遗忘。《津门艳迹》所以能流传下来，也带有很大的偶然性，"20 世纪 80 年代中期，天津百花文艺出版社以某大学图书馆馆藏民国通俗小说为底本，适时推出一套'现代通俗小说研究资料'。在劫后不多的底本中，出版社选中了《津门艳迹》这部还能体现旧时天津风貌的作品，与刘云若的《红杏出墙记》、张恨水的《夜深沉》等于 1986 年出版，岂料发行后大受欢迎，畅销全国，而且多次重印。一些现代文学研究者在近年编写的现代文学著作中论述北派通俗小说时，由于资料掌握有限，加之观点陈陈相因，于是便纷纷以这几部小说为例，这样李燃犀与其《津门艳迹》也就'青史留名'了"③。

---

① 李松年：《忆先师李燃犀先生》，《天津文史资料选辑》第 110 辑，天津：天津人民出版社 2007 年版。
② 侯福志：《天津民国的那些书报刊》，上海：上海远东出版社 2009 年版，第 237 至 238 页。
③ 倪斯霆：《旧人旧事旧小说》，上海：上海远东出版社 2010 年版，第 286 至 287 页。

　　《津门艳迹》写于20世纪30年代，先在天津报纸连载，1940年由天津文化社刊行。由于小说名称香艳，且以"大美人"画像封面，不但让当时的读者想入非非，由此产生意想不到的营销效果，而且也迷惑了后来的研究者，以致被误为鸳鸯蝴蝶派，并标类为"言情"①。其实李燃犀的"津门"并无"艳迹"，小说既不"言情"，也没有鸳鸯蝴蝶，而是讲天津地方风俗人情混混故事的"英雄谱"，属于"掌故小说"一类。所谓掌故小说，"是我国传统小说的一个重要分支。班固在《汉书·艺文志》中认为，小说乃'街谈巷语、道听途说之所造。'这就是说，民间故事和民间传说，是写作小说的一个重要来源。而掌故小说，则是文人根据这些故事和传记着意加工而成"②。张赣生指出，以"掌故小说"著称的民国作家，有天津的戴愚庵和李燃犀，戴氏成名在李氏之先，他的《沽上英雄谱》《沽水游侠》《沽上混混秘史》，写的都是"混混"，他是一位写"混混"小说的专门家。"其所以称为'掌故小说'，是因为有一定的记实性，像司马迁《游侠列传》一样，虽或有不符事实之处，也是出于传闻舛讹，并非由于作者臆造。在这种记实性下，把一个个相对具有独立性的故事串联在一起，使得整个作品结构松散，类似《儒林外史》《官场现形记》那样可长可短，这自然可说是戴氏作品的短处⋯⋯如此这般，其实也是报刊连载之需要，报刊连载，每次一二千字，若接连几次温吞水，读者索然无味，势必难以继续下去，所以戴氏选择足以引起读者兴趣的混混轶闻连缀成篇，也自有其不得不然的难处"③。

　　李燃犀是在戴愚庵的习染与影响下开始掌故小说创作的，虽说他们都是以"混混"为题材，但戴愚庵小说连缀民间掌故与民间传说，其故事与人物多有其原型与模特，因而更具笔记小说的倾向；李燃犀的《津门艳迹》则在撷取掌故与传说的基础上，完全依靠个人构思创作而成，有着更为鲜明的创作个性和更为完整的结构安排，更加符合"小说"的形态和市民阅读审美观。这是李燃犀能继承和发扬戴愚庵的混混小说传统，在武侠、言情、侦探等通俗小说盛行年代以掌故小说自立门户的原因，也是《津门艳迹》能在"青史留名"的偶然之外的一个必然。

---

①　张守谦：《评〈鸳鸯蝴蝶派小说目录〉》，《天津师大学报》1990年第6期。

②　栾梅健：《掌故小说大家——许指严》，《苏州大学学报(哲社版)》1991年第4期。

③　张赣生：《民国通俗小说论稿》，重庆：重庆出版社1991年版，第330至331页。

第二节　古城天津的空间构形

天津依河而建因河而兴,虽在北方,其建筑布局却与上海相似。冰心先生谈及天津印象时说:"天津这座城市,我不知去过多少次。50 年代初刚从日本回来的时候,我们还在那里住过几个月。我还到过南开大学,逛过水上公园,参观过三条石,吃过狗不理包子……我对于天津的印象,是很好的。它也有过租界,街道是弯弯曲曲的,在这一点上有些像上海,但人民却是北方的。"①秦瘦鸥谈及其作品《秋海棠》与天津的关系时说,有人问他为何选择天津这个地方作为秋海棠与罗湘绮相爱之处,他说:"我第一次到天津在一位同学的导引下逛了一天,便觉得天津市的布局和街景都与我的故乡上海颇为相似。至于我怎么会让《秋海棠》中的女主角罗湘绮也安家在天津,那可只是出于灵机一动。记得早先的天津市内,在邻近金汤桥的海河以西,还是一片旧城区,纵横不过数里,方方正正,犹如一块棋盘,街道很狭窄,却颇有些古色古香的气氛。是秋季中的某一天,我信步走过一条幽静的石街,偶然瞧见一位中学生模样的少女正搀扶着一位老人从家门里走出来。她态度温柔从容,衣饰简朴无华,而外形又那么苗条灵秀,容光照人,以致在短暂的一二分钟以内,便使我的脑神经上深深地刻下了她的倩影,后来在塑造罗湘绮这一人物时,不由不想到了她。可是当年天津的旧街道都没设置路牌,'粮米街'这一名称是我杜撰的。"②天津不仅具有和上海类似的建筑格局,而且具有很强的亲和性。这种布局面貌和亲和性构成天津城市的重要特性。

天津作为"筑有城垣的无城垣城市",既有城垣的存在,同时也是沿河发展的、开放型的无城垣城市,开埠之前就形成了"城垣内为军事政治中心,城垣外为经济活动中心的大格局"③。卫城之内布局为干道十字成街,中建鼓楼四面穿心,四大街直通城垣四门,四面延伸和四乡大道相接。城内用地一分为四,近似坊

---

① 冰心:《紫竹林怎么样了?》,《天津日报·文艺双月刊》1982 年第 2 期。
② 秦瘦鸥:《〈秋海棠〉与天津》,《今晚报》1987 年 5 月 3 日第 3 版。
③ 罗澍伟:《近代天津城市史》,北京:中国社会科学出版社 1993 年版,第 10 页。

里,内以街、巷、胡同布之,即构成了方方正正的"棋盘"格局。城垣外东北地段的发展建设,"是在原聚落基础上随着河、海航运的发展变化,利用沿河弯曲高地向北逐步延伸建设的,自然形成月牙形的带状城镇布局,外缘临河分段设置码头,内缘环抱卫城,中辟主干大街,闹市连绵一线"①。而就整个城垣来说,开埠以后形成了"环城开衢"的布局特征。据《天津县新志》记载:"北门外迤东环城开衢随河湾曲至东门南隅曰估衣街,曰锅店街,曰单街,曰宫北,曰宫南,所谓宫者,天后宫也,曰新街,曰闸口,北门外迤西环城开衢随河湾曲曰竹竿巷,曰针市街,曰太平街,曰双街口,均市店丛集之区也。北门外直至卫河渡河向北曰河北大街,北门外,东北角,三岔河迤西渡河向北曰大胡同者,从前一巷耳,今辟为直街,店肆之繁亚于估衣街锅店街,有驾而上者向北再渡河,光绪间袁世凯督直时辟为大经路,直抵京奉路所谓新车站,又横辟纬路以天地元黄宇宙日月等字别之,此间经路纬路皆从前荒墟弃壤也,西门外街市久已荒废,店肆亦皆微小,今稍繁盛然,视东北两门不若也。其南门外一望荒凉,向多积水,自庚子后外人租界逼至东南城角及海河东岸,歌楼酒肆丛错其间,有工心计者在日本租界毗连地辟三街,曰南市大街,曰广益大街,曰荣业大街,自东南城角至南门外直街,繁华美饰与租界相上下。"②天津城市由此形成从开埠前城垣衙署区与城外东北商务区的"两个中心",到开埠后环城开衢导致的城垣与租界之间边缘区兴起的城市空间构成格局。

《津门艳迹》勾勒的地理空间,大致显示出当时津城的轮廓,并以身份地位的差异标示出不同区域的差别。如举人苗铁珊的寓所在城内二道街,作为"世家","他家门过道内,有一块白地黑字的匾,上边刻着'举人'二字,乃是苗铁珊亲笔。在十年前走到那条胡同里,都可以看得见"③。同为举人的门晓波也在城里住,门家"乃是津门巨族,士林泰斗"。三品候补道刘恺伯虽是"矮帽梁儿"出身,却也

---

① 李森:《天津开埠前城市规划初探》,《城市史研究》第一辑,天津:天津教育出版社1989年版,第16至17页。

② 《中国地方志集成·天津府县志辑3·民国天津县新志》,上海:上海书店出版社2004年版,第11页。

③ 李燃犀:《津门艳迹》,天津:百花文艺出版社1986年版,第2页。

侧身士大夫之列，住在北门里只家胡同。而其他所有混混、耍人的及商人，大都居住在城外。如袍带混混汪玉洲家在河北的金家窑，同为袍带混混的牛瑞堂住在北门外的侯家后，李琴轩是东门外袜子胡同一家大财主，"家里有大名府五县盐引"。缸碗吕家居住在北门西针市街梅家胡同，以缸碗店发迹，开着许多买卖，"天津十家都和他有了瓜葛"。城西乡下买菜小贩到城里来售卖，"必须由小西关进墙子。更因繁华中心在北门外一带，卖菜的都到北大关整担出脱，势必经过双街口针市街。那时大伙巷小伙巷，总名叫南台子，简称做台山"①。鱼贩于三的卖鱼路线，则沿着南城根往西走，一路直奔南大道，"那时的南大道尚没有赵家窑的名称，统称做小南台子，以别于东北角上大伙巷一带的大南台子。那一方在庚子前便算作村庄，不似如今这样繁盛。所住的人家，都是些打夹子的、养活牲口的和些作纸牌的、熟皮的、捞纸的，一切等等，可以说是偏僻地界、苦寒生涯。但是在这荒野的地方，却有几家土娼来点缀着。这几家土娼挟着一股土道，寥若晨星一般。再往西走便是一片荒凉，一望无际的无主孤坟。大道两旁的房后边，除却牛圈羊圈、柴禾厂，亦是纍纍荒丘，大可以说是与鬼为邻之域"②。海上来津的鱼都是经过河东陈家沟子鱼锅伙这一道中介才能发卖，"陈家沟子娘娘庙"由此成为一个地理标志。北门外的侯家后、北大关、竹竿巷、茶店口一带市声鼎沸、娼寮麕集、混混扎堆儿，"乃是天津繁华中心"，"南北着论，由北营门到北门。东西着论，由双街口到单街子。这个大十字街附近一带商贾辐辏，舟车往来。没早没晚。车马喧闹，行人拥挤，侯家后茶店口有几家落子馆，北门外有两个大戏院。饭馆茶楼，鳞次栉比。所有这一带的娱乐场所都和商家铺户杂错在一起，更显着相形益彰，大有相依为命之势"③。河东小盐店的鹌鹑店是著名的斗蛐蛐地点，每到七月十五以后，天津城里的巨绅富贾，"都到鹌鹑店来会斗寒虫"。城南则相对荒凉，"那时城外土地不值钱，至多二三百钱能买一亩"。

可以看出，小说对津城的地理空间的叙述，与县志基本相同。城内作为政治中心，相对封闭，依然保有身份与权力的特殊地位，四门之外因其地理位置的不

---

① 李燃犀：《津门艳迹》，天津：百花文艺出版社1986年版，第50页。
② 李燃犀：《津门艳迹》，天津：百花文艺出版社1986年版，第76页。
③ 李燃犀：《津门艳迹》，天津：百花文艺出版社1986年版，第119页。

同则显示出各自的特性，城外南部与西部，相对荒芜，有着大批可以有待开发的土地，北门外依靠三岔河口及运河的交通优势，成为商业与娱乐业的中心和最为繁华的地段。河东则成为渔业的中心与集散地。这种"局部封闭，总体敞开"的结构布局，不仅影响到城市的性质，而且也成为分析城市性格、探索市民心态的重要依据。

第三节　天津混混儿及袍带混混儿

《津门艳迹》描写的主要人物，是大大小小各类的"混混儿"，俗称"混星子"。混混儿在中国各个地方、各个时期都曾存在，但天津混混儿因其本身的特点成为近代天津城市转型期一个显著的文化符号，并成为市民文化性格构成的一个显性因素。

天津混混儿的一个显著特点就是人数众多、好勇斗狠、顽劣剽悍。张焘在《津门杂记》中载："天津土棍之多，甲于各省。有等市井无赖游民，同居伙食，称为锅伙。自谓混混儿，又名混星子。皆憨不畏死之徒，把持行市，扰害商民，结党成群，借端肇衅。每呼朋引类，集指臂之助，人亦乐于效劳，谓之充光棍。甚至执持刀械火器，恣意逞凶，危害闾阎，莫此为甚。如被拿到案，极能耐刑，数百答楚，气不少吁，口不求饶，面不更色。不如是，则谓之栽跟头，其凶悍如此。幸蒙前大宪准奏，严定条例，拿获讯明后，照章禀请就地正法。自辛未年以来，曾将锅匪罗仲义、冯春华、魏洛先后处决。又将张庆和、丁乐然站毙立笼，若辈知所敬畏，而此风因之稍戢。然积习由来已久，正未易旦夕除根，若非时用重典，恐难永绝后患也。"①作为天津土棍之混混儿的形成，一方面与天津城作为拱卫京师军事堡垒的性质相关，军人的恣意妄行成为混混儿群体出现的一个重要动因。李燃犀在《津门艳迹》第一章指出："李鸿章党见甚深，不是安徽人，休想当差，所以当年得阔差发大财的，都是安徽人。天津人称他们做'大裤脚子'，皆因为当年李鸿章所

---

① 张焘：《津门杂记》，天津：天津古籍出版社1986年版，第87至88页。

带的兵名为'淮军',一律穿着散脚裤……大脚裤子的兵到在天津,多半蛮不讲理。在街上看见东西,任意抢来便吃。做买卖的向他要钱,他们说得却好:'势他娘的,今天盼天津,明天盼天津,盼到天津要发财的。吃东西怎么还要钱的? 没得!'做买卖的不敢惹他,只得忍气吞声,含泪而去。由那时起,天津便是军人的牺牲品"①。另一方面,与河北、山东、山西及城市周边地区的大批农民进入城市相关。天津通商开埠,造就了许多新的就业机会,"并由此吸引了周邻地区的大量农村人口。但是城市经济发展所提供的直接或间接就业机会毕竟是有限的,城市对外来人口容纳能力的增长,往往赶不上人口流入的速度,结果造成了激烈的就业竞争和社会秩序的混乱。特别是那些完全靠出卖体力而不需要任何技巧的装卸工——脚行的竞争最为激烈,他们为争夺一个码头或一块地盘,往往以死相拼"②。激烈的竞争,使得脚夫、水夫、粪夫、小贩等进城的底层无业及失业民众成为天津混混儿的主要来源。

城市底层的恶劣生存环境,与旧军人血液中暴虐因子相结合,在特定的时间内成就了混混儿群体好勇斗狠的行为方式,以至于混混儿把打斗看作平常事,如第一章写汪玉洲当众摘苗铁珊的"眼罩儿","轰隆一声,恰似倒了半边墙相似。一齐抢出去看时,只见灰尘四起,砖瓦横飞。一阵乌烟瘴气过去,眼前反觉豁亮了许多。定睛看时,门楼子被人扒下来了。玉洲坐轿来找苗铁珊,原有一番计划。由金家窑到城里,何必用两班轿夫? 却不知八个轿夫之外,还有一个担挑儿的,一共九个人,都是金家窑讲打讲闹的混混儿。身上都藏着家伙。便是凑手不及,扶手板儿杵棍儿都能抽出来打人。到在苗宅办顺了,百话皆无;一言有差,立时翻脸。他这里若有预备,不妨给他两下子。没有预备,便将他的门楼子扒下来,这叫摘他的眼罩儿。这便是要人儿的惯技。九个人只听汪玉洲一声令下,一齐动手,一眨眼的功夫,便将门楼子拆下来。汪玉洲在门前大骂:'苗铁珊,你要有骨头,出来摸摸汪三太爷! 扎在屋里不出来就算了么? 今日个我到底儿看看你是真猴儿假猴。'"③

① 李燃犀:《津门艳迹》,天津:百花文艺出版社1986年版,第1页。
② 罗澍伟:《近代天津城市史》,北京:中国社会科学出版社1993年版,第265页。
③ 李燃犀:《津门艳迹》,天津:百花文艺出版社1986年版,第5页。

天津混混儿之间的争斗,既源于争行夺市的利益纠纷,同时也出于名声的考量。河东陈家沟子鱼锅伙混混儿通过争斗霸占了鱼市,"三五十年前,天津卫盛行一种歌谣,由歌谣又变作小儿语。老奶奶哄孩子,都拍着小儿脑袋念道:'打一套,又一套,陈家沟子娘娘庙。小船儿要五百,大船儿要一吊。'念的时节有板有眼,小儿们听着,固然莫名其妙。老奶奶们念着,亦有些其妙莫名。却不知这段歌谣正应在陈家沟子的鱼锅伙上。主人李三原是混混出身,在陈家沟子娘娘庙一带独霸一方,设立这座李家鱼锅伙(后来改称鱼栈),不知经过多少场恶战,伤了若干人品,方才创下这片事业。凡是由海下来的渔船,湾在沟子,由李家派人到船上敛用钱。所有的鱼都卸在鱼锅伙里,由李家发秤,卖与鱼贩子"①。当海下渔民纠集混混挑战李家鱼锅伙的权威时,就引发了双方的大战,并死去了若干人。为了抢回当红妓女,侯家后丁家小班儿丁三带着伙计与茶店口金华园落子馆儿胡老继等人在街巷里打斗,"两下里在一条窄巷厮斗起来。无奈巷子过窄,两下里施展不开,只有当头的几个人厮打着。后边的人挤不上去,远远地以口代手,彼此对骂。终归是寡不敌众,看看丁三的人要败。丁三见势不佳,赶回侯家后,喊叫来许多耍人儿的,带着长家伙赶来助阵。这一来不但添了生力军,而且遇到一个好帮手,把胡家的人打得落花流水,立时转弱为强,反把胡老的人压下去"②。利益之外,名声对于混混儿来说尤为重要。同为混混的牛瑞堂与汪玉洲本无过节,但只因双方轿夫发生了争执,冲撞了牛瑞堂的威势,致使牛瑞堂怒砸汪玉洲的轿子。赌场上为了争一口闲气,侯家后混混长荣与紫竹林混混齐瘸子聚众斗殴。而成名的混混儿尤其重名声,"长齐翎毛儿的鸟,便爱惜翎毛儿。不肯把他损伤了,只求大场盖过去,谁亦不肯多事,把已经闯出来的名姓玷污了"③。

成名的混混儿亦称袍带混混儿,"他们专以调解街里纠纷为务,大都交友广泛,能说会道,热心公益,排解得当。每遇到地方上出现纠纷,双方又不愿经官,就常有人请他们出面调解"④。李燃犀在《旧天津的混混儿》一文中指出,袍带混

① 李燃犀:《津门艳迹》,天津:百花文艺出版社 1986 年版,第 83 页。
② 李燃犀:《津门艳迹》,天津:百花文艺出版社 1986 年版,第 104 至 105 页。
③ 李燃犀:《津门艳迹》,天津:百花文艺出版社 1986 年版,第 22 页。
④ 张赣生:《民国通俗小说论稿》,重庆:重庆出版社 1991 年版,第 73 页。

混儿"长袍马褂,绸缎缠身,云子履、夫子履,便面上和乡绅无别。或者作办理地方公益的董事,遇事排难解纷,垫人垫钱,仿古人所称的'任侠'一流人物"①。穆西楼是贯穿小说全书的一个"袍带混混儿",他出头排解辛庄抢亲案,不仅迎回了被抢新娘,自己花钱安装路灯,而且"又由西楼出资,在适中地点备了几十桌羊肉席,请两造露头露脸的人物在一处聚聚。从此言归于好,用罢干戈"②;他出面了结李家锅伙与海下曹大之间的渔争,摆宴化解王庆和、齐瘸腿两众混混儿间的打斗。在排解吕家临门新娘洞房产子事件中,穆西楼尤其表现出了他敢于担当的侠义性格及其善于平息事端的过人智慧:

　　西楼见他带领一班人各拿棍棒迎面闯来,看情形,这般人不像打群架的混混儿,心中纳闷道:'他这是跟谁套事呢? 这个我可不能不管。'说时硕士已经赶到,却被西楼当头拦住道:'吕四爷,你们这是干嘛儿?'硕士跺脚道:'穆爷,我声说不的啦。他……嗳! 别说啦,谁亦管不了,别拦我。'西楼道:'这话不对,我不是吹,世上没有不能了的事。这亦不是说甚么事到我手里亦得完,不信咱就试试,看看我有本事没有。'硕士被他几句话说得忘其所以的道:'这回你可不行啦,这亦不是争行夺市,亦不是碴把过节。今日个给我们老三成家……'西楼道:'这可不对,怎么不给我们信儿呢? 昨天柜上听说今天有个阔娶媳妇儿的,一定是咱那院里啦。我可以外教,给我个信儿我好道喜去呀!'硕士道:'这可别怪,任谁亦没惊动,都是几个自亲,没敢请外客,你得恕过我。咱说今日个的罢。这不是娶过来了么? 好啊,你猜娶来几个? ……偏巧儿我们娶了俩来。俩可是娘儿俩,一进门儿没等拜天地,就掏出来啦。这不是么……我带着他们来趟石口,问问他家大人杨老美怎么调教的闺女。这个闺女还叫她出门子,这不是脱裤子放屁,白费两道手儿? 不等出门子就有啦,他不嫌臊得慌,我嫌臊得慌,我这是多少钱哪!'西楼任他在估衣街上暴躁,只是哂笑。听到这里,忙作了个揖道:'四爷,你老这可大喜啦,

①　李燃犀:《旧天津的混混儿》,《文史资料选辑》第 47 辑,北京:中华书局 1964 年版,第 189 页。
②　李燃犀:《津门艳迹》,天津:百花文艺出版社 1986 年版,第 72 页。

又娶侄媳妇又得大孙子，这俩钱花得值。依我看，得给人家杨美樽送喜信。就这么去呀，不是我向着人家，那头儿准把你倭回来。'……吕家子弟们本不愿意去，大热的天跑到石口打架，不累死也得热死。当时又劝不过来，幸着西楼出头解劝，正中下怀，便望着硕士的脸道：'既是穆大爷这么说，咱先去他老府上坐一会儿，听听穆大爷怎的意思。他老必有可说词，听着合意，咱就求穆大爷办；听着不对心思，再上石口亦不晚，妥不过一天打来回儿。'硕士亦觉着街上说话不方便，只得率领众人，随着西楼到在穆宅。①

穆西楼跑腿、作揖、费话、"垫人垫钱"，整天跑上蹿下为民众排解纷争，除了赚得脸面，传播了声名，赢得了邻里的尊重被大家称为"了事大王"之外，事实上承担起"排难解纷"的公共事务，他以自己的热心、诚信、才能及其在民众中不断积累起来的声望服务于市井民众。在当时的语境下，袍带混混儿成为市民社会的一个不可或缺的有机组成部分。

第四节　混混儿的组织特征与文化形态

天津混混儿被认为原是反清的秘密社会组织，"创世在清代初叶；据故老传说乃是哥老会支派，只因年深日久，渐渐忘却根本"②。学者认为这种联系有些勉强。不过，混混儿作为一种帮会组织与次生社会群体，有着很显著的组织行为特征。

天津混混儿有着自己特有的行为、装束和一套独特的组织仪式。混混儿不仅有专门的居住之处，"在闹中取静的地方，半租半借几间房屋，设立'锅伙'"，自称"大寨"，而且有"寨主""副寨主"与"军师"及一众"兄弟"。要加入"锅伙"作混混儿，需要"开逛"，如"卖鸡子儿"的王二楞和混混儿们联络，"开了逛"成为其中的一员。"'开逛'有'开逛'的规矩，'开逛'的人要身穿黑布长褂，敞着怀，里面穿白布

---

　① 李燃犀：《津门艳迹》，天津：百花文艺出版社 1986 年版，第 239 至 241 页。

　② 李燃犀：《旧天津的混混儿》，《文史资料选辑》第 47 辑，北京：中华书局 1964 年版，第 187 页。

裥,脚上穿绣花鞋;穿戴齐整之后,这个人就只管在南市大街上走。走也有许多规矩,不许东瞧西望,不许和任何人说话,只许逛,而且要挺胸直背,要有十足的精气神,走路的步子也要有板有眼,总之要让人看着像是一个无赖……走了一阵时间,有人看这个人有点意思了,就向老头子们报告去了,说是街上有一个人在'开逛',还有几分神采,可以往门里领。这时老头子就出来了,出来了也不理他,只在这个人的身上挑错,挑出错来,冲着这个'开逛'的人就是一口唾沫,然后再过去把他好一顿臭骂,譬如走路的姿势不对了呀,看人的眼神儿不对了呀,没有找不出毛病来的。这时候,这个'开逛'的人要洗耳恭听,还要把一双绣花鞋脱下来,拿在手里,直到老头子走开了,自己才能穿上,回身就走。等再修炼几个月,再来'开逛',那个骂你的老头子,就收下你了"①。什么时候"开逛","类似于今天问什么时候大学毕业"一样,是青皮混混们资历和身份的象征。穿花鞋、着青衣、梳大辫子、跛脚行走的"花鞋大辫子",成为混混儿最显著的外在特征与身份标识。

混混儿若要成名,需经过锤炼,即主动寻找挨打的机会。"按他们的规矩,挨打不许还手,不准出声呼痛,名叫'卖味儿'。倘若忍不住,口中迸出'哎呀'两字,对方立时停手,这人便算'栽了',从此赶出锅伙,丧失资格;但破口大骂的不在此例"②。小南台子混混儿王二来就是一个例证,他迎着前来挑战的帝君庙的混混儿们,"披上棉袄,闯将出来,一直跑到众人面前,将棉袄一撒,一丝不挂,倒在地上大骂起来。帝君庙的人见有人出来接声儿,向前便要动手,却被张树堂用手中蜡杆子拦住道:'你们先等等儿,这个人打不得。你们跑这儿打便宜人来啦?你看,上哪儿打呀?咱往后套事得跟人家学。'大家问道:'依你老这么说,咱就这么回去么?'张树堂道:'不打亦不行,不动手儿咱们干么事来的?'说时夺过一把刀来,在王二来脑门子上一蹭,便是一道口子,鲜血顿时冒将出来。树堂便喊着:'得啦,咱们走吧。'说罢带领众人往东去了。便有本地的人出来,将王二来搭回土娼窑养伤……从此王二来在小南台子成了第一流混混儿,大家公推他作寨主,设局招赌,无人敢搅"③。

① 林希:《其实你不懂天津人》,天津:天津人民出版社2007年版,第114至115页。
② 李燃犀:《旧天津的混混儿》,《文史资料选辑》第47辑,北京:中华书局1964年版,第188至189页。
③ 李燃犀:《津门艳迹》,天津:百花文艺出版社1986年版,第81至82页。

混混儿组织及其混混儿,大都从事着"平地扣饼""白手拿鱼"的无本生意,寻衅肇事,招灾惹祸,鱼肉乡里,为非作歹。混混儿的敛财之道,以"开赌局""抄手拿佣""鱼锅伙""把持粮栈""开脚行""拦河取税"等方式为主,如南台子的混混儿们,看到城西辛庄菜贩每日经过,认为有机可乘,"便有几个人出头,拦路拿用。凡是菜挑子由南台子经过,每一挑勒令拿几个钱的陋规。如若不给,立时便有横灾:轻者暴打一顿,将青菜作践了;重者身带重伤,永远不准由此经过"①。陈家沟子李家鱼锅伙包揽了海下渔船的生意,海下渔船到天津须由他们"开秤定行市",从中得佣钱,做着"白手拿鱼"的勾当②。"开逛"后成为混混儿的王二楞"开了个赌局",抽取"头钱",使得这个寡母"替街坊有钱的人家做活,洗衣裳"的破落人家,"手中渐渐的富裕了,身上的衣裳亦整齐了",寡母王大娘"逢年遇节有个应酬,亦戴上几件镀金首饰,腕上亦带着一副白银拧麻花儿手镯"③。

混混儿的行径与做派,为城市赋予了一种恃强凌弱、愍不畏死的无赖品性。这是由底层民众困于生存环境之恶劣自发生成的市民文化品格,具有很强的破坏性,"因为混混儿类似流氓无产者,加之平素惯于掠劫,义和团运动中多表现为抢掠财务,趁火打劫。如天津西南著名锅匪王春甫,'在范庄召集子弟,设坛惑众,遇难民带有洋元者,即指谓代洋人买物,立行杀死,受其害者,不知凡几'"④。有学者指出,混混虽然在天津人口中只占极少数,"但是沿袭下来的坏习气却已融进了民国时期天津人的性格中,天津人说的'滚刀肉''坐地泡',就颇为典型"⑤。

混混儿虽然有着帮会的组织特征,但是,天津的混混儿与青帮及其他地方的帮派组织是有区别的,这一区别表现在"他们的活动是公开的,不像以漕船为基地的青帮,直至20世纪20年代他们才在城市中落脚,公开扩展他们的势力。与被三巨头统治的上海青帮相比,天津以地盘为基地的混混儿的组织是横向的而不是纵向的。尽管有公认的城市领袖,但和汉口一样,没有形成中心犯罪组织,

① 李燃犀:《津门艳迹》,天津:百花文艺出版社1986年版,第50页。
② 李燃犀:《津门艳迹》,天津:百花文艺出版社1986年版,第83至84页。
③ 李燃犀:《津门艳迹》,天津:百花文艺出版社1986年版,第267页。
④ 黎仁凯、姜文英:《直隶义和团与社会心态》,石家庄:河北教育出版社2001年版,第64页。
⑤ 周俊旗:《民国天津社会生活史》,天津:天津社会科学院出版社2002年版,第284页。

起码到 30 年代后期,袁文会才将混混儿和青洪帮联合在一起。除了奇特的决斗惯例之外,混混儿还与脚行密不可分,脚行为他们提供了稳定的经济来源,以便他们能够组织救火和皇会的活动中发挥核心作用,从而他们的存在合法化,甚至使他们与这些活动成为同义语"①。天津混混儿是以地盘为基地和具有行业性特征的相对松散的组织。

混混儿既是一群豪暴之徒,同时在客观上也是邻里和社区的一个有机组成部分,发挥了相对积极的作用。如混混儿王二楞,"同时又在水会里当会头,为人最好交友。凡是亲友有什么事,都找王二辩理。为人热心不过,遇事只知向前,不肯退后"②。辛庄以邓起龙为寨主的混混儿,"有一种怪秉性,除去个人的私仇不计较外,平日只论公仇。譬如甲地与乙地有过节儿,凡属甲地的人与乙地的人都有不共戴天之仇,势不两立之恨。只要是敌方居住的人,不论识与不识,都算仇敌"③。混混儿汪玉洲到苗铁珊府上"摘他的眼罩儿",当地的混混儿陈三理应出来"挡横","不问与两造识与不识,有无交情,必须出来几个,和汪玉洲见个高下,以全地土之义"④。即他们自命为地方的"保护人","在他们的监视下,摆摊的小贩再不敢用鬼秤骗人,商人不敢以次货兜售,若有当地居民被小偷所窃,他们便会奋勇追捕。由于混混儿有保护所在街区利益完整之责(全地土之义),一旦本街区居民与其他地盘的混混儿发生争执,便被视为是对本街区混混儿的冒犯。由于混混儿的名字已经与本街区有相同的意义,所以从这种认同中便产生了象征性的社区:这种社区能够得到认可,并与他们划分明确的生活区有密切的关系。其名称不仅是表示地理的概念或一个行政单位。该街区与周围地区有明显的区别,被赋予文化特性(即使并未完全被赋予市民的权力),形成一个区域,也构成了社会行动的基础"⑤。这就形成了一种奇怪的心态,市民一方面忍受着

---

① [美]关文斌著,刘海岩译:《乱世:天津混混儿与近代中国的城市特性》,《城市史研究》第 17 至 18 辑,天津:天津社会科学院出版社 2000 年版,第 23 页。

② 李燃犀:《津门艳迹》,天津:百花文艺出版社 1986 年版,第 266 页。

③ 李燃犀:《津门艳迹》,天津:百花文艺出版社 1986 年版,第 53 页。

④ 李燃犀:《津门艳迹》,天津:百花文艺出版社 1986 年版,第 5 页。

⑤ [美]关文斌著,刘海岩译:《乱世:天津混混儿与近代中国的城市特性》,《城市史研究》第 17 至 18 辑,天津:天津社会科学院出版社 2000 年版,第 27 页。

混混儿的鱼肉之苦，另一方面接受混混儿的管理和帮助。于是，混混儿具有了"双重面孔"和多重意义，他们虽被城市主流文化所排斥和打击，却在城市底层文化中获得了认可和支持。混混儿在底层文化层面上表现出"任侠"的一面，成为某种意义上的"英雄"，并影响到底层市民大众的行为与思想，使得市民社会弥漫一种混混儿的情绪，从而造成城市文化的混混儿化。这也是混混儿小说当时流行的基础与缘由。混混儿既是城市问题的发生根源和又是维护社会稳定的工具，成为城市文化的一种特有现象："他们是失业的或只有少量工作的工人和缺乏阶级意识的无产阶级成员，他们在街头使用暴力，按照已经形成程式的本领和规矩行事，被地方官员巧妙地操纵和默许，以达到各种目的：替某一部分人发泄怨气，对于那些渴望掌握斗争技巧的人来说，这是发展个人、赢得地位和追求生活经历的机会……混混儿的语言、哥们义气、规矩（如果不是礼法的话）以及地盘，还为城市特性奠定了基础。他们在救火、皇会以及团练诸方面所扮演的多重角色，为这些下层市民提供了制度的基础，以架构一种他们自己的——即使名声不佳，与国家赞同的正统相区别的多棱的城市文化和特性……混混儿一直是城市里骚乱的根源，同时又充任水会的伍善和协助征税。当局发现，令人厌恶的混混儿也可以使混乱平息，也编织了一幅城市里芸芸众生的多彩画卷。"①混混儿由此不仅被城市所收编，而且以小说话语的方式参与城市地域文化的建构。

总之，《津门艳迹》集中展示了混混儿的生活空间、行为规范及其性格特征，并从混混儿身上反映和重塑了城市的文化。在这一类的文学书写中，混混儿不仅一变而成为"英雄豪杰"，其好狠斗勇的行为被冠为"英雄""艳迹"，而且也成为城市文化性格的一个有意味的符号和代表。

---

① ［美］关文斌著，刘海岩译：《乱世：天津混混儿与近代中国的城市特性》，《城市史研究》第17至18辑，天津：天津社会科学院出版社2000年版，第19至20页。

第四章　《海河春浓》:新天津与城市工业化

　　春到天津,海河汩汩流着,在王余杞的笔下,春天给都市带来了活力,"整个都市都显出了精神,焕然一新"①,但由于双城的分裂和权力的失衡,使得城市呈现出不同的精神与面貌。这种分裂在中华人民共和国成立后得到矫正和整合,空间和精神得到"矫正"的城市以"新天津"的面貌出现在新一代作家的笔下:

　　　　在天津市的西北角上,南运河、北运河、子牙河、新开河、大清河羞怯地向着海河缓缓走来,她们赛似第一次闯入大城市的乡下姑娘:操着不同的乡音,诉说不同的经历,而那一阵阵卷来的泥沙,就像姑娘身上的仆仆风尘。她们对这华北名城是无知的、陌生的、怯惧的,见了海河,就像见到宽厚而又爽朗的工人老大姐一样,信赖地投入海河的怀抱。海河拉起小姊妹们的手,敞开胸怀包容了她们从远方带来的泥沙,无限亲切,永不厌倦。就这样,在金钢桥下,五姊妹汇聚在一起,卷起了汹涌澎湃的怒涛。她们不再是五姊妹,她们都在骄傲地告诉别人说:我是海河!

　　　　然而,几个小妹妹,躲在老大姐的臂膀下,又以何等新奇的眼睛注视着这个城市啊! 在生长她们的地方,从来没有见过这么多的人、这么高的楼房、这么复杂的响声。当她们穿过金钢桥的时候,鸟市的鸟鸣重新将她们带入乡土的回忆,她们争先恐后地向大姐姐说:"我们那儿出百灵!""我们那儿

---

　　① 　王余杞:《海河汩汩流》,《益世报》1937 年 5 月 11 日。

出靛颏!""不,长得最好看、唱得最好听的鸟,出在我们那里!"……海河微笑着,抚摸着小姊妹的头发,爱怜地说:"快走吧,前面还有好多东西,你们没有见过呢!"

……

于是,她们继续前进,由西北转弯抹角地流向东南。春夜,无数电灯光在向她们眨着调皮的眼睛,高傲的白杨树在微风中向她们点头致意:"你好啊,亲爱的姑娘!"姑娘们用潺潺的流水声作为回答,忽然又被工人文化宫传来的欢乐舞曲吸引住了。这文化宫是利用原来帝国主义租界的赌场改建的,和百货大楼隔河相对,每到晚间,两个尖顶建筑上面的红五星,同时闪现出光芒。

"工人们在文化宫里跳舞呢!"海河向小姊妹们说,"前面便是主要工业区啦!"

水流得急促起来,就像姑娘们披散着头发奔跑的脚步。五姊妹在解放桥头略微欣赏了一下火车汽笛的长鸣,便向两岸工厂掀起高高的浪花,那浪花的欢呼,是姑娘们手中挥舞着的美丽的绸巾,也是一支永世坚贞、天长地久的激情的恋歌。小姊妹们兴奋起来,缠着大姐姐讲述恋爱故事。大姐姐朗朗一笑,指点着纺织厂、化工厂、橡胶厂、发电厂、炼钢厂、机械厂、植物油厂、石油公司……,骄傲地向小妹妹说:"我和它们认识已经很久很久了,在苦难的岁月里,我们一同流过眼泪;现在,我们一同欢笑……"忽然,马丁炉上震天的钟响,敲破了夜晚的静寂,也截断了海河的叙述,五姊妹急急忙忙越过挂甲寺,只见东南一片红光,掩盖了黑夜,天车沉重地滚动着,劳动的声浪高入云霄。

……

她们没有想到这里的天空是那么狭小,这里的方向是那么难以辨别,她们更没有想到这里除了摩天高楼、柏油马路而外,竟也有低矮的茅屋、原始的车马……①

---

① 王昌定:《海河春浓》,上海:上海文艺出版社 1983 年版,第 87 至 89 页。

这是长篇小说《海河春浓》中柴油机厂新任厂长刘剑青欣赏海河夜景时的一段描写，作者以拟人化的口吻通过海河及其支流描述了天津城市面貌及其身份的变化，这一变化不仅体现为作为自然景观的海河被赋予了"工人老大姐"的身份，而且呈现在海河姊妹视野中的完全是工业化的城市景观：海河五姐妹一路看到的是"工人文化宫"和工业区中的"纺织厂、化工厂、橡胶厂、发电厂、炼钢厂、植物油厂、石油公司"及马丁炉出铁时的"一片红光"。《海河春浓》叙述视角的转变不仅是20世纪五十年代初期、第一个五年计划开始时天津城市转型的结果，即天津城市整合了城乡、工农等资源，发展现代工业，全力向现代工业城市转变，而且也是作家的一种自我选择。

第一节　《海河春浓》与王昌定

《海河春浓》于1957年12月由上海新文艺出版社出版。作者王昌定，1924年生于河南省固始县。1947年考入北京大学法律系，1948年加入中国共产党，任地下党北大四院分支书记，同年11月到解放区。中华人民共和国成立后在天津市文化局与天津人民艺术剧院担任编剧工作，1952年8月到天津动力机厂深入生活，后兼任机工车间党支部书记。

关于《海河春浓》的写作，与王昌定在天津动力机厂的生活体验直接相关。下厂伊始，王昌定感觉这个厂宗派主义相当严重，"而宗派主义的根源则在党支部。当时的党支部书记是焦明远……他和厂里的人事科长、保卫科长来往较为密切，他们是同时进厂的老区干部，他最初担任工作组长。"我经过一个阶段的观察，感到焦明远并非本质有什么大不好，只是有些思想狭隘，偏听偏信，对留用下来的工程技术人员更存偏见……到1952年底，厂子只是完成了产值与等成品任务，应该装配出来的机器（该厂主要生产柴油机）大半没有装出来，加班加点也无济于事。我来这个厂，是通过党委系统介绍来的，暂时待在党支部里，和厂工会一起，作些宣传工作。眼见生产任务完成得不好，工人牢骚满腹，工程技术人员情绪消沉，我也感到相当失望，内心有些后悔不该到这个落后的工厂来，既谈不到向先进人物学习,更不利于将来的文学创作"。后来随着新厂长的到来,"混乱局面结束,人们互相间的埋怨情绪一扫而光,各项生产指标节节上升,职工看到工厂日新月异,开始产生了一种荣誉感。我也不再像来时那样,后悔找错门了。我懂得了只有落后的领导,没有落后的群众,群众的创造力是无穷无尽的。特别是,通过朝夕相处和共同战斗,我对工人阶级的优秀品质,有了较深刻的体会:他们是那样平凡而伟大"①。动力机厂的经历,给予王昌定创作的动力和灵感,《海河春浓》人物、故事、背景主要来自于动力机厂,有着很强的写实性和明确的目标指向性。

《海河春浓》出版后受到当时评论界的关注,凯歌在《文艺月报》1958年第4期发表《"海河春浓"》书评,指出"1953年,我国第一个五年计划开始了。社会主义建设的高潮,在蓬勃地、飞跃地发展中。这就是我们看到的出版不久的'海河春浓'这部小说所描写的时代背景","为我们刻画了众多的人物形象:安国文的女儿安秀红、赛过出膛的枪弹的陈占魁、老工人焦世荣、总工程师张鸿勋等等,作者以他特有的激情而又幽默的笔调,使这众多的人物各具特色,栩栩如生。同时,作者以洋溢着乐观情绪的笔触,伸向生活的各个角落:车间、办公室、家庭,描绘了各种错综复杂的关系:父女、夫妻、朋友、党内、党外,构成了一副完整的、绚丽多彩的、欣欣向荣的生活图景"②。张学新在《读〈海河春浓〉》中指出:"作者并没有像有些写工厂的作品那样,把工人的生活限制在厂房里,机床上,或把工厂的矛盾只限于技术问题的争论上。不,作者在这里,展开了工人们丰富的精神面貌和广阔的生活场景。我们看到了化铁炉旁的英勇苦战,也看到宁园的愉快的团日;我们看到了刘剑青与李明的严肃的同志式的争吵,也看到了他们热烈的爱情;我们看到了陆启明和安秀红的生龙活虎的干劲,也看到了他们爱情上的苦恼和眼泪……"③《海河春浓》主要写工厂和工业,但也从工厂和工业的角度展现了20世纪50年代天津城市新的面貌与精神,及其人与人之间的新型关系。

---

① 王昌定:《王昌定文集》第四卷,天津:天津社会科学院出版社1993年版,第416至418页。
② 凯歌:《"海河春浓"》,《文艺月报》1958年第4期。
③ 张学新:《读〈海河春浓〉》,《新港》1958年2月号。

第二节　作家与书写的转型

王昌定创作《海河春浓》，与其生活经历的改变和思想意识的变化是分不开的，即他的身份与书写在中华人民共和国成立后经历了一次重大转型。

中华人民共和国成立后，进入城市的作家首先需要解决的问题是：如何认识和反映人民政权下大城市及其生活，如何从新的意识形态角度看待"工人阶级"和工人形象，以及应对从作家身份、题材创作、阅读对象到印刷出版文学场域的整体转变。在新的环境下，写作具有了不用以往的特殊意义，作家要进入"新社会"，需要从身体到思想的全面锤炼和触及灵魂的"扬弃"过程。这种"扬弃"过程在王昌定写作《海河春浓》的过程中表现得尤为突出。进入解放区的王昌定，首先有一种"到家"的欣喜，"我终于进入解放区了，这是我第一次看到解放区的天空，解放区的土地，以及解放区的人民……我的欣喜，我的激动，我的感受，真是难以形容。我只能把所有这一切归结为一句话：我到家了！……现在好了，一切都好了，在我周围的任何事物都是新的，就连呼吸到的初冬的空气也无比新鲜"，解放区的作家也让他感到亲切，"我感到他们纯朴、热情、直爽、平易近人，和我过去生活的知识分子圈子大不相同；即使是知识分子出身的文艺工作者，也没有多少旧文人的习气"①。

但是，这种欣喜很快就被严酷的现实所取代，当他进入体制，"被分配到天津市军管会文艺处第三宣传队"，即后来的天津市文化局，成为体制内的专业作家时，首先在身份上面临着甄别与信任的考验。1950年初，王昌定被调往"市委党校学习"，"这个班实际上是个整风班，以整顿思想作风为主要内容。渐渐我才知道，这里面有相当数量是犯有各种类型错误的干部，如搞不正当男女关系的，闹地位观念不服从调动的，革命意志衰退存在退坡思想的，等等。把我放在这个班里，最初我感到很委屈，后来才明白是和我第二次在家乡被中统逮捕那段历史有关……学习开始

---

① 王昌定：《王昌定文集》第四卷，天津：天津社会科学院出版社1993年版，第387、389页。

后一个相当长时间,是钻研整顿三风的文件,领会文件精神实质,展开讨论。两个月以后,才逐渐联系实际,解剖自己,检查错误。最初,我抱有抵触情绪,老在琢磨着写点什么文章,对文件的学习和讨论,都抱有敷衍态度。后来全班组织了几个报告,我对一些同志勇于脱裤子、割尾巴、亮出自己疮疤的无畏精神,深受感动,同时也发现了我和这些同志的差距:既然在入党时宣了誓,为共产主义事业奋斗终生,还有什么个人东西不能抛弃呢? 我开始明白,组织上让我上党校,主要在于整顿思想轻装前进,历史问题总是可以调查清楚,做出恰如其分的结论的。(1956 年作了正式结论:属于一般历史问题。)我既卸了思想上的包袱,学习上的进步更快了,这立刻得到了小组的鼓励与表扬。有一天,班主任史平找到我,拿出一份请柬对我说:'这是从北京寄来的请你参加首都文艺座谈会的请柬,我们考虑到你现在思想大有进步,同意你去参加这个会。希望你好好学习,将来在文艺事业上做出更多的贡献。'我手中握着请柬,极为兴奋,感到组织上并没有歧视我,更不是不让我今后继续搞文艺创作,而是要求我正确地行进在党的文艺思想轨道上"①。"党校整风"是王昌定思想观念发生变化的开始。

接踵而至的文艺"整风"使得王昌定从思想上进行自我改造。1951 年底天津开始的文艺"整风"运动,"是在直接参加过延安文艺座谈会的方纪领导之下进行的,而剧院编导组整风又由艾文会负责……他习惯于用政治的标准衡量复杂的文艺现象,因此他对一些作品的看法,必然是比较'左'的"。因此文艺"整风"对王昌定的震动,"远比党校整风为大,因为我过去的创作既被否定,我就变得一无所有了"。在经历了由"抗拒"到"接受"的过程后,他逐渐认识到自我的"问题"和"差距":"这种过火的文艺批评,开始时我是想不通的。接着大家一同阅读和讨论……彼此在不知不觉间上纲愈来愈高,我也就心平气和了……这种彼此间从团结、进步愿望出发的批评,也逐渐消除了我在艾文会等批评我时最初出现的不满情绪,换句话说,我在不知不觉中,把他们的批评接受下来了"。王昌定开始寻找新的出路:"特别是关于和工农群众打成一片的问题,大家在反复学习《讲话》的同时,每个人都感到自身有着很大的差距,并下定了长期深入火热的斗

---

① 王昌定:《王昌定文集》第四卷,天津:天津社会科学院出版社 1993 年版,第 399 至 400 页。

争、努力改造思想的决心"①。

　　要"正确地行进在党的文艺思想轨道上",作家就必须按照体制与机制的要求从事规定题材的写作。早在 1949 年 1 月 18 日,也就是天津解放后的第四天,《天津日报》副刊发表了孙犁的文章《谈工厂文艺》,该文指出,"在天津,文艺工作主要是为工人服务,并在工厂、作坊,培养工人自己的文艺","今天,进入城市,为工人的文艺,是我们头等重要的题目",为此,"我们就要有计划地组织文艺工作者进入工厂和作坊,也要初步建立工人自己的文艺工作"②。以乡土文学成名的作家孙犁对工厂文艺的呼吁,是出于作家生活环境的转变和对政治的敏感。随着解放战争的胜利,政权由农村走向城市,发展工业必然成为国家建设的首要任务。毛泽东在发表于 1949 年 6 月的《论人民民主专政》一文中指出,中国革命的目的,"使中国有可能在工人阶级和共产党的领导之下稳步地由农业国进到工业国",并确立工人阶级的领导地位,"人民民主专政需要工人阶级的领导。因为只有工人阶级最有远见,大公无私,最富于革命的彻底性。整个革命历史证明,没有工人阶级的领导,革命就要失败,有了工人阶级的领导,革命就胜利了"③。表现工人阶级和发展工厂文艺也成为当时文艺政策的一个主要导向。1949 年 7月,周扬在北平召开的中华全国文学艺术工作者第一次代表大会上所做的《新的人民的文艺》报告中强调:"在城市,我们必须开展工厂文艺的活动。我们进入城市的时候,向工人介绍了在农民艺术形式基础上发展起来的新秧歌,向工人宣传了农民如何受地主剥削,他们如何起来进行斗争,农民在抗日战争与人民解放战争中作了多么重大的贡献,使工人阶级认识农民这个永久同盟军的重要。我们还要告诉工人,城市必须用一切方法帮助农民,不但供给他们工业日用品,而且还要供给他们精神粮食。我们在农村工作的同志,自然同时也必须向农民宣传工人阶级如何恢复和发展工业生产而流汗奋斗,要如何依靠工人阶级,使中国从农业国变成工业国,以及工人阶级为什么是中国人民革命的领导阶级。"④

---

①　王昌定:《王昌定文集》第四卷,天津:天津社会科学院出版社 1993 年版,第 412 至 413 页。
②　孙犁:《谈工厂文艺》,《天津日报》1949 年 1 月 18 日。
③　毛泽东:《毛泽东选集》第 4 卷,北京:人民出版社 1960 年版,第 1365 至 1368 页。
④　周扬:《新的人民的文艺》,北京:新华书店 1949 年版,第 32 页。

　　和"工农群众打成一片"需要放下身段和思想包袱,真正深入工人和工厂生活。王昌定自觉地要求到工厂体验生活,1949 年后他到棉纺二厂"蹲点","棉纺二厂,那时还叫中纺二厂,属天津中纺公司,也是天津纺织系统最大的工厂之一,有职工四五千人。这座工厂面对海河,一出厂门,就能看到海河的奔流。河的两岸,工厂林立,形成了当时天津的主要工业区。与此同时,工业污染也很严重,从纺织厂走出来的男女工人,几乎没有一个面色是很健康的。我自进工厂第一天起,就感受到工人的辛劳……我则经常深入织布车间,特别是车间的保全部,努力和工人交朋友。纺织厂青工多,女工更占多数,一到晚上,我们的住处便挤满了人,叽叽喳喳,闹个不停。我发现,工人与农民最大的不同处,除了大生产带来的知识面的广阔,便是严格的组织性纪律性,即使在业余的文娱活动中,也是遵法守纪的"①。这一期间,他写作了剧本《织布机旁》和短篇小说《关钱》,并于1950 年底出版了作为阿英主编的"工厂文艺习作丛书"之一的小说散文集《海河散歌》。但他又对自己及这些作品不太满意,"我因为常站在讲台上对学习班的学员高谈阔论,不知不觉便觉得比学员们要高明些,刚来时向工人学习的那点意识也逐渐淡漠了。我认为我比他们文化高,书本知识多,这妨碍了我和他们打成一片,许多时候,我看工人,总不免有些冷眼旁观。这在我后来出版的散文小说集《海河散歌》中,可以看得相当明显:我赞美工人,但似乎又自外于工人,如隔岸观火"②。在这种不断的自我反思和"规训"下,王昌定"清算了过去创作思想上存在的问题,下决心到工厂去安家落户,担任实际工作",从此,他的"忧乐喜怒和普通工人、干部的忧乐喜怒开始息息相关了","不再是以旁观者的身份对新事物唱几句空洞的赞歌,而是以主人翁的资格参加了工厂的斗争"③,即他以工人的身份和思想感情创作了《海河春浓》,其刊载方式不再是报纸连载,而是作为"青年创作丛书"以组织的形式由上海文艺出版社出版。

---

① 王昌定:《王昌定文集》第四卷,天津:天津社会科学院出版社 1993 年版,第 395 页。
② 王昌定:《王昌定文集》第四卷,天津:天津社会科学院出版社 1993 年版,第 396 页。
③ 王昌定:《海河春浓·拉不回头的四分之一世纪——新版前言》,《海河春浓》,上海:上海文艺出版社 1983 年版,第 3 页。

第三节 工人的教育与转变

中华人民共和国成立以后,工人在政治上获得了翻身,是国家领导阶级和依靠对象,全心全意地依靠工人阶级,成为党和政府城市工作的"首要问题"。刘少奇在《天津讲话》中指出,"依靠工人阶级,团结其他劳动人民,争取知识分子,争取尽可能多的能够跟我们合作的自由资产阶级及其代表人物站在我们方面……一步步的战胜敌人,同时开始我们的建设事业,一步步的学会管理城市,恢复发展城市中的生产事业。这是一切城市工作的,也是为了管理好天津工作的总路线"①。依靠工人阶级需要对工人进行"教育","讲共产党马克思主义、唯物史观、劳动创造世界、社会发展史等,以改变其人生观为革命的人生观。讲中国革命的基本问题、新民主主义论、中国革命与中国共产党,讲目前的革命政策,目前建设的各种政策"②。通过"教育"把工人组织起来,"恢复"和发展城市工业生产。《海河春浓》以工人为叙述对象,既塑造了先进工人代表安国文,也描写老工人焦世荣的思想转变,同时颇有用心地叙述了黄富有"归队"的故事,展示了天津工人教育、组织与发展的历程。

老工人安国文是工人阶级中的先进代表,"是个把自己和整个工厂融化在一起的人",在他身上,"集中反映了中国工人阶级的优秀品质","他是车间主任,党总支委员,他是我们这个时代的英雄,但他始终带着工人阶级的本色,永远是工人中的一员,一个普普通通的人"③。即"政治"和"技术"在他身上得到了完美的结合。而他的"英雄"与"本色",和其本人在柴油机厂长期工作的经历及党的教育是分不开的。他与柴油机厂的联系,可以追溯到工厂的建厂,"厂子是在抗

---

① 刘少奇:《对天津工作的指示(一九四九年四月廿四日)》,《刘少奇同志天津讲话》(内部资料),中国人民大学中共党史系资料室 1980 年,第 19 至 20 页。
② 刘少奇:《对天津工作的指示(一九四九年四月廿四日)》,《刘少奇同志天津讲话》(内部资料),中国人民大学中共党史系资料室 1980 年,第 38 页。
③ 张学新:《读〈海河春浓〉》,《新港》1958 年 2 月号。

战前几年由几个私人资本家集资兴建的,这几个资本家也多少有些振兴民族工业的雄心,千方百计请来了几位第一流技术的工人,安国文便是其中的一个。那时的工厂不像现在这么专业化,面粉机也做,抽水机也做,新式农具也做;那时的工人技术也不像现在这么专业化,车、铣、刨、旋、钳,样样都得能摸一摸,而安国文在各个方面都可以坐第一把交椅……卢沟桥的炮声带来了日本鬼子对天津的统治,厂子勉强维持了两年,终于被迫无奈卖给了日本官方。在私人资本家和日本鬼子办理交接手续的那天下午,安国文擦干净手上的油泥,含着眼泪绕厂转了一周,不声不响离开了工厂……只是,人离开了,心何曾离开? 每天,他总要尖着耳朵听一听那熟悉的机声;每夜,也总做着关于工厂的梦。不久,老伴死了,他开始带着女儿到处流浪……生活的道路是艰难的,长夜漫漫,抗战胜利使他仿佛看到了一点曙光,并且重新回到这个工厂来;但很快,曙光便消失了:国民党统治并不比日本人好到哪里去,而工厂由于反动政府是作为敌产接收过来,这统治便显得更直接了。他开始了比过去更加深刻的思考:摆在面前,不光是做一个中国人的问题,而且是做一个什么样的中国人的问题,凭手艺吃饭的想法是没有灵魂的想法。这思考促使他觉醒,也促使他接近并且参加地下党的组织。他觉得这才算真正站立起来为阶级的幸福而斗争"①。现实经历让安国文明白做一个什么样中国人的问题,党的教育让他获得了阶级主体意识和领导地位,安国文的身上体现了工人阶级先进代表的成长与炼就的具体过程。

技工车间的老工人焦世荣也是"生产上的一把好手","技术"上没有问题,但因"计较点个人利益",显得"不够工人味","妨碍了他的进步",即他是一个"政治"上有待进步的"老工匠"。这和他的中农出身不无关系。"民国十年以前,焦家在河间一带还是一个上中农,焦世荣也跟着父亲学成了一手好庄稼活。无奈好景不长,兵荒马乱、苛捐杂税,焦家终于破了产,父亲又气又急,得了一场病,死了! 焦世荣在大革命开始那一年,就独自流浪到天津,才算和安国文有了同师学艺的缘分。那时,他时常谈起家乡,无日不在惦念被他撇在家里的老婆孩娃,安国文总是劝解他,直至帮助他。他当时有个最基本的想法是:继续回家种

---

① 王昌定:《海河春浓》,上海:上海文艺出版社 1983 年版,第 111 至 112 页。

地。但是办不到啊！家里虽剩下二亩薄地，除去捐税，连一个人都难以养活；留在外面，起码自己可以糊口，遇上个好时候，还能给家里捎上几文。就这样，十年过去了，到一九三六年，焦世荣手里稍微积攒了几文钱，便回了家，安国文劝他不要回去，他没有听。不到一年，又爆发了抗日战争，华北沦陷，差不多整个儿成了日本人的天下，乡间被汉奸鬼子闹得天昏地暗、日月无光，更加没有活路了，焦世荣只好二次来天津耍手艺，直到日本投降，又勉强把老婆接了出来。儿子已经成人了，就让他留在乡下吧，人生在世，务农才是根本啊！将来自己也终有一天，要'告老还乡'的。河间一带，在抗日后期，就变成了比较稳定的解放区，一九四九年，那里开始实行土地改革，儿子成了家，又多分了几亩地，焦世荣的还乡之念，不觉油然而生，可他又怕靠不住，不如先脚蹬两只船。天津解放以后，工人生活日渐改善，儿子来探望父母，也常提起土改以后的事情，说是某某家又买了别人几亩地，某某家买了十亩，牛马车辕，生活蒸蒸日上，言下不胜羡慕。焦世荣因此便又产生了新的想法：回家也不能空着两只手回家，至少得多积攒一点钱，给儿孙们多置几亩地，恢复旧家业"①。尽管安国文把焦世荣"告老还乡""牛马车辕"的理想当作其工作落后的"病根儿"，但是焦世荣的理想透露了一个重要信息，那就是 1949 年后农民进城务工仅仅是一种谋生手段，性质和在家务农没有多大区别，工人并没有成为其唯一的身份认同，他们随时准备着从工人转换成农民。因而，要实现现代化工业城市和国家的建设，面临着教育焦世荣们涤除思想中残存的私有意识与农民认同，使其从思想到行为完全"进化"为无产阶级"工人"的考验。

工人的教育和身份的认同，还涉及像黄富有这样的市民小资产阶层。黄富有作为安国文、焦世荣的师弟，在"政治"与"技术"上都存在着问题。他"最早也是老北洋铁工厂的徒弟，比安、焦两人要晚几年，出师后一直在耍手艺。到了一九四三年，一个日本军官自己买了几部机床，私下开了个小铁工厂，请黄富有去当工头。也算该黄富有时来运转，不出两年，抗日战争便胜利了，那个日本军官因在天津三不管一带欠有人命债，就溜之大吉，全部家私由黄富有神不知鬼不觉

---

①　王昌定：《海河春浓》，上海：上海文艺出版社 1983 年版，第 193 至 194 页。

地接收过来,工头一跃而为厂主。当然,这中间免不了给国民党接收大员们送了一份厚礼,说明工厂是他早就从日本人手中买下的。解放了,这小小铁工厂更发展起来,黄富有到处揽活,柴油机厂一些零零星星的外包活,大都交给他来做,成了他最重要的主顾。这人,算盘打得很精,更比普通资本家熟悉工人心理,从四九年到五一年,狠赚了一笔外财。正想进一步扩展厂面,不料猛地飞来一阵暴风雨,'三反''五反'运动开始了,黄富有不光偷工减料、偷税漏税被查出来了,连隐匿敌产的老底子也被掀出来了。人,进了法院;厂子,归了公……一九五二年底,黄富有走出监狱,眼见工厂没有了,已成了无翅之鸟。家中虽还有点积蓄,坐吃山空,总不是事,大步子却又不敢迈了。暗自观望了几个月,见有人到乡下贩运粮食很有油水,不禁眼馋起来"①,做起来贩运粮食的生意。然而,粮食的"统购统销"让他栽了跟头,走投无路之际,找师兄焦世荣帮忙请求"归队",为此焦世荣教育他,"夏天的时候,你到我家来,老安就劝过你,你不听,仗着自己有点鬼聪明,光想着赚大钱! 别忘啦,人一辈子并不单是为了钱活着。现在该明白过来了吧? 你的路子走错啦! 这社会主义,你能挡得住吗? ……可有一节:到了国营工厂,就得守国营工厂的规矩,不能在我介绍人脸上抹黑。别管二等不二等,我也总算个先进工作者,明白吗?"②黄富有的"回归"更像一个重新作人的回头"浪子"。

　　工人思想意识教育和工人身份的认同与转化,是中华人民共和国成立后天津工厂一直存在的问题。厂长刘剑青指出:"新工人要教育,干部和老工人也要提高……不提高思想也永远赶不上这飞跃发展的现实!"③为了支援全国各地的工厂建设,柴油机厂大批熟练工人及干部被输送出去,同时又从城市和农村招聘来新工人。工会主席周本立感叹,"开年以后,厂子里上了一批新工人,思想特别复杂,专闹个人利益,这个问题就得解决","这如今又不时兴开斗争会,讲究的是说服教育,他给你来个口是心非,你还不是干瞪眼? 看起来,说破大天,以后也不

① 王昌定:《海河春浓》,上海:上海文艺出版社1983年版,第195至196页。
② 王昌定:《海河春浓》,上海:上海文艺出版社1983年版,第285页。
③ 王昌定:《海河春浓》,上海:上海文艺出版社1983年版,第298页。

能再添新人啦!"①但这是不可能的,为了援建河南新建的拖拉机厂,"局里希望
柴油机厂根据可能条件,尽量调出一些技术工人去支援","全厂一共是八十个,
由安国文率领"。小说把这个工人教育问题留给了职工政治思想工作,认为只有
通过加强党的领导和思想教育才能解决。事实上也是这样做的,工人在政治上
翻身以后,经济上的改善并不明显,这是工业生产的性质决定的,"农民翻身可以
消灭封建,分土地,但工人还不能得到工厂。工人翻身是与农民翻身不同。如照
农民那样翻法,就翻坏了。工人翻身这个口号是不能空调宣传的,易于农民翻身
连在一起,那就闹坏了"②。

第四节　工厂领导干部的塑造

《海河春浓》除描述工人的教育与转变之外,叙述了孟定远与刘剑青两位厂
长矛盾与冲突,两个人的冲突从某种程度上构成小说故事发展的基本脉络。孟
定远对于柴油机厂的建设曾经起到重要作用,正是他的奋斗,使得柴油机厂从
"一个设备不全的修理厂"发展为现代化的国营大厂,"从恢复到发展,孟定远已
经在这里待了四年零两个半月了。是的,四年零两个半月,只多不少,要知道,当
他进入工厂接收的时候,解放天津的枪炮声还没有完全停止。这四年多,他熟悉
了海河的水涨水落,他把全副精力投入到工厂的建设;这四年多,一个五百人的
工厂发展到两千人,许多车间、许多机器,也都是在他眼前增添起来的;这四年
多,海河的黎明和黄昏,不知不觉在他的头上过早地染了几缕白发"③。孟定远对
柴油机厂做出了贡献,但这些贡献和成绩并没有掩盖住其自身及工厂存在的问
题,在第一季度的生产中,孟定远"一直躺在'等成品'上去'肯定成绩'!可装配
车间拿不到成套的零件,机器还是装不出来",没有完成任务。

①　王昌定:《海河春浓》,上海:上海文艺出版社1983年版,第290至291页。
②　刘少奇:《对天津工作的指示(一九四九年四月廿四日)》,《刘少奇同志天津讲话》(内部资料),
中国人民大学中共党史系资料室1980年,第33页。
③　王昌定:《海河春浓》,上海:上海文艺出版社1983年版,第27页。

柴油机厂存在的问题,在老工人安国文看来,"不是什么悲观情绪,也不是什么个别人的不负责任。根源应该先从领导上来找。领导上不肯开动脑筋,不虚心倾听群众的呼声,放松了思想工作,缺乏远大的目标,降低了对自己、对干部的要求,自满自足,再加上各个部门的不齐心,这才是问题的关键!"①经过调研和思考,新任厂长刘剑青认为问题在于管理上的混乱,"不能再这样各不相干地干下去! 工厂里,压倒一切的中心是生产,而生产中许多要做的事情,也不能同时做,一个时期只能以一件为主。目前柴油机厂的中心应该是抓紧作业计划,拿出成套的零件来装柴油机"②。安国文和刘剑青的看法都指向同一个方向,那就是孟定远的外行管理造成了工厂整体的混乱。生产中,孟定远弃总工程师不用,"对总工程师张鸿勋抱着不信任的态度:既不使用,也不正面批评。这么一来,他自己就变成了光杆司令,在生产业务上又不算内行,只好整日废寝忘食,往往为一个小零件亲自从这个车间跑到那个车间……一九五二年的任务,表面上看来,在孟定远个人的严格监督下,一直加班加点突击到十二月三十一日的深夜,总算完成了。但带来的结果却是:整个厂子的生产管理变得异常混乱,许多零件的储备量和工序占用量全部吃光,一九五三年第一季度柴油机装不出来,正是这种混乱造成的"③。"社会主义不是依靠盲目的积极性能够完成的,它需要组织,需要计划,需要领导,需要大家集中一个目标"④,组织、计划、领导和目标,既是社会主义建设的要求,也是现代化工业生产必备的基本条件,若是领导盲目发挥积极性,只能起到更坏的结果。陈占魁为了自己车间的局部利益,破坏整体计划而造成工厂无法完成任务的问题,就出在了这种计划的混乱和盲目积极性的发扬。

刘剑青与孟定远之间的冲突,并不是工业题材小说惯有的"路线"之间斗争,也不仅仅是思想觉悟的先进与落后的问题,而是代表了以大规模工业生产为出发点的新的社会组织形式与以小农经济为基础的传统社会组织形式之间的"制度"之争。作为进城干部,孟定远有着骄人的政治资历,在柴油机厂的恢复中发

---

① 王昌定:《海河春浓》,上海:上海文艺出版社 1983 年版,第 21 页。
② 王昌定:《海河春浓》,上海:上海文艺出版社 1983 年版,第 96 页。
③ 王昌定:《海河春浓》,上海:上海文艺出版社 1983 年版,第 48 页。
④ 王昌定:《海河春浓》,上海:上海文艺出版社 1983 年版,第 135 页。

挥了很大作用，"孟定远是天津解放的当天，以工作组长的身份随同军事代表来到柴油机厂的。后来，工作组取消，他先后担任过人事科长和党支部书记的职务。1949 年以前，这个厂并不是什么柴油机厂，表面上叫做机械厂，实际上不过是一个设备不全的修理厂。厂房，是破烂不堪的；机器，也是破烂不堪的。恢复起来，不是轻而易举的事情。但这算不得什么，革命哪里有不艰苦的？终于，到1951 年上半年，不仅基本上完成了工厂内部的民主改革，并且开始了新产品——高速柴油机的试制。那时，孟定远刚刚被提拔成副厂长"①。相对于成绩，孟定远的劣势更为明显，那就是面对城市和现代工业生产这一新的环境及社会组织形式，他仍然用"小生产者的习惯逻辑"管理现代工业生产，"思想还停留在狭隘的农民观点上"②，没有摆脱传统农业文化的思维定式，"中农的家庭，确实给孟定远带来沉重的负担，他一闭上眼睛就会想起父亲辛勤而又狭窄、自私的一生……父亲活着的时候，虽说日子过得并不富裕，倒也还有他一套自满自足的想法。闲常时，到地边里转上两圈，拾点有用的东西回来，对于个人的许多微不足道的恩怨，总是念念不忘。这些，都给孟定远留下很深的影响。他参加了革命，入了党，但在思想上仍然不能高瞻远瞩，往往为了一些小的成绩而沾沾自喜，抱着'比上不足，比下有余'的念头去工作。抗战打日本，打倒蒋介石，推翻封建地主阶级，甚至'三反''五反'，这对于孟定远都是具体的；五年计划、社会主义建设，在他看来却渺茫不着边际，也勾引不起他太多的热情。内心深处，他有点害怕朝前走，因为愈前进一步他就愈不能认识这个现实了"③。因而，当工厂生产进入正轨，孟定远自身的缺陷暴露无遗，这也是导致柴油机厂陷入混乱的根源所在。

刘剑青，这位从哈尔滨机床厂厂长任上调入的新厂长，不仅是柴油机厂大刀阔斧的改革者，而且对于当代中国工业题材小说创作来说也是一个先行者。有论者指出，作为"工业题材长篇创作的拓荒者"④的草明，她的长篇小说《乘风破浪》(1959 年 9 月作家出版社出版)对当代文学的真正贡献，"不在于刻画了李少

① 王昌定：《海河春浓》，上海：上海文艺出版社 1983 年版，第 47 页。
② 王昌定：《海河春浓》，上海：上海文艺出版社 1983 年版，第 142 页。
③ 王昌定：《海河春浓》，上海：上海文艺出版社 1983 年版，第 248 页。
④ 张钟等：《当代文学概观》，北京：北京大学出版社 1980 年版，第 332 页。

祥,而在于创造了一个懂技术轻政治的宋紫峰,并将其作为小说矛盾的中心"①。
而且,"宋紫峰的艺术形象,不是作者凭空捏造的,而是从实际生活中概括出来的
……这个形象塑造得成功,不亚于李少祥;他的典型意义,同样不亚于李少祥。
因为李少祥的形象在其他作品中经常见到,而宋紫峰的形象则是凤毛麟角"②。
因为,"下一次见到这个人物,得等到二十年后的《乔厂长上任记》了"③。然而,
相对于评论者对于宋紫峰的褒扬,作家草明却采取了批判的立场,"以《乘风破
浪》来说,小说作为批判对象的厂长宋紫峰,是一个懂业务、讲科学、有事业心的
厂长。在一九五七年下半年和一九五八年的背景条件下,经过实际计算,他反对
当时提出的过高的钢铁增产指标,他强调发挥行政管理的作用,他反对这样一个
大的钢铁联合企业管理中的手工业作风和农村作风,他重视技术人员的作用。
这些,在小说中却成了他的错误表现"④。《海河春浓》中的刘剑青却始终以工厂
领导者的正面形象出现,从某种程度上他与二十年后出现的"乔厂长"之间血缘
关系较之宋紫峰更近。

刘剑青上任伊始便登门拜访总工程师张鸿勋,不仅恢复他总工程师的职权,
让他负责全厂"各个车间的相互配合问题,技术问题",而且以雷厉风行的做法免
去了机工车间主任杜瑞林的职务,严厉处分了"一个一向完成生产任务很好、在
代理厂长口中经常受到表扬","仅仅因为在配合兄弟车间方面有错误"的党员车
间主任陈占魁。尽管刘剑青反思自己的作法"不民主",但这"不民主"的做法不
仅震慑了干部工人懒散的作风,使生产走上了正轨道路,"大家的眼睛立刻亮起
来了,是非也分明了,尤其科长和车间主任一级的干部,都很自然地联想到自己
的工作,开始感觉新厂长真是雷厉风行,不能再像过去那样马马虎虎下去了"⑤;
而且整个柴油机厂的面貌也因此焕然一新,"工人群众对祖国建设的热情,在短

---

① 李杨:《工业题材、工业主义与"社会主义现代性"——〈乘风破浪〉再解读》,《文学评论》2010 年
第 6 期。

② 朱兵:《开拓中前进——新中国三十年工业题材长篇小说发展概观》,北京:工人出版社 1984 年
版,第 32 页。

③ 李杨:《工业题材、工业主义与"社会主义现代性"——〈乘风破浪〉再解读》,《文学评论》2010 年
第 6 期。

④ 张钟等:《当代文学概观》,北京:北京大学出版社 1980 年版,第 343 页。

⑤ 王昌定:《海河春浓》,上海:上海文艺出版社 1983 年版,第 154 页。

短时间内,立刻像火一样燃烧起来……全车间工人的脑子里,这时都没有杂念,甚至连焦世荣也暂时忘记了他的升级问题。大家只有一个目标,那就是:完成任务,坚决完成任务!……群众热情高,组织的得当,浪费时间减少,再加上兄弟车间的配合,安国文看得清清楚楚:四月份计划是一天比一天有把握了,就连任务最重的活塞组,也有了超额的希望。总工程师张鸿勋在下旬开始时,巡视了全车间,惊讶得半天说不出话来,只好暗自赞叹工人群众潜藏不尽的创造力"①。刘剑青的所作所为,实际上是以"技术中心主义"纠正"政治中心主义"的偏颇,力图使工厂回到正常的生产轨道上来。这一做法,在 1958 年后"鞍钢宪法"成为中国社会主义工业化基本图景的语境中,必然会遭到批判。20 世纪 70 年代的一篇题为《彻底批判反动小说〈海河春浓〉》文章就以此为依据批判作家"专家治厂"和"打击工人干部"②,但这也从另一方面证明了作家的预见及其对工业生产逻辑的深刻认识,他以细致的描绘和精到的人物刻画洞见了"工业政治"的来临。

第五节　工业风景与人的机器化

《海河春浓》描写了工人、干部,也描画了作为背景的城市景色,人物和景色作为风景不仅表达了城市工业化进程及后果,而且成为展示城市面貌和塑造城市性格的一种主要方式。

王昌定在《海河春浓》中,把工人新村作为城市工业建设的组成部分做了较为详细的描写。工人新村的出现是城市工业化发展的明显症候。作为"消费城市"的天津,其工业化转型中必然会发生工人的"住房短缺"问题,于是"工人新村"成为社会主义国家解决城市工业化中住房短缺的一个重要手段。

小说叙述了位于郊区的丁字沽"工人新村",由于柴油机厂发展太快,"工厂左右找不到可以盖宿舍的空地,只好将一片新宿舍,盖在十几里以外的地方了。

---

①　王昌定:《海河春浓》,上海:上海文艺出版社 1983 年版,第 116 页。

②　《彻底批判反动小说〈海河春浓〉》,《文艺革命》1970 年 11 月 28 日。

这地方,已经算是郊区,田野里,麦苗早就长出来了,道旁满是杂花,远处更有一片片的桃林,桃花正含苞待放。"①安秀红的师傅,机工车间活塞组组长陆启明就住在这里。"工人新村"那一排排整齐的新宿舍,"实在让初次来访问的安秀红头疼,仿佛都是一个模子铸出来的,很难找出这家和那家有什么不同"②。工人新村尽管以"村"来命名,但此"村"显然既和乡村不同,又与传统的市民大杂院区别开来,这种"区""段""排""户"的结构布局,本身就是一个新生的、现代工业工厂的缩影,区内不仅配有公共自来水和公共厕所,设置了菜市场、粮店、煤店、百货店、银行、学校、托儿所等公用与商业设施,居民的生活需按计划进行,"因为新村的'段''排'分明,许多事情都按'段''排'来计划、布置或推动。比如,每年学校招生,基本按'排'来划分班级,所以邻居的孩子又都成了同学,后来许多同学长大了又结为夫妻。再比如,物质匮乏那几年,为了控制哄抢,许多要本、要票的东西,必须分'段'、分'排'购买,有时眼睁睁地看着对过院儿蒸山芋、熬带鱼,也得耐心等着'叫号'"③;而且新村本身也是培养工人阶级和工人意识一种必要设施,它不仅把落后的工人用过于平等的形式和理性化的管制转化为现代工厂的合格工人,而且也为现代工业培养了后备力量。因此,工人新村不仅成为城市新的"风景",而且改变着城市的空间面貌及其性质,改变了过去群聚杂居的无序和混乱,形成了以工厂为中心组织生产与生活的"新"空间格局。

城市风景是与现代工业社会发生关系的一种新装置,它一方面确立了新的叙事方式,那种"像写农村一样,把一家人放在一个工厂里,在家族中间展开矛盾实际是不可能的,在一个几千人、上万人、甚至是几万人的企业里,亲人也是很难在工作时间碰面的,除非一家人在一个工厂,又在一个车间,又在同一个生产组,上的又是同一个班次"④。也即它是一种与传统农业叙事截然不同的伴随着现代工业发展起来的新叙事方式。另一方面,它也改变了城市的面貌,展示了一个新的世界,"这个世界变得技术化、理性化了。机器主宰着一切,生活的节奏由机器

---

① 王昌定:《海河春浓》,上海:上海文艺出版社 1983 年版,第 76 页。
② 王昌定:《海河春浓》,上海:上海文艺出版社 1983 年版,第 77 页。
③ 张健:《"新村"纪事》,《天津记忆》2010 年 12 月 20 日第 68 期。
④ 蒋子龙:《大地和天空》,《北京师院学报》1981 年第 3 期。

来调节时间是有年月顺序的、机械式的,由钟表的刻度均匀地隔开。能源利用取代了人的体力,大大提高了生产率。以此为基础的标准产品大批量生产便成为工业社会的标记。能源与机器的使用改变了工作的性质。技艺被分解成简单的操作步骤。昔日的工匠被两种新式人物所取代:工程师,主管工作的设计和流程;半熟练工人,他是机器不可缺少的附属物,直到工程师的技术人才创造出新机器把他置换掉为止。这是一个调度和编排程序的世界,部件准时汇总,加以组装。这是一个协作的世界,人、材料、市场,为了生产和分配商品而紧密结合在一起。这是一个组织的世界——等级和官僚体制的世界——人的待遇跟物件没有什么不同,因为在工作中协调物件比协调人更容易……工业革命归根结蒂是一种用技术秩序取代自然秩序的努力,是一种用功能和理性的技术概念置换资源和气候的任意生态分布的努力"①。

透过现代工业生产分析这一风景中的人物,可以发现无论是作为工厂领导者的刘剑青、孟定远和张鸿勋,还是作为厂中层领导的安国文、陈占魁和周本立,以及工人焦世荣、陆启明和安秀红等人,他们的矛盾冲突、精神面貌、喜怒哀乐、情感欲求,不仅源于并指向这一风景,而且在这一风景中得到安置和解决。"这样一个以大规模工业生产为出发点的社会组织方案,与其说反映了意识形态性选择,不如说是由现代工业的基本逻辑所决定的。大规模、高效率的工厂工作必须依靠纪律化、组织化的劳动大军,因此现代工业生活的一个重要环节便是确保劳动力的再生产"②。尽管现代工业逻辑与意识形态之间存在着龃龉,如总工程师张鸿勋对"社会主义科学技术"和"资本主义科学技术"做出"煞有介事"的区别:"同是制造机器,它首先考虑的是群众需要问题、节约问题、安全问题……;而西方国家考虑的只是赚钱问题,连印一本科学技术书,也成了赚钱的手段!"③但他被委以重任重新回到总工程师位置,这件事本身一方面说明了"技术"与"理

① ［美］丹尼尔·贝尔著,赵一凡、蒲隆、任晓晋译:《资本主义文化矛盾》,北京:生活·读书·新知三联书店1989年版,第198至199页。
② 唐小兵:《〈千万不要忘记〉的历史意义》,唐小兵编:《再解读:大众文艺与意识形态》,北京:北京大学出版社2007年版,第228页。
③ 王昌定:《海河春浓》,上海:上海文艺出版社1983年版,第58页。

性"的回归,另一方面也埋下了问题的隐患:"当中国革命明确了自己的现代化的政治诉求,那么,大到民族国家的建构框架,小到单位企业的科层管理,现代性都不可避免地渗透其中,而在这一现代性的控制中,如何才能保证这一中国是'革命'的,而不仅仅是'现代'的。我以为,这才是中国社会主义前三十年的核心的焦虑。"①这也是孟定远与刘剑青,以及他们各自的支持者之间较量与冲突的根源所在。

在以大规模工业生产为出发点的社会组织方案中,作为背景的景色,也不再是单纯的景色描写,而成为风景中的景色,展示出全新的面貌:"河堤上,白杨树枝叶茂盛、生气勃勃,俯视河内,流水荡着轻风,漾起小小波纹。海河有什么缺点呢? 如果一定说有,那就是泥沙太多,常常浑浊不清,但这不也正给它添上一层内在的神秘么! 朝阳初升,难以计数的大大小小工厂烟囱,像一枝枝饱满的画笔,在蓝天上竞赛水墨画,百货大楼顶尖的红五星也显得更加灿烂了。是哪儿响起一片歌声? 啊,那是海河上互相连接、遥遥相望的几个渡口,这些渡口多半是为工人预备的。是电车走过什么地方的声音特别清脆? 啊那是有名的金钢桥、解放桥,早在义和团时代,这两座桥中间的沿河地区(那时,该不是现在的样子吧?)就曾染上过中国人民反帝的鲜血。天津,天津,即使在那当年半殖民地的烟雾中,它也不是一个没有性格的城市;而今,这性格更突出了,那便是工人阶级的成长壮大,和全市人民奔赴社会主义的坚定信念。"②在海河两岸的"大大小小工厂烟囱"中,在从渡口到电车的歌声中,小说通过海河景色叙事不仅勾勒了一副现代化的蓝图与想象,把工业风景融入天津城市,从工人、工厂、工人阶级这一现代工业的基本逻辑中重构城市性格,而且烘托出柴油机厂的作用,作为动力引擎制造者的柴油机厂也由此具有了风景的意义,实际上成为城市的发展动力和最终"统治者",作者通过柴油机厂的叙述在勾绘现代工业蓝图的同时实现了人与机器的转换。

---

① 蔡翔:《革命/叙述:中国社会主义文学——文化想象(1949~1966)》,北京:北京大学出版社 2010 年版,第 275 页。
② 王昌定:《海河春浓》,上海:上海文艺出版社 1983 年版,第 300 至 301 页。

第五章　《血溅津门》:城市的传奇书写

1981 年 6 月,张孟良的长篇小说《血溅津门》由天津百花文艺出版社出版,印数为 17.2 万册,"一部长篇小说首次印刷超过 17 万册,这在当时还是不多见的",随后,"著名评书艺术家田连元首当其冲将这本书改编为评书在中央人民广播电台播讲,相继又在中央电视台'电视书场'演播"①。而广播评书在 20 世纪 80 年代影响之大,可谓"有井水处,皆听评书",一篇回忆文章指出,"中午放学后用比罗纳尔多还快的速度跑回家,听完一个台再转到另一个台,端着饭碗,直把脖子听歪"②。《血溅津门》经由广播评书的助力,其传播的广度和影响的力度都得以倍增,成为新时期初期天津最为流行的长篇小说。天津城市也随着这部小说走进读者和听众的视野,并受到小说的塑造和改编,而具有了一种"传奇"的文化色彩。

第一节　张孟良与革命通俗小说

《血溅津门》的作者张孟良原籍天津市静海县(今静海区)城关义渡口村,生于 1927 年。据其自传介绍,他从未进过学校,小时候跟随父母要饭逃生。"七岁

---

① 张孟良:《感谢谢国祥、刘书申二同志》,《张孟良文集》第四卷,石家庄:花山文艺出版社 2008 年版,第 486 页。

② 张立宪:《闪开,让我歌唱八十年代》,北京:人民文学出版社 2008 年版,第 195 页。

时母亲被恶霸地主逼迫自杀。十二岁时，父亲病死于伪天津市救济院"[1]，他童年和少年是在天津救济院孤儿部度过的。十四岁逃出救济院，到宝坻区赵家庄扛小活。1948年参加中国人民解放军，1953年加入中国共产党。1949年开始从事文艺创作活动。1952年在《华北解放军报》发表第一篇小说《血泪古城洼》。在此基础上，张孟良写作了表现个人悲惨家史的长篇小说《儿女风尘记》，1956年由中国青年出版社出版，小说"风行全国，多次重版，并迅速翻译到国外"[2]。1964年写作长篇小说《三辈儿》，由中国青年出版社出版。小说叙述了少年主人公曹金虎（"三辈儿"）及其祖辈受尽地主压榨，最终投奔八路军，走上革命道路的故事，"由于作品在较大程度上摆脱了某人某事的具体束缚，作者努力从抗日战争时期众多的有类似经历的生活原型中进行艺术概括与典型创造，使主人公'三辈儿'在读者中留下较鲜明的记忆。"[3]

　　张孟良的文学营养，主要来自于传统民间文艺，尤其是民间说唱艺术，这和他少年时代的流浪生活是分不开的。他在《"儿女风尘记"写作经过》中谈起自己写作准备时说："我的童少年都是在流浪生活中度过的，生活在贫民窟和下层人物之中，混在打拳卖艺说书唱戏的人们之间，不免就受了些影响，使我逐渐对古典文学和民间文学有了爱好和兴趣。不论评书、快书、琴书、大鼓书、快板书、莲花落，我都喜欢听，有时为了多听一段书竟忘记了吃饭和睡觉。像'三国志''精忠传''水浒传''西游记''封神榜''三侠五义''彭公案''施公案''大宋八义''七侠五义'……不知听了多少遍了。而且那时候我的记忆力很强，记得八九岁时，有一位失明先生说'小八义'，他说了一遍，我差不多都记住了，直到今日还记忆犹新。后来我扛小活时，每天晚上几个哥儿兄弟聚在一起，由一个识字较多的人读唱本，大家听书出些灯油钱。像'瓦岗寨''六月雪''巧奇冤''小燕和大雁''隋唐传''杨家将'……听了许多，我闲着时也读，遇到不认识的字可以'诌'下去，比如'秦琼'两字，只认识'秦'不认识'琼'，想想瓦岗寨上有个主要人物叫秦琼，那么第二字定是'琼'字了……这些书本文学和口头文学，我虽然没有系统

① 张孟良：《张孟良自传》，《中国现代作家传略（第五辑）》，徐州：徐州师范学院1980年，第139页。
② 王永生：《论张孟良的小说创作——喜读长篇小说〈血溅津门〉》，《长城》1982年第3期。
③ 王永生：《论张孟良的小说创作——喜读长篇小说〈血溅津门〉》，《长城》1982年第3期。

地学习和研究过,但是它们的确在写作中给了我很大的影响和帮助"①。

　　传统民间文学对张孟良的创作产生了直接的影响,当他准备写作长篇小说时,他首先想到的是章回小说,"因此我一拿笔就采用了这种通俗的形式"。就其积极方面来说,通俗文学形式的借用,使得小说故事情节完整,"有始有终,有张有弛,每一章都有一个中心内容而又使故事情节层层推进,有一气呵成之感,并较充分地体现出作者感情的起伏。人物刻画主要使用白描手法,善于对人物的外貌、肖像做符合身份、地位、性格特征的生动描绘,给人以强烈印象。上述这些方面更多地表现出评书艺术的特点。语言的精炼明快、通俗形象、生动活泼也是这部小说重要特色,作者对人物、事件、环境的描写,能抓住富有特征意义的细节,并用与之十分适应的语言,贴切地表现出来。作者还善于运用比喻和民间谚语,这都从不同的方面增强了小说的民族气派"②。王永生从"民族气派"的角度肯定了《儿女风尘记》通俗性特征,"小说具有相当浓厚的民族气派,自始至终,以清晰的交代、简洁的描绘、生动的语言紧紧地吸引着读者,产生着不可抗拒的艺术力量。小说中每一人物的初次出场,作者都以相当简洁而经济的笔墨,集中地勾画出人物的轮廓,从而渐次加深,通过人物的具体言行使形象显示得更加丰满、更加鲜明。作品的情节线索,眉目分明、脉络清楚,人物活动的来龙去脉,有始有终,事件的前因后果也交代得明白清晰……小说的语言生动、明快、通俗、利落、具有较强的表现力,富有民间语的色彩……作者运用着这些活生生的语言,色彩鲜明地描画着事物的外貌,准确生动地表达着事物的含意,让人们更具体地把握作品中丰富多彩的生活内容,从而更加深刻地认识丰富复杂的现实生活面貌"③。

　　传统通俗文学形式的借用,虽使得张孟良小说创作具有"民族气派",但也限制了其作品的艺术水平。艾彤评论《儿女风尘记》时指出,"有些地方似乎太夸张了。当然,艺术作品是容许夸张的。但是无论如何夸张,都必须真实,假若夸张

---

　　① 张孟良:《"儿女风尘记"写作经过》,赵树理、刘白羽等著:《作家谈创作经验》,北京:中国青年出版社1959年版,第153页。

　　② 张孟良:《"儿女风尘记"写作经过》,赵树理、刘白羽等著:《作家谈创作经验》,北京:中国青年出版社1959年版,第119至120页。

　　③ 王永生:《一部"吐苦思甜"的优秀小说——谈张孟良的〈儿女风尘记〉》,《读书》1959年第14期。

到不合乎情理的程度,就使人不敢相信了。读完小说以后,总感觉把小马写得太'英雄'了。他不过是一个十岁的小孩子,他的思想和性格还远远没有成熟,而且又没有见过什么大世面,可是他却处处显得比大人还强。我们看看他在法庭上的情况吧:照理说,一个初次上法庭的小孩子,见到这样威严的法庭,一定是害怕的。可是小马开头只是'有点心虚',但马上就知道'这是吓唬人的,不怕'。审判长问起他来,他不慌不忙地'把这段事的始末根由滔滔不绝地说了一遍,像说一部书一样,足足说了一个时辰'。因此'人们都暗暗称赞小马的勇敢和智慧'。接着,小马挺着胸脯对审判长说:'我跟爸爸要是说了一句谎话,你把我们爷儿俩都杀了,我们也不叫屈!'最后竟反问审判长:'你调查的结果,要是跟我们说的一样,怎么办呀?'这不是一个十岁的小孩所能说的话,显然这是一个相当成熟的大人的言语。还有一次警察局审他,甚至把他反手绑了,往外推去要枪毙。他说:'反正我说的全是实话,信不信在你,愿意枪毙就枪毙吧!你们不是会欺侮小孩吗?'特别当他到了'救济院'后,孩子们都听他的,他办法顶多,斗争坚决,从不畏惧,真像一个久经锻炼的老战士。对一个十岁的小孩来说,这是不可能的"①。

艾彤所谓的"夸张",目的在于制造小马的"英雄"行为,塑造英雄形象,产生"传奇"的叙事效果,这是通俗文学的基本特征。另一方面,在"革命通俗文学"语境中,这种英雄与传奇不仅是作者的一种现实选择,而且参与了当代文学的"通俗化倾向"建构,完成了从私人化个人生活到公共性文学话语的转变。这种转变,获得主流话语的支持,张孟良指出,"我参加革命以后,在党的教育下,迅速地提高了阶级觉悟,确立了革命人生观,把个人仇恨提高到阶级的仇恨,由一个自发的复仇者变为自觉的革命者",并得到"组织上"的具体指导,"由于我的文学修养太差,基础不牢,初稿依然没有写好",为此,"组织上"不仅推荐作者到"速成中学去深造",而且"给了我一个较为安静的环境,在'解放军文艺丛书'编辑部的大力支持和具体指导之下,对初稿进行修改……大约四个月的时间,共修改三次,才算定稿。又经过编辑部一番整理,与去年9月终于与读者见面"②。

---

① 艾彤:《读〈儿女风尘记〉》,《解放军文艺》1958 年第 6 期。

② 张孟良:《"儿女风尘记"写作经过》,《作家创作谈》,北京:中国青年出版社 1959 年版,第 157 至 158 页。

可以说，《儿女风尘记》是多方"共同"努力的结果，这种努力不仅创造出了带有"传奇"色彩的"英雄儿女"，而且也形成了一种颇具时代特色的集体创作模式。

第二节　传奇与革命通俗小说

《儿女风尘记》的"传奇性"，从某种程度上受到故事"真人真事"的限制和压抑。故事的"真人真事"基础，以及小说"真实"的创作理念，不仅是小说具有特别"感染力量"的主要原因，而且也是"革命通俗文学"的一种价值取向。蔡翔指出，"今天我们认为是'传奇'的作品，在当时，仅仅只是一些'现实故事'，这些'故事'不仅要求取材的'真实'性，也要求描写的'真实'性，也即所谓的'真人真事'。这一'真实'性的要求，一方面抑制了小说的虚构，也就是说，从'故事'到'小说'，确实需要某种'虚构'，因此，一些作者也曾为此而感到某种'苦恼'；但是，另一方面，它又为'生活化叙事'提供了某种可能性……这样一种生活化的叙事，确实再现了一个'凡俗'的世界，同时，这个世界又是'新'的。而这个真实的平凡的世界，在某种意义上，有效地抑制了'传奇'，或者说，抑制了一种'超自然'的描写。应该说，这一'凡俗'的生活化的叙事，也同样进入了1949年以后的此类'英雄'演义，并有别于'武侠小说'一类的俗文学。我以为，这可能也是所谓'革命通俗文学'的另一重含意"①。

尽管"传奇"因素常常会因为各种原因而被有意无意地压抑，但是通俗文学本身所具有的文体因素和艺术成规，"将这些'传奇'因素解放出来，并构成了另一种'英雄'故事的表现形式"。张孟良毫不讳言"中国通俗文学——民间'武侠说部'"对《血溅津门》的影响，不仅承认自己"很喜欢这类文艺作品"，而且认为，"民族式的'中国式'小说应当看作是中国文学宝库里一颗璀璨的明珠。'武侠说部'是人们喜闻乐见的一种文学形式。它拥有极其广泛的读者，在民间有深远

① 蔡翔：《革命/叙述：中国社会主义文学—文化想象（1949～1966）》，北京：北京大学出版社2010年版，第179至180页。

的影响。我们应当发掘、继承、运用它;取其精华,去其糟粕,从中汲取那些健康的东西,来充实社会主义新文学的开拓和创作"①。事实上,《血溅津门》带给读者的最大冲击,就在于人物和故事的惊险与传奇,即它的传奇色彩。有论者指出,"读了张孟良的长篇小说《血溅津门》,心潮久久难平,那形形色色的人物命运,那惊险奇特的故事情节,那壮怀激烈的生活场景,总是历历在目,冲击着我的心灵。正因为这样,我认为这部长篇小说具有两大特点:一是它的时代色彩,一是它的传奇色彩。小说反映了抗日战争时期的生活,但它的背景不是在炮火狼烟弥漫的农村,而是在大城市里的一种特殊斗争。它生动而真实地描绘了津郊武工队和党的地下组织密切配合,摧毁日本驻屯军侵华天津兵站基地的英勇斗争,既有流血的战斗,也有不流血的斗智。而小说中的人,如郝明、于芬、尹兰、冯志辛以及多多良、袁文会、郭运起等,不仅富有时代特征,而且富有传奇色彩,因此,小说显得生动而逼真,故事也因传奇而惊险动人"②。小说描写的特殊时代、特殊地点以及各色人物,都可以用"传奇"色彩来形容。

郝明率领的这支"特别能战斗的津郊武工队",虽然是共产党的抗日队伍,却明显带有"水泊英雄"的色彩。队伍受命从冀中八分区开赴天津郊区,驻扎在团泊洼大苇塘。这是一处英雄啸聚风景如画梁山式的神奇土地:

> 碧莽莽郁葱葱浩瀚如海的团泊洼大苇塘,沿着渤海之滨向东南方向绵延数百里。由这里向南行不过二百里的路程,便是传说中武松、林冲发配的地方,那时的"草料场"收割征集这里的苇草,那尊名传天下的大铁狮子——镇海吼,如今依然蹲伏在那里怒视着大海。这片具有悠久历史的天然大苇塘,曾是当年绿林好汉们存栖出没的所在,这里也埋葬着无数劳动人民的尸骨。而今它要为抗日战争做出贡献了,将成为游击健儿们任意驰骋、纵横无羁的天下。它就像长白山上的原始森林那样,不熟悉地理的人一走进深处

---

① 张孟良:《〈血溅津门〉及其他——答〈天津日报〉记者问》,《张孟良文集》第三卷,石家庄:花山文艺出版社2008年版,第555页。
② 白海珍:《一支特别能战斗的津郊武工队——评张孟良的长篇小说〈血溅津门〉》,《文学探索录》,石家庄:花山文艺出版社1991年版,第209页。

就转了向，即使鬼子来"清剿"也只能望洋兴叹而已……深邃无垠的大苇塘，好似与天际相通，茫茫一片。这里是郝明很熟悉的地方，当年他曾光着赤脚跑遍了每一块草地，遍地留下他的足迹和血汗。旧地重游，真是感慨万端呀！他策马在前，带领同志们踏进苇塘。因为夜间下过雨，草叶上还粘挂着晶莹的水珠儿，升腾着烟一般的云雾。马蹄声惊起了一群群的鸟儿从苇草丛中展翅飞向高空，有红脖儿、蓝靛儿、白鹤、黄莺、画眉、窝竺、山鸡、野鸭、麻雀、"枣核儿"、燕子、鹌鹑、鸱子、老鹰……它们摆动着奇特的舞姿，发出欢快地鸣叫，在空中盘旋，飞上冲下，欢迎着武工队员们；那些野兔狼獾、蛇蝎鼠蛙、蝉蝶蜂蜓，有的蹦蹦跳跃，有的拂草飞舞，也一齐欢迎着征尘仆仆的武工队员们……每个队员心中都兴奋无比，他们好像来到一个陌生的充满了奥秘的世界。越往深处走去，越感到异常的邃静神妙，好似进入仙境一般。队员们虽然都骑着马，可是那茂密葱郁的芦苇、蒲草和盘根错节的丛丛密密的红荆条，却都没过了他们的头顶。他们就亚似在大海里游泳一般，不时地拨动着身旁的芦苇、蒲草、荆条，继续走向深处，水珠儿渗透了征衣，战马踏着泥泞前进……马队又向前走了一程。过了那片沼泽地带，来到一块高岗。这高岗好似一个小岛，由于地势凸兀，地面十分干燥，芦苇、蒲草和红荆条也显得比别处长的分外葱郁高大，而且遍地开着各色各样的野花，芳香扑鼻。队员们坐在马上，昂首环顾眺望，看着这浩渺无垠的天然苇塘，这令人陶醉的大好风光和美丽如画的景色，真是心旷神怡。可是大家心里都明白，上级领导所以选择这样一个美妙的环境，完全是为了更好地战斗！郝明命令全体队员下马，就地宿营。他和于芬研究了一下，先派出侦查员，布好了岗哨，将马匹拴好，挖了两口土井，然后，郝明和于芬就带领大家砍割芦苇、蒲草、红荆，建立茅棚，安营扎寨，埋锅造饭，战地飘起了炊烟。这顿战饭别有风味，吃的东西全是"就地取材"，什么天上飞的、地上跑的、草里蹦的、水里凫的，都是大家捉来的。大家吃得津津有味，欢欢乐乐，春江大哥把酒瓶子从怀里又掏出来，像吹喇叭那样，仰起脖子喝得面红耳赤。①

---

① 张孟良：《血溅津门》，天津：百花文艺出版社1981年版，第75至78页。

　　大苇塘本身就具有"传奇"色彩,它不仅是水浒英雄武松、林冲发配地沧州
"草料场"的供草处,曾是绿林好汉的栖身出没的所在,而且自然环境也与水泊梁
山相仿,虽在天津郊区,却有着芦苇蒲草、湖水沼泽的屏障和丰富的自然物产,是
队伍安营扎寨的绝佳之地。环境的神奇不仅增加了郝明武工队的传奇气氛,而
且从空间上接通了侠义小说的传统,使得这支党的抗日队伍兼具了水泊好汉的
精神气质和侠客英雄的行为特征,并为郝明等人进入并大闹天津卫一系列"传
奇"故事的发生提供了条件。在此基础上,郝明率领的武工队开始了城市的传奇
之旅。

第三节　话语的分裂与重组

　　天津成为《血溅津门》的描写对象,与天津城市在抗日战争的地位有着很大
关系,张孟良在小说中指出,"天津是鬼子在华北的最大兵站基地,许多军火物
资、兵源粮秣,都要靠天津转运。特别是太平洋战争进行到最残酷阶段,天津这
个兵站基地,就显得更有着特殊重要战略地位"①。基于天津地位的重要,"我冀
中、冀东、渤海各军区的游击队,加紧了对天津的袭击",天津作为抗日斗争的前
沿,由此成为张孟良叙述的主要对象。相对于抗日游击战争主要集中于广大农
村地区和抗日题材基本上属于乡土叙事的事实,以城市为叙述中心的长篇小说
《血溅津门》就具有了开创性的意义。

　　小说第一章就以大混混儿头"袁文会"为题,通过开山门收冯老辛为徒的场
面引出了袁文会这一特殊人物。叙述混混儿的"英雄"事迹,描写混混儿这一特
殊群体的奇特性格与生活,是民国天津通俗小说的一个重要内容,戴愚庵、李燃
犀等人以混混儿题材的小说闻名一时。张孟良续写了这一题材,他以袁文会及
其"事迹"为基础塑造了一个欺压百姓为日本侵略军效命的大混混儿形象,"袁文
会原名叫袁三。天津芦庄子人。父母早亡,小时很穷。他伯父袁八是个脚行头,

---

① 张孟良:《血溅津门》,天津:百花文艺出版社 1981 年版,第 18 页。

曾在芦庄子开赌局,在南市开花会(赌场)。袁文会那时跟着袁八,白天在赌局当伙计,晚上到花会伺候人。其时青帮组织已传到天津。'北伐'时期,张宗昌为了对付共产党,以'讨赤'为名,在天津成立了高级密探处。密探处长厉大森,就是青帮'大'字辈的人物。北站密探处处长白云生是'同'字辈的。所以,当时许多人都投靠了青帮。袁文会混进密探处,拜白云生为师,算是'悟'字辈的。'北伐'成功以后,张宗昌完蛋了。密探处也垮了。袁文会很会投机钻营,认了日本五道巡捕长为干爹。于是,袁文会把原密探处一些地痞流氓网络起来,在日租界开赌局,卖烟土,办妓院,招华工,成立海家会,摆香堂收徒弟,就闹腾起来了。可是,'七七'事变前一年,袁文会同天津另一个青帮头子刘广海在南市决斗,打死了刘广海的大将宋秃子,吃了官司,逃到大连。也是袁文会投机钻营有方,在大连期间,他竟通过各种关系认识了日本宪兵队长石苗,并通过石苗,认识了大汉奸川岛芳子。后来,川岛芳子向天津日本驻屯军提议,把文安、霸县一带的土匪,收编成汉奸队,就让袁文会当大队长。取名袁部队。从此袁文会便在天津横行霸道起来"①。

混混儿袁文会的霸道,来自于他的混混儿做派。为了与曾老虎争夺海河码头,双方以油锅捞钱来决定胜负。这一广为流传却难得一见最为残酷和让混混儿们最为胆寒的"跳油锅",经由作者的渲染在《血溅津门》中得到呈现,"原来曾老虎在河边搭了个高台子,上面架起一口油锅。这伙混混儿们,身上戳几个窟窿他们不怕,最怕的就是跳油锅。当时曾老虎向袁文会一抱拳,笑模悠悠地说:'三哥,你不是老惦记着我这个海河码头吗? 好! 没别的,兄弟想开开眼。'说着,从口袋里掏出一块现大洋,'卟'的一声扔到油锅里,说:'请三哥给兄弟我捞出来看看吧!'袁文会立刻吓白了脸。但又不能当面栽了,于是强按着心跳,惊慌失措地回头对那三个抽了死签的人喊道:'上!'那三个抽上死签的人都是鸡瞅瞅狗,狗瞅瞅鸡,谁也没敢动。因为,这些人多半是帮虎吃食的,轮到真格的时,就草鸡了。袁文会一连喊了三声,还是没人敢上。袁文会可急了,他掏出刀子来,将三个人捅了个透心凉,就近扔进了海河。然后,回头一指祁国富说:'国富,给三爷

---

① 张孟良:《血溅津门》,天津:百花文艺出版社 1981 年版,第 17 至 18 页。

露露脸，上！'祁国富平时在袁文会手中那是当当响的大将，名声在外，他虽然心里害怕，但在大庭广众之下，又不能栽了跟头。于是，强壮着胆子走到油锅前。那油锅四周烈焰腾腾，滚油哗哗直响，那块现大洋，在油锅里上下翻滚，一会儿沉，一会儿浮。祁国富一看就吓晕了。但事已至此，又不能退下去。只好把心一横，闭上眼，把手伸了进去。只听'滋啦'一声，他就觉得疼痛钻心，头一发昏，眼前一黑，咕咚就躺到油锅下边了。袁文会马上叫人把祁国富搭下来，一看，他浑身颤抖，白毛子汗突突直流，再看那只手，已经被油烫焦了"①。就在徒弟们纷纷退却，袁文会无人可用、面临绝境之时，码头搬运工人冯老辛挺身而出。尽管作者为冯老辛赋予了共产党员的身份和觉悟，他出头应战的目的在于，"一来可以为我水上地下交通运输航线开辟一个广阔天地；二来可以减轻穷苦工人兄弟被脚行头的剥削。如果自己牺牲了，也算为党、为工人阶级、为抗日民族解放战争，做了应当做的贡献"，但他的行为却完全是混混儿式的，"冯老辛说着，三把两把将小褂扒下来往地上一拽；大踏步走上台子。他从容镇定地将右臂高高一举，然后，看准那块现大洋翻滚的纹路，将手向滚开的油锅里猛一扎，只听'滋啦'一声响，冒出一股青烟。冯老辛痛得浑身打战战，就觉得头昏眼花，但是，他知道此举关系重大，一咬牙，便从油锅里将那块灼烫的现大洋抓在手里，带着滚热的油滴高高地举起来，向四面八方看看，然后面向曾老虎高声喊道：'曾老虎怎么样？'曾老虎一挑大拇指，喊了声：'好！英雄！有了！'冯老辛油锅里捞钱威震海河，立刻引起一片山呼海啸般的喝彩"②。

冯老辛油锅捞钱的代价是失去了右臂，但换回了海河码头的控制权和混混儿的身份，于是，流氓与英雄混杂一体的传统混混儿形象在冯老辛身上发生了分裂，混混儿被分为以袁文会为头子的汉奸流氓和以冯老辛为代表的英雄好汉两类群体或阶层。从某种程度上说，袁文会意味着混混儿的堕落和末路，他所组织的袁部队和"海家会"已经失去了传统混混儿维护社区安全和利益的公共职能，失去了道义的支持和存在的合理性，沦为纯粹的"恶"势力团体。袁文会没有出

---

① 张孟良：《血溅津门》，天津：百花文艺出版社1981年版，第19至20页。
② 张孟良：《血溅津门》，天津：百花文艺出版社1981年版，第21至22页。

现在民国通俗小说中的原因就在于这一特殊的历史背景。张赣生在《民国通俗小说论稿》中指出,戴愚庵的"混混儿小说"是在特定的历史背景下产生的,有些事情他是不能写进小说的,"譬如在沦陷时期,天津凶名最著的汉奸恶霸袁文会,就是一个大混混,此人投靠日寇,曾充日本宪兵队特务队长,在日寇侵华的过程中,组织手下混混为日寇效力,自 1931 年至 1945 年的十五年中,犯下了无数罪行。对于混混的这一方面情况,处于沦陷区的戴愚庵当然不能照实直书,假若真这样做了,他就会有生命危险"①。

　　冯老辛则相反,他身上的"任侠"一面突破了革命的界限与内涵,与传统英雄的本色与气质发生了关联,成为带有革命色彩的侠义英雄,"他今天满面红光,脑袋剃得光亮亮的,大连鬓络腮胡子刮得曲青。他今年刚满三十岁,大身板儿,膀阔腰粗,正在血气方刚。扫帚眉大环眼,面似重枣,黑中透红,一脸侠义之气,满身逼人的威风。一身新换的打扮,上穿一件白洋布对襟单衫,下着一条青土布兜裆滚裤,菱茭带紧扎着裤腿,脚上蹬着一对千层底青色软帮靴鞋。大敞着怀,露出一巴掌宽的腰儿硬,铁铮铮的大胸脯子上刺着一只座山虎。残去的半截右胳膊在袄袖里褪着,左手握着把竹股大折扇,拧眉立目,吊着眼角,撇着大嘴岔,一步三晃,大模大样地走进来"②。冯老辛健硕的身板儿,袒露刺青的胸膛,一步三晃的走姿,逼人的霸气,从内到外散发着一幅混不吝的混混儿神态,从他身上可以看出传统津门混混儿的身影。也只有这样,他才能把上刀山下油锅作为人生的资本,才敢于轻视生命,以自残作为混世的手段,从而获得袁文会的信任,成为混混儿中的一员。冯老辛的身上,体现了戴愚庵所溢美的"英雄""游侠"和"好男子"的一面。通过冯老辛,作者张孟良不仅抓住了混混儿题材本身具有的秘闻性和传奇性,以此增加小说的传奇色彩,而且敏锐地觉察到混混儿身上的积极因素,并通过意义符码的转换,使其融入革命的话语中,在混混儿身份的分裂与转化中重组了城市的传奇书写。

---

① 张赣生:《民国通俗小说论稿》,重庆:重庆出版社 1991 年版,第 335 页。
② 张孟良:《血溅津门》,天津:百花文艺出版社 1981 年版,第 11 页。

第四节　城市空间的承传与异化

城市作为郝明率领武工队作战的主要战场,处在与"大苇塘"对立的地位,并以"大苇塘"的静谧、空旷、自然、安全、丰富与人性衬托市内的噪杂、拥挤、扭曲、凶险、贫乏与血腥,以此演义郝明武工队勇闯津门的英勇与传奇。这种对立虽然被纳入到抗战的背景与话语体系之内,但仍然可以看出传统小说中绿林好汉"大闹东京"的叙事套路和现代中国文学中围绕乡村与城市积累起来的相关概念的混杂。

"大闹东京"作为传统小说中一个叙事高潮,是展现传奇英雄的重要手段。《水浒传》中有"李逵元夜闹东京",《三侠五义》中有"五鼠闹东京"。《血溅津门》显然借鉴了这一叙事套路,对郝明等人进行了"传奇化"的处理。小说首先通过尹兰这一"外来者"视角对武工队长郝明的形象进行描述,"他身材高大魁梧,头上戴一顶半新不旧的圆顶军帽,帽檐上缀着两个徽扣,相当庄重。上身穿一件白粗布对襟抱身小褂,紧裹着健美的身躯,下身穿一条灰色马裤,脚上穿着白粗布袜子,青色毛边圆口便鞋,鞋口上系着两个布条。腰里紧束着一条酱紫色宽牛皮腰带,明光锃亮的黄铜卡子扣在当中,十字交叉别着两支手枪,全是单打连发、上压下插大小四个梭子的德国托克二把大长苗,烧蓝崭新,闪着乌亮的光。他是一张长方形周正的脸庞,鼻高口阔,两耳端正。眉宇间凸棱棱地突起三道川字形的纹岭。器宇轩昂,不怒而威,大概是那些神话般的传说的影响吧,尹兰见了这人,觉得他身上好似长了瘆人毛似的,让人望而生畏"①,作为离散多年的妻子,尹兰的描述虽然有违叙事伦理的嫌疑,却塑造了一个革命战士与草莽游侠兼具的英雄形象。

挟持着这种"不怒而威"和让人"望而生畏"的气势,郝明作为"带头大哥",如同游侠一般堂而皇之进入天津南市玉清池澡堂洗澡,一会儿又出现在袁文会

---

① 张孟良:《血溅津门》,天津:百花文艺出版社 1981 年版,第 95 页。

的惠德号,强行取走五千元抗日款,行动自由了无踪迹。与此同时,绿林好汉德爷以郝明的名义不仅刺杀了日本宪兵队长石苗,只身到袁宅把石苗人头送给袁文会,而且在海光寺日军兵营用炸弹炸死日本兵数人,比郝明的行动更为轰动。民生广播电台对此进行了重点报道:"这里是民生广播电台,最新消息,据李园丽女士补充报道:共党武工队匪魁郝明及其所部,继昨日在玉清池澡堂作案、刺杀大日本皇军宪兵队长石苗中佐;并将人头送至袁大队长文会公馆、由惠德号抢掠巨款逃遁后,又于昨晚九时许,窜至海光寺皇军兵营门前,投掷炸弹数枚,被皇军击毙数人"①。这个颇有意味的"官方"报道,从侧面宣传郝明武工队大闹天津市的同时,渲染了德爷不凡的身手和功绩。德爷原名李德欣,原本就是土匪,后来为第六埠伪军的一个小队长,"因为不愿意给鬼子卖命,扒下'老虎皮'不干了"。这是一个李逵式的鲁莽英雄,虽然闯荡江湖,却是不得已而为之,日夜思念有个立足之地,一旦认准了"大哥"就从一而终,他对郝明说:"如今跟上大哥,别说两条,就是两千条两万条,我都答应!可是我也有一条,那就是得跟着你,要是叫我跟别人去,我可不干!"所以,"我一听大哥进了城,就趁风点了一把火,钻到石苗他们家里去了。人头割下来以后,我想,给谁送去呢?想找大哥入伙,又没处去找,脑子一转,心想袁文会就仗着石苗的势力,干脆镇唬镇唬他吧。戒严解除以后,我就买了个蒲包,给袁文会送礼去了"②。德爷不仅帮了郝明的大忙,助推"声东击西"计划的圆满完成,而且其本身也成为郝明的补充,他以石苗人头作为"投名状"加入郝明武工队的举动,让大闹天津市的郝明及其武工队更加具有草莽特色与江湖气息。

作为异质性空间,城市在郝明武工队面前既陌生又危机四伏。郝明选择在玉清池澡堂露身,与澡堂作为城市公共场所与市民上午泡澡堂习性有关,"大约上午十一点钟,天津南市玉清池澡堂,客人正在累累上座。伙计们有的打手巾把儿,有的沏茶、叠浴巾、敛拖鞋、整理衣框衣箱,摘挂衣帽;有的理发、修脚,张张罗罗,高一嗓子低一嗓子地喊嚷着招待客人,跑来跑去忙得热汗直流"③。但在这种

①　张孟良:《血溅津门》,天津:百花文艺出版社 1981 年版,第 174 页。
②　张孟良:《血溅津门》,天津:百花文艺出版社 1981 年版,第 184 至 185 页。
③　张孟良:《血溅津门》,天津:百花文艺出版社 1981 年版,第 131 页。

热闹的背后,却有着特别的警惕和小心,当郝明自报家门进入澡堂之后,掌柜就慌慌张张地跑下楼去,"有心给特高科长王德春打电话,又怕让郝明听见;有心不言声放走郝明,又怕落个'通匪'的罪名。他急得在楼下打转转。最后权衡了利害,还是觉得去向军警报告为是。于是,他跑出了玉清池,想起荣业大街的警察所离着不远,撒开腿就朝那里跑去"①,从而引来警察胡来对郝明的拘捕。然而,掌柜在告密的同时给胡来警长提出了抓捕条件,"胡警长,可不能光着腚眼子抓呀,如果炸了窝都光着腚眼子跑到大街上去,我可就缺了八辈儿德了,何况还有女部!那样一来,我这买卖非关张不可"②。这个条件的提出使得小说话语在政治与道德层面发生了分裂,它为危险的城市空间里充填了一丝暧昧的暖色彩。

这种暧昧也仅存在于南市玉清池澡堂这样的老商铺,处在城市中心的旭街则是另外一种景象,"每天一到下午,旭街这条马路上显得格外噪杂,买卖铺户门前巨大的收音机播放着噪声怪叫的流行歌曲,穿着红裤绿袄头戴高帽子的乐队吹着洋号,敲着大鼓,为新开张的商店招引顾客,沿街乞讨的叫街花子吹着喇叭筒子、打着牛扇骨,卖报的孩子扯着嗓子的喊叫,黄蓝牌磨电车那咣啷啷的轰鸣,小贩们青筋暴怒地争相叫卖声,日本浪人和野妓的淫哼浪笑声,日伪军警宪特的吼喊大骂声,各种车辆的鸣笛声,车夫的吆喝声,以及骂街的,打架的,追扒手的,抢银行的,砸戏园子的,拦路绑票的,卖破烂的,拐小孩的,掏大粪的,车水马龙,人流滚滚,乌七八糟,一片喧嚣,再加上五颜六色的海报,奇形怪状的裸体广告,夕照的毒日,满天飞扬的纸屑尘土,一堆一片的垃圾,污浊的臭沟,嗡嗡飞叫的苍蝇,乌烟瘴气的天空,臭烘烘的空气,可以把人绞得头昏脑涨,眼花缭乱,惊悸不安"③。这一段落,张孟良用声音表达了商业中心"旭街"(和平路)的"噪杂""拥挤""破败""堕落""失序""肮脏"与"腐朽",从感官层面上展现了日伪控制下天津城市的失控,它已经沦为水深火热、群魔乱舞、乱象丛生、危机四伏的人间地狱,一座隐藏着陷阱和未知秘密的"迷宫"。

作家张孟良对"旭街"的体验和理解不仅明显带有"现代中国的文化想象中

---

① 张孟良:《血溅津门》,天津:百花文艺出版社1981年版,第133页。
② 张孟良:《血溅津门》,天津:百花文艺出版社1981年版,第135页。
③ 张孟良:《血溅津门》,天津:百花文艺出版社1981年版,第153页。

反复浮现的城市是腐朽与堕落之源,是淫乱、道德沦丧之地"①文化情感记忆,而且承继了分裂的现代天津城市形象的文化想象,这种分裂不仅从南市玉清池澡堂中表现出端倪,而且在对袁文会公馆的描写中得到较为充分的展示:

> 袁文会在南市芦庄子的公馆,是一所磨砖对缝、青堂瓦舍的四合大院。对着大门,在道北面,垒了一道大影壁墙。门口坐南朝北,高大的门楼上面,是用方砖雕刻的一幅八仙祝寿图,精工细凿,琢花镂空,玲珑剔透;人物的容貌、衣履、动作、云朵、彩霞,形态逼真,亚似活的一般……门洞对面,就着东配房的南房山,修造了一个假影壁,斗拱挑檐、滚瓦雕砖,当中用方砖雕琢了一个巨大的"福"字,四边刻的是八宝花环,相当讲究。影壁下面立着一尊用白色大理石雕成的玉面观音,左手托着净水瓶,右手用纤纤的三个手指捏着一束莲花,亭亭玉立,面含慈笑,栩栩如生。越过大门洞子,往西拐过去,走下一层甬路,是一个东西狭长的外院,全部是金砖铺地。花厅是一溜南房,月台用青石和青砖砌成。朱漆油饰的门窗和庭柱,镶嵌着透明玻璃和碧绿窗纱。北面是一道一人多高的花墙,也是磨砖对缝,像刀切、尺画的一般整齐。花墙正中,有四扇绿色屏风门,四个红漆斗方,刻的是'富、贵、荣、华'。屏风门两侧,各有两口北河大鱼缸。这缸用绿色的木架架着,每口缸里都养着不同品种的金鱼,有珍珠、龙睛、凤头、望天,浮上游下甚是欢悦。越过屏风门就是正院了。院子不算太大,与南房正成格局。八角窗、扇子们,回径走廊,古色古香……北房一溜五间,当中的三间是正房,向前突出一块廊子来,月台也比东西配房略高一些,五脊六兽,前廊后厦,雕梁画栋,描绘着鼎斧瓶炉,琴棋书画,走廊两端各有一个旁门,门窗和庭柱一水都是朱漆油饰的,古朴雅致,袁文会和他的七姨太就住在这里。②

坐落在天津城市中心的袁宅,静雅安闲,传统北方城市四合院格局不仅显示了院

---

① 张英进,秦立彦译:《中国现代文学与电影中的城市:空间、时间与性别构形》,南京:江苏人民出版社2007年版,第12页。
② 张孟良:《血溅津门》,天津:百花文艺出版社1981年版,第7至9页。

主人的绅士风度,而且与旭街的喧嚣构成了鲜明对比。租界与传统城市的两极对立在抗日语境中悄然回归。不过,这种回归却衬托了城市的巨大变化,过去的混世英雄已然成为汉奸,喧嚣的租界已经成为安闲老城中的一个组成部分,它们共同支撑起一个凶险城市的新空间。

第五节 传奇城市的性别文本

《血溅津门》对于天津城市的想象与建构,体现在小说本身的传奇书写对城市传奇色彩的渲染与赋予,它在凸显城市传奇梦想与特性的同时,提供了一种传奇性的体验和幻象。这种传奇和城市的混混儿历史记忆相关,同时也与女性的身份发生了联系,"城市是一种文本,它通过将女性表现为文本来讲述关于男性欲望的故事"①。尹兰与李园丽就是这样一个关于城市的文本,如同租界与老城里的分裂与弥合,尹兰与李园丽双重身份的变换,不仅构成了城市传奇书写的重要一环,而且也是进入城市和解读城市文本的一个主要途径。

尹兰与李园丽是两类不同的人。李园丽是《东亚晨报》的女记者,形象摩登,擅长交际,出入于城市的上流社会,尤其是袁宅,更是长驱直入,"夜间下过一阵大雨,天亮时就风卷云散了。现在碧空如洗。午前的太阳虽然还不算太灼人,但是,蒸发上来的潮热,已经够使人憋闷得慌了。一个摩登女郎驾驶着一辆红色小轿车,顺着繁华的旭街,越过渤海大楼、劝业场,到中原公司一转弯,开到袁文会公馆门前,戛然刹住车。嘭的一声,李园丽小姐推开车门跳下车来。她今天换了件黑色祥云纱半袖短旗袍,裹着丰满活泼的腰肢,肉皮色长筒丝袜闪着柔和的光泽,再配上那双大高跟粉色绣花皮鞋,和那飘在脑后的大披肩飞机发,显得是那么风流时髦。她是一张圆脸,皮肤略显得黑一些,但有一种与众不同的自然美。薄薄得施了一点脂粉;分外好看。两只大眼,黑白分明,显得活跳跳的,尤其凝眸

---

① Teresa De Lauretis, Alice Doesn't: Feminism, Semiotics, Cinema, Indiana University Press 1984, p13. (The city is a text which tells the story of male desire by performing the absence of woman and by producing woman as text, as pure representation.)

远眺的时候,更觉得妩媚动人。别有一番风采的是,小姐右脸颊下靠近嘴角的地方,有一颗红珊瑚似的朱砂小痣,显得更加俏皮、率气,而且显得有点泼辣,那两道描得细长的眉毛像两把利剑一样,流露出一种神圣不可侵犯的神态……门洞里那八名打手,看见她走上台阶,急忙从春凳上立起身来满脸陪笑地问好,但是李小姐并没有说话,只摆了摆手,高跟鞋敲击着砖地,一溜小跑,颠进院里去。留下的只是一阵令人心神飘荡的芳香"①。通过一连串的动作,一个略显娇憨蛮横的都市时髦女郎活脱脱地呈现在人们面前。

尹兰作为党的地下工作者,以城市底层妇女的形象出现在人们的面前,"早晨八点多钟,马路上的行人还相当稀少,买卖铺户刚开始落板营业,惠中饭店东面的马路便道上荫凉地里,便有两个女人做开了生意。其中一个年青女人梳着元宝盘头,罩着青丝网子,别着个银簪子,上身穿一件月白色褂子,右肩头上补着一块补丁;下身穿一条半旧毛蓝布单裤,用青带子绑扎着裤口,盘着腿儿坐在蒲团上。她面前铺着一块白包袱皮,堆着些五颜六色的破烂碎布,一个小针线笸箩和一把剪刀,旁边还有一个竹篮,盛着卷烟,火柴和糖块。她是一张圆形脸庞,面色微黄,加上那身穿戴,显得相当清寒贫苦,看上去也有三十几岁年纪了,就像大街上常见的那些缝穷的女人一样,手中拿着一只袜子,正在一针一线地托袜底儿,她就是尹兰"②。

其实,"李园丽就是尹兰,而尹兰也就是李园丽",这两个反差极大完全不同的两个人,不仅是一个人,而且还是郝明日思夜想苦苦寻觅的妻子疯姑。疯姑自从被李洪信解救以后,经过党的教育培养,成为一名地下党员,"为了便于活动,李洪信通过组织请了一个整容师,将疯姑脸上那颗朱砂小痣蚀掉了,然后,又照原来的样子做了一个假的。当她以李园丽小姐的面目出现在上层的时候,她就把那颗朱砂小痣嵌在脸上,这时,她是一个非常时髦的性格泼辣的摩登女郎;而当她又用尹兰这个名字扮作穷苦女人的时候,她就把朱砂小痣取掉,而且她的性格也变得那么娴静、稳重和老练"③。这个谜底直到小说结尾才揭开。李园丽、尹

---

① 张孟良:《血溅津门》,天津:百花文艺出版社1981年版,第53至54页。
② 张孟良:《血溅津门》,天津:百花文艺出版社1981年版,第170页。
③ 张孟良:《血溅津门》,天津:百花文艺出版社1981年版,第581页。

兰与疯姑的"三位一体",以及现实中李园丽与尹兰之间的巨大反差,从写实主义的角度看不乏破绽,有论者指出:"关于郝明(傻哥)和尹兰(疯姑)的爱情故事的描写,有些地方值得斟酌。他们婚后别离十多年,生死不知,常相思念,皆是人之常情;偶然相逢,似曾相识又不敢相认,现实生活中也是常有的事情。然而,尹兰既然已经知道郝明就是她当年的傻哥,为了地下工作的需要,不肯说明真相,几次相会,强忍别时容易、见时难的感情,在生活里做戏,而郝明由她勾起了对疯姑的相思,也产生了厌恶之感,直到尹兰被捕营救出来之后,说明真情,郝明才恍然大悟,两人实现大团圆。这样悲欢离合的故事,虽然奇中生奇,颇为引人入胜,但未免理想化了一点"①。这种写法,对于增加小说的传奇性和人物的传奇色彩却是十分必要的,该论者承认,"作者把这一人物的两个角色放在一起,表面看来是矛盾的,但实际上却是统一的,两者互为补充,交相辉映,犹如洁白的荷花与红艳的牡丹两种色调互相映衬,使疯姑这个充满传奇色彩的人物放射出更加动人的光彩"②。

传奇意味着对平凡生活的摒弃和对理想化的追求。李园丽与尹兰之间的差距越大,对比越强烈,理想化色彩越浓,故事的传奇性就越强烈,小说的传奇书写就越成功。这两个人物不仅是贯穿小说始终推动情节发展的一条主线,而且为城市空间赋予了传奇性的联系和想象,可以说,李园丽的妖艳性感泼辣及其拒人千里的气势,代表了城市的现代一面;尹兰的朴素平实及其亲和性,则是传统城市的基本特征。天津城市历经新中国成立后的工业化改造,被工业化压抑和整合的分裂性格和形象,终于随着新时期的到来,在《血溅津门》中被唤醒了。人们在小说中重拾记忆,并在其中发现了城市的旧时影像,现实和历史在小说中实现了接榫。天津城市通过小说传奇性书写而被"制作"成为具有传奇色彩的可读性文本。

---

① 白海珍:《一支特别能战斗的津郊武工队——评张孟良的长篇小说〈血溅津门〉》,《文学探索录》,石家庄:花山文艺出版社 1991 年版,第 218 页。
② 白海珍:《一支特别能战斗的津郊武工队——评张孟良的长篇小说〈血溅津门〉》,《文学探索录》,石家庄:花山文艺出版社 1991 年版,第 216 页。

第六章　《都市风流》:都市文学景观的建构

　　长篇小说《都市风流》(浙江文艺出版社 1989 年版)是第三届茅盾文学奖获奖作品,这部以都市建设与市民生活为主题的长篇小说,其出版至今虽然已经过去了四分之一世纪,但依然可以感受到小说参与社会现实、描绘城市现代化变革的激昂情感,以及由此激发出来动人情怀的阳刚之美。小说叙述的内容或已成为"过去式",但是它对城市的"几近小百科式的雕画",以及对现实表现的深刻,不仅使当时的人们"看到了一个接近'完整'的城市"①,而且对认识已然完成或正在进行的现实问题也具有参考意义。从这个角度来说,正是作家的参与和文学审美的创造,使得文学在与城市的接榫处,超越了时间与题材的限制而具有了史学与美学的双重价值。

第一节　城市空间的再生产

　　城市本身不仅是一个建筑形态,更是一种空间形态。《都市风流》以其敏锐的触觉和感受,通过叙述市政整体规划和改造,以及由此触及的政治、经济、社会、文化等各个方面的问题,展示了转型时期城市空间的再生产及其都市现代性的发生。它见证和催发了资本与商品的复生。

---

　　①　张春生:《〈都市风流〉:改革题材的拓展》,《文学自由谈》1989 年第 5 期。

　　都市现代性的发生，首先表现为对城市中心的寻找，并在寻找的轨迹中描绘出城市的轮廓。不言而喻，《都市风流》所说"这座大都市"的原型，应该就是作者生活工作的津城。它的中心，的确如小说中的那样，不是在城市发祥地的"卫海区普店街"，"随着城市的扩大，它却越来越破、越来越挤。新区的居民从人数到实力都据优势。人们随着离宗忘典，不再以它为中心，甚至它的存在都似乎影响了繁华大都市的形象，羞于提及"；不在繁华的"中华区"，中华区是都市的"商业、贸易、金融中心"，"可对市民来说，他们整天的生活可不是清清闲闲地逛商店，吃宴席，夹着皮包大宗地存款、取款，把这儿称为中心，好像有点儿不妥"；也不在图书馆、医院、剧院、高等院校、科研单位集中的"新市区"，而是在被称为"华尔街"的"西市区"厦门路，曾是外国租界的厦门路，"依次立着德、日、意、法、英、美、俄、奥的风格各异、参差不齐的小洋房"，"1949 年天安门前中华人民共和国成立的礼炮一响，厦门路两旁的漂亮住宅便易主了。市里局以上的各级进城干部陆续搬了进去。三十几年来，这里一直是各级首脑人物的居住地。别看它邻近市郊，远离市区地图的中心点，但每当市民们提起厦门路无不肃然起敬⋯⋯既然厦门路的住户都是些掌管大局以上权力的人物，自然它便是一个权力中心。权力中心才是地道的中心"。而中心点则是厦门路 222 号的利华别墅大院。权力的中心也是都市的风景点，利华别墅的"那片白杨树，是一片郁郁葱葱的林带，可称为全市的绿化标杆区域，就其面积而论，绿地覆盖率绝对地超标准。白杨林带岔出三条小径，分别通向三座美观、别致的两层楼房，按照五十年代一次书记处会议上做出的一条没有正式成文的规定，这三座房子的主人，是市委第一书记、第二书记和市长"①。

　　与权力中心的美观、别致、宽敞、优雅相比，老城区普店街的破旧、拥挤、肮脏、丑陋，不仅显示了城市发展与中心位移之后其边缘化的现实状况，而且成为现代化叙事的起点与支撑点。它虽然还残存有大杂院的友谊与温情，这种友谊与温情曾是刘云若时代城市情感和市民认同的主要来源，是 20 世纪 50 年代"工人新村"建设的重要依据，但现在沦落为影响都市形象和人们"羞于提及"并不断

---

① 孙力、余小惠：《都市风流》，杭州：浙江文艺出版社 1989 年版，第 1 至 3 页。

诅咒的"杂巴地",成为城市改造的重点对象。"这条街是市里原来面积最大、人口密度最高的一个居民点,胡同紧挨着胡同,高低不同,公盖私建的各式平房密密麻麻,比肩接踵,拥挤不堪。倘从空中俯视,那些房子横七竖八,毫无规律地错落交叉,像一张扯破又结织的蜘蛛网……这张'网'几乎是与这座城市同时诞生的",尽管这里的人们养成了一种"承认既成事实,安于既成事实"的禀性,但是他们面对城市现代化建设,"当市里两片新的居民小区漂亮的排排楼房拔地而起,当西面那三幢二十四层的高层住宅楼像三座大山耸在面前,普店街的居民更加感到一种难以忍受的压抑和不平","普店街的居民们开始诅咒起自己居住了几代的鬼地方"①。普店街居民情感的转变,以认同的转移扭转刘云若城市叙事向度的同时,把对抗性的现代性话语转化为等级性的现代化叙事,从而开启了城市现代化的改造。权力成为叙事的原点和城市的中心。于是,阎鸿焕市长出现在城市舞台的聚光灯下。

站在权力高点的阎鸿焕市长上任伊始就面临着内外交困的危局,"摆在他面前,有三份材料。一份国务院文件,对外开放的城市名单中,没有他们城市,理由很简单:城市环境脏、乱、差。市经贸委的一份报告,仅有的两项议项合资项目,经外商来市实地考察后,均因环境问题,解除先约,拒绝投资。'大参考'转登一条消息,某国际卫生组织来华考察,认为这座城市是'世界上最糟糕的一块地方'"②。上级明令"通牒""一年内清除市内临建房屋!不然将改组市领导班子",无房者则在市政府大楼前联合静坐示威,稍有不慎就可能引发不可收拾的后果。面对困难,阎鸿焕以"灵活的策略,铁的手腕"打赢了"这一仗","五百五十万平方米的新型居民区拔地而起,一年的时间比原以为不可能的四百五十万,整整多出一百万,全部临建棚在这座城市消失得无影无踪"③,"又一个半年,市区两条主干线道路拓宽,这个城市第一次有了两条三十米宽的道路,又一个半年,三百多个商业大小网点建立起来了,市民们买菜、买粮、买煤难的问题冰释了。再一个半年,四座大型污水处理厂、三座发电厂,又相继落成……城市建设

————————
①　孙力、余小惠:《都市风流》,杭州:浙江文艺出版社1989年版,第25页。
②　孙力、余小惠:《都市风流》,杭州:浙江文艺出版社1989年版,第17页。
③　孙力、余小惠:《都市风流》,杭州:浙江文艺出版社1989年版,第20至21页。

出现了令人瞠目的大发展"①。拥有权力的阎鸿焕不仅顺利解决了这些问题,而且通过整合城市各个阶层使其成为一个统一体。这就使得阎鸿焕甫一出场便具有开拓者的血统和现代化英雄的气质。他从到任的第一天,便开始谋划和贯彻"要让他的城市以最快的速度,变成最现代化的大城市,在世界建设史册上留下这座城市的名字"的宏伟目标与人生梦想。普店街的搬迁与改造,也只是这个计划与梦想中的一个环节或步骤而已。

为了实现都市现代化的宏伟计划,阎鸿焕制定了"七五城市发展总体规划",即"整个市区将分解成几个相对独立的综合区,将中心区北移。考虑城市发展沿革、地形特点、新旧区之间的关系、公共场所的现状,以及近郊土地使用条件等因素,在市的四郊建立四个外围区。形成市区、综合区、居住区三级结构体系。在总体上将城市各项高度集中的复杂功能活动,从功能和时间上分解开来,形成彼此隔离而又相互联系的有机整体。以解决目前城市布局混乱、中心建筑密集,人口稠密,居住拥挤,工厂包围住宅,住宅包围工厂,污染严重,道路不成系统,城市基础设施超负荷的混乱局面"②。为了实施这一总体规划,阎鸿焕优先选择了"交通改造方案","整个城市道路系统,将由一个环城路和一个环郊路构成环形路网系统骨架。并整修九十七条干道为辅助线。这个路网系统把全市连接起来,并且有效地将市区布局做出合理切割",小说的主要情节就是围绕着交通改造展开的。而无论是交通改造还是城市总体规划,对于城市来说都是"伤筋动骨"的大工程,即哈维所谓的"创造性的破坏"(creative destruction)。这种空间生产既是阎鸿焕学习与模仿的结果,"市长应该是城市的统帅,建筑工程的总指挥。去年,我出国考察了美国、西德、日本的几个城市。这些国家经济起飞的经验有一条就是在经济发展的规划上,特别注重流通设施和道路网络的现代化。每到一座城市,看到人家美丽、整洁的市容,林立的高楼,通畅的大街,交叉的高速公路,我就想到,这座城市曾经有过一位杰出的设计师和出色的工程指挥,造福了城市……改造道路,修建环路不是我的独家创造……我要领先,我要让我领导的

---

① 孙力、余小惠:《都市风流》,杭州:浙江文艺出版社 1989 年版,第 22 页。
② 孙力、余小惠:《都市风流》,杭州:浙江文艺出版社 1989 年版,第 99 至 100 页。

城市是最先进的城市,我的市民是最骄傲的市民"①。从深远处说,可以从奥斯曼对巴黎的现代性改造中找到切近的根源,1853 年,奥斯曼挑起巴黎改造的大任,他"拆除了大量中世纪和文艺复兴时期的建筑,重新设计巴黎城市空间,将巴黎,及其生活、文化和经济,从狭窄、肮脏的古代束缚中解放出来,开辟市中心林荫大道,建立纵横交错的给排水系统,修建广场、商场、公园、医院、火车站、图书馆、学校、纪念物,等等。在奥斯曼的手里,巴黎出现惊人的变化,在景观和功能上,都成为一座旷世新城"②。阎鸿焕对城市的改造,以其"规模本身的宏大以及计划与概念的全面性"③,成为"现代主义都市计划肇建者"奥斯曼的后继者。

第二节　新都市景观的出现

城市空间的再生产,也是新的都市景观确立的过程,从都市种种不同世态人情及其生存逻辑中,从公共空间的建设中,从环线路网的改造与老旧城区的搬迁中,都市景观不仅成为都市生活的基本要素,而且"绝非是一个安全置放于场所中的景象,它是一种对世界的叙述,并且总是与其他的叙述方式进行竞争,有时则会遭遇不同而顽固的社会实践形式的抵抗"④,新都市景观叙述着新的都市文化政治形态的生成。

《都市风流》以环线路网的改造为纽带,穿插带动了以厦门路 222 号利华别墅为中心的权力高层和以普店街为代表的普通民众之间的联系和交流,以及由此产生的多层次网络性的关联与纠葛。一副宽阔畅通的环线路网,构建了整个城市景观。一场大雨坚定了阎鸿焕彻底改造普店街的决心,使原打算绕道的环

---

①　孙力、余小惠:《都市风流》,杭州:浙江文艺出版社 1989 年版,第 107 至 108 页。

②　唐晓峰:《创造性的破坏:巴黎的现代性空间》,见[美]大卫·哈维著,黄煜文译:《巴黎城记:现代性之都的诞生》,桂林:广西师范大学出版社 2010 年版,第 2 页。

③　[美]大卫·哈维著,黄煜文译:《巴黎城记:现代性之都的诞生》,桂林:广西师范大学出版社 2010 年版,第 122 页。

④　[美]大卫·哈维著,黄煜文译:《巴黎城记:现代性之都的诞生》,桂林:广西师范大学出版社 2010 年版,第 122 页。

线工程直接穿过普店街。这就造成居民的搬迁和普店街的消失,原地出现了"一条宽阔的马路,一座宏伟壮观的立体交叉桥和大桥两旁高耸的建筑群,以及桥上衣着新潮、鲜艳的熙熙攘攘的人群"①,形成了城市新的标志性景观。但是,相对于普店街的破旧,这是一个"新世界",也是"一个陌生的世界",它在拆除旧建筑的同时也抹去了城市的历史与记忆,造成认同的空白。五年前为了追求现代生活抛夫弃子移居美国的柳若菲,虽然"有了草坪、别墅、汽车,还有了白人黑人朋友,但当这一切新奇之感过去之后,她忽然觉得自己一无所有。她愈来愈感到一种无法摆脱的孤独和单调……她开始思念自己远在祖国的亲人,甚至思念起内蒙古草原弱畜点土坯房里的炉火,以及普店街那低矮潮湿的小屋"②,然而"那条狭小的胡同和那个拥挤却是温暖的家",连同普店街一同消失了。小说文本以吊诡的方式肯定新景观的同时也对它做了彻底的解构。

新都市景观的形成不仅以消除情感归属为代价,而且展现了多元化的面貌与属性。首先是都市生活方式的多元呈现。利华别墅的子弟们在大院里出生和成长,优渥的生活培植了他们傲慢自大的品行、极端自我的个性和"时尚"的生活方式。为了纯粹浪漫的爱情,高婕和已婚音乐家同居,并为此与未婚夫张义民争辩,"我们不是一路人,你懂我的意思吗? 我们向往、追求的不一样。你热衷于政治,而我对政治不感兴趣。你的奋斗,想的是如何爬得更高,官做得更大。我也奋斗,我追求我的艺术,追求生活的真实。在你们眼里,我们这些人干什么事都出格,放荡不羁,可是在我眼里,你们这些人虚伪,根本不理解什么是人,也不懂得真正尊重人。在自己需要的时候,你们是能摆出一副为别人牺牲的嘴脸。一旦自己不需要时,你们又最能牺牲别人,让所有的人为你的个人利益服务",所以,她的爱情理论是"他真实就在于他需要得到我,我的真实就在于我爱他,而并不一定和他结婚"③。前市委书记的儿子徐援朝更是懂得利用权力关系追逐物质感官享受和肉欲的满足,他把父亲的房子改造成寻芳猎艳色情享乐的场所,"卧室里陈设考究,床头柜上竟摆着令人难堪的'春宫'照片,书房里没有几本书,书

---

① 孙力、余小惠:《都市风流》,杭州:浙江文艺出版社 1989 年版,第 543 页。
② 孙力、余小惠:《都市风流》,杭州:浙江文艺出版社 1989 年版,第 543 页。
③ 孙力、余小惠:《都市风流》,杭州:浙江文艺出版社 1989 年版,第 87 页。

柜里让各式装潢精致的进口香烟、名酒占领了。客厅里,父亲用过的沙发早被请
到地下室,几套讲究的德式沙发,二十四寸的彩电,日本的录像机,美国的落地音
响……"①以超前的身体消费引领都市欲望的"解放"。张义民正是被这样的环
境所诱惑,"他觉得自己再一次发晕了。他闭上眼,觉得自己生活在一个梦一样
的世界里。拥靠着罗晓维迷人的身体,陶醉在这音乐中,他忽然觉得人生并不都
是奋斗,也有舒适和感官的享受。这个舞池有最现代的性观念,也会使人产生最
原始的性感觉"②。寄予了普店街居民无限向往和现代化想象的黄山大楼里,有
生活在无性婚姻中的副市长柳若晨、市政总工程师徐力里夫妇,"他和徐力里搬
进了普店街对面那幢二十二层的黄山大楼。三室一厅的单元房,仍是各住各的
房间。没有了楼下弟弟妹妹的喧嚣,他觉得有些寂寞,这个小单元门一关,把他
和她关在一个单独的世界里,但他们仍没有把两个人合到一个更小的世界。柳
若晨和徐力里就这样清清白白而又不明不白,孤单而又自在地'共同'生活了五
年"③。婚外恋、一夜情、性解放、无性婚姻等现代都市生活方式,伴随城市权力上
层的弥散和繁衍成为逐渐成为一种都市景观。

都市生活方式多元化的动力来自于都市情感结构的转变和商品意识的觉
醒。为了拉拢张义民,歌星罗晓维颇有见地分析中国发展趋势,"中国人的观念
发展趋势,我以为目前乃至将来就只有一个:从务虚到务实。何为虚? 何为实?
虚便是所谓的荣誉,实便是物质,金钱。说白了,钱就是一切。人们追求,羡慕和
尊敬的不再是什么革命经历,模范事迹,荣誉称号,道德典范,而是百万富翁。想
想十九世纪初期的欧洲,法国大革命后资产阶级开始鲸吞掳掠,聚敛财富,成为
暴富,而社会的旧观念仍推崇已经衰落的贵族。资本家有钱没地位。不少贵族
已经没落潦倒,然而仍拼命维持和自我欣赏着徒有虚名的贵族头衔。资本家中
的蠢货们拼命巴结贵族上层,不惜一切代价,甚至攀亲联姻,获取贵族的爵位。
结果怎样? 资本家最后主宰了一切,贵族的桂冠变得一文不值。有预见的聪明
贵族,便早早加入资产者的行列,把自己变成他们中的一员",她举例说,徐援朝

---

① 孙力、余小惠:《都市风流》,杭州:浙江文艺出版社 1989 年版,第 257 页。
② 孙力、余小惠:《都市风流》,杭州:浙江文艺出版社 1989 年版,第 97 页。
③ 孙力、余小惠:《都市风流》,杭州:浙江文艺出版社 1989 年版,第 54 页。

及其圈子里的一些朋友就是这样的聪明人,"他们利用老头子们现在还有的那点力量,办公司,搞大号买卖,就是为了成为百万富翁"①。还有,现在社会中最富的那些人,"是个体户、专业户、二道贩子。他们很多人原先是社会最底层的人,失业者,劳改释放犯,考不上大学的社会青年,贫困线上的农民。所以他们才不顾惜什么面子、尊严,才敢于冒险……人们嫉妒他们,可又有谁甘心辞掉铁饭碗,不顾面子和地位干那一行呢? 人们仍旧在心理上鄙视他们。而实际上,这些人中的佼佼者已经改变了地位,进入了政界。现在捐出钱袋中的几分之一,当个政协委员的人大有人在。人们的这种社会心理早晚要变,到时候,社会发现,被人看不起的,不是那些万元户,而正是他们自己"②。改革解放了资本,而资本的发展,必然激发和释放被压抑的欲望,从而导致社会意识和精神的裂变。罗晓维的预见不仅有着现实基础,而且社会发展确实佐证了她的预见。作为劳改释放人员的个体商贩万家福、合资酒店中方经理史春生、实施工程层层转包及目标责任奖励机制的杨建华,就是她所说的资本浪潮中的先行者,他们是新都市景观的创建者和中坚力量。

厦门路及黄山大楼与普店街的对比,还反映了转型时期政治领域与经济文化领域的分裂。革命者出身的市委书记高伯年与工人出身的市长阎鸿焕之间的矛盾,表面是一种落后与先进、保守与激进的冲突,究其内里则带有政治观念或观点的分歧,如高伯年一再强调要做事的"稳妥","市政改造是个大事情。规划可以搞得长远一点,宏大一点,但具体制定实施方案,要实际一点,稳妥一点。切不凭着一股子蛮劲,一时的冲动,就不顾一切地干起来。总想着自己干出点别人没干过的事情。但别人没干过的事情总有他没去干的道理。我担心我们有些同志不肯接受过去的教训,以为大刀阔斧就是改革,其实这是蛮干! 是'左'的错误思想的表现"③,即他的观念明显带有经验主义色彩;阎鸿焕则需要"一种气势","一种一声令下,万马齐奔,全军队伍整齐开步前进的局面……中国人经历了已经成为历史的空前迷信和一场历史上空前的思想解放,绝对权威不会再出

① 孙力、余小惠:《都市风流》,杭州:浙江文艺出版社 1989 年版,第 287 至 288 页。
② 孙力、余小惠:《都市风流》,杭州:浙江文艺出版社 1989 年版,第 287 页。
③ 孙力、余小惠:《都市风流》,杭州:浙江文艺出版社 1989 年版,第 81 页。

现了。但一个民族失去热情、失去整体感,一个国家失去集中、失去整体的神圣感,决不能认为是一件好事情。他认为目前的关键不是应不应该形成权威,而是怎样去形成权威,形成一种什么样的权威"①,即他需要建立一种新型的威权政治。尽管从理论角度来说高伯年的政治观念更为宽容和民主,但从现实角度来说高伯年的经验主义政治观则被阎鸿焕新威权主义政治观所替代,效率成为城市治理的主要原则和手段。与此同时,资本解放带来的经济冲动力和思想解放导致的享乐主义的合流,要求政治上给予更多的开放与包容。而效率带来的经济增长,以及"经济的增长最终将解决所有的社会问题"②的乐观情绪,一开始就为这种要求和呼吁蒙上了暗淡的颜色。所以,当环线道路热火朝天施工时,高伯年与阎鸿焕的政治冲突显得格外刺眼,施工队伍的奉献精神与徐援朝、罗晓维等人的享乐主义也构成了鲜明对比。这种对比预兆都市未来的同时,也成为新都市景观的主要构成。

第三节 都市经验的建构

《都市风流》对于都市文学的贡献,在于呈现当代都市景观的同时,还塑造了张义民、高婕、罗晓维等当代都市"风流"人物,并通过这些人物的塑造建构和传达了一种新的都市感觉与经验,并催生了城市的未来。

新的都市经验首先在权力意识层面得到呈现,城市的权力高层最先体验和观察到传统经验范式的失效和新都市经验的发生。当暴雨降临,普店街再次汪洋一片成为泽国,市委书记高伯年按照往常经验冒雨涉水慰问,企图鼓舞普店街居民士气时,他发现一切都变了,"市委书记这一次的到来,没有带来高伯年预想的鼓舞、安慰的效果,反而引起一片牢骚和骂声","群众不是当年的群众了。人们现在厌恶形式,看重实际。实际摆在那儿,从六三年开始,市里就说要改造普

① 孙力、余小惠:《都市风流》,杭州:浙江文艺出版社1989年版,第180页。
② [美]丹尼尔·贝尔,赵一凡,蒲隆,任晓晋译:《资本主义文化矛盾》,北京:生活·读书·新知三联书店1989年版,第241页。

店街。先是说把地垫高，然后重新盖房，后来说，把普店街平房拆了盖楼房。一个个计划，一场场梦。一次次许诺，一次次落空。群众心里的希望破灭了，换之一肚子牢骚"①。在家庭生活上，高伯年不仅无法实现与大儿子高原的和解，而且无法理解女儿高婕的情感生活，尽管他也有过"过失"，和机关保健室的医生发生过关系，但他认为自己的"过失与女儿高婕那种毫不负责的性解放有着原则的区别，与糟蹋他女儿的那个畜生的行为完全是两回事。他起码还知道自己的行为不体面，知道要对组织负责不敢放纵。而现在的青年人受西方资产阶级文化侵染，毫不知耻地去搞什么'性拍卖'，而被拍卖掉的行列中就有自己的女儿。尽管张义民能原谅高婕，但作为父亲，每当他想起这件事，总是忿忿然，怒不可遏"②。无论群众的变化，还是高婕"放荡的生活"，其实都是威权社会解体与个体意识觉醒的后果及其表现，是新都市经验的外在表现形式。依靠权力，高伯年可以征服现任妻子沈萍和遭受政治冲击的保健室女医生，可以得到张义民对女儿高婕的原谅，却无法获得群众的认可和女儿的尊重。对此，高婕看得十分清楚，她不仅明白张义民容忍她的原因在于父亲高伯年手中的权力，是对权力的屈从和膜拜而非爱她本人，也勇敢地承认自己情感需求的惊世骇俗，"张义民不像二哥，他有心计，是属于那种画圈儿引着别人往里跳的人。他居然能忍受她这种玩世不恭的行为，正是这种忍让让她觉着自己与他的距离越来越远。对付这种衣冠楚楚，冠冕堂皇的伪君子，最好的办法就是在他的内衣里撒上一把麦芒，使他疼痒不止"③。黄炯辉吸引高婕，在于黄炯辉的不虚伪，"他与张义民截然不同。他是真爱她的，第一次他看到她，眼神中就闪出一种火辣辣的光彩，这光彩一直追踪着她，从宾馆的餐厅一直到舞台。他火辣辣的目光灼得她心里发痛，一种使人感到眩晕，感到幸福的痛感。这是她从未体验过的一种感觉"④。正是这种感觉征服了骄傲的高婕，使她不顾一切地投入这场毫无结果的爱情中，以自己的遍体鳞伤诠释了新都市经验的真实与残酷。

---

① 孙力、余小惠：《都市风流》，杭州：浙江文艺出版社 1989 年版，第 140 页。
② 孙力、余小惠：《都市风流》，杭州：浙江文艺出版社 1989 年版，第 158 页。
③ 孙力、余小惠：《都市风流》，杭州：浙江文艺出版社 1989 年版，第 164 页。
④ 孙力、余小惠：《都市风流》，杭州：浙江文艺出版社 1989 年版，第 164 页。

　　新的都市既培养了张义民这样出身卑微却工于心计擅长钻营有着于连与拉斯蒂涅混合型性格特征的人物,同时又通过这样的人物返照新都市经验本身的成型。出身普店街普通居民家庭的张义民,依靠自己的能力和努力,一步步向权力中心靠拢,为此他放弃了爱情,屈身追求高婕,以超乎寻常的忍耐和高度的理性化解高婕的嘲讽、冷落和羞辱,"狂妄、骄傲、尖刻、糊涂! 张义民走下楼,心里恨恨地骂着这个令他着迷又令他惧怕的姑娘。随她去好了,很快,她就会属于他,沈萍连房子都为他们准备好了,高婕一切都知道,她从没反对过,这就够了,结了婚,看她还敢如此猖狂。张义民对任何事从不悲观,悲观情绪只会让人无所作为。他对一切充满信心,早晚有一天,她会听从他的摆布,在他获取她父亲一样的地位,在她的父亲失去了原有地位的时候"①。张义民为实现飞黄腾达梦想的雄心、毅力与谋略,不仅洗去了其鲜廉寡耻、冷血无情的道德缺陷与人性缺失,展现了基于现实都市生活的新都市经验原则特征,而且也从某种程度上获得了转型时期人们的认可和喜爱。尽管作者对这个人物怀有"一种鄙视心理",把他看作是"中国的于连·索黑尔"。作者对此予以承认的同时也诠释了这一人物性格的独特性,出身低微但又欲望很强的张义民,"他要达到这种目的,就采取了他们所能采取的手段","从一心上爬,利用裙带这一点是像于连。但他的思维的复杂性,处事的圆滑多变,性格中的压抑和狂躁,内心里的自卑和自尊,手段中的虚伪、卑鄙又以高尚、伟大的形式出现……都带有强烈的当代特征和个性特征。这个人物只能出现在当代中国"②,张义民式的人物只能在市场经济来临之际才会出现,《都市风流》不仅以其深刻入骨的性格刻画预示新都市社会的来临,而且其本人也成为新都市经验的象征及其表达的范例。

　　《都市风流》只是新都市计划的开始,小说本身就是一个象征性符码。所以,当市长阎鸿焕庆祝环线工程的竣工并谋划都市未来时,一方面意味着对城市历史做出分割,"同过去彻底决裂",于是,"一条全长二十公里的环形公路,如同给这座城市镶嵌了一道光环。八座风格各异的立体交叉桥,为城市筑起八座丰碑。

---

　　①　孙力、余小惠:《都市风流》,杭州:浙江文艺出版社 1989 年版,第 88 页。
　　②　孙力、余小惠:《关于长篇小说〈都市风流〉的创作——答某杂志记者》,蔡葵,韩瑞亭编:《长篇的辉煌 1977~1988》,北京:北京十月文艺出版社 1994 年版,第 271 页。

六座人行天桥恰似六条彩虹，横架在宽达四十米的大道上。一排排粉刷一新的住宅楼，一幢幢高层大厦，矗立在大道两旁。这条宽广的通衢大道神奇地使城市变了个样。那车流与人流相争，堵塞拥挤的喧嚣苦斗；那破烂不堪、杂乱无章，左凸右凹的街景，全被这道光环，扫涤得无影无踪。它把这座城市的过去横截一刀，结束了一段历史"①；另一方面，通过对都市经验的重置和身体化的叙事赋予城市浪漫的情调和全新的想象，包括总工程师徐力里、市长阎鸿焕和副市长柳若晨在内各种情感故事与都市经验，都成为新都市风景的深层内涵，"光明立交桥纵横交错，连贯东西南北。它的南端紧紧毗连着巍峨高耸的全市第一座三十二层的高层住宅楼黄山大厦。白天，二者交映成辉，相互映衬，展示出一副现代的都市景观。晚上，当黄山大楼所有窗口的灯和光明桥上的灯都亮起来的时候，远远看去，又给人一种奇特、浪漫的感觉。宛如一位美丽深情的女子，舒展长袖，静静地依偎在高大雄健的恋人膝前，默默地倾诉着绵绵情话"②。这位女子无疑是为光明桥的设计呕尽最后一滴心血的徐力里，她与光明桥的融合使得冷冰冰的都市有了温润的情感和无尽的遗思，不仅给予柳若晨以安慰，"柳若晨一个人呆呆地站在黄山大楼封闭式的阳台上，痴痴凝视着徐力里亲手设计的这座大桥，就像注视着妻子的身姿……仿佛徐力里又回到身边，与他夜夜厮守在一起，这给了他莫大的安慰，也勾起他对妻子深深的，悠远的思念"③；而且给阎鸿焕带来永久的思念和遗恨，"上午，他站在这儿讲话，注意力全在自己的讲话效果和群众情绪上。现在，他的思想纵横交错，他想到了徐力里，她给她的城市留下了一个长久的纪念物，也给他留下了一个无法追悔的遗憾和永久的思念"④。人物与城市建筑的结合，使得新都市具有了浪漫传奇色彩，并以此接续了被斩断的历史。城市由此完成了从工业城市到现代都市的华丽转身。

① 孙力、余小惠：《都市风流》，杭州：浙江文艺出版社1989年版，第500至501页。
② 孙力、余小惠：《都市风流》，杭州：浙江文艺出版社1989年版，第526页。
③ 孙力、余小惠：《都市风流》，杭州：浙江文艺出版社1989年版，第526至527页。
④ 孙力、余小惠：《都市风流》，杭州：浙江文艺出版社1989年版，第537页。

第二编　天津作家与作品

第七章　王林：文学现场与历史见证

　　1937 年底，王林在家乡参加了吕正操建立的人民自卫队，担任了军政治部宣传队长。此后八年的抗战中，王林一直没有离开冀中革命根据地，尤其是在最为艰苦的 1942 年，敌人发动了"五一大扫荡"，对冀中根据地进行野蛮"围剿"，王林坚持留下，以"历史的一个见证人和战斗员"①的身份参与了这场残酷的斗争，并在极度危险的环境中写就了反映这一段斗争历史的长篇小说《腹地》。作为王林当时"遗嘱"的《腹地》，1949 年 9 月 30 日由天津新华书店出版不久便受到《文艺报》的批判和否定，不仅成为 1949 年以后被批判的第一部长篇小说，"从此以后，各类《中国当代文学史》《中国当代文艺思潮史》均不再提"②，而且给王林带来了不尽的厄运，使其成为中国当代文学史上的"被遗忘者"。但是，王林的文学成就及其对抗战文学的贡献是无法被遗忘的，其代表作《腹地》对冀中革命根据地"原生态"历史的想象和展示，使其不仅具有了文学与历史的双重功能，而且随着时间的推移而越发显现出其真正的价值和文学史的意义。

---

　　①　王端阳：《王林和他的〈腹地〉》，《新文学史料》2008 年第 2 期。
　　②　邢小群：《"〈腹地〉"事件引起的思考——从建国后被批判的第一部长篇小说谈起》，《南方文坛》2009 年第 6 期。

第一节　新文学传统与王林的创作

王林 1909 年生于河北衡水市,他走上文学创作的道路很早,20 世纪 30 年代初期就在《现代》《大公报》《北平晨报》和《国闻周报》等报刊上发表小说。1935 年 1 月王林出版了他的第一部长篇小说《幽僻的陈庄》。

这些小说中,王林以鲜明的创作取向引起了人们的瞩目,他用"乡下人"的眼光近距离地观察乡村生活,细致地描述了 20 世纪 30 年代冀中乡村社会的面貌及其乡民的生存与精神的状态。他的第一篇小说《岁暮》以冷静的笔调叙述了暗娼春芝与赶车人胡三的爱恋故事,揭示了农村青年寡居女性的悲惨命运。《这年头》则以村民黑丑行为和思想的转变,表现了北方农村传统道德观念的瓦解和精神的窳败。《二瘾士》叙述了两名"瘾君子"前赴后继走向堕落的过程,显示了乡村社会不可避免的衰败。《小粮贩陈二黑》以"土圣人"陈二黑的可笑又可怜的贩粮经历,昭示出传统农村经验和智慧的末路。《怀臣的胡琴》在怀臣和四黑两代人的孤苦命运中,描绘了农村社会的变迁和人情的冷漠。王林小说这种扎根北方农村社会所表现出的"泥土气息",受到沈从文的好评,他指出:"中国倘如需要所谓用农村为背景的国民文学,我以为可注意的就是这种少壮有为的作家。这个人不独对于农村的语言生活知识十分渊博,且钱庄、军营以及牢狱、逃亡,皆无不在他生命中占去一部分日子。他那勇于在社会生活方面寻找教训的精神,尤为稀有少见的精神。"①事实上,王林正是凭借着他对"农村的语言生活知识"的渊博和"在社会生活方面寻找教训的精神",不仅写就了这些以"北方乡下的故事"为表现内容的"很好的短篇小说",而且在此基础上写作了长篇小说《幽僻的陈庄》。

这部作品以地主陈老仲和富农浪荡子弟田成祥对贫困而貌美的小白寡妇的争夺为线索,不仅巧妙地把农村中的生产、劳作、天灾、人祸、人情、世态以及乡村

---

① 沈从文:《〈幽僻的陈庄〉题记》,《水星》第 1 卷第 6 期(1935 年 3 月 10 日)。

风俗穿插其间,构成一幅颇具北方特色的农村风俗画,而且还调动起贫雇工双牛、二起、二流子杨三镳子、经纪人老斗、地保金生、土圣人陈二黑、商铺掌柜胡尽臣、警官马得标、讼棍刘二嘎古等各色人物,在这个"幽僻"沉闷却纷扰不断的陈庄村里组成一个充满生活气息的现实社会。王林在极力塑造人物形象和描绘"田家生活"画卷同时,特别展示了他在乡村日常生活观察和表现上的才具,并把乡村日常生活的描绘和再现作为小说展示的主要方面。罗烽在《评〈幽僻的陈庄〉》一文中指出,"这部作品的一个最显著的特点,是那广幅的日常生活的描写,在这上面,作者显示了那种对日常生活的丰富兴味和不懈努力,这是一个巨大的创造源泉,这预示了作者可能成为一个坚实力强的现实主义作家",不过,他同时批评,"在这部作品,作者所描写的日常生活,差不多只是照原样的誊录。作者没有能够发掘到日常生活的深处,从这里找出形成人物的心理和性格的要素"①。从现代小说观念及人物塑造的角度来说,罗烽的批评不无道理,王林的小说确实存在"只写了日常生活的平面的现象"和"只描写了他们的表面的性格"的问题,但从另一个角度来说,罗烽批评的短处恰恰是王林小说创作的长处,它反映了王林独特的小说观念和历史意识。

作为沈从文在青岛大学任教时的学生,王林学习文学创作的过程中得到了沈从文的提携和帮助。臧克家在回忆文章中指出:"沈先生对爱好文艺的同学诚心提携,王林同学写了一篇小说,经沈先生介绍,在《现代》月刊上发表了,笔名儶闻。当时在这样的大刊物上发表一篇作品,就会惹起注意,渐渐成名。"②臧克家所说的小说即《岁暮》。沈从文不仅从提携后进的角度推荐王林发表小说,并欣然为他的长篇小说《幽僻的陈庄》作题记,而且以同道者的眼光看待王林的创作并引为知己。从王林的创作中,沈从文看到了他在课堂上"所说及的态度和方法"的运用,看到了另一个"乡下人"的出现,从而让他感到在青岛大学两年的教学中"并不失望"。

课堂上沈从文谆谆告诫王林等五名学生:"我要他们先要忘掉书本,忘掉目

---

① 彭勃(罗烽):《评〈幽僻的陈庄〉》,《大公报·小公园》1935 年 8 月 25 日。
② 臧克家:《悲愤满怀苦吟诗》,《新文学史料》1980 年第 3 期。

前红极一时的作家，忘掉个人出名，忘掉文章传世，忘掉天才同灵感，忘掉文学史提出的名著，以及一切名著一切书本所留下的观念或概念。末了我还再三说，希望他们忘掉'做作文''交卷'。能够把这妨碍他们对于'创作'认识的东西一律忘掉，再来学习应当学习的一切，同各种官能向自然捕捉各种声音、颜色同气味，向社会中注意各种人事。脱去一切陈腐的拘束，学会把一支笔运用自然，在执笔时且如何训练一个人的耳朵、鼻子、眼睛，在现实里以至于在回忆同想象里驰骋，把各种官能同时并用，来产生一个作品。我以为能够这样，这作品即或如何拙劣，在意识上当可希望是健康的，在风格上当可希望是新鲜的，在态度上也当可希望是严肃的。……倘若作者不以失败为意，有魄力，有毅力，能想法多多认识社会各方面，了解他们的语言，爱和憎，悲哀或悦乐，一支笔又学会大胆恣肆无所畏忌的写下去，这个人所读的书即或不多，还依然能写出很完美很伟大的作品！"①

这一告诫无疑是沈从文自身创作经历的总结，是其创作过程的真实写照，正是去掉一切前验性经验而依据感官的自然体验，沈从文表现了湘西边民那种质朴自然而又活泼泼的生命力，再现了一个健康、自然而不悖乎人性的原生态的"湘西世界"。遵从沈从文的教导，王林一开始就用一种自然的眼光观察冀中封闭幽静的乡村世界，以自己的感官来触摸和体验这个世界中人和事，表现他们具有地方特色的社会环境及其自然人性，因此他放弃了对事件的抽象和对人物的综合，而以自然的真实和原生态的日常生活场景结构故事，在再现现实和还原历史的过程中创造了一个以"幽僻的陈庄"为中心的乡村世界。"陈庄世界"的出现，不仅标志着王林艺术观念和历史意识的成型，而且为《腹地》的出现奠定了基础。

---

① 沈从文：《〈幽僻的陈庄〉题记》，《水星》第 1 卷第 6 期（1935 年 3 月 10 日）。

第二节 从"陈庄"到"腹地"

抗日战争烽火的燃起,打破了"陈庄世界"的幽僻与沉寂,改变了冀中人们的生存轨迹,也改变了王林的生活和写作环境,却没有改变王林以小说记录历史和再现现实的艺术冲动和历史意识。在长篇小说《腹地》中,王林依然关注冀中这一地方,他以细致的笔触描摹了处在极端残酷环境下冀中人们生活上的"常"与"变"。因此,透过战争的硝烟,不仅可以在《腹地》中发现"陈庄世界"的前影,更能看到 20 世纪 40 年代初期这一地方的现实形态与历史影像。

小说以负伤荣誉军人辛大刚的归来为开端,以他的见闻和感受展示了这个地处日军华北"占领区"腹心地带辛庄村的环境及其人们的生活与精神面貌。抗战伊始,辛大刚组织起游击队,1938 年队伍被改编为正式的八路军,他"在抗大分校受了训,派到冀中二十七团当副连长,后来代理连长",四五年的时间里,辛大刚"前后轻重伤受过七次,最后这一次是今年秋季反扫荡,右脚踝骨中了子弹,伤口治好以后成了瘸子。平原上部队游动性太大,他已经不能再跟着队伍东征西战,只好回家来休养"[1]。但是,滹沱河畔这个承载着他儿时记忆的熟悉的村庄,给予辛大刚的竟是"一种奇怪的矛盾的思想":"我都残废了,这里还是老样子,真他妈的!……二十来里地以外,就是敌寇的据点和公路岗楼,再远点就是敌人的铁路、兵站、粮库、飞机场、兵工厂。等不到一两月,敌人就得来烧杀一回,年年春冬两季还有几回扫荡……可是这地方,却这样安生,这样清静,仿佛跟战争一点儿粘连也没有,它好像在一旁晾干坯一样!"[2]处在侵略者铁蹄践踏与烧杀掳掠威胁之下的辛庄,竟然还保持着这样暂时的苟安和僻静,保持着平静的日常生活状态,不仅不能不让久经战火洗礼、精神保持高度警觉的辛大刚感到气闷和压抑,而且它的"安生"与"清静"也不能不让人联想到"幽僻的陈庄"。

---

① 王林:《王林文集》第 2 卷,《腹地》,北京:解放军出版社 2009 年版,第 3 页。
② 王林:《王林文集》第 2 卷,《腹地》,北京:解放军出版社 2009 年版,第 2 页。

作为军人的辛大刚,"有的是赤胆忠心,又勇敢又积极,""可惜脾气太暴躁,不会团结人,一见事不公就发火,出发点都是不错,可不管别人能不能接受。虽然在几次大战斗里得到表扬,可是鉴定表上老是写着'个性太强,英雄主义,纪律性计划性差'的字眼,就是最末一回受伤,也受了批评"①。辛大刚的性格特点,蕴涵着作家王林与工农老干部亲身交往的经验与体会,比较从陕北过来的经过长征的工农老干部和冀中新干部,王林发现尽管工农老干部身上存在着种种缺点,但他们的长处,"是新干部望尘莫及的",他们那种"积极直爽、不客套、不应付、不将就、不敷衍了事的精神,实在是比新干部的折中派、中庸主义温和因循、敷衍、马马虎虎算了,要伟大得多",因而王林从他们身上看到,"这不是中国传统的人生观,所以弄得冀中老百姓反感,而这正是鲁迅平生所梦想的不妥协、不苟且、不中庸的新人格"②。王林同样以此标准来塑造辛大刚,小说中,他通过曾任二十九团政治主任的刘屏来分析和评价辛大刚:"辛大刚平素常闹脾气犯错误,但是在战场上非常沉毅果敢,冲锋在前退却在后,和战士们真能共患难共生死。刘屏对于他的豪放顽强性格,感到烦恼,同时却暗暗喜爱他。他受鲁迅的影响很深,鲁迅希望青年们的灵魂要'粗',盼望中国多出一些'闯将'。梦想新人的典型是'敢哭,敢笑,敢打,敢骂,在这可诅咒的地方,击退这可诅咒的时代!'刘屏认为大刚正是这种新型的人物。"③

辛大刚在组织性、纪律性严格的革命队伍中如鱼得水、生活愉快,八路军中相对单纯的同志关系、积极向上的革命乐观精神和紧张危险的战斗生活不仅有利于他发挥自己的特长,使其成长为连队的指挥官,而且也使得辛大刚习惯并喜欢上这种非常状态的生活。当辛大刚遭受打击,精神最为苦闷和情绪最为低落的时候,是八路军战士给了他"这些日子未曾有的激动","突然看见了八路军,简直像闪电一般,像电影换一个镜头似地,使他想起了他在连队时的愉快生活:那么多热情,多么充满着幻想!同志间跟亲兄弟一样,是平日学习、出勤也好,是战

<hr>

① 王林:《王林文集》第2卷,《腹地》,北京:解放军出版社2009年版,第16页。
② 王林:《王林文集》第5卷,《抗战日记》,北京:解放军出版社2009年版,第89至90页。
③ 王林:《王林文集》第2卷,《腹地》,北京:解放军出版社2009年版,第197页。

时冲锋也好……"①。在对连队生活的回忆中,辛大刚恢复了信心,找到了生活的方向。但是,负伤回乡之后,辛大刚不仅离开了熟悉的连队,而且身体的残废也使得他的性格发生了改变,成为一个"反常的人"。他和县委谈话时,特别提到了这一点:"残废军人各村都有几个,再一说,我们受伤了,身体不用说是特别了。可是脾气也和别人两股劲。对于我们这样反常的人,是不是有特别的教育和特别的组织?"②因此,面对"比军队里要复杂得多了"的"正常的"乡村社会,作为"反常的人"的辛大刚必定与其发生激烈碰撞,并将经历痛苦的思想与精神的"炼狱"过程。他所看到的问题,也是村里人们习以为常与习焉不察的事情,或者群众想说却不敢说而上级又未曾了解的问题。

对于辛大刚反映的群众不满意村干部的情况,县委曾训诫他说:"起初,他们不相信我们能够在敌后方坚持抗战,公开反对我们,主张妥协投降。公开反对我们反对不了,就阳奉阴违,敷衍支应,想法叫我们的工作停留在标语口号上,不能具体执行,不能贯彻到村级去。现今我们在村级里的工作,也有相当的基础了,他们就依附在我们的政令底下,利用双十纲领给他们的人权财权,向我们反攻。表面上军权政权是操在人民手里了,可是落后势力的潜伏力量,还很大,时时想反攻。同志,一个问题,各个阶级有各个阶级的看法。群众的意见是要听取的,可是自己的立场,也要站稳了。"③实际上,尽管作为冀中抗日根据地的辛庄村在抗战以来有了很大的变化和进步,但从人们的思想意识、经济状况到村政权的建设等各个方面还存在着不少问题,这些问题虽然反映了不同的阶级意识和阶级立场,但并非以界限分明与截然对立的形式出现,而是以一种复杂与混合的形态交融在乡村社会的人情世故与生活常态中,表现在各色人物的性格、语言及其行为等方面。辛大刚正是以其"反常的人"身份与感受发现了这些问题,通过他"归来",小说在复杂性格的塑造和人物关系的设置过程中展示了一个尚未被阶级话语"规训"和政治意识形态"净化"的冀中乡村社会。

---

①　王林:《王林文集》第 2 卷,《腹地》,北京:解放军出版社 2009 年版,第 194 页。
②　王林:《王林文集》第 2 卷,《腹地》,北京:解放军出版社 2009 年版,第 105 页。
③　王林:《王林文集》第 2 卷,《腹地》,北京:解放军出版社 2009 年版,第 104 页。

第三节　冀中乡村社会的"原生态"

　　辛大刚最初接触的是父亲和老明叔等老一代贫农,他们对村政持批评和敬而远之的态度,并完全以现实利益的角度看待抗战,以保守的小农意识和标准衡量抗战以来农村发生的变化。他们的言行实际上代表了农村广大贫苦农民的真实想法,有着广泛的现实基础。从父亲那里了解到,家里的经济状况比事变前改善了不少,"种着一亩本族的坟地,村里又拨了二亩逃亡地主的地,自己赎回来了一亩多很多年当出去了的老地。拿不着多少统累税,又有抗属的优待,总算由赤贫升成下中农了。但是父亲仍然是一肚子愤慨。他愤慨自己死契地还太少,中等年月就不够吃的,也养不住牲口,愤慨别人家比自己过得好。后来从一般的不满意,又说起对于某件事、某个干部的不满意"①。总之认为抗战以来村里没有什么实质性的变动,"还不是那样! 好过的还是好过,不好过的一样不好过"。

　　父亲的论调在老明叔那里得到了响应,这个一辈子窝窝囊囊、年轻时给财主家扛长工、老了只能打短工的贫农,"一有闲工夫就是絮叨不清的牢骚,发泄不尽对人对世界的不平"。他对辛大刚讲了一套理论:"反正是我这一步棋看透了,不论到什么年头,不论改变成什么派,反正是有了钱享福,没有东西窄瘪。别人有,当不了自己有。自己挨饿,白看着人家肚子撑得慌。说来说去,还是人敬阔的,狗咬破的。你天是无产阶级,也是吃不饱肚子饿,穿不暖和了身上冷! 不用说远的了,就拿自己村来说吧,你们去吃苦耐劳去啦,人家可自己解放了。你吃半天苦,耐了半天劳,回来照旧还是个穷光蛋! 饭只得自己做,锅得自己刷,衣裳破了得露着通红的肉! 况说自己残废啦,干不了庄稼活啦! 谁肯养活咱这一辈子,谁肯养咱到老? 公家那点优待够干什么的! 天塌了不光有咱,咱为人家谋解放,咱倒了霉,懂事的至多来说个你光荣;不懂事的背地里还许说是活该,自己找的呢! 可是嘴里说个你光荣,有什么用处呢? 嘴是两张皮,反正都使的,说话累不死人。

---

① 王林:《王林文集》第 2 卷,《腹地》,北京:解放军出版社 2009 年版,第 23 页。

况说庄稼人见识太浅，就看见脸面前的了。你说什么好听的就许听不见，你给他一点儿光沾，立刻乐得合不上嘴。人，哎，就是这么一回事！"①最后老明叔劝说辛大刚借县里区里阔朋友的势力做半公半私的买卖，实在不行的话，"我看你还是做个小买卖，烙馅饼卖，或者是摆摊卖花生、脆枣，卖钢笔、墨水、手巾、胰子，也是好买卖。一天就讲究剩个十块二十块的"②。

老明叔的理论虽然"落后"，却是这位贫困老农切身生活经验的总结，表现了其性格特征的同时，也从某种角度揭示了村民的思想状况与价值观念，它包含着辛大刚所必须面对的现实问题，有着很强的现实针对性和鼓动性。王林在抗战日记中说："当过兵的人，到家干不了庄稼活，即开茶馆，或做些需要相当魔力的事情"③，即回乡军人做买卖是一种普遍的现象。受伤回家做小买卖赶集烙馅饼的连队战士对辛大刚说，不干这个，干什么去，"干这个总比闲着强"，"别的咱也不图，发财更是不想，混个满手油，嘴里香喷喷的就行了"④。这也直接验证了老明叔的话，并间接显示了革命伤残战士在当时的生存状况。因而，每当受到挫折，"父亲的阴郁"和"老明叔的一套牢骚"就会在辛大刚的脑海里不自觉地映现，成为影响其思想情绪的一个主要动因。

父亲的愤慨和老明叔的牢骚，很多针对的是村干部。辛大刚对村干部的印象和意见，最初是满意的，他对村里工作和干部们的进步感到"惊讶"，随着接触的深入，这种印象发生了变化。他回答县委的问询时说："我从各种不满意的口气里，不知道他们为什么有这么一个共同的意见：就是人们对八路军比对地方工作人员印象好。地方工作人员呢？尊重政权比尊重各团体大些。若是从上下级关系来说呢，就是对上级，比对下级强，对县级比对区级强，对区级比对村级强。最不满意的，是对村干部。"⑤辛庄村的工作问题，发生在主要干部身上。前任村支书辛宝发出身贫农，在游击队当司务长时就被人告发贪污，回家后，他又利用

① 王林：《王林文集》第2卷，《腹地》，北京：解放军出版社2009年版，第44页。
② 王林：《王林文集》第2卷，《腹地》，北京：解放军出版社2009年版，第46页。
③ 王林：《王林文集》第5卷，《抗战日记》，北京：解放军出版社2009年版，第41页。
④ 王林：《王林文集》第2卷，《腹地》，北京：解放军出版社2009年版，第117页。
⑤ 王林：《王林文集》第2卷，《腹地》，北京：解放军出版社2009年版，第105页。

职权敲诈财主们的钱财和土地,通过"架弄官司""霸占"了曾让辛大刚属意的姜红文,尽管后来被县里革职,他却一跃而成为村里的暴发户,开起了油坊,成为老明叔等人羡慕的能人。继任支书范世荣是地主破落户的子弟,共产党的到来为他报了家仇,他通过钻营进入党内并获取了上级信任和重用,篡夺了村里的领导权,又利用权术打压其他村干部,树立了自己在村中的个人权威。为了夺取漂亮的村剧团演员白玉萼,范世荣利用别人的诬告,召开"反淫乱"群众斗争大会批斗辛大刚,在破坏辛大刚在群众中的形象与威望的同时坚持要给予他处分,并强迫白玉萼和自己订了婚。范世荣的行为,不仅给予辛大刚伤残退伍归家以来最为沉重的一击,使得辛大刚几乎陷入绝境,而且导致了村里工作的塌台,给党的工作和形象造成了重大损失。

辛宝发和范世荣前后两任支书,尽管出身不同,但他们都是为谋取个人私欲而混进党内的投机分子,他们身上都有着流氓无赖的本性。这一类人物在敌后抗日根据地农村政权中曾大量存在。1939 年,王林在日记中写道:"村农会许多都被几个地痞把持着,而利用农会的名义,招摇撞骗,无恶不作,造成富农今天最怕的势力。请客先请他们坐上席,暗中送礼,甚至于暗中叫他们白种地。这种恶势力如何钻进我们的阵营中呢? 起初组织农会时,老实庄稼人不敢贪,不敢出头,只有这种人敢出来试一试,试不好,他们也没有什么可怕的。一试不错,县政府无论何事都听他们的报告,他们又成天和'新贵'来往,称兄道弟,于是造成无上权威。而这时吃亏的富农分子净怕惹事得罪人,不敢上诉,以为法令即如是,只可暗中运动,施小惠。中农看哈哈笑,贫农也多持'多一事不如少一事'的态度。又一见他们胡闹,遂起戒惧之心,以为这长不了,(更有许多糊涂老太婆,偷向香门问神:他们什么时候完了?)老是敬而远之,发挥不出积极性来。我们的同志,因为习而不察,熟,图方便,因陋就简,有什么事便找他们做。他们善于应付和招待我们,当面无不一团和气,扭身便向农民呈威作福"①。可以说,范世荣们窃取党内的职权,固然与他们在根据地建政初期的"积极"表现有关,更是与群众保守与落后思想意识的作祟和上级领导的纵容分不开的。从群众方面来说,即

---

① 王林:《王林文集》第 5 卷,《抗战日记》,北京:解放军出版社 2009 年版,第 83 页。

便辛宝发被革了职,但人们仍然畏惧他那余威还在的"霸道","把村里财主们叫去,问他们他净向他们敲诈了多少钱,白要过他们多少地,他们却谁也不承认。后来又把老朝的闺女传去,问她是不是霸占,她说是心甘情愿的"①。从上级领导方面来说,"县里听区里,区里听村里"的工作方式不无责任。区干部张昭就范世荣的问题向辛大刚做检讨,"他要开会斗争你,也问过我,我当时不了解情况,糊里糊涂地就上了他的当","范世荣欺上瞒下,成绩是自己的,出了问题就往别人身上推责任,品质非常坏。我呢,主观主义,人才观点,光看见他能哨一套,就指定了他负责任。相信他就光听他一面之词,感情一冲动就做决定,民主作风很差,也不调查研究! 所以范世荣的错误,从领导上讲,我应该负责任"②。

第四节 社会主义新文艺之外的"经典"

辛庄村工作的问题,其深层的原因在于根据地残留的"旧社会的各种不良的倾向"。这种不良倾向腐蚀着辛大刚"无产阶级思想的纯洁性和战斗性",激起了他的"旧意识",同时也使他更为深刻地认识到农村社会复杂性,看到根据地干部群众身上普遍存在的问题。这也印证了王林所谓的"以隐伏在农民心理中的旧意识、旧作风与新意识、新作风的斗争作为潜主题"③的创作构想。毛泽东在《〈农村调查〉的序言和跋》中指出:"严肃地坚决地保持共产党员的共产主义的纯洁性,和保护社会经济中的有益的资本主义成分,并使其有一个适当的发展,是我们在抗日和建设民主共和国时期不可缺一的任务。在这个时期内一部分共产党员被资产阶级所腐化,在党员中发生资本主义的思想,是可能的,我们必须和这种党内的腐化思想做斗争"④。尽管有过犹豫和彷徨,但共产党员辛大刚最终不仅抵御了各种不良意识的侵袭以及敌人扫荡烧杀的考验,保持了作为共产

① 王林:《王林文集》第 2 卷,《腹地》,北京:解放军出版社 2009 年版,第 19 页。
② 王林:《王林文集》第 2 卷,《腹地》,北京:解放军出版社 2009 年版,第 289 页。
③ 王林:《关于〈腹地〉的日记摘抄》,《新文学史料》2008 年第 2 期。
④ 毛泽东:《毛泽东选集》第 3 卷,北京:人民出版社 1966 年版,第 751 页。

主义战士的"纯洁性",而且在敌人越是疯狂的时候,越是发扬他的战斗性,从而成为"新意识"和"新作风"的代表。

"五一大扫荡"的到来,范世荣立即逃亡到敌占区藏匿,姜保年则组织起维持会,当了觍颜事敌的伪村长,百般羞辱和刁难抗日战士。他们的变节,不仅展示了"腐化思想"对党的事业和根据地工作造成的巨大危害,而且从他们的身上也表现出只求苟且偷生而枉顾大义的旧的奴性意识。这种意识潜藏于冀中"腹地"农民的思想与行为中。为了向维持会征粮,父亲和辛大刚争吵:"你跟我说得着吗? 你们完不完,于我有什么相干? 人家维持会里,是怕你们给村里招祸。你们不想活着,人家还不想活着吗? 你们不想混了,人家还不想混下去吗?"①辛大刚为此悲愤地说:"呕,我们这些人,在你们的眼里,原来是一群这么一道人物,不想混下去! 也不想活下去!"②父亲的话有着现实的依据。王林在日记中记载,"前些日子有一二九师粮秣处到我村征粮,皇协军来,他们西去,追了一段 SR 放了一阵子枪。于是日本皇协军说该村窝藏 SR 军人,要把村长都带走。结果花了一二百元了事。我父亲说时慨叹不已,以为这些军队办不了正事,净给惹祸"③。人们这样对待辛大刚等人,实际上如辛宝发告诫辛大刚所说,村里的人们把八路军看作是"一种势力",他们表现的进步,"是看着八路军站住了,看着八路军对他们有利益"。当八路军在大扫荡中受到冲击时,人们的态度就会随着自身利益的转移而发生变化。这也反映了当时冀中一些人们真实的心态与想法。

辛庄毕竟不是"幽僻的陈庄",时代风云的突变和历史语境的更迭已经不需要辛大刚经历过多生活的锤炼和精神的成长历程,不容许他直面过多的社会的"落后"与"黑暗"并为此产生孤独、怅惘、寂寞、凄凉等个人情绪。"今天需要的是发扬冀中如何能坚持到今天,能取得胜利"④,因此,辛大刚必须走出"幽僻的陈庄"而立即成为一名"完成的"英雄,担负起党赋予他的责任,带领冀中人民

---

① 王林:《王林文集》第 2 卷,《腹地》,北京:解放军出版社 2009 年版,第 278 页。
② 王林:《王林文集》第 2 卷,《腹地》,北京:解放军出版社 2009 年版,第 279 页。
③ 王林:《王林文集》第 5 卷,《抗战日记》,北京:解放军出版社 2009 年版,第 111 页。
④ 王林:《关于〈腹地〉的日记摘抄》,《新文学史料》2008 年第 2 期。

"英勇斗争"，走向胜利。然而，王林当时"还没有这个正确打算"①。在生死未卜的残酷环境中，王林只想把正在发生的真人真事"写入"他的小说中，以小说创作为历史保留一份真实的记录。他认为："伟大的作家的伟大典型人物的创造，都离不了有真人真事做模特，今天我们这个时代，典型新人新事这般多，为何不先从伟大作家成功初阶的阶石上着手开始呢？这些初步基础的成功，即是现实与艺术的密切配合的成功。"②这部以真人真事为基础的长篇小说《腹地》就是"现实"与"艺术"成功配合的结果，尽管其因政治上的"落后"和"自然主义"的倾向而遭到批判，但正因如此，它突破了政治意识形态的约束和现实主义的限制，成为"迄今为止描写冀中抗日斗争的最真实、最有生活气息的作品"③，如评论家冉淮舟所言，"就其真实性来说，无论是在冀中，整个敌后战场，还是正面战场；或者说无论是解放区还是国统区，我想可能还没有哪一位作家可以和王林同志相比，其作品可以和王林同志于 1943 年在地道里写出来的长篇小说《腹地》相比"④。《腹地》为冀中抗战乃至中国抗日战争留下一部真实感人、生动形象的历史文本，这乃是它的真正价值所在。尽管王林为此成为解放区备受争议的作家，但他对"原生态"历史的想象和再现，使他向"伟大的作家"迈进的同时，也使得《腹地》成为具有经典性意义的小说文本。

---

① 王林：《关于〈腹地〉的日记摘抄》，《新文学史料》2008 年第 2 期。

② 王林：《王林文集》第 5 卷，《抗战日记》，北京：解放军出版社 2009 年版，第 286 页。

③ 鲍昌：《王林的生平与创作》，《新港》1984 年第 10 期。

④ 冉淮舟：《〈王林文集〉校读记》，载王端阳编：《被遗忘的王林：王林百年纪念文集》（内部资料 2009 年），第 25 至 26 页。

第八章　孙犁:知识分子的守护与反抗

与其把孙犁看作一位从解放区成长起来并走向城市的卓有成就的作家,不如把他当作是知识分子的代表。无论从他的创作中,还是他所走过的人生道路,用知识分子这一视角更能清楚地透视其中的奥秘,更能深入分析他的复杂的精神世界。正如有的论者所言,"孙犁的精神世界远比他的小说文本丰富和复杂得多"①,而其精神世界的这一复杂现象,正是他作为知识分子代表的表现。

知识分子一词最早出现在 18 世纪的西方,是启蒙运动的产物,强调知识者除了献身于专业工作以外,同时还必须以一种超越的精神深切地关怀着国家、社会以至世界上一切有关公共利害之事,即知识分子作为"社会的良心"不仅守护着人类的基本价值,而且实践着自己的公共角色,"在受到形而上的热情以及正义、真理的超然无私的原则感召时,斥责腐败、保卫弱者、反抗不完美的或压迫的权威"②,即反抗一切不公的社会现象。中国现代知识分子由传统的"士"转化而来,但深受西方文化的影响,他们不仅继承了参与政治的传统,同时思想上往往还在精神守护与知识反抗之间做着选择,这种知与行的分裂,精神选择的歧化,使得中国现代知识分子命运显得格外醒目与复杂。孙犁就是一个明显的例证。他早在抗战烽烟初起时就参加了革命队伍,长期辗转于晋察冀的边区,到过延安,参加过"土改",又随军进入了大城市,是一位成名于抗战时期的解放区作家。

---

① 杨联芬:《孙犁:革命文学中的"多余人"》,《中国现代文学研究丛刊》1998 年第 4 期。
② [美]爱德华·W·萨义德著,单德兴译:《知识分子论》,北京:生活·读书·新知三联书店 2002年版,第 13 页。

和其他大多数解放区作家所不同的是,孙犁更自觉于他的知识分子身份,当他投身革命时,他似乎在文章中力图避开一切世态的扰攘,在纷乱的世界中守护着一种恒常的人伦价值,以寄托其作为知识分子的情怀。进入新时期,理想的破灭不仅激发了他的反抗的热情,使他把笔锋指向世俗生活,反抗社会的不公与人性的险恶,也促使他返回自我,返回到内心,以退缩的方式来守护知识分子的道德操守。参与和退缩、守护和反抗,知识分子矛盾的人生历程从正反两个方面显示了孙犁的精神历程,也为我们找到了一个解读的视角。

第一节　知识分子的历史选择:在参与和守护之间

孙犁对参加革命似乎不是特别积极主动,"七七事变"后,由于大水,他无法返回任教的小学,曾动了南下的念头,但既无路费又无头绪,遂作罢。在过去的朋友陈乔、李之琏的动员下,赋闲在家的孙犁才到抗日队伍中"帮忙"。而此举既可以看作身为知识分子的孙犁带有试探性质的"革命行动",也可以理解为他当时的一种权宜之计。因为在权力出现真空而各路诸侯风起云涌的当时,不但"地方大乱",如村长在一天夜里就被人用独撅枪打死在土地庙前,而且孙犁也曾身受其害,如他从同口任教的学校捎回来的衣服,就"在安国父亲的店铺,被乱兵抢去。"①他先是编印诗集《海燕之歌》,后又发表《现实主义文学论》《战斗队的文艺形式论》和《鲁迅论》等长篇宏论,他把抗战的阵地当作知识分子施展才华的舞台,而没有注意当时抗战的宣传方针。"不谙世情谓之迂。多见于书呆子的行事中"②,孙犁这种知识分子式的"迂"很快就遭到了碰壁,前者被批评为"非当务之急",后一件事作者认为"不看对象,大而无当。"③孙犁在加入革命的第一步就暴露出知识分子"不合时宜"的个性。

抗日战争不但改变了孙犁的人生航向,也给予了他参与政治的机会,但他在

---

①　孙犁:《善闇室纪年·摘抄》,《孙犁文集》续编三,天津:百花文艺出版社 1992 年版,第 8 至 9 页。

②　孙犁:《芸斋琐谈(二)》,《孙犁文集》续编二,天津:百花文艺出版社 1992 年版,第 316 页。

③　孙犁:《善闇室纪年·摘抄》,《孙犁文集》续编三,天津:百花文艺出版社 1992 年版,第 9 页。

政治参与和知识分子的自我守护之间始终徘徊不定。1938 年春季，孙犁怀笔从戎，当上了冀中人民武装自卫会的宣传部长，与此同时他既不同意参与地方政权的工作，也不愿意帮路一编辑《红星》杂志。因为在他看来，"既是抗日工作，人人有份，"作为一名知识分子，参加统一战线的抗日组织自然很是正当的，而对带有政治倾向的地方政权和刊物似乎有意保持一定的距离。这一选择的矛盾还表现在以后的事情中，当冀中形势严峻，孙犁等人被疏散到平汉铁路以西的根据地时，书生意气的孙犁做出了一件很令人意外的举动，他扔掉了王林给他写的介绍信，结果在阜平被当作"来路不明"人员而搁置在招待所，迟迟得不到分配。他"每天饭后爬到山头，东迎朝霞，西送落日，颇有些惆怅之感"。在第一次当记者时，他又因"口讷"且"孤僻"，不善取悦领导，结果招致"委婉而严厉地""不满"①。其实，这两件事的真正原因在于孙犁对知识分子身份执意地守护，他宁愿因与政治保持着距离而遭后者的排斥，也不愿以放弃知识分子的道德尊严为代价来换取参与政治的资本。

　　孙犁于 1942 年入党，他对政治的参与加深了，尽管知识分子在那时有着相对自由的空间，孙犁也在以后的回忆中称赞那时是他一生中"美好的极致"②，但参与和守护的矛盾却更加突出。首先是如何参与的问题，人是加入了抗日的队伍，但所学知识却不是那么容易转型的，人文知识的传统不仅超越了个人，而且与现实政治也有一定的距离，不是那么随便好用的。孙犁就遇到了这个问题。他在抗战学院的民运院教抗战文艺时，"不管我怎样想把文艺和抗战联系起来，这些文艺理论上的东西，无论如何，还是和操场上的实弹射击，冲锋刺杀，投手榴弹，很不相称"③，并在学生中落了一个"典型"的代号。这一问题也出现在长篇小说《风云初记》中，如乡村知识分子变吉"会吹笛儿，又会画画儿"，觉得在国家用人的时候埋没了太可惜，所以要求参加抗日队伍，可是他的满腔爱国热情总是遭到人们的嘲笑，嘲笑他的知识对抗战没有实际的用途。变吉实际就是作家孙犁本人的化身，因而从作家对变吉的态度中颇能体味出自嘲的意味。

---

① 孙犁:《第一次当记者》,《孙犁文集》续编一,天津:百花文艺出版社 1992 年版,第 200 至 204 页。
② 孙犁:《文学和生活的路》,《孙犁文集》第四卷,天津:百花文艺出版社 1992 年版,第 393 页。
③ 孙犁:《平原的觉醒》,《孙犁文集》第三卷,天津:百花文艺出版社 1982 年版,第 216 页。

其次,是如何守护知识分子身份的问题。对于参加抗战,参加共产党领导的工作,晚年孙犁持一种感激和怀念的态度,在他看来,是抗战给予了他成为作家的机会,实现了他少年时的理想。但问题是,参与和守护之间存在着矛盾与对立的一面。孙犁就是如此,当革命一步步走向胜利并逐渐规范知识分子言说的空间时,知识分子孙犁守护的防线一步步地往后退缩,神经也一点点地绷紧起来。如1942年整风时,孙犁就想下乡工作,并在后来的文章中一再提及这一未果的愿望,可以猜测当时这一运动对孙犁精神造成的冲击是多么严重。1946年,《晋察冀日报》发表署名文章公开批评孙犁短篇小说《碑》中的"小资情绪"。土改时,孙犁因《一别十年同口镇》《新安游记》等文章被《冀中导报》定为"客里空"的典型,个人被不但"搬石头","也加重了对家庭的批斗"①。1949年以后,一连串的运动很难说不会造成孙犁精神的紧张。这一系列事件使他退步到守护的边缘,其长期绷紧的神经终于在1956年春天彻底崩溃。孙犁谈及赵树理时说,"不管赵树理如何恬淡超脱,在这个经常遇到毁誉交于前,荣辱战于心的新环境里,他有些不适应"②。孙犁本人又何尝不是如此呢?他是在以己度人,反说自己。尤其当他置身于大一统的体制之内时,一系列针对思想的改造使他面临着脱胎换骨重新做人的考验,这对于知识分子来说决非简单的再生,而是自我难以守护的精神折磨。

第三,参与空间的大小不仅影响作家的创作,而且也决定着对知识分子身份的评价与认知。1956年春的猝然生病,使孙犁停止了写作,而且这一停几乎就是20年。分析此间他的文学写作及其写作时间,我们可以看到他对知识分子身份复杂的感情。写于1949年9月的中篇小说《村歌》,可以看作孙犁1947年以来下乡参加土改的结果。土改中,孙犁因"客里空"遭到《冀中导报》的批判,而此前他的《琴和箫》曾被批评给人过于"伤感"的印象。其实在孙犁看来,这只是一个表面现象,真正遭批判的原因前者是"报纸吹嘘之'名',引起人之不平"③,后

---

① 孙犁:《善闇室纪年·摘抄》,《孙犁文集》续编三,天津:百花文艺出版社1992年版,第15页。

② 孙犁:《谈赵树理》,《孙犁文集》第三卷,天津:百花文艺出版社1982年版,第318至319页。

③ 孙犁:《善闇室纪年·摘抄》,《孙犁文集》续编三,天津:百花文艺出版社1992年版,第15页。

者在于作者"还没有多方面和广大群众的伟大的复杂的抗日生活融会贯通"①，即他的知识分子的身份给他惹了麻烦。基于现实中的教训，所以在这篇小说中，他对知识分子身份的县妇救会王同志采取了批评的态度，把她塑造成一个负面的形象，她不仅工作教条，不切实际，"单凭印象，不从阶级关系上分析问题"，而且还具有浓郁的小资产阶级情调，"文化高，上过抗战学院，下乡来，饭量很小，可是好吃乡下的'鲜儿'"，所以她在阻止求雨的队伍时被群众抢白了一番，"你看你穿的干干净净的，你说的话正确吗？"孙犁本人则明显地站在工农干部老邹的一边，并在老邹的身上绘入了自己当时的影子，因为他在土改以后得到的鉴定是，"知识分子与工农干部相结合的模范，"经验在于对工农干部要"无所不谈"和"烟酒不分"这两条②。有趣的是，在小说的后半部分，不但王同志不了了之，没有下文，就是老邹区长也不知去向，两人同时成为有头无尾的过场式的人物。这种对知识分子的处理方法同样在《风云初记》和《铁木前传》这两部重要小说中得以运用。由此我们可以得出：孙犁对知识分子的这一安排应有意为之，因为这种割裂故事的结构和情节的转向可以看作他不得不做出的一种选择，在特定的历史语境中，他既无法让知识分子在小说中参与更深，也不愿贸然对知识分子做出批判的结语，只好以悬置的方式等待着时间的判决，以沉默来表达自己的意见和立场。

孙犁同样也选择了沉默，他以沉默来疏离政治，以悬置的退缩来守护自己知识分子的身份。这既是一种无奈的选择，也是参与的历史必然结果。当他称病游走于山水名胜之地，在政治的漩涡中寄情于顽石古书时，我们从孙犁的身上不仅看到了传统中国"士"的身影，同时也体味到现代知识分子失语时的凄然。但在参与的空间里，我们也发现孙犁虽有超然率性之心，却难有霍然忘情之意，所以他只能以保守的态度来悬置自我。不过这在知识分子纷纷失守失节的特定历史时期中，已是难能可贵地一种道德操守了。尤其对于孙犁这样一个出身解放区的作家来说，这种意义就更具有代表性，也更值得品味。

---

① 孙犁：《秀露集·后记》，《孙犁文集》第五卷，天津：百花文艺出版社1982年版，第152页。
② 孙犁：《同口旧事》，《孙犁文集》第三卷，天津：百花文艺出版社1982年版，第280页。

第二节　知识分子的现实道路：
反抗的宿命与守护的回归

早年孙犁给人们留下的印象似乎是平和与懦弱，一副谦谦的传统知识分子的样子，因而我们总是喜欢从他的身上和作品中发掘那种女性化的柔和之美。事实上孙犁并非如此，或者说这只是一个虚假的表面，通观孙犁的一生，我们发现从其平和之中蕴藏着宁折不弯的刚毅，懦弱的形态之中包含着疾恶如仇的倔强本色。而这种对现实的反抗可以说真正代表了孙犁知识分子的本性。

人们常常惊讶新时期以来孙犁变化之大，几乎是判若两人。孙犁也承认，"近以年老，多作杂文。朋友常有以多过激、失平和相责问者"①。在《〈无为集〉后记》中他也提到，"有些感受，不能不反映到我近年的作品和议论中。我极力协调这些感受，使它不致流于偏激"②。孙犁这种偏激、倔强的性格早在其青年时期就已经存在，只是他有意掩饰而不为我们注意罢了，若我们仔细分析一下他的作品，还是能发现其中一贯的联系。

首先，我们从他的病说起。孙犁在他的文章中多次提及他的病，"病"已经成为解读孙犁的一个重要的意象或编码。

孙犁幼年体弱，患有惊风疾，即抽风病。这个病到他十来岁时才治愈，却留下了病根，就是后来的神经衰弱症。他第一次提及此病大概在 1946 年，当时他给田间信中说："去年回来，我总是精神很不好。检讨它的原因，主要是自己不振作，好思虑，同时因为生活的不正规和缺乏注意，身体比以前坏。这是很不应该的，因此也就越痛苦。""但创作的苦闷在我并非主要的，而是不能集中精力工作，身体上的毛病，越来越显著，就使自己灰心丧气起来。"③1948 年他给康濯的信中

① 孙犁：《旧抄新识小引》，《孙犁文集》续编三，天津：百花文艺出版社 1992 年版，第 257 页。
② 孙犁：《孙犁文集》续编三，天津：百花文艺出版社 1992 年版，第 269 页。
③ 孙犁：《孙犁文集》续编三，天津：百花文艺出版社 1992 年版，第 360 至 361 页。

又说:"改变一下感情,脱离一个时期文墨生涯,对我日渐衰弱的身体,也有好处。"①当时孙犁正值壮年,却不断提及被病痛折磨的苦恼,据此我们推测他的病已经很显著了,影响到他的创作和生活,否则一般人是不会经常对别人提及的。

这种病,对孙犁生理上的影响是"有时失眠、容易激动、容易恼怒";对其创作上的影响在于"生理上的这种病态,它也可能反映在我的写作上,反映在写作上,好的一方面它就是一种敏感,联想比较丰富,情绪容易激动。"②因此,我们可以看出,孙犁这种敏感、易怒的体质一方面弱化了他对外界政治风云的承受能力,尤其当他介入比较深的时候更容易受到伤害,如 1956 年那场大病可以说就是其脆弱的精神长期受到压抑的结果;但另一方面也强化了他的个性,尤其是他的道德冲动感,"对自己不喜欢的,疾恶如仇;对自己喜欢的,爱美若狂。……冲动起来,眼前一片漆黑"③。事实上,作为知识分子的孙犁,他的道德感是其情感和行动的依据,当他处于无法控制自己情绪的时候,其最佳的选择就是反抗,以一种知识分子的方式对现实说话,表明自己的观点和立场,促进社会更加公平,使正义得以彰显,用一种"导"的方式把积淤在胸中的块垒释放出来。而当时的政治气候显然对知识分子不利,不允许他自由表达自己的观点,这样长期的压制而又得不到宣泄,使其终于酿成大病。

其实,往深一层次说,这种病不仅仅是孙犁个人之事,而是一种社会症候在孙犁身上的具体表现。知识分子作为社会的良心,不仅对道德文化起到建设作用,而且对社会的不公及其政治伦理的缺陷起到批痛揭痛的作用,而一旦知识分子的言路被阻塞,知识分子的道德感被阉割,那么这个社会就会生病。作为知识分子的孙犁正是以其个人症候表征着那个社会集体的体态与症状。他对自我病症言说的本身就是特定历史时期的一种反抗。即便这一点的反抗,也不是随便哪个时候就能实现的,孙犁或是以私人信函的方式来呈示,或是通过作品中人物之口来言说。如在《铁木前传》的第十九节中,傅老刚的病症就是在与女儿九儿的对话中显现出的。孙犁真正能在作品中公开谈论自己的病,已是政治气候小

---

① 孙犁:《孙犁文集》续编三,天津:百花文艺出版社 1992 年版,第 358 页。
② 孙犁:《和郭志刚的一次谈话》,《孙犁文集》续编三,天津:百花文艺出版社 1992 年版,第 322 页。
③ 孙犁:《无花果》,《孙犁文集》续编一,天津:百花文艺出版社 1992 年版,第 104 页。

阳春的 1962 年了，这一年，他在《〈津门小集〉后记》等多篇文章中提到他的病①。

其次，与早期有意维护平和、唯美的文风相反，孙犁早年在为人处事上更能显示出一个知识分子的本真面目。从孙犁的回忆中我们可以发现，他在早期作品中竭力掩饰社会生活中丑陋与不和谐的一面，着意维护着人性美与人情之间的纯真和真诚，为此，他甚至在作品中故意更改事实，增加虚构的成分。如《山地的回忆》原出自一次不愉快的吵架，而散文《访旧》中的结尾也不是原来的事实，原本是"不知何故，大娘对我已大非昔比，勉强吃了顿饭，还是我掏的钱"，所以，"我写了一篇'访旧'，非实记也"②。孙犁这种遮丑露美的原则一方面调适了当时的美学原则，同时也与作者兢兢业业，怕犯错误的写作态度有关，因为"在四十年代初期，我见到、听到有些人，因为文章或者说话受到批判，搞得很惨。其中有的是我的熟人。从那个时期起，我就警惕自己，不要在写文章上犯错误"③。不过孙犁并没有因此而跟风，相反，他尽量在作品中以远离政治的方式来保持自己的个性，"离政治远一点"可以说成为他从文几十年的一贯原则，也是他消极反抗的一个重要渠道。与作品中的这种审慎相对照，青年时期的孙犁在日常生活中的态度却相当鲜明，个性也特别锋芒，"总是好拉横车"④。如 1946 年的一次冀中区党委会议上，他为秦君仗义执言，他的"意外的举动，激昂的语气"，使得司令员回头望了望他，幸亏组织部长和他有一面之交，替他圆了场，才没有当场出事⑤。但还是留下了祸根。土改时，他就因"有些意见，不能接受，说了些感情用事的话"⑥，结果静坐他室，被隔离了起来。1953 年，他又在会上公开为定为"胡风分子"的鲁君辩解，说了不少好话。直到后来他才知道，"这一案件，近似封建社会的'钦定'大案，如果主持会的不是熟人，我因在会上说了那些不合时宜的话，也

---

① 据日本学者渡边晴夫考证，孙犁于 1962 年中写作了 17 篇文章，这不仅和他身体的恢复情况有关，而且也与当时的气候密不可分的。在那一时期的作品中，孙犁不时提起自己的病。因为六年来疾病一直缠绕着他，几乎成为他生活中的一个组成部分，但是孙犁很少谈及疾病的具体情况。参见渡边晴夫：《"文革"前的孙犁》，《岱宗学刊》2001 年第 3 期。

② 孙犁：《善闇室纪年·摘抄》，《孙犁文集》续编三，天津：百花文艺出版社 1992 年版，第 16 页。

③ 孙犁：《文学和生活的路》，《孙犁文集》第四卷，天津：百花文艺出版社 1982 年版，第 398 页。

④ 孙犁：《王婉》，《孙犁文集》续编一，天津：百花文艺出版社 1992 年版，第 82 页。

⑤ 孙犁：《庸庐闲话》，《曲终集》，天津：百花文艺出版社 1995 年版，第 74 至 75 页。

⑥ 孙犁：《善闇室纪年·摘抄》，《孙犁文集》续编三，天津：百花文艺出版社 1992 年版，第 17 页。

会被牵连进去的"①。我们可以看出，孙犁几次三番的直言仗义，正是他作为知识分子之率直本性的自然流露，当他为文时，尚能因推敲并顾忌时忌而三缄其口，保持一贯的超脱，当他生活在现实中时，却以其本真之心听从道德之感召而做出自己的反应，而没有思虑并顾及自身的安危。这一点，显示出孙犁知识分子本色。

第三，孙犁这种为文与为人之间的截然不同，正是知识分子反抗的宿命与守护的回归之间矛盾和纠葛的外化。当知识分子面对现实时，他往往为社会、为民众、为道德人伦而反抗一切的不公正，这时知识分子的公共身份得到凸现，并以行动来表达；当他脱离世俗的纷争，超脱一切利益的纠葛时，知识分子就会以一种守护者的身份对人类的价值、理性的知识给予看护和传承，这时知识分子的职业身份得以显现，并从生活的退缩中保持一份宁静的心灵。同时，中国传统知识分子的"出"与"入""穷"与"达""内"与"外"之间的辩证关系为现代知识分子的这两种倾向提供了文化依据，后者正是在传统的纠结中体味着现代困境。正如孙犁所言，中国文化传统一方面决定了中国知识分子为正义斗争，为人生斗争，以天真的实话和过于热情的表现做着飞蛾投火般的事情，另一方面却如东方朔一般，为了自身的安全，"或者准声而歌，投迹而行"②。

孙犁就是这样一个代表，他不仅从政治的参与中守护着自己的知识分子身份，而且还肩负着传统文化在知识分子的反抗与守护之间做着艰难地调和。从孙犁的身上，我们虽然可以发现知识分子和谐的一面，但看到更多的却是矛盾与对立，他的整个一生就是生活在这种难以协调的矛盾之中，而晚年尤甚，我们从其文其人中体味到的是一种无助的悲凉和宿命的创痛之感。他感叹："我的一生，是最没有远见和计划的。浑浑噩噩，听天由命而生存。自幼胸无大志，读书写作，不过为了谋求衣食。后来竟怀笔从戎，奔走争战之地；本来乡土观念很重，却一别数十载，且年老不归；生长农家，与牛马羊犬、高粱麦豆为伴侣，现在却身处大城市，日接烦嚣，无处躲避；本厌官场应酬，目前却不得不天天与那些闲散官

---

① 孙犁：《王婉》，《孙犁文集》续编一，天津：百花文艺出版社 1992 年版，第 82 页。
② 孙犁：《文字生涯》，《孙犁文集》第三卷，天津：百花文艺出版社 1982 年版，第 220 至 221 页。

儿,文艺官儿,过路官儿,交接揖让,听其言词,观其举止。"①从生活道路上,晚年的孙犁一步步退出,弃绝先前的一切情趣与爱好,从花鸟鱼虫,到告别曾经大力购置并相依为命的书、字画、瓶罐、字帖等,逐渐倾向心灵的守护,但其又因现实地位而不得不与各种名利之事纠缠,批判各种不合理的现象,并因此遭受各个方面的不解与攻击。"云空未必空",孙犁就是在这种参与和退守、反抗与守护之间遭遇着一个现代中国知识分子的种种矛盾与纠结,在"欲"和"未"的反复中悲凉却又安详地走完自己的人生。

总之,当整个中国知识阶层的人们都在夹缝中求生图存时,孙犁仿佛是一个另类,他或优游于山水名胜之间,或神往于古书典籍之内。但与别尔嘉耶夫描述的俄国知识分子不同,他既没有"生活于未来",也不能"生活在过去"②之中,而是在"古人"与"来者"之间悲怆地徘徊,在反抗和守护之间无奈地选择着。

---

①　孙犁:《无为集·后记》,《孙犁文集》续编三,天津:百花文艺出版社 1992 年版,第 269 页。

②　[俄]尼·别尔嘉耶夫著,雷永胜、邱守娟译:《俄罗斯思想》,北京:生活·读书·新知三联书店 1995 年版,第 25 页。

第九章　梁斌：精神遗产与现代镜像

第一节　梁斌的"未完成性"

"平地一声雷"，1957 年 11 月，梁斌的长篇小说《红旗谱》由中国青年出版社出版，它的出版震动了成立不久新中国的文坛，正如丁浩川在给梁斌的信中预言："你将受到全国人民的尊敬……"①《红旗谱》引起的轰动效应及其杰出成就，不仅使得 1958 年中国文坛成为"《红旗谱》"年，而且奠定了梁斌在当代中国文学史上的地位，他受到了全国人民的关注和尊敬。如今，这种关注和尊敬已然跨越了历史和时代，使得梁斌和他的《红旗谱》系列愈发呈示出"经典"的光芒和意义。《红旗谱》系列仍然活着，它"在精深的程度，在文本的精粹程度，在艺术的概括力程度，在人物刻画的丰满度上"②，其达到的水准，不仅使其成为共和国文学与文化的一个典范和有机组成部分，而且对于认识和理解当前文学文化及社会现实，仍然具有启示性意义。梁斌和他的作品，作为意义不断生成的特殊生命体，仍然值得我们学习、研究和借鉴。

《红旗谱》一炮打响和走向经典的背后，与梁斌长期文学实践和积累，并矢志

---

① 梁斌：《一个小说家的自述》，北京：中国青年出版社 1991 年版，第 571 页。
② 雷达：《〈红旗谱〉为什么还活着》，宋安娜主编：《梁斌文学艺术论——梁斌作品评论集四编》，天津：百花文艺出版社 2011 年版，第 1 页。

不渝以文学作品塑造冀中人民形象,表现土地与人民的觉醒和走向翻身与解放的伟大历史进程分不开的,是怀抱赤子之心的梁斌与人民革命历史对话的结果。

梁斌创作《红旗谱》念头早在其少年时代就产生了。梁斌,原名梁维周,1914年生于河北省蠡县梁家庄一个大家庭,排行第十,"五个哥哥,四个姐姐,六个嫂子……姐姐们都出嫁了,两个大侄子都结婚了。侄子侄女,外甥和外甥女儿……一大家子人;遇上村里唱大戏,孙男娣女都来到了,就有四五十口人吃饭,真够热闹的"①。大家庭的出身,为梁斌文学创作提供了最初的人物原型,"有人说:'出身在大家庭的人,塑造人物性格就多。'我认为不无道理。我也说不清把哪一个人的性格写在哪一个身上。《红旗谱》一本书,三十二万字写了十八个人物"②。在这个大家庭中,梁斌深受母亲嫂子等人的影响,他的母亲年纪已经不小了,还是天天带着几个嫂子下地劳动,"她们处在旧社会的最底层……忍受着抚养孩子们的忙累,穿得破破烂烂,吃着糠糠菜菜,披头散发,常常流着眼泪。她们成日为生活操心,为丈夫操心,为儿女操心,一颗火热的心就像悬在空中发抖。她们害怕说不定在什么时候,就会有灾祸临门,就会有一只黑手将她的丈夫、儿女或者她自己夺走"。大家庭的生活及妇女的现实状况,使梁斌从小就对妇女和人民群众怀有同情心。"有人问我,是什么事物触动你的意念,使你想起要写《红旗谱》这样的一部书。那就是,还在我少年的时代,曾经经历了旧中国广大劳动人民所经历过的苦难。那种悲愁与辛酸,那种痛苦和折磨,在我少年的心灵上打下了深刻的烙印"③。

梁斌七岁(1921 年)开始上村学,1925 年暑假考入县立高小,通过《东方杂志》《学生杂志》《创造月刊》《创造周刊》《小说世界》《儿童世界》等新文学刊物开始接受新思想,1927 年春,经同学范振声介绍,加入共产主义青年团。1930 年9 月,梁斌考入保定第二师范学校。1932 年 7 月,保定第二师范学校发生"七·六惨案",参加学潮的学生被捕五十几个人,有十多个人遭惨杀。参加护校运动的梁斌登上了报纸公布的"嫌疑犯"名单。9 月,震惊全国的高蠡暴动爆发,

---

① 梁斌:《一个小说家的自述》,北京:中国青年出版社 1991 年版,第 6 页。
② 梁斌:《一个小说家的自述》,北京:中国青年出版社 1991 年版,第 8 页。
③ 梁斌:《我怎样创作了〈红旗谱〉》,《春朝集》,上海:上海文艺出版社 1980 年版,第 1 至 2 页。

"这次以建立抗日武装、迎接红军北上为目的，以高蠡为中心，波及安新、无极、藁城、完县等地的农民大暴动，虽因敌我力量悬殊，遭到失败，但却给梁斌留下了深刻的印象"①。梁斌在自传中说，"自从入团以来，'四·一二'反革命政变，是刺在我心上的第一棵荆棘。二师'七·六'惨案是刺在我心上的第二棵荆棘。'高蠡暴动'是刺在我心上的第三棵荆棘"，"自此以后，我下定决心，挥动笔杆做刀枪。含着一生的辛酸向敌人战斗！"②梁斌以笔为枪，树立了为人民创作，把文学创作作为自己毕生奋斗的目标和追求。

1933 年春，失学失业的梁斌来到北京，经他的老师丁浩川和同学路一介绍，加入了"左联"，以文学青年的身份从事创作，在京津报刊发表了《芒种》《从蜂群说到中国社会》《农村的骚动》《救"灾"与做"灾"》《吃苦和耐劳》《翁都草堂随笔》《处世谈》《从"自杀"说到"被杀"》《朋友》《朋友的悲哀》等散文和杂文，这些散文与杂文的写作，使梁斌的笔"得到了磨炼"。1936 年梁斌以自己熟悉的 30 年代前后冀中农民的革命斗争为题材，写出了第一篇反映二师学潮和高蠡暴动的短篇小说《夜之交流》。1937 年春，梁斌回到蠡县，加入中国共产党，历任蠡县抗日救国会委员、冀中地区新世纪剧社社长、蠡县游击十一大队政治委员、冀中文化界抗战救国联合会文艺部长、晋察冀边区文联委员等职，并先后创作了短篇小说《三个布尔什维克的爸爸》和《爸爸做错了》《血洒卢沟桥》《抗日人家》《五谷丰登》《千里堤》等剧本。1943 年秋，他将短篇《三个布尔什维克的爸爸》扩展为中篇，以《父亲》为题发表。1945 年至 1947 年，梁斌先后担任中共蠡县县委宣传部长，副书记等职。1948 年南下，历任湖北襄阳地委宣传部长、《武汉日报》社社长。1954 年底，调北京任中央文学讲习所党支部书记。梁斌一直为长篇小说创作做准备，为此他不惜多次放弃领导职务。1953 年，梁斌正式动笔创作长篇小说《红旗谱》，历经 4 年，完成了一至三部的初稿。1956 年底，《红旗谱》交中国青年出版社排印，1957 年 11 月出版。

1958 年底，梁斌全家移居天津。1960 年，《红旗谱》俄文版和越文版分别在

---

① 唐文斌：《梁斌生活与创作年表》，《河北师范大学学报》1982 年第 4 期。
② 梁斌：《一个小说家的自述》，北京：中国青年出版社 1991 年版，第 84 页。

苏联和越南出版。1961 年 6 月，英译本由外文出版社出版，7 月，胡苏改编，凌子风导演的电影《红旗谱》上映。1963 年 11 月，《红旗谱》的第二部《播火记》由天津百花文艺出版社和作家出版社同时出版，《红旗谱》日文版和朝鲜文版分别在日本和中国的延边出版。"文革"中，梁斌受到批斗，《红旗谱》被打成"黑旗谱"，《播火记》被打成"播毒记"，《红旗谱》的第三部《烽烟图》原稿遗失。1974 年初，梁斌在下放的农场偷偷地开始从事反映华北土改斗争的长篇小说《翻身记事》的写作。1977 年底，《翻身记事》由人民文学出版社出版发行。1979 年 4 月，佚失十二年之久的《烽烟图》原稿"完璧归赵"，回到梁斌身边，经过修改，1983 年 3 月由中国青年出版社出版。

《烽烟图》的出版，为《红旗谱》画上了一个完满的句号。梁斌在"后记"中说，"《红旗谱》全书，原来想写五部。第四部写抗日游击根据地的繁荣和'五·一'大扫荡，第五部写游击根据地的恢复，直到北京解放。当时，我还没有掌握写长书的经验。在我修改这部原稿的过程中，感觉到主要人物的性格，都已完成。再往下写，生活是熟悉的，但人物和性格成长不能再有所变化，只有写故事，写过程，也就没有什么意思了。因此改变计划，《红旗谱》全书，到《烽烟图》为止"①。从动笔写作到书稿的出版，《红旗谱》三部曲历经三十年的坎坷岁月，梁斌为此感叹"这部书写得好不易呀"！梁斌把一生最好的年华都奉献给了《红旗谱》系列的创作。"四·一二"反革命政变、保定二师"七·六"惨案和"高蠡暴动"等深深刺在梁斌心里的创痛，终于通过《红旗谱》系列的写作和出版得以纾解。《红旗谱》巨大成就，不仅使梁斌成为杰出的人民作家，而且其本身也成为"里程碑的作品"。

进入新时期，梁斌相继出版了《春朝集》《笔耕余录》，1986 年《梁斌文集》（五卷本）由百花文艺出版社出版，1991 年长篇回忆录《一个小说家的自述》由中国青年出版社出版，1994 年《集外集》由中国青年出版社出版。"满天星斗日，一华落地来"，1996 年作家梁斌去世。梁斌一生实践着为人民而写作的理想，"用

---

① 梁斌：《〈烽烟图〉后记》，《梁斌文集》（五），天津：百花文艺出版社 1986 年版，第 340 页。

自己的笔忠诚地表现民族的生命和灵魂"①,给我们留下了"星斗"般璀璨的文学瑰宝和精神财富。

梁斌从冀中大地上走向革命和走上共和国文坛,他与土地、农村及生长在大地上的人民群众不仅有着血肉联系和深厚感情,对农民生活和农村现实有着深刻的了解和深入的关心,而且以革命者的气魄和作家的敏锐观察、描述土地、农村和农民面临千年未有之变局的因应与变化,以及在中国共产党的指引和领导下克服束缚与羁绊,打破压迫和剥削,走上解放道路的历史过程,并以宏大的历史画面、丰满的人物性格和鲜明的民族风格对这一历史进程进行了文学创造和艺术展现,把对农民的刻画与塑造推向了一个新的高度。

茅盾高度评价梁斌的创作,"《红旗谱》是里程碑的作品,《播火记》也是里程碑的作品!"②梁斌作品"里程碑"的意义,首先体现在对近现代以来中国农民问题——"农民亲身感受的痛苦"和由此激发起来的反抗与斗争,以新的叙述方式予以艺术创造和形象表现。近代以来,列强的入侵使得中国一步步地沦为半封建半殖民地社会,成为国外商品的倾销地,而民国以来的军阀混战和保甲制度的强化,进一步撕裂了传统乡土社会的政治生态结构并导致小农经济的破产和崩溃。这一方面表现在维护传统乡土社会完整与稳定的士绅阶层蜕变为鱼肉乡里的土豪劣绅,另一方面表现为作为战争、灾害及苛捐杂税等负担终极载体的农民与土地,随着乡村手工业经济的破败已经到了民不聊生、极度贫困的境地。这必然引发农民的反抗和社会的动荡。费孝通在 20 世纪 30 年代撰文指出,"当中国所特有的流落在城乡生产机构之外的新阶层一旦出现,一旦庞大,他们利用权势构成种种法外的'团阀'(法外并不指他们表面的地位而言,指他们获取财富的手段而言),乡间知识程度较低,团结力较弱,组织较松弛的农民,也最容易成为这种人物寄生的对象。使黄明正先生'暗自饮泣之黯然的图画是每个在乡下住的人所熟知的'……这些人物的盛气凌人反衬出中国广大人民的善良和忍耐。但是善良和忍耐并不是敲诈掠劫的理由。容忍有其限度。当限度到来时,中国农

① 宋安娜:《解读梁斌》,天津:百花文艺出版社 2004 年版,第 194 页。
② 梁斌:《一个小说家的自述》,北京:中国青年出版社 1991 年版,第 596 页。

民的坚韧也成了他们自救的力量。从局部的情态去看，任何还有正义感的人不会放错他的同情心的，但是从整个局面合起来，却是一个大悲剧"，而且，"整个中国，不论上层下层，大小规模，多少正在演着性质相似的悲剧，但在生活已经极贫困的乡间，这悲剧也就演出得更不加掩饰，更认真，更没有退步。日积月累，灾难终于降临，大有横决难收之势了"①。

这种"横决难收之势"的来临，在梁斌作品中得到生动的展示。梁斌不仅通过"冯老巩大闹柳树林"、朱老明等二十八家穷人联名状告冯老兰失败等故事，叙述地主乡绅冯兰池（冯老兰）从砸钟卖铜顶税赋，并借此霸占河神庙前后四十八亩官地，到颠顶地向下排户摊派五千元洋钱兵匪的索赔，展示了"土豪霸道们"巧取豪夺、欺侮百姓的罪恶行径，而且通过运涛的亲身感受和朴素认识，回答了乡村贫困化和农民痛苦加深的原因，"眼下农民种出来的东西都不值钱，日用百货，油啦、盐啦、布啦，都挺贵。买把锄头，就得花一两块钱。大多数农民，缺吃少烧。要使账，利钱挺大，要租种土地，地租又挺重。打短工、扛长活，都挣不来多少钱，人们一历一历地都不行了"②。农民忍受"洋油洋火、洋线、洋锁"等"洋货"在内地的倾销和剥削的同时，承受着各种税赋摊派的压榨，"租谷虽重，利息虽高，一年只有一次，如今这个捐那个税的太多了。地丁银征到十年以后，此外还有学捐，团警捐……咳！多到没有数了"③。以封建地主冯老兰为代表的"土豪霸道们"、用各种"洋货"盘剥中国农民的帝国主义和骚扰百姓危害地方的军阀强权，多方势力构成的寄生阶层把贪婪的吸盘直接或间接对准农民，从农民和土地上榨取血液和营养。梁斌既用鲁迅开创的启蒙模式描述了农民因寄生阶层过度压迫和榨取，所造成的破产和流亡及其悲惨的生活与多舛的命运，描绘了"暗自饮泣之黯然的图画"，同时更用激昂的笔调叙述了这种压迫和榨取激发的反抗与革命：从朱老巩式的赤膊上阵和冯兰池拼命到朱老明式的和冯老兰对簿公堂，从自发开展水泊英雄式的反抗到进行"合法"斗争的失败，最终在党组织领导下反割头税的胜利，他们不再是沉溺于阿Q式的"精神胜利"，不再像闰土那样辛苦麻

① 费孝通：《乡土重建》，长沙：岳麓书社2012年版，第64至65页。
② 梁斌：《红旗谱》，北京：中国青年出版社1957年版，第131页。
③ 梁斌：《红旗谱》，北京：中国青年出版社1957年版，第132页。

木,不再如祥林嫂那样臣服于命运安排,而是走上了有组织的群众斗争与自我解放的道路。由此,梁斌通过他的作品,不仅形象地描述和艺术地呈现了中国农民问题,在启蒙模式、田园叙事等现代乡土叙事模式之外,开启了一种"概括中国民主革命时期农民斗争生活"①的叙事类型,而且也突破了 20 世纪五六十年代农村题材叙事的限制,表现出比赵树理、周立波等人更为深刻与广阔的历史内容和现实意义。

《红旗谱》系列作品的突出成就,表现在朱老忠这一具有划时代意义农民英雄人物的塑造上,"这个形象的成功塑造,不仅是《红旗谱》的突出成就,也是当代文学史上一个重大的收获"②。这是一位具有高度集成的人物性格,他的诞生经历了漫长孕育过程。从 1942 年梁斌创作短篇小说《三个布尔什维克的爸爸》,到把这篇小说改成五六万字的中篇小说,再到长篇小说《红旗谱》的出版,朱老忠从最初一个乐观刚强的老年农民形象,到中篇加入"被迫闯关东,在长白山上挖参,在黑河里打鱼,在海兰泡淘金"的传奇经历,再到长篇中补入性格中"关于智的一面",朱老忠的创造过程中,不仅践行了作者梁斌"要写出所谓古老的封建社会的叛逆的性格,写出中国农民的高大的形象"③的理想,而且由于多方借鉴和充分积累,使得这一人物形象具有了丰富的历史内涵与现实意义,因而甫一出现就受到了关注和肯定,并成为当代文学史的经典形象。

朱老忠的文学史价值,不仅在于他已经走出传统农民英雄的历史局限,而且具有"承前启后"的意义,是一个"在历史中成长"的具有丰富包蕴性的"未完成"性格形象。李希凡在《革命英雄典型的巡礼》中指出,"作者笔下的朱老忠并不是一个传奇性的英雄,他也没有像水浒传英雄那样带着千军万马向封建地主阶级进行直接的进攻,甚至也没有像朱老巩那样,提着铡刀在千里堤和冯兰池面对面地较量,他像普通农民一样,生活在锁井镇上,但是,读过《红旗谱》以后,他的形象、性格,一言一行,却又有着一种不是用几句话能说出来的深沉的威势,震撼着读者的心灵,使你自然地联想到水浒英雄,联想到历代的农民革命英雄,只不过

① 邵荃麟:《文学十年历程》,《文艺报》1959 年第 18 期。
② 张钟、洪子诚等:《当代文学概观》,北京:北京大学出版社 1998 年版,第 383 页。
③ 梁斌:《漫谈〈红旗谱〉的创作》,《春朝集》,上海:上海文艺出版社 1980 年版,第 30 页。

在这个形象、性格里,孕育着一种更为深沉的力量,这种力量我们可以称之为地下的火焰,它炽热地翻滚着,只等待着有那么一种导火索能够引导它冲破这僵硬的地壳"①。朱老忠不是草莽英雄,也没有朱老巩那样的火气,背负血海深仇的他始终保持着普通农民本色,一直抑制着自己的"火爆脾气"和"愤怒的心情",用"出水才见两腿泥"来鼓舞士气和宽慰自己。这一安排恰恰体现了梁斌的良苦用心,"梁斌给朱老忠的定位,不是一位传统小说中常见的性格不变的英雄人物,而是一个处于动态的时间关系中的不断'成长'的新的形象",而"成长"的进入,不仅使《红旗谱》体现了一种与传统小说相异的"时空原则"和"知识谱系","意味着一种真正意义上的现代小说的诞生,同时也意味着诞生了半个多世纪的'中国现代文学'进入到一个艺术形式更为完备的'当代文学'时期"②,而且也使得朱老忠成为新旧时代的"媒介","对于旧中国革命农民来说,朱老忠是一个性格的'总结';而对于二十世纪三十年代的革命的中国农民来说,它又展示了一个新的起点。它形象地论证了中国共产党所领导的以农民为主力同盟军的伟大的新民主主义革命的历史动力"③。站在"旧"历史终点与"新"时代起点的交汇处,朱老忠的性格形象获得了历史与时代的烛照,成为"成长的"历史和时代的象征。

《红旗谱》系列作为经典的长久艺术魅力及其旺盛生命力的源头,除了塑造了农民英雄朱老忠,还在于创造性的表现了严志和、朱老明、运涛、春兰、老驴头、朱老星、伍老拔等生长在中国大地上的"血色鲜活的灵魂"④。带领穷人和冯老兰连打三场官司的"硬汉子"朱老明,勤快聪明的青年农民运涛,泼辣热情开朗的农村姑娘春兰,性格有些狭隘但不乏自尊的老驴头,"乐天派"的农民伍老拔,以及做事不着调把日子过得"稀里哗啦"的朱老星等等,他们性格各异,甚至"有这样或那样的缺点",但是他们都具有勤劳、善良的共同品质,有着地道庄稼人特有的"庄稼秉性",也即是梁斌在小说中多次提及的农民的"庄稼性子"。"庄稼性

①　李希凡:《革命英雄典型的巡礼》,《文学评论》1961 年第 1 期。
②　李杨:《50～70 年代中国文学经典再解读》,济南:山东教育出版社 2006 年版,第 45、37 页。
③　李希凡:《革命英雄典型的巡礼》,《文学评论》1961 年第 1 期。
④　雷达:《〈红旗谱〉为什么还活着》,宋安娜主编:《梁斌文学艺术论——梁斌作品评论集四编》,天津:百花文艺出版社 2011 年版,第 3 页。

子"成为梁斌塑造农民形象展示精神世界的一个重要艺术手段。

这种"庄稼性子"在严志和的身上得到集中体现。与朱老忠的豪爽、勇猛、刚毅、无私相比较，作为一个地道农民的严志和，一方面有着庄稼人的耿介和倔强，另一方面具有农民土里刨食视土地如"命根子"的"软善"与朴实。听说朱老明为穷人打官司，他出于义愤"一句话输了一头牛"，却又为此感到无脸面对家人而出走。他的一切生活常识及思想与行动，皆源于他赖以生存的土地及父辈的教导："这二亩地，只许你们种着吃穿，不许出卖。久候一日我还要回来，要是闹好了，没有话说。要是闹不好，这还是咱全家的饭碗。你看咱在下梢里的时候，把土地卖净吃光，直到如今回不去老家。咱穷人家，土地就是根本，没有土地就站不住脚跟呀！"①这也养成了严志和的"庄稼性子"——凡事以土地为中心的农民性格与心态。他"爱朋友、讲义气、舍己为人"，依靠"宝地"的出产，不仅"顶门立户"过起了庄稼日子，维持着"不饱不饥的生活"，而且"一家人担负两家人的生活"，帮助从关东回来的朱老忠一家四口建立家园，表现出庄稼人的本分与朴实。但是，面对运涛入狱的重大打击，"本来是条结实汉子""一辈子灾病不着身，药物不进口"的严志和，"迎着朱老忠紧走几步，身不由主，头重脚轻，一个斤斗栽倒在梨树底下"②，失去了庄稼人的"定心骨儿"。面对即将失去的"宝地"，大病中的"严志和一登上肥厚的土地，脚下像是有弹性的，发散出泥土的香味。走着走着，眼里又流下泪来，一个趔趄步跪在地下。他匍匐下去，张开大嘴，啃着泥土，咀嚼着伸长脖子咽下去"③，以吃泥土的方式表达庄稼人的绝望。运涛入狱、老奶奶猝死、失去"宝地"等灾难既"好像有老鼠咬着他的心……他心上实在气愤，只要一提起这桩事，就火呛呛的，忍也忍不住"④，也消磨了他的意志和增加了他的失望情绪，严志和劝诫自己"过个庄稼日子，什么别扑摸了"⑤，吞下了这口气。严志和的这种冲动火气与隐忍"软善"交织的"庄稼性子"，其实就是燕赵大地乡村世

---

① 梁斌：《红旗谱》，北京：中国青年出版社1957年版，第34页。
② 梁斌：《红旗谱》，北京：中国青年出版社1957年版，第195页。
③ 梁斌：《红旗谱》，北京：中国青年出版社1957年版，第220页。
④ 梁斌：《红旗谱》，北京：中国青年出版社1957年版，第280页。
⑤ 梁斌：《红旗谱》，北京：中国青年出版社1957年版，第281页。

界中农民的现实生活与真实人性,它包蕴巨大能量和无限可能。梁斌挖掘和表现了严志和等人身上"庄稼性子",等于刻画和描绘出华北农民的魂灵和精神世界,呈现出他们最为真实和最有特点的一面,"说明了作家梁斌其实具备着一种透视表现乡村世界中真实人性的艺术能力"①。这种深入农民灵魂世界的艺术创造,是梁斌留给我们的一份宝贵的精神遗产。

《红旗谱》系列的成功,与梁斌坚持以人民为中心的创作导向,使其成为"一部具有民族气魄"小说的民族化探索与创造分不开的。关于民族化形式的探讨,虽是 20 世纪三四十年代的重大话题,但文艺创作的民族化至今仍是文学需要面对和亟待解决的问题。《红旗谱》关于民族化形式的探索,仍然是我们无法绕过的精神坐标。

为了创作"为中国老百姓所喜闻乐见的中国作风和中国气派"的作品,梁斌认真反思和总结了自己的创作实践,"文章风格,不拘泥于外国文学;《夜之交流》的洋味、翻译风格是不足取的。繁琐的心理描写、风景刻画,中国读者是不习惯的。也不拘泥于中国古典小说的一些多余的东西,要有中国气派,民族化的风格,而借鉴外国文学的好东西,尤其是托尔斯泰、普希金、法捷耶夫、梅里美的艺术"②,在放弃"五四"新文学以来的"洋味"与"翻译风格"和汲取综合外国文学与传统小说营养的基础上,走上了以"中国气派"与"民族化的风格"为艺术目标的新文学创作道路。《红旗谱》的民族化创造,一方面表现在生活化语言的运用上,"语言是与生活紧密相连的。冯老兰、冯贵堂、严知孝、陈贯群、朱老忠、老套子⋯⋯在他们的语言中,尽管基本语汇相同,但各有自己的性格特点,有各自不同的表达方式。一个人通过他的社会经验和生活经历,应该形成他自己的性格语言"③,由此形成了一套群众性的人物个性化语言与朴实简洁的叙事描写语言相融合的独具个性的语言;另一方面则表现在地方特色的风光及地方民风民俗等"地方性知识"的塑造上,"农村的风景,农民对土地的热爱,农民之间的友情,

---

① 王春林:《以人性剖析为底色的乡村与革命叙事——重读梁斌长篇小说〈红旗谱〉》,宋安娜主编:《梁斌文学艺术论——梁斌作品评论集四编》,天津:百花文艺出版社 2011 年版,第 34 页。

② 梁斌:《一个小说家的自述》,北京:中国青年出版社 1991 年版,第 487 页。

③ 梁斌:《漫谈〈红旗谱〉的创作》,《春朝集》,上海:上海文艺出版社 1980 年版,第 57 页。

家庭成员之间的亲情,青年男女之间淳朴的爱情,农村孩子快乐的乡村生活,甚至农村妇女在夫权压迫下掺杂着甜蜜的哀怨,都被刻画得栩栩如生。农民们在冀中平原的雪夜和美丽的春天原野上,赶鸟,看瓜,打狗,赶年集,走庙会,过除夕;运涛和春兰一对小儿女并肩坐在瓜园的窝棚上谈恋爱;运涛、江涛、大贵、春兰们在棉花地里扑鸟……乡村的居民在美丽的乡村风景中的生活构成了一幅没有历史感的农村生活的画卷,散发出田园诗一般的魅力"①。散发着"田园诗一般魅力"的乡村风景与民俗画的刻画,成为《红旗谱》民族化形式的一个重要特征。《红旗谱》作为"一部地地道道的中国的书"②,不仅植根于慷慨悲歌的燕赵大地,发掘和展现了燕赵人民淳朴的田园生活及其"伟大的性格",使得小说具有浓厚的地方性色彩,而且广泛借鉴中外文学名著,如从《三国演义》《红楼梦》借鉴概括描写社会生活的艺术手法,从《水浒传》中借鉴"英雄人物的描写手法",学习和研究《战争与和平》《上尉的女儿》《屠场》《毁灭》《卡尔曼》《高龙巴》《铁流》《成吉思汗》《蟹工船》等作品,在"比外国文学粗一点,比中国古典小说细一点"③的综合中走出了一条民族化的创新之路。《红旗谱》的民族化创造,是梁斌留给我们的另一份重要精神遗产。

《红旗谱》系列描写了农民困苦的生活,但更写出了困苦中的希望和梦想,这种希望和梦想不仅支撑着他们在灾祸与苦难迭发的不幸泥淖中继续生活下去,而且是近代以来苦难深重的中华民族走出危厄与羁绊,在中国共产党的带领下走向自由与解放,实现民族伟大复兴的基础与力量所在。在最为艰难的日子里,朱老忠鼓励运涛和贾老师交往,"你要扑摸到这个靠山,咱受苦人一辈子算是有前程了","去吧!去吧!放心大胆的去吧……看样子,咱种庄稼的人们也有前途、有希望了!"④这种希望既是农村姑娘春兰男耕女织、自给自足、其乐融融农村小康生活的理想:"革命成功了,乡村里的黑暗势力都打到。那时她和运涛也该成一家子人了。就可自由自在地在梨园里说着话儿剪枝、拿虫……黎明的时候,

---

① 李杨:《50～70年代中国文学经典再解读》,济南:山东教育出版社2006年版,第66页。
② 梁斌:《一个小说家的自述》,北京:中国青年出版社1991年版,第514页。
③ 梁斌:《一个小说家的自述》,北京:中国青年出版社1991年版,第488页。
④ 梁斌:《红旗谱》,北京:中国青年出版社1957年版,第136页。

两人早早起来,趁着凉爽,听着树上的鸟叫,弯下腰割麦子……不,那就得在夜晚,灯亮底下,把镰头磨快。她在一边撩着水儿,运涛两手拿起镰刀,在石头上蹭蹭得磨着。还想到:像今天一样,在小门前头点上瓜,搭个小窝棚,看瓜园……她也想过,当他们生下第一个娃子的时候,两位老母亲和两位老父亲,一定高兴得不得了。不,还有忠大叔,他一定抱起胖娃子,笑着亲个嘴儿……"①也是农村知识分子运涛关于"未来中国"的想象:"他倒不想和春兰的事。他觉得春兰应该就是他的人儿,别人一定娶不了她去。他想革命成功了,一家人……不,还有忠大伯他们,不再受人压迫、受人剥削了……也想到像贾老师说的,工人、农民掌握了政权。那时候他也许在村公所里走来走去,在区里、在县上做起工作来。他想,那时就要出现'一片光明',农民们有理的事情,就可以光明磊落的打赢了官司。"②他们的希望不仅与人物身份和环境相一致,反映了广大人民群众的要求,而且希望所表达的关于富强、民主、平等、公正、法治、和谐、自由、敬业等理念,构成了关于"新中国"的主要想象。从这个角度说,《红旗谱》仍是当前社会与精神文明建设的重要文化资源,是一份需要我们敬重和继承的精神文化遗产。

在城市化加速农村人口大规模进入城市农村、农民与农业发生巨大变化的当前,农民问题仍然是我们国家最基本、最重要的问题,人民作家梁斌的意义在于他的创作不仅反映了当时社会状况和发展趋势,而且展现了与时俱进的丰富与开放,他的作品仍在和时代发生着对话,其精神遗产仍有着不断生产的"未完成性"。其代表作《红旗谱》仍具有广阔的解读空间。

第二节 《红旗谱》:华北农村的现代性镜像

《红旗谱》是一部具有"民族气魄"的长篇小说。作者梁斌在创作谈中指出,为了展示这种民族气魄,首先要做到深入地概括一个地区的人民生活,"地方色

---

① 梁斌:《红旗谱》,北京:中国青年出版社1957年版,第147至148页。
② 梁斌:《红旗谱》,北京:中国青年出版社1957年版,第148页。

彩浓厚,就会透露民族气魄",为此,作者生活的华北农村一带的"人民生活、民俗和人民的精神面貌"成为《红旗谱》表现的一个重要方面①。实际上,《红旗谱》对华北农村农民生活的细致描述,不仅构筑了它的史诗性,而且也成为探索华北农村现代转变的一个典型样本,通过这个样本,可以看到华北农村现代进程中呈现出来的交错缠绕的现代性。

《红旗谱》初版于 1957 年底,小说通过朱老巩大闹柳树林、脯红鸟风波、大贵被抓兵、运涛出走、朱老忠济南探监、反"割头税"运动和保定第二师范学校学潮等事件,描述了华北中部地区农民在党的教育下如何从自发反抗走向自觉革命的过程,以鲜明的性格和形象的故事展现了中国革命的历史。《红旗谱》出版后受到了极大的关注,郭沫若为《红旗谱》书写题名,称其"红旗一展乾坤赤,别开生面宇宙新",茅盾称《红旗谱》"是里程碑的作品"②,周扬在《红旗谱》中"看到了在漫长的黑暗统治年代,老一代的革命农民向反动势力冲锋陷阵的悲壮历史"③,邵荃麟说《红旗谱》是"比较全面地概括了整个民主革命时期的中国农民生活与斗争,在艺术上达到相当深度与高度的作品"④,张炯认为,"迄今为止,在刻画中国现代农民的光辉形象上,还没有任何一部作品的成功超过《红旗谱》的"⑤。《红旗谱》问世 50 多年来,多次再版、印刷,至今已发行 600 多万册,译成英、俄、日、法、朝、越、西班牙等 7 国文字出版,并先后被改编为电影、话剧、评剧、京剧和电视剧,成为一部影响了几代人的"红色经典"著作。

《红旗谱》的成功,一方面在于它与国家意识形态保持了高度的一致性,它不仅实践了"文艺为工农兵服务"的毛泽东《在延安文艺座谈会上的讲话》的精神,而且实现了为革命先烈"树碑立传"的目的,小说本身成为国家意识形态建构的一个组成部分;另一方面,《红旗谱》成功地把真实的人物事件与华北中部农村的民俗风情融会在一起,较为全面地展现了 20 世纪前半期华北农村的面貌,使得

---

① 梁斌:《漫谈〈红旗谱〉的创作》,《春朝集》,上海:上海文艺出版社 1980 年版,第 51 至 52 页。
② 梁斌:《一个小说家的自述》,北京:中国青年出版社 1991 年,第 596 页。
③ 周扬:《我社会主义文学艺术的道路》,《文艺报》1960 年第 13、14 期。
④ 邵荃麟:《文学十年历程》,《新华半月刊》1959 年第 23 期。
⑤ 张炯:《感念梁斌》,宋安娜主编:《梁斌新论:梁斌作品评论集续编》,天津:百花文艺出版社 2004 年版,第 5 页。

《红旗谱》突破虚构的界限而具有了历史人类学的价值。当《红旗谱》的意识形态价值被逐渐淡化时,它的人物性格的圆满及其浓郁的民俗风貌与地域色彩不仅维护了小说的艺术价值,而且其本身也成为一份解读华北区域现代历史的宝贵材料,它以文学的敏锐与丰富发掘和还原了这些事件的历史价值。

作者梁斌在华北中部的河北省蠡县梁家庄这个"偏僻小乡村里"度过了少年时代。他对华北农村人情世故的熟悉,转化为创作的材料,《红旗谱》中的主要人物,几乎都曾在他身边生活过。梁斌解释,朱老忠根据同学宋汝梅的父亲塑造,并加入其父亲的思想和性格,根据作者舅舅的形象构思了朱老明的形象性格,根据村上长工梁老宠的思想行为构思了伍老拔的形象,运涛的情节借用了作者外甥刘玉昆的经历,江涛由作者梁斌的思想性格、经历脱化而成,张嘉庆的性格是根据老师张承曾的出身、性格写成,春兰的故事根据村上贫农姑娘绣屏的恋爱经历写成,反面人物冯老兰的形象性格在乡村"比比皆是",而冯贵堂则主要以村上忠信堂的大当家梁鸿文为原型,并集中了蠡县南庄杜家和刘铭庄崇俭堂两家大地主的材料,另外李得才、刘二卯、老驴头、老套子都是村上实有的人物。对这些人物,梁斌创作《红旗谱》时进行了"综合、概括、典型"等艺术加工,使得他们出现在小说中时发生了一些"变形",但这种"变形"是事件"情节化"的必经阶段,也是历史编纂的基本方式。

新历史主义代表学者海登·怀特指出,"只要史学家继续使用基于日常经验的言说和写作,他们对于过去现象的表现以及对这些现象所做的思考就仍然会是'文学性的',即'诗性的'和'修辞性的',其方式完全不同于任何公认的明显是'科学的'话语"①。历史作品的"诗学"性质表现在它的叙事化形式中,即通过浪漫剧、悲剧、喜剧和讽刺剧等情节化模式,把事件组织在一起,"旨在建构一系列事件的真实叙事"。怀特强调历史作品的"诗性"特征,在打破历史文本的自足性而与文学发生关系的同时,实际上解释了历史与文学之间"互文"关系,即文学的自足性同样被打破了,它在创造文学世界的同时也参与到当时社会历史的建

---

① [美]海登·怀特著,陈新译:《中译本前言》,《元史学:十九世纪欧洲的历史想像》,南京:译林出版社 2004 年版,第 1 页。

构,成为整个社会历史的建构材料。梁斌把朱老忠等一系列人物事件组织在一起,显然也采取了浪漫剧、悲剧、喜剧和讽刺剧等情节化的叙事模式,它们构建了小说情节发展的动力性线索。所以,当梁斌通过文学性的形式旨在建构革命话语的"真实"时,《红旗谱》也同样进入到历史的领域,这是一种文学的历史,如果不谈其诗性的形式,完全可以当作历史作品来阅读。

　　《红旗谱》以朱老巩大闹柳树林为开头,叙述了清朝末年朱老巩、严老祥一代的农民,为反对村长冯兰池侵吞河神庙前后四十八亩官地保护铜钟而失败的故事。这个故事的原型本为两件事,一件为流传已久的故事:"在我还小的时候,四哥对我说过:'那座铁钟上铸有文字,说,奶奶山前后有官地四十八亩……后来被东头财主家据为己有,以势压人,霸占官产'。这件事相传几百年,直到现在还在乡村里传说着。"一件为现实事件:"我母亲也说过:'……那座铁钟,人家要砸钟卖铁。你父亲出去拦挡,争吵起来,动了武,打起架来,也被人家打了,头破血流的……那个大铁钟被人家砸了,卖了……'"①。梁斌不仅把这两件原不相干的事件捏合在一起,而且把过去流传的故事作为情节的主要方面来叙述,这样作为概括《红旗谱》全书的楔子,护钟行为就成为农民和地主土豪之间阶级对立的突出表现,尽管护钟失败了,但阶级仇恨的种子从朱老巩身上已经萌发出来,并在朱老忠、运涛、江涛等两代人的心中生长壮大,最终化为冲毁旧世界的革命洪流。不过,《红旗谱》中还是留下了缝合的痕迹,铜钟虽是四十八亩官地的凭证,但冯兰池早已拥有这四十八亩官地的地契文书,而且冯兰池砸钟卖铜的目的是为缴纳全村的田赋百税,因此,朱老巩舍命护钟的行为与其说是保护四十八亩官地,是农民自发的阶级反抗行为,不如说是在缴纳赋税问题上没有达成一致意见的结果,而归根结底是农民赋税负担加重所造成的。这个结论与梁斌父亲保护奶奶庙前铁钟的原因应该是一致的。从这一现实逻辑出发重新阅读《红旗谱》,可以发现田赋百税不仅是《红旗谱》故事发展的潜在结构,而且也是国家政权加强对乡村社会控制的主要方式,它构成了华北乡村现代演变的动力性因素。

　　国家权力企图进一步深入乡村社会的努力始于清末新政,杜赞奇指出,"这

---

① 梁斌:《一个小说家的自述》,北京:中国青年出版社 1991 年版,第 11 至 12 页。

一不可逆的进程与近代早期的欧洲相似,查尔斯·蒂利(Charls Tilly)和其他学者称这一过程为'国家政权建设(state-making)'。其相似之处包括:政权的官僚化与合理化(bureaucratization and rationalization),为军事和民政扩大财源,乡村社会为反抗政权侵入和财政榨取而不断斗争以及国家为巩固其权力与新的'精英'结为联盟"。他还认为,"20 世纪时中国'国家政权建设'与先前欧洲的情况不同。在中国这一过程是在民族主义(nationalism)以及'现代化'的招牌下进行的。芮玛丽(Mary Wright)第一个发现 20 世纪初膨胀的反帝民族情绪是如何促使清政权(1644—1911)为挽救民族灭亡而走上强化国家权力并使政权现代化道路的。具有讽刺意味的是,这种要求'现代化'的压力亦来自帝国主义方面。清末新政包括:建立新式学校、实行财政革新、创建警察和新军、划分行政区域以及建立各级'自治'组织。促使改革的动力有多方面,其一是义和团起义以后,帝国主义列强期望中国有一个强有力的国家政权;其二是列强向财政崩溃的清政府勒索巨额赔款使它不得不加强权力以向全国榨取钱财。所有这些因素都汇合起来,要求建立一个'现代化'的国家政权"①。可以看出,与欧洲的现代进程不同,中国国家政权的"现代化"、民族国家的形成与其对乡村社会的控制和财政榨取是同时发生的,处在底层的乡村社会在遭受国家权力渗透和经济盘剥及其反抗的过程中迈向现代。

《红旗谱》的开头虽然交代了矛盾冲突的起因,但也间接地展示了前现代华北乡村的特点。一方面来说,尽管冯兰池表现出他的贪婪,并利用村长兼千里堤堤董的身份攫取了河神庙前后的四十八亩官地,但他砸钟卖铜还是为了全村的赋税,在他的身上还存有杜赞奇所谓的传统乡村"保护型经纪人"的特点;另一方面,华北乡村总体上还比较稳定,仍然保持着前现代士绅统治的结构模式。黄宗智指出,在国家政权没有完全渗入自然村的二十世纪之前,国家和乡村是一种双层的结构体系,"它直接的权力,限于这个双层的社会政治结构的上层。在下层之中,它一般只能透过士绅间接行使权力,并吸引下层结构中上移分子进入上层

---

① [美]杜赞奇著,王福明译:《文化、权力与国家:1900—1942 年的华北农村》,南京:江苏人民出版社 2003 年版,第 1 至 2 页。

来控制自然村"①。在故事发生的锁井镇，朱老巩舍命护钟的行为让冯兰池感到棘手，但当过义和团大师兄的地方士绅严老尚一出面，这种剧烈冲突的场面就被化解了，乡村社会的矛盾仍然没有溢出士绅阶层控制的权力范围。

　　进入民国以后，军阀的连年混战加剧了华北乡村的经济负担，如朱老忠说："这年头有枪杆子的人吃香！今天你打我，明天我打你，谁也打不着，光是过来过去揉搓老百姓。"②军阀打仗就需要钱，这钱最终摊派给乡民们，"不管哪个新军头一来，先是要兵，要兵人们就得花钱买"，还叫人种大烟，种了还罚款，"你不种他硬要派给你种，种，还得拿种钱，他娘的什么世道儿？快把人勒揩死了！"③军阀混战加大了华北地区的财政支出，这种军事开支的增加在国家政权的扩张中是一种常见现象，杜赞奇指出，"在18世纪的欧洲，军事费用在国家预算中不仅占有最大比重，而且总是超过其他各项公用开支的总和，布朗（Rudolf Braun）戏称战争是'国家财政收支增长的动力'……成功的国家政权创设有效体制，使纳税成为公民义务，从而可以控制赤字，而且税率稳定，使国家财政有一稳固的税源和征收体制"④。但是，在灾害频仍、经济内卷化严重的华北地区，盲目扩张国家政权和增加税收与摊款，导致国家与乡村的关系发生了根本性的变化，它不仅造成了国家政权的渗入和村庄共同体本身衰落的交互影响，而且导致杜赞奇所谓的乡村"赢利型经纪体制"的增生。

　　国家权力的扩张，伴随着基层政权机关、武装单位以及现代警察和学校等"现代化"机构的设立而发生，在对乡村社会的渗入中，它首先要求乡村社会进行"现代化"的改造，从而建立适应现代民族国家的权力结构。现代民族国家意味着"国家主权在一个法定疆域内的每平方厘米的土地上发生的效力，是完全、平整而且均匀的"⑤，它必然要打破传统乡村的封闭状态，把权力贯彻到乡村社会的

---

　　① ［美］黄宗智：《华北的小农经济与社会变迁》，北京：中华书局1986年版，第229页。
　　② 梁斌：《红旗谱》，北京：中国青年出版社1957年版，第26页。
　　③ 梁斌：《红旗谱》，北京：中国青年出版社1957年版，第26至27页。
　　④ ［美］杜赞奇著，王福明译：《文化、权力与国家：1900—1942年的华北农村》，南京：江苏人民出版社2003年版，第48至49页。
　　⑤ ［美］本尼迪克特·安德森著，吴叡人译：《想象的共同体：民族主义的起源与散布》，上海：上海人民出版社2003年版，第21页。

最底层,促使乡村共同体的解体并融入民族国家这一"想象的共同体"中。

华北乡村共同体的解体和现代转化,与宗族势力的衰落、乡村宗教的消亡、学校的建立和农业生产方式的转变与农业的商品化等现象相关联。在华北乡村中,宗族势力不仅是协调人际关系和维护社会秩序的有效工具,而且也操纵着传统乡村的政治机制,发挥着乡村社会组织与管理的功能。20世纪国家政权的扩张则打击了宗族势力在乡村政治中的作用。《红旗谱》中展示了宗族势力解体的结果。冯老兰不仅是锁井镇的村长兼千里堤的堤董,而且也是冯氏家族的族长,具有很大的权威,因此,当冯老兰撕掉冯大狗的名片时,冯大狗说:"俺族长的事,老天爷也管不了"。但是,这个连老天爷也"管不了"的冯老兰,却看上了同族侄女春兰姑娘,请人到老驴头家说合让春兰给他当小妾,当老驴头以"还在一个老坟上吃会,不合辈数"的宗族伦理拒绝时,冯老兰还不死心,以"一顷地,一挂大车"为条件再次请人说合,气得老驴头"眼里噙着泪花摇晃晃脑袋":"真拿俺草粪不值呀! 说来说去是因为门户急窄,人口单薄,才受这样的欺侮。"①作为族长的冯老兰所以做出这种不伦之事,而完全不顾及族长的尊严和权威,说明维护传统乡村伦理秩序的宗族势力和宗族观念已经衰落,笼罩在乡民日常生活中的血缘亲情的面纱被摘去了,同族之间的人伦关系被阶级分化之后的经济关系所取代。

作为封建国家在乡村社会中的象征存在,以村庙为中心的乡村宗教在乡村社会生活中曾起到很大的作用。20世纪以来,国家政权的现代化建设使作为"迷信"的乡村宗教遭到破除,庙宇被用作学校或村公所,庙产被用来支付新政费用。乡村宗教的消亡成为现代学校出现的前提条件。《红旗谱》中,乡村宗教的解体早在冯兰池夺取河神庙前后四十八亩官地时就已经发生。民国以后,冯老兰对乡村宗教更是进行了彻底的破坏,如他对儿子冯贵堂说:"你老是说孙中山鼓吹革命好……还鼓吹什么男女平等,婚姻自由,闺女小子在一起念书。我听了你的话,把大庙拆了盖学堂。"②运涛、江涛兄弟就是在这座学堂中就学,成为乡村的知

①　梁斌:《红旗谱》,北京:中国青年出版社1957年版,第153页。
②　梁斌:《红旗谱》,北京:中国青年出版社1957年版,第79页。

识分子。现代学堂不仅为普通乡民子弟提供了上升渠道,而且成为替代乡村宗教并实现民族国家认同的一个重要手段。

华北乡村走向现代的一个重要标志是农业生产和流通方式的变化。在锁井镇,冯贵堂作为乡村新型地主,不仅在地里打了水井,买了水车,更新了生产方式,并扩大了棉花、芝麻等多种经济作物的种植,而且开办了油坊、粉坊,经营了花庄和杂货店,在增加农业附加值的同时也加速了它的商品化。梁斌指出,冯贵堂这样的地主"在乡村里并不少见",他们拥有大量的土地,经营棉花百货,在"七·七"事变以前的十几年中发展得很快,"这是乡村中从封建基础上生长起来的新兴的农村资产阶级"①。正是这些大地主,成为华北农村现代化的受益者。

华北农村的现代化改造是在国家政权财政需求的迅速增长的过程中进行的,作为国家与乡村的主要交叉点,税收的激增成为 20 世纪各级政权机构向乡村扩张权力的主要方式,使得农民在承受沉重的税负以外并未真正从"现代化"中得到好处,而军阀的混战与割据,又增加了许多无法预料的临时摊款和捐税。这些捐税不仅加速了乡村农民的破产与"半无产化",而且造成了"土豪劣绅"和"恶霸"——"赢利型经纪"的增生,以及他们对乡村的蹂躏和压榨。

《红旗谱》中的冯老兰就是这样的"土豪劣绅",军阀混战中,他组织民团打逃兵,"打下了骡子车和洋面来发洋财",打出了祸端却让村民承担,把五千元洋钱的赔款摊派到锁井镇"下排户"的身上,为此,朱老明串联了二十八户穷人和冯老兰三年打了三场官司,结果不仅输掉了官司,输尽了家产,而且朱老明还气瞎了双眼。冯老兰是冯兰池的大号,从这场官司中可以看出,不仅冯老兰已经从传统乡村保护型经纪人转变为赢利型经纪人,而且乡绅统治农村的传统模式也被打破了,乡民虽然输了官司,但他们敢于借助国家权力和劣绅对抗的行为却表现了乡村政治的新动向。不过,当这种合法抗议对乡民来说既无效又无益时,他们也把对抗的矛头转向了国家,反对国家权力在农村的扩张及其"现代化"的政策,而且,这种对抗得到了被苛捐杂税逼迫濒临破产农民的普遍认同。共产党员贾老师指出,"他们用政权这个专政的武器,颁布了很多苛捐杂税,最近又搞什么验

---

① 梁斌:《一个小说家的自述》,北京:中国青年出版社 1991 年版,第 523 页。

契验照、盐斤加价、强迫农民种大烟，还有印花税什么的。他们要把农民最后的一点生活资料夺去，农民再也没有法子过下去了，要自己干起来呀！……按目前农民的迫切要求，我们要抓紧和农民经济利益最关切的一环——进行反割头税运动，就势冲击百货税！"①所以，当江涛执行共产党的决议，组织"反割头税"运动前征求父亲的意见时，这位受尽欺压的善良老人大力支持："抗捐抗税？哼，早就该抗了。这年头！人们还能活吗！三天两头打仗，不是要这个捐，就是要那个税的。咱那'宝地'也去了，剩下几亩沙土岗，打的粮食还不够交公款。就靠着咱有这点手艺，要不早就蹬了狗牙了！"②

　　"反割头税"运动针对的直接目标是割头税包商冯老兰，实际上是反对国家权力对乡村的控制和财政榨取。民国时期实行包税制，即政府拍卖收税权，由中标者充任包税人的一种税收体制。这种包税制带来了国家财政收入的增长和对农村市场的控制，但也加重了农民的负担，因为包税人大多是地方上的恶霸劣绅，利用国家赋予的权力，他们采取"竭泽而渔"的方式榨取乡民、鱼肉乡里，从而获得更高的包税利润。老驴头为此算过一笔账，"一只猪的税，值二三小斗粮食。我要是有这二三小斗粮食，再掺上点糠糠菜菜，一家子能活一冬天"③，即一头猪的税收相当于一户农民三个月的口粮！冯老兰所以包税，就是看上了它的暴利，因为只要能收上一半的税，"就能赚八千到一万元"，而冯家全年的地租与红利收入才不过两千二百元！在华北乡村，作为包税人的恶霸劣绅实际上成为国家权力的代理人，他们人数虽少，但无所不在，胡作非为，影响极坏，不仅使国家权力沦为黑势力的保护伞，而且也使乡村在现代化的过程中全面沦陷，他们与乡民的激烈冲突构成华北乡村不安定的主要因素。因此，当江涛提出"反对割头税，打倒冯老兰"时，立刻得到了人们的积极响应和广泛拥护，乡民们不仅自觉地组织起来到县政府门前游行示威，并砸烂了税局子，取得了《红旗谱》中唯一的一次胜利，而且在这场运动中展示了乡民对"现代化"的愤懑与不满，这也是中国革命发生的主要因素。

---

① 梁斌：《红旗谱》，北京：中国青年出版社 1957 年版，第 256 页。
② 梁斌：《红旗谱》，北京：中国青年出版社 1957 年版，第 278 页。
③ 梁斌：《红旗谱》，北京：中国青年出版社 1957 年版，第 319 页。

华北农村的演变,并没有走向西欧式的农业资本化与现代化,而是在小农的"半无产化"进程中走向了中国革命。在这一过程中,国家政权的建设、民族国家的形成及其乡村社会的抵抗等多重因素缠绕交错在一起,共同建构了华北农村现代性的历史。《红旗谱》以艺术的形式再现了华北农村现代进程的历史影像,真正做到了"将中国社会经济根源进行全面和淋漓尽致的艺术展示,并将经济根源与农民革命风暴紧密联系"①,得出了与社会史学家通过调查和论证相一致的结论。从《红旗谱》中探索华北农村的现代化进程,一方面可以看到国家政权建设的强制因素及其"有时与现代化进程相连,但它同时强调的是伴随现代政体而来的压制、僵化和破坏性的一面"②,看到华北乡村社会的现代转变,及其因国家权力的渗入造成土豪恶霸的增生和乡村经济的日益破产而导致的对抗现代性,看到国家与乡村互动关系中的现代民族国家认同意识的萌发;另一方面,从华北农村的现代进程中不仅可以发现乡土中国现代历史的隐喻,发现遭受帝国主义列强侵略的中国现代转型的强制和抵抗,而且也揭示了中国革命的动因:20 世纪三十年代的中国乡村,"农民暴动的主要目的是反对苛捐杂税,而不是阶级斗争"③,中国共产党基于对农民疾苦的深切了解,通过"打土豪、反贪污和反对苛捐杂税",在民族国家的想象中动员了群众革命的激情,从这一方面说它又展示了中国革命的独特性。可以说中国革命正是乡村社会现代化过程中全面"沦陷"的后果,是现代性的一种表现形式。

---

① 王之望:《经济描写:〈红旗谱〉的立篇之本》,《河北学刊》2007 年 6 期。
② [美]杜赞奇著,王福明译:《〈文化、权力与国家:1900—1942 年的华北农村〉中文版序言》,《文化、权力与国家:1900—1942 年的华北农村》,南京:江苏人民出版社 2003 年版。
③ [美]杜赞奇著,王福明译:《文化、权力与国家:1900—1942 年的华北农村》,南京:江苏人民出版社 2003 年版,第 182 页。

第十章 蒋子龙：开拓者与思想者

第一节 以小说参证历史

优秀的小说往往具有强烈的现实关怀意识，它不仅仅是精神灌注、展现审美形象的文学作品，亦可当作历史来读，是历史的参证和补充。蒋子龙的小说当属此类，从 1979 年发表小说名篇《乔厂长上任记》到近来出版的鸿篇巨制《农民帝国》，蒋子龙始终关注现实、思考现实，从城市到农村，从工业到农业，他通过小说解剖社会、挖掘灵魂、探索和揭示历史的动因，"纠缠如毒蛇，执着如冤鬼"①，其30 余年小说创作的历程与业绩，已然和中国 30 多年改革开放的历史融为一起，成为当代历史的一个有机组成部分。

历史造就了蒋子龙，没有特殊历史时期的推动，蒋子龙很难走上小说创作的道路，如他在《〈选集〉缀语》中说："我似乎天生是一个巧匠能工，理应从事一种创造物质财富的劳动，不用费太大的力气，就能安居乐业。同样也是由于生活中发生了一连串突然的事件，我像江心的一块木头，身不由己，被巨浪推打着走入创作的航道……如果我抛开了创作，一定会平安无事。奇怪的是每经受一场灾难，就逼得我向文学更靠近了一步。我本不爱文，生活做媒，逼我爱上文，再要

---

① 鲁迅：《鲁迅全集》第 3 卷，北京：人民文学出版社 2005 年版，第 52 页。

'棒打鸳鸯',显然是不可能了。"①另一方面,蒋子龙的小说也成就了历史,他是以小说的形式参与到历史的合力中,并成为当代历史的一个重要关节点。蒋子龙与当代历史之间仿佛有着很强的互文共生关系,这一历史的开端就是他的《乔厂长上任记》。这篇对于蒋子龙来说具有标志性的小说不仅开"改革文学"之风气,从而引领和推动了新时期以来"改革小说"潮流的发展,创造了乔光朴这个具有划时代意义的"改革者"形象,而且实现了小说对现实生活的成功介入,以至于乔光朴逾越了小说的边界而成为社会生活的一部分。《农民帝国》则可以看作这一正在进行的历史过程中的一个节点,它在延续了《乔厂长上任记》风格特征并继续介入社会生活中的同时,也集结了蒋子龙30年来小说创作的经验及其原型母题。所以,在《乔厂长上任记》与《农民帝国》之间,不仅可以为蒋子龙小说创作划出一条发展、嬗变的主线,而且也可以勾勒出他的风格特征,并大致呈现出他的精神历程。

据蒋子龙介绍,《乔厂长上任记》这篇小说是被生活逼出来的,主要人物都有现实的原型,如冀申是根据他所认识的一位十一级干部为主,同时添加了某厂一位革委会主任和某位十九级干部的事迹塑造的,石敢的原型是他所敬重的一位局党委书记,乔光朴原是蒋子龙跟过多年的厂长,这些高度"仿真"的人物使得小说本身具有了"纪实性"的特征。而且蒋子龙的目的是"干预眼皮子底下的生活",所以他写完以后迫不及待地想要小说和现实发生关系,"我曾经幻想,要是把全系统的厂长们召集到一块,让我把这篇小说念一遍多好。念完之后就是立即批判我,审判我,我也认头了。党培养我那么多年,我看出了问题,写进了小说,多少会对厂长们有一点启发,我也算尽了一个党员的责任"②。作者带着急切入世的心态写作以现实人物和事迹为题材的小说,虽然难免使作品显得"很粗糙",情节结构上存在着一种"急躁感",但它产生的现实效益和历史作用是明显的,它从超越文学界限的功能中发挥了自己的最大作用,并使自己达到了一个新的高度。而且,果敢、坚毅、锐意开拓进取却又稍带武断和自负色彩的乔光朴也

---

① 蒋子龙:《〈选集〉缀语》,《蒋子龙文集》第十四卷,《人生笔记》,北京:人民文学出版社2013年版,第276页。

② 蒋子龙:《蒋子龙选集》第三卷,天津:百花文艺出版社1983年版,第312页。

跃出了《乔厂长上任记》,不仅成为蒋子龙"开拓者家族"小说中的一个代表,同时他也在当代文学中"开拓"出"新的手法""新的角度"和新的基地。

蒋子龙把写"乔厂长"的小说称作"现实主义",认为这个"现实主义"的特点之一就是"纪实文学"和传记文学的发达。所以当"乔光朴们"已经达到自己无法超越的高峰时,蒋子龙毅然在最为辉煌的1983年告别了以"乔厂长"为代表的工业题材的小说写作,转而选取更具有纪实性特点的传记性小说来开拓新的领域。中篇小说《燕赵悲歌》《长发男儿》和长篇小说《蛇神》就是这一开拓的结果。

《燕赵悲歌》被人们称作"报告小说",蒋子龙亦高兴接受这一评价,但这个命名体现了一个明显的悖论与妥协。这篇小说首先是一个"报告",它写的是中国一个著名村庄的改革史及其那个轰动一时风云人物的发达史,除了人物名字和村庄名称做了改动以外,其故事情节几乎都可以找到真人真事的底子,因而它具有很强的现实性、新闻性和时效性,与报告文学几无差异;另一方面作者实实在在是当作小说来写的,蒋子龙在《燕赵悲歌》的笔谈文章中指出:"我有意采用相声的结构,忽而跳进,忽而跳出,让人感到是真实的,无非是想增强作品的感染力。其实小说多是虚构的,包括作者自己跳进去说的那些话,目的是吸引读者把这个故事当成真的,这也叫虚晃一枪吧。"①这样,《燕赵悲歌》就把小说的笔法和报告文学的新闻价值等特征连接在一起,在二者融合与妥协的基础上创造了这种非驴非马的"报告小说"。不过,蒋子龙虚晃这一枪的过程却增强了作家自己的主观能动性,他在发挥自己想象力的同时也把握住了笔锋的走向,从而控制住这部作品而不让其表象淹没自己的理性判断。事实正是如此,《燕赵悲歌》这部小说成为这一村庄和这一风云人物的宿命,它的历史预见能力连作者自己都感到惊讶:"一些介绍这个村庄兴衰的刊物和书籍大量引用《燕赵悲歌》里的话,好像是这部小说提前预见了这个村庄的命运。这让我惊诧不已,有时甚至怀疑自己的文字里真有这样的神秘性?或许中国的文字确有某种为人所不知的神秘性。"②其实并不是蒋子龙小说文字里真有这种神秘性,也不是中国文字的神秘,

① 蒋子龙:《"悲歌之余"——关于〈燕赵悲歌〉》,《蒋子龙文集》第十四卷,《人生笔记》,北京:人民文学出版社2013年版,第335页。

② 蒋子龙:《长发男儿》,北京:中国社会出版社2005年版,第110页。

而是蒋子龙的小说笔法及其理性判断控制了作品，从而通过事物的表象洞察到历史的走向，使得作品反映了客观历史的同时也进入到当代历史之中。这是更高一层次的历史的真实，也是《燕赵悲歌》不被当时众多同题材的报告文学淹没，不随其描述对象兴衰而没落的原因。《燕赵悲歌》使蒋子龙在"纪实"方面获得了信心和能力，也使"报告小说"得到了发展。

《蛇神》和《长发男儿》对蒋子龙来说好像是一次小说实验或探险，他通过同题材的小说写作，不惜以"重复自己"甚或"自己抄自己"的冒险来实验自己对"纪实"与"虚构"关系的把握能力。

《蛇神》是蒋子龙的第一部长篇小说，描写了中医邵南孙的传奇人生和京剧名角花露婵的命运遭遇。很显然，邵南孙是蒋子龙虚构的人物，而花露婵则以河北梆子演员裴艳玲先生为原型，有着很强的纪实性特征。纪实的力量往往要强于虚构，这是蒋子龙小说的一个特点。然而，为了配合主角邵南孙和协调小说整体结构与氛围的和谐关系，表达"现实就像梦和雾一样难以捉摸不透"象征意义，蒋子龙抑制住纪实性的冲动而朝着虚构方向发展，所以他只好舍弃裴艳玲之实而着重发展花露婵之虚，用虚构的形式重塑一个小说的花露婵，并以花露婵来否定裴艳玲。但是，蒋子龙还一时还难以适应这种抑实扬虚的叙事方法，在人物刻画中表现出犹豫不决的态度，如他在创作谈中指出："花露婵不是裴艳玲。如果按裴艳玲的气质来写花露婵，《蛇神》将是另外一个样子。正因为我对花露婵这个人物举棋不定，下笔格外小心，迟迟不敢写出对刻画她和邵南孙都十分重要的一段感情纠葛，我自己感到是《蛇神》的一个很大缺憾。"①即便蒋子龙采用了虚构笔法描写花露婵，但他写作作为配角的花露婵时也显得比主角邵南孙更加自如和自信，笔法也更加流畅，人物也更加丰满生动。邵南孙反把蒋子龙折磨的心浮气躁、无所适从。他本想把邵南孙塑造为一个复杂的性格，"邵南孙的性格始终处于变化和矛盾之中，在他身上有许多相对立的因素，嘴上说的不一定是心里想的，外在行为不一定都标明他的内在品质，性格和行为总是有矛盾，当然也有统一的时候。我想写出一个非常复杂、非常矛盾的真实生命"。但是，邵南孙"独

① 蒋子龙：《蒋子龙文集》第1卷，《蛇神》，北京：人民文学出版社2013年版，第2页。

有的荒诞的命运"不仅缺乏现实性,而且把蒋子龙的小说写作几乎逼上了绝路,他说:"写到后来我也拿邵南孙没有办法了,仿佛不是他走投无路,而是我陷入了绝境,'美只有一种',而包围它的有一千种丑。照此下去我只能从三楼阳台上跳下去了!幸好小说结尾的时候邵南孙又回到大自然中去了,大自然养育他,保护他,抚慰他,也许还会净化他的灵魂,他舍此别无更好的出路。"①至此,把邵南孙送上山后的蒋子龙才逃脱折磨,自己长出了一口气。

中篇小说《长发男儿》本为《蛇神》的补充,它从《蛇神》中借用了许多材料。但这种借用却显示出另一番的景象,在这篇小说中,蒋子龙仿佛把在花露婵身上受到的压抑和在邵南孙身上受到的折磨释放殆尽,重新拾取了他的果敢和自信,笔锋也恢复了以往的劲健和硬朗,一个充满阳刚之气的蒋子龙又回到人们的面前。可以看到,《长发男儿》是以裴艳玲的真名真姓来结构故事的,它明确舍弃了不必要的艺术虚构,甚至为了表现现实人物的真实性而放弃了小说故事通常需要的情节高潮,其纪实性特征不仅比《燕赵悲歌》更进一步,而且相对于《蛇神》的虚构性质而言,它可以说完全站在纪实的一极,二者明显具有对立与互补的性质。蒋子龙小说这种由虚到实的变化,不能简单地归结为他在小说创作上的回归和小说美学上的倒退,他迫不及待地写作《长发男儿》,不仅要解决"虚构"因脱离现实而造成的干预功能的退化,而且也需要从纪实中汲取进入历史的力量,所以他对自己作品的抄袭和借鉴,实际上起到在改造和修正原作的同时,也在实验一种新的写作方式,即他想借鉴现实本身的力量创作一种比"报告小说"更为激进的传记式的小说文本。蒋子龙指出:"如果我虚构一个女武生,没有人会相信,'瞎编'这顶帽子是脱不掉的。生活的真实性和离奇性要比作者所能够创造的有意思十倍。天才人物的本身就是历史和社会的天才创造,任何杜撰在这样的创造面前都会显得虚假和拙劣。因此,许多表现名人生活的艺术作品都采用传记的形式。我也只能实实在在地端出裴艳玲的大名,首先让人们相信中国有这样一个人物,然后才能对她发生兴趣。"②传记是历史的一种,蒋子龙以传记的

---

① 蒋子龙:《蒋子龙文集》第 1 卷,《蛇神》,北京:人民文学出版社 2013 年版,第 4 至 5 页。
② 蒋子龙:《长发男儿》,李复威、蓝棣之主编:《带露的绿叶》,北京:北京师范大学出版社 1989 年版,第 185 页。

方式写作裴艳玲,展现了其小说写作走向现实之真并向历史小说借镜和发展的趋势,同时也表达了把裴艳玲纳入历史,以此记载历史和反映历史的现实动机。

中篇小说《收审记》在蒋子龙的小说创作中具有特别的意义,它意味着作者突破现实主义之写实,开始进行现代主义之虚构的实验。《收审记》中,蒋子龙创造了一个现实中所没有的"收审站",通过它,不仅以荒诞的笔调描述了现代人的牢房体验和命运危机,同时也幻化出耗子、野猫、蚂蚁等各种"精灵"的意象,颇有现代社会"变形记"的象征色彩。而且,聚焦于"收审站"这一极端环境的各类人物和种种现象,作家反而更加深入地揭示了笼罩在虚假光环之中的现代生活的本真面目,从荒诞和悖谬的现象中展示了现实社会的逻辑和人性深处的黑暗,它为作家打开了一条进入现实社会的新途径。蒋子龙指出:"我取'收审站'这样一个环境是觉得它更能体现现代生活的压力,容易反映人和环境的尖锐对立。人在绝境中完全去掉了伪装,变得赤裸裸了,袒露出自己的痛苦和弱点。'收审站'里考验着人性。文明的规则不大适用了,每个人都彻底表现出本来面目,人性中丑恶的那一面变得更可怕了。"①不过,作为有着强烈纪实情结的作家,蒋子龙即便一脚踏入现代主义的领地,从"变形"的虚构和幻化中表达自己的情感、想象和对世界的勘探,但这种表达也尚未脱离对现实世界的复制和反映,仍然包含在"现实主义"认可的范围之内,它乃是现实主义的扩展或发展。蒋子龙表示:"我理解的'现实主义'就是用现实主义包着现代主义的肉。一些成功的新潮作品其实是用现代技巧包着现实主义的肉。当代的'现实主义'应该更自由,摆脱一切框框,节奏感加快,艺术空间扩大,一切均可拿来为自己所用。"②事实上,蒋子龙这一有益的尝试在开拓自己眼界的同时也为后来的创作打下了良好的基础。

2008 年,蒋子龙出版了他的长篇小说《农民帝国》,这部有着 57 万字的鸿篇巨制,可谓集蒋子龙 30 年小说创作之大成,体现了他的艺术创造所取得的最新与最高成就,同时也表达了他以小说参与现实和参证历史的一贯思考。正如《长发男儿》是《蛇神》的补充一样,《农民帝国》可以说是对《燕赵悲歌》的发展与创

---

① 蒋子龙:《〈收审记〉补缀》,《蒋子龙文集》第十四卷,《人生笔记》,北京:人民文学出版社 2013 年版,第 359 页。

② 蒋子龙:《我是蒋子龙:蒋子龙自白》,北京:团结出版社 1996 年版,第 288 页。

新,二者之间存在着互文参照的关系。但不同于前者由《蛇神》之虚构向《长发男儿》之纪实的发展态势,和人物重心发生更替变化的事实,相对于《燕赵悲歌》,《农民帝国》一方面扩展了时间跨度和空间容量,涵盖了当代中国历史的各个阶段,另一方面对真实人物和真实事件进行了必要的虚构,使得小说朝向更具包容性和广泛代表性意义方面发展,而且蒋子龙还把从《收审记》中实验得来的"现代主义之肉"融汇到小说写作中,以"幻化"的方式对神秘现象进行了细致描写,以"变形"的方式对人物内心进行了深入揭示和展现,因而小说还笼罩了一层淡淡的"魔幻现实主义"的色彩。这既说明了蒋子龙不再拘泥于以往的写实教条,不再陶醉于对具象事物的描摹与复制,开始和现实拉开一段距离,从而站在更高、更远之处,从整体上审视和把握当代中国历史的发展历程及其经验教训;同时也表明蒋子龙抛弃了以往那种传奇式的虚构方式,经过《蛇神》之虚构的实验和折磨,蒋子龙已经意识到小说虚构的可能与边界,认识到自己的优势所在和擅长的创作手法。所以,通过《农民帝国》的写作,蒋子龙在纪实与虚构之间找到了一个恰当的契合点和平衡点,在具象的虚构与抽象和虚构的现实性汇通中,创作了这部当代中国农民的生活史、心灵史和精神史,广而言之,它也可以称作是当代中国的改革史。在这部厚重、坚实和硬朗的著作中,它不仅展示了当代中国农民的生存、生活、挣扎和拼搏,写出了他们始而依靠土地、贴紧土地,与土地的旱涝丰瘠、风霜虫害、天灾人祸等息息相关的生存状态和精神特征,写出了他们继而脱离土地变农为商、变农为工,开始走向现代的艰难历程和命运悲剧;而且在这场亘古未有的巨大历史变革过程中,蒋子龙在再现历史、深入历史、塑造性格和展现命运的同时,也把自己的历史体验和现实思考融进其中,使得小说在抽象的层面具有了象征与哲理的意义。

从《乔厂长上任记》中的乔光朴到《农民帝国》的郭存先,30 年的创作历程不仅使蒋子龙小说中的人物性格由单薄走向圆融,由平面走向立体,由现实走向了历史,在纪实与虚构的融汇中见证了历史和参与了历史,而且他还保持了一贯硬朗大气、雄健深厚的创作风格,工业题材的"开拓者家族"系列的小说如此,知识分子题材的《蛇神》《长发男儿》等小说如此,农村题材的小说《燕赵悲歌》《农民帝国》同样如此,它已在当代中国文坛发展为别具一格的"蒋氏风格"。另外,

《农民帝国》就其达到的成就来说，蒋子龙完全可以以书当枕了，当然，以他开拓者的性格或许不会如此。

第二节　改革文学与国家现代化想象

1976 年 1 月，中篇小说《机电局长的一天》在"复刊"后的《人民文学》刊发，尽管围绕着这篇小说的"政治博弈"错综复杂、风波迭起，但小说对国家工业现代化的想象，以及霍大道这一人物形象的塑造，使其成为"改革文学"的先声。1979年《人民文学》第 7 期发表的《乔厂长上任记》以及随后出现的《维持会长》《开拓者》等小说，不仅把蒋子龙推上了"改革文学之父"的位置，使其成为新时期文学中最有影响力的作家之一，而且成为国家现代化叙事的重要组成部分。从这些小说中，可以探索到以城市为书写对象的改革文学与国家现代化想象之间的内在张力关系。

《机电局长的一天》用"一天"的时间长度叙述了机电局长霍大道紧张忙碌的工作及其建设现代化的急迫心理。霍大道因心绞痛住进了医院，尚未出场就面临着诸多问题。机电局要向国家计委汇报当年的生产计划，然而，"气象台预报夜晚有场暴雨，而机电局必须在山洪到来之前交付矿山四千二百五十毫米潜孔钻机。这个铁任务落在矿山机械厂。如果这场雨引起大水，铁任务十有八九要吹灯，怎么向国家汇报？"同时，机电局生产调度会也等着他去主持，"全局三百多个企业，成千上万的喜讯，成千上万的产品，成千上万的困难，成千上万的矛盾，一大摊子事情都要在调度会上解决、调整。这会儿，参加调度会的重点企业负责人快到齐了，可还没有主持人！"①小说以密不透风的急迫召唤霍大道出场，使其投入繁重工作的同时，也解释了这种急迫与国家现代化建设的关系，"现在，任务越来越难，说明我们工业建设面貌日新月异；任务越来越重，说明我们国家的建设规模更加宏伟壮丽；任务越来越急，说明我们的经济在快马加鞭，突飞猛

---

① 蒋子龙：《机电局长的一天》，《人民文学》1976 年第 1 期。

进。20 世纪内,我们要成为社会主义的现代化强国! 今后的二十多年里,'难、重、急'的任务将会一个跟一个,而且必然要求我们提前再提前。因为社会帝国主义在张牙舞爪,两个超级大国在明争暗斗,'缓和'的高调唱得越响,战争的火药味儿越浓。世界上有这些妖魔鬼怪在,注定有一天要打大仗。时间,是个很严肃的问题。咱们必须一切往前赶,拼命往前赶,一定要赶在这种现代化战争之前准备好"①。时间,既是通向和实现现代化的途径,也是现代化想象的"替代",通过对时间的强调,现代化想象在小说叙事中得到展现。

《乔厂长上任记》对时间与现代化的关系进行了进一步的确认和强化,小说以乔光朴发言摘录开篇,"时间和数字是冷酷无情的,像两条鞭子,悬在我们的背上。先讲时间。如果说国家实现现代化的时间是二十三年,那么咱们这个国家提供机电设备的厂子,自身的现代化必须在八到十年内完成。否则,炊事员和职工一同进食堂,是不能按时开饭的。再看数字。日本日立公司电机厂,五千五百人,年产一千二百万千瓦;咱们厂,八千九百人,年产一百二十万千瓦。这说明什么? 要求我们干什么? ……其实,时间和数字是有生命、感情的,只要你掏出心来追求它,它就属于你"②。对于这个开头,30 年前的读者"觉得非常震撼",这种震撼在于除了"它直接来自十一届三中全会公报"之外③,还和作家把"冷酷无情"如"两条鞭子"的时间和数字,转化为"有生命、感情的"文学形象有关,乔光朴就是时间和数字的生命情感体,他的身上寄予了国家现代化的想象。

为了建设"现代化强国","说话爽利得像大刀,思想敏锐得像大刀,作风又快又狠,也像大刀"的霍大道抓管理、促生产、革新技术,努力弥补产值上的损失,体现了一个现代管理者应有的素质。有着苏联留学背景的乔光朴,同样是一个雷厉风行、敢作敢为霍大道式的管理者,"他说一不二,敢拍板也敢负责,许了愿必还。他说建幼儿园,一座别致的幼儿园小楼已经竣工。他说全面完成任务就实行物质奖励,八月份电机厂工人第一次拿到了奖金"④。最为关键的是他懂技术、

---

① 蒋子龙:《机电局长的一天》,《人民文学》1976 年第 1 期。
② 蒋子龙:《乔厂长上任记》,《人民文学》1979 年第 7 期。
③ 张文联:《〈乔厂长上任记〉与新时期文学的文化政治》,《文学评论》2010 年第 3 期。
④ 蒋子龙:《乔厂长上任记》,《人民文学》1979 年第 7 期。

擅长管理,乔厂长不仅对全厂进行大考核、大评比,使得"电机厂劳动生产率立刻提高了一大截",而且让群众考评厂长考,"任何人都可以提问题,从厂长的职责到现代化工厂的管理,乔光朴滔滔不绝,始终没有被问住"。通过厂长考评和整顿管理机构,乔光朴在中国现代化建设中闯出了自己的一条路径,获得了高层的支持和认可,"昨天我接到部长的电话,他对你在电机厂的搞法很感兴趣,还叫我告诉你,不妨把手脚再放开一点,各种办法都可以试一试,积累点经验,存点问题,明年我们到国外去转一转。中国现代化这个题目还得我们中国人自己做文章"①。《开拓者》中的车篷宽,更是站在高层立场呼吁引入市场竞争机制和观念,推动技术革新,解放和发展企业生产力,"现代化管理是一门综合的科学,是由许多学科组成的。现代化企业靠个人的感性经验来指导是不行的,要善于学习,学会用科学方法、科学组织和现代化工具进行领导"②。霍大道、乔光朴及车篷宽身上拥有的"开拓者家族"基因,不仅使得小说抵制了外在政治因素的阻挠和影响,突破了时代的限制和局限,顺利进入新时期文学视野并成为改革文学的代表,而且昭示了现代化想象在中国发展社会主义工业化中的内在作用。

霍大道、乔光朴及车篷宽等人现代化想象和认同的依据和基础,其实就是"强国梦想"。"强国梦想"是 20 世纪中国知识分子现代性想象的主要类型,有学者指出,"它初步成型大概是在 19 世纪末到 20 世纪的最初的十年。这很可以理解,中国当时即将被列强瓜分,当时有报纸刊登一张地图,画着俄国是匹熊,英国是头鹰,日本又是什么,总之都围着中国,要瓜分中国。既然被瓜分的恐惧是当时中国文化人最大的恐惧,他们想象将来的第一个梦想,就自然是希望中国强大,这就形成了中国文化人最初的对未来的想象模式。无论想象什么东西,国家的强大总是最基本的,包括对个人生活的许多看法,都和中国是不是强大联系在一起。凡是不利于中国强大的东西,都是不好的,比方说个人自由,孙中山说得很明确:我们要的是民族的自由,国家的自由,而不是个人的自由"。他认为,"在

---

① 蒋子龙:《乔厂长上任记》,《人民文学》1979 年第 7 期。
② 蒋子龙:《开拓者》,《蒋子龙文集》第 6 卷,《赤橙黄绿青蓝紫》,北京:人民文学出版社 2013 年版,第 64 页。

某种意义上,这种强国梦一直延续……"①。

从"强国梦想"出发,机电局长霍大道对徐进亭的批评就具有了深度意义,"老徐……运动中你被烧了一次,老是耿耿于怀,对党有情绪,对群众有情绪;想自己、想家、想孩子多了,想革命、想党的事业、想将来少了。这个教训多么深刻啊!"②不仅"想自己、想家、想孩子"等个人的事情必须服从于"想革命、想党的事业、想将来"等国家和民族的事业,而且婚姻爱情也要为此让路,乔光朴上任伊始,首先想到的是解决和童贞的关系,"下午在公司里交接完工作,乔光朴神差鬼使给童贞打了个电话,约她今晚到家里来。过后他很为自己的行动吃惊,责问自己:这是什么意思呢? 如果自己不再回厂,事情也许永远就这样过去了。现在叫他俩该怎样相处? 十年前厂子里的人给他俩的头上泼了那么多的脏水啊!"③正因为如此,他在童贞毫无知情和准备的情况下突然宣布二人已经结婚,以先斩后奏的方式把婚姻当作他开拓事业、实现强国梦想的序曲和前奏。为此,作家真诚地相信国家民族不是一个外在的客体,而是我们身体的一部分。身体政治的转换超越了个体与国家民族之间的非此即彼的割裂和对立。

"强国梦想"既是现代化想象的基本主题,也是蒋子龙整合个人、国家和民族秩序结构从事改革文学写作的主要目的。这一书写,不仅有着国家民族积贫积弱历史的回响,而且也是现实文化政治的反映,并以隐晦的形式表现了被压抑个人意志的现实状况及其对现代化想象的补充和解构。从这个意义上说,以蒋子龙为代表的改革文学既代表了一个时期的开始,也意味着一个时期的结束,它以张力书写媒介了现代化想象的不同类型和阶段。

---

① 王晓明:《现代化这把双刃剑——关于知识分子与现代化想象》,李辉,应红编:《世纪之问:来自知识界的声音》,郑州:大象出版社1999年版,第76至78页。
② 蒋子龙:《机电局长的一天》,《人民文学》1976年第1期。
③ 蒋子龙:《乔厂长上任记》,《人民文学》1979年第7期。

第三节 《农民帝国》:"农民帝国"的建构与沦落

自从鲁迅写作农村题材小说并开创现代"乡土小说"流派以来,以农民作为叙事对象和内容的乡土小说成为中国现代文学中的一个主要组成部分。作为历史的概念,鲁迅提出的"乡土文学",虽然特指"五四"时期蹇先艾、许钦文、王鲁彦等为故乡所"放逐"而寓居在城市、表现侨寓者"乡愁"的小说,但它的包容性使其已然成为一个文学理论与批评的概念,涵盖了包括当代小说在内大多数的农民、农村题材的小说书写。因此,蒋子龙的长篇小说《农民帝国》不仅可以纳入到"乡土小说"这一概念之内,而且它以"农民帝国"的建构和沦陷这一形象性的概括和历史性的总结发展了"乡土小说"的主题内涵,为"乡土小说"的小说叙事提供了新的经验,成为新世纪"乡土小说"写作一个代表性的样本。

农民进入现代作家的视野和成为表现的对象,与传统乡土中国向现代社会的巨大转变有着因果性的关联,它体现了现代性的逻辑和观念。古代文人士大夫的笔下,虽然描写田园风光和农民的生活,也有悯农、伤农的诗文,但是在传统的乡土社会中,这种描写与诗文只是静态的、凝固的和平面的意境抒发,或是文人士大夫诗情感性的体现,农民和农村根本没有获得主体性的自觉而成为文学上的"风景"①。"风景"所以成为风景,乃是通过现代性这种认识"装置"来实现的,它首先把乡土中国抛离了原有静止的轨道,把其纳入到一种线性的时间之中,因为"只有在一种特定时间意识,即线性不可逆的、无法阻止地流逝的历史性时间意识的框架中,现代性这个概念才能被构想出来。在一个不需要时间连续型历史概念,并依据神话和重现模式来组织时间范畴的社会中,现代性作为一个概念将是毫无意义的"②。在线性的时间中,乡土生活脱离了它自在状态而被置

---

① [日]柄谷行人:《日本现代文学的起源》,赵京华译,北京:生活·读书·新知三联书店2003年版,第9页。

② [美]卡林内斯库,顾爱彬、李瑞华译:《现代性的五副面孔》,北京:商务印书馆2002年版,第18页。

入到一个由传统/现代、东方/西方、过去/当下、农业/工业、乡村/城市、愚昧/文明、理想/现实、落后/先进、衰败/繁荣、健康/堕落、自然/异化等对立术语构成的混杂性的世界,成为一道具有双副面孔和包容了不同文化内涵的现代"风景"。

在这种对立术语构建的乡土社会中,鲁迅首先展示了它的衰败、愚昧、落后与传统的一面,以批判性的角度表现了传统中国亟待进行现代"启蒙"的非人性特征,创造了一个被现代人遗弃的现实"故乡":

> 时候既然是深冬;渐近故乡时,天气又阴晦了,冷风吹进船舱中,呜呜地响,从篷隙向外一望,苍黄的天底下,远近横着几个萧索的荒村,没有一些活气。我的心禁不住悲凉起来了。
>
> 阿! 这不是我二十年来时时记得的故乡?①

故乡的"萧索"与荒凉,晦暗与毫无生机的景象,以及故乡人促狭与刻薄、麻木与恣睢,完全与叙事者"我"记忆中的故乡异样。记忆中的故乡是大家族过年时的大祭祀、戴着银项圈的"少年闰土"和终日坐在店里的"豆腐西施",是让"我"无限徜徉的美丽的故乡。而造成两者之间巨大反差的直接原因就是"二十年"的时间过程,二十年来,"我"离开故乡来到的城市,大家族分裂为小家庭,活泼可爱的小英雄闰土也变成了木偶人似的中年闰土,"豆腐西施"也成了圆规一样的老女人。尽管"我"从理性上承认记忆中的故乡与眼前的故乡原本是一样的,"虽然没有进步,也未必有如我所感的悲凉,这只是我自己心情的改变罢了",闰土、豆腐西施们的变化也只不过重复了他们前人的道路而已,他们已然习惯于这种道路而毫不自觉,但是,"二十年"时间的介入却让故乡成为被展示与被批判的"风景",成为"我"毫不留恋而急于逃离的渊薮。

相对于鲁迅故乡的晦暗与阴冷,执拗地自称"乡下人"的沈从文,则从健全人性的角度揭示了传统乡土社会的优秀品质,并在远离现代文化与政治中心的湘西"边城"塑造了一个尚未受到"近代文明沾染的"青碧温婉的"乡土"世界,建构

---

① 鲁迅:《鲁迅全集》第1卷,北京:人民文学出版社2005年版,第501页。

了一个为现代人所向往的精神"故乡":

> ……近水人家多在桃杏花里,春天时只需注意,凡有桃花处必有人家,凡有人家处必可沽酒。夏天则晒晾在日光下耀目的紫花布衣袴,可以作为人家所在的旗帜。秋冬来时,人家房屋在悬崖上的,滨水的,无不朗然入目。黄泥的墙,乌黑的瓦,位置却永远那么妥帖,且与四围环境极其调和,使人迎面得到的印象,实在非常愉快。①

在这样单纯的"风景"中,点缀着白塔、渡船,生活着老人、女孩和黄狗,以及船总、农人、水手和士兵等等,他们以各自的本分、善良、勤劳和对人事的谐和与生命的自然态度,组成了一幅"抒情诗的"(idyllic)乡土风情画。李健吾先生指出:"在这真纯的地方,请问,能有一个坏人吗? 在这光明的性格,请问,能留一丝阴影吗?'由于边地的风俗淳朴,便是作妓女,也永远那么浑厚……'我必须邀请读者自己看下去,没有再比那样的生活和描写可爱了。"②当然,沈从文刻意渲染"边城"的牧歌色彩,创造这一理想的世界,除了表现对家乡的怀恋和怀古的幽情以外,其实还在"风景"的背面寄予了他深切的现实关怀,即以"边城"感性描述中表达一种理性观念,"这点理性便基于对中国现社会变动有所关心,认识这个民族的过去伟大处与目前堕落处,各在那里很寂寞的从事于民族复兴大业的人"③,即沈从文从"乡土"批判的反面——"乡土"审美的角度表达对乡土中国的思考,从淳朴乡土"风景"的再发现中展示了对现代性的批判与反思。

鲁迅对故乡的批判和沈从文对故乡的怀恋展现了乡土世界截然相反的两种面貌,但是,彼此冲突与对立的双方却被纳入到现代性语境之内,它们共同揭示了线性时间意识支配下表达和建构现代乡土世界的焦虑与困扰。因为现代性作为一种反对自身的传统,本身具有现代性与反思现代性的双重特征,它在自我与批判自我的对立中实现了其"同一性(identity)的更新能力"。尽管这两种乡土叙

---

① 沈从文:《边城》,《沈从文全集》第 8 卷,太原:北岳文艺出版社 2002 年版,第 67 页。
② 李健吾:《咀华集》,上海:上海文化生活出版社 1936 年版,第 72 页。
③ 沈从文:《边城》,《沈从文全集》第 8 卷,太原:北岳文艺出版社 2002 年版,第 59 页。

事与当代农村叙事有着根本的不同,但无可否认的是,它们为当代农村叙事的建构提供了一个基本的框架。一方面,鲁迅与沈从文对乡土世界的焦虑与困扰在当代农村题材的小说中被一种单纯的明朗与革命的乐观所取代,二者之间彼此对立、空间对峙的乡土叙事在"暴风骤雨"式的土地革命和"创业史"式的农村合作化道路中被转化为历时性的因果关系,转化为从黑暗与压迫的乡村走向光明与平等的社会主义农村的新旧两个世界的更替与对比的关系,转化为从鲁迅的"故乡"走向沈从文的"边城"的必由之路。另一方面,鲁迅、沈从文对乡土中国丰富性内涵的表现以及对其多重可能性前景的包容不仅被化约为由旧到新的唯一图景,而且他们也只是在象征意义上被"现代化"叙事所移用,于是,农民不仅成为自己的主人,而且经过革命和路线斗争,建立了具有完善组织与结构的农民社会,并向着一个欣欣向荣的,消灭了城乡差别的,具有"抒情"气息的现代化新农村的蓝图迈进,其目的是建造一个"现代化"的"农民之国"。农村的这种"山乡巨变"在剔除了鲁迅对乡土中国的启蒙性的批判,在摒弃了沈从文对乡土世界现代性的反思的同时,却在现代性的线性时间中以单向的革命化与现代化的叙事重塑了农民与农村的形象。

乡土中国的单向现代化叙事在新时期以后开始受到了质疑和反思,蒋子龙的长篇小说《农民帝国》则把这种反思推到了一个新的境地。《农民帝国》塑造了一个群众拥戴、女人爱恋、带领全村人发家致富,却又桀骜不驯、蔑视法权、草菅人命而最终走向灭亡的农民郭存先。从叙事类型的角度来说,《农民帝国》仿佛是对《创业史》故事的延续与反讽的双重性的超仿,它不仅从郭存先的身上展示了作为"社会主义新人"的梁生宝的最终宿命,而且从整体性的角度揭示了中国农民在现代性事件进程中的挫折与失败,它与《创业史》及其主角梁生宝身上洋溢的乐观与自信形成了鲜明的对比。

《创业史》中,互助组长梁生宝冒着霏霏春雨带着那些住在"春天害怕大风揭去棚顶的稻草、秋天又担心淫雨泡倒土墙"的"土墙稻草棚"里的蛤蟆滩贫雇农七凑八凑来的钱去郭县买稻种时,他不仅想着互助组的有万、欢喜、任老四等基本群众,而且怀着改造农村的激情与理想:

春雨的旷野里，天气是凉的，但生宝心中是热的。

他心中燃烧着熊熊的热火——不是恋爱的热火，而是理想的热火。年轻的庄稼人啊！一旦燃起了这种内心的热火，他们就成为不顾一切地入迷人物。除了他们的理想，他们觉得人类其他的生活简直没有趣味。为了理想，他们忘记吃饭，没有瞌睡，对女性温存的淡漠，失掉吃苦的感觉，和娘老子闹翻，甚至生命本身，也不是那么值得吝惜的了。①

在这种理想的激励下，梁生宝实践着他的宏伟计划，建互助组、进终南山割竹、定生产计划、成立灯塔农社，然后是集体农庄……一步步地把自然经济的小农转化为集体经济的社员，把他们纳入到一个崭新的组织和社会结构中，可以说，一部《创业史》就是教育农民和改造农民与农村的历史。

虽然梁生宝的理想与规划在《创业史》中没有实现，而且真实的"梁生宝"的遭遇让人唏嘘，1997 年他去世时，"下着雨，村上没有一个乡亲来送行，棺木是用拖拉机拉到坟地的。蛤蟆滩仍活着的当年一批共同创业者如今只剩下高增福的原型了"②。但是，梁生宝的失败却造就了郭存先的成功，因为当梁生宝把精力从"灯塔社"转到社会活动中时，转到组织统购统销、反右派时，郭存先却在延续着梁生宝的生产路线，继续推进集体经济的发展，成为一个真正的梁生宝。《农民帝国》中，郭存先首先面对的是一个比蛤蟆滩更加贫困、自然条件极其恶劣的郭家店：

郭家店——并不是一家买卖东西的店铺。而是一座有着近两千户人家的村庄，坐落在华北海浸区大东洼的锅底儿。当村的人说这里有雨即涝，无雨则旱，正合适的年份少。平常能吃糠咽菜算是好饭，最出名的是村里的光棍儿特别多。历来这个地方有个不成文的规矩，谁要在郭家店用砖头打死了人，可以不偿命、不定罪。因为那肯定是误传，要不就是吹牛。郭家店压

<hr>

① 柳青：《创业史》第一部，北京：中国青年出版社 1960 年版，第 90 至 91 页。
② 武春生：《寻找梁生宝》，《读书》2004 年第 6 期。

> 根就没有过砖,这是个土村,满眼都是黄的和起了白碱儿的土,刮风眯眼,下雨塌屋,因为所有的房子都是泥垛的或土坯垒的。没有一块砖的村子,怎么能用砖头打死人呢?①

所以,在三年严重自然灾害时期,已经成年的郭存先不得不拿上木匠工具出来闯荡——一边给人砍棺材,一边"擀毡"讨饭,以流浪匠人的身份开始了自己最初的创业历程。这次闯荡使他收获了自己的爱情,娶回来一个漂亮的女人,同时也为他积累了政治资本,他以自己的才干开始登上郭家店的政治舞台,当了郭家店第四生产队的队长。但是,具有讽刺意味的是郭存先出任这个"官职"是被迫的,因为这个生产队长的位子不仅是无人愿干的苦差事,而且也是乡村基层政权限制郭存先外出"打工"的一个手段,其本身已无光荣可言。当生产队长变成一种"惩罚"手段的时候,乡村集体经济体制也就失去其原有的合法性基础,依附在其中的"乌托邦"色彩也就被消解了。于是,梁生宝身上洋溢的乐观情绪在郭存先的身上变成一种悲壮命运的开端:他一开始就是被体制惩罚的对象,他在被惩罚与规训中承担起和梁生宝一样的"救世主"的角色与责任,拯救在赤贫中挣扎的乡民们。

郭存先在生产队长的任上做的两件事是"分地"和"抢洼",前者他充分行使了生产队长的权力,使队员的利益实现了最大化,后者他承担了队长的责任,在洪水中把生产队的粮食抢收了回来,使得队员度过了灾荒。不过,郭存先大胆分地的做法虽然激发了队员的干劲,但他们依然是一盘散沙,漠然于集体的利益,"抢洼"的英雄壮举反而使郭存先受到严厉的惩戒,他的职务被撤掉了,还被罚出河工做苦役。在郭存先的身上可以看到,体制性的荒诞与拯救者的悲凉交织在一起,党员干部领导和教育群众走社会主义道路的叙事结构被还原为先驱者与群众的启蒙话语,乡村中国原生态的一面在"乌托邦"的破灭中被展现出来。但是,郭存先并不是一个"单颜色"的人,他在遭到惩戒的同时,他身上的"恶"一面也开始凸显起来,这是潜在于小生产者的乡村农民身上的一种自发的反抗意识,

---

① 蒋子龙:《蒋子龙文集》第 5 卷,《农民帝国》,北京:人民文学出版社 2013 年版,第 1 页。

过去它曾经酝酿和积累为改朝换代并毁灭一切的巨大能量，现在这种力量被整体性地纳入阶级斗争话语的同时，其个体性的表现则被赋予了反面的色彩，即成为"恶"的表现。对于郭存先来说，这种"恶"的突出表现就是"火烧蛤蟆窝"，他不仅密谋策划并带人盗割"蛤蟆窝"的苇子卖钱，而且一把火烧了蛤蟆窝，并嫁祸于他的政敌，借此沉重地打击了对方。另外，政敌蓝守坤儿子的莫名失踪，郭存先的身上也难脱嫌疑人的干系。因此，作为"救世主"的郭存先，其实还隐含着作为"恶魔"的双面形象和性格，二者交织在一起，它们既促成了他的成功，也造成了他的失败。而他的成功与失败与乡土中国的叙事紧密地连接在一起，与农民帝国的建构与沉沦构成因果关系。

郭存先始终是体制内的一个异己性的存在，他再次被启用当上大队长时同样如此。当全国轰轰烈烈地进行"农业学大寨"，到处深翻土地建"大寨台田"时，郭存先带领着郭家店人四处出击组建食品厂、工程队、砖厂、磨面厂和化工厂，以及后来的钢铁厂，发展工商业经济；当解散生产队分田到户实行土地承包责任制时，郭存先却坚决保留生产队，致力发展集体经济，走专业化农业的道路：

> 我的意思想成立个农业队，专管种地，而且要种好，跟邻村那些分了对的地比一比，看谁的地种得好，谁打的粮食多？听说美国一个农民能养活五十个人，我看咱们五十个农民也养不了一个城里人，碰上个能糟的主儿，还不得五百个农民呀。但，郭家店就要向美国看齐。①

郭存先优先发展工商业、以工促农并带动农业现代化的整体发展思路，可以说走在了时代的前面，成为一个时代的先行者。郭存先为此受到了调查组的调查，遭遇到人生中的一次严重危机，但是，这次不了了之的调查不仅使他在村中的威权地位得到了强化，而且他的事业从此更加成功，郭家店一步步的成为全国农村的首富，郭存先本人也成为市场经济时代的英雄。梁生宝时代农村"楼上楼下，电灯电话"的现代化梦想在郭存先的手中得到了实现。

---

① 蒋子龙：《蒋子龙文集》第 5 卷，《农民帝国》，北京：人民文学出版社 2013 年版，第 257 页。

　　郭存先事业的成功,与其"救世主"的担当意识和反抗性的双面性格有着因果性的关系,二者的结合使他能与政治运动保持一定距离从而领导群众自主发展经济,使他超越了梁生宝的政治局限而走向成功。但郭存先的成功也仅仅是特定时代的农民式的成功。鲁迅在《〈阿Q正传〉的成因》一文中指出:"中国倘不革命,阿Q便不做,既然革命,就会做的"①。尽管阿Q式的革命理想也仅仅把秀才娘子的一张宁式床搬到土谷祠而已,但作为"黑暗的积极人物","确是一种人的存在,因为舍此没有别种人的存在"②,即阿Q是中国革命的唯一主体,除此之外别无他人。郭存先从某种意义上可以说是现代阿Q式的人物,是处在社会与体制的底层而又不安分的农民,是农村经济体制改革的唯一主体,因此,"中国倘不改革,郭存先便不做,既然改革,就会做的",他的身上包含着某种积极性的因素。但是,他也是一个"黑暗"的主体,他愈是获得事业上成功,越要反抗曾经受到的压制和伤害,积蓄的破坏性的能量愈大,程度愈是剧烈,"黑暗"决定了他最终的宿命。正如小说中人物安景惠指出:"善良的土地才能长出黄金,哪块土地上的错误和丑恶太多,就只会培育仇恨。郭存先曾经受过许多伤害,在他心里就种下了太多的仇恨。贫穷时尚可掩盖一些东西,一旦有了钱,特别是有了大钱,可以兑换权力、地位、荣誉和种种光环之后,心里积存了几十年的仇恨就要像恶魔一样寻求释放。"③郭存先在获得事业成功之后,"救世"的意识消退了,"主"的意识却在增强,他由奴隶变成了奴隶主,进而弄权作势、立威树望、结党营私、打击异己,大力培养个人的势力,成为郭家店说一不二的专权人物。他还兼任郭家店派出所所长,牢牢控制了郭家店的钱、权、执法和舆论,逐渐把郭家店营建为一个独立的"王国"。

　　在这个独立王国里,郭存先肆意妄为,不仅蔑视上级政府机关,而且下令扣留前来执法的警察,公然与国家暴力机关对抗,其手下更为无法无天,先后打死村民等数人,整个郭家店彻底失去了理智而呈现病态的疯狂。"暴君治下的臣

---

　　① 鲁迅:《鲁迅全集》第3卷,北京:人民文学出版社2005年版,第397页。
　　② [日]木山英雄:《文学复古与文学革命——木山英雄中国现代文学思想论集》,北京:北京大学出版社2004年版,第13页。
　　③ 蒋子龙:《蒋子龙文集》第5卷,《农民帝国》,人民文学出版社2013年版,第644页。

民，大抵比暴君更暴；暴君的暴政，时常还不能餍足暴君治下的臣民的欲望"①，因为奴才"一旦得势，足以凌人的时候，他的行为就截然不同，变为'各人不扫门前雪，却管他人瓦上霜'了"②，因而奴隶是与奴隶主是相同的，二者具有相同的逻辑。郭存先也是如此，他成为独立王国郭家店的"店主"，成为这个封建"土围子"主人的时候，却把乡民们变为他的奴隶，他的奴隶又成为他的对立者的暴民，殴打奴役更低一层的人，于是他和村民打手们成为同样的人，郭家店由此沦陷为无政府的暴力之村。郭家店的暴乱状态使其仿佛回到了《创业史》之前的《暴风骤雨》的时代，让人产生时空的错感，但重演的历史往往以闹剧而告终，所以它在现代社会中必然不会长久存在，其沦陷的宿命早已决定了它的不归路。当郭存先银铛入狱，将在狱中度过余生时，他的下场比无人送葬的梁生宝更令人扼腕兴叹。一个辉煌的农民帝国就这样沦陷了，并逐渐远离人们的视线，然而它又何曾远去？

"农民帝国"的沦陷必然引发出一个沉重的话题：农民和农村在现代性语境中的出路究竟在哪里？它将走向何方？尤其当人们惊奇地发现故乡农村正在"沦陷"时，《农民帝国》更具有现实性的参照意义。因为在《农民帝国》中，人们不仅从郭存先身上看到了"梁生宝"的身世与宿命，而且从它和现代启蒙话语和浪漫叙事的呼应与回望中探询到"沦陷"乡村的后世与前生。这不仅是一个文学事件，更是现实的需要，何况现实生活比文学更深刻、更复杂！

第四节　从开拓者到思想者

2013 年 10 月《蒋子龙文集》（14 卷本）由人民文学出版社出版。蒋子龙在《文集》后记中说："此生让我付出心血和精力最多的，就是建构了属于自己的'文学家族'。感谢人民文学出版社提供机会，能将这个'家族'召集起来，编成

① 鲁迅：《鲁迅全集》第 1 卷，北京：人民文学出版社 2005 年版，第 384 页。
② 鲁迅：《鲁迅全集》第 4 卷，北京：人民文学出版社 2005 年版，第 557 页。

队列。"①阅读和审视蒋子龙的"文学家族"，检阅其"家族方阵"，我们被各色人物打动感染的同时，能够发现蒋子龙不断蜕变、突破和探索的轨迹，及其蜕变中始终关注现实、深入历史和探索人生的社会责任感。这是一条从"开拓者"到"思想者"艰辛的心路历程，我们不仅可以看到青年蒋子龙敢为天下先的胆识和锐气，而且也能发现智者蒋子龙纵横捭阖的圆熟与深厚，进而可以触及他作为"文学者"的"变"与"常"，对审美现代性的建构及其对"文学者"的超越。可以说，蒋子龙始终是一个葛兰西意义上的"有机知识分子"，他的文学创作及其创造的"文学家族"，既是我们进入和审视当代社会的一个便捷通道，也为我们研究和解读当代中国文学与文化提供了一个绝佳标本。

谈及和文学的缘分，蒋子龙多次提到文学创作带给他的"厄运"，以及这种"厄运"对其创作的影响，"翻开不久前出版的《蒋子龙文集》，每一卷中都有相当分量的作品在发表时引起过'争议'。'争议'这两个字在当时的真正含义是被批评乃至被批判……正是这一次又一次的批判，像狗一样追赶着我，我稍有懈怠，后面又响起了狂吠声，只好站起来又跑。没完没了地'争议'，竟增强了我对自己小说的信心，知道了笔墨的分量，对文学有了敬意。自己再也没有什么可丢失的了，在创作上反而获得了更大的自由。当一个人经常被激怒、被批评所刺激，他的风格自然就偏重于沉重和强硬，色彩过浓。经历过被批判的孤独，更觉得活出了味道，写出了味道。我的文学结构并非子虚乌有的东西，它向现实提供了另一种形式"②。

被批评或批判的"狗"追赶的蒋子龙，虽然步履匆匆、心无旁骛，却在对抗与奔跑中创建了一种"开拓者"文学。这种文学首先摆脱了"旧有的模式"，从"简单地写好人好事、写技术革新、写路线斗争和阶级斗争"，从"写一个中心事件和围绕着一个生产过程展开矛盾等等'车间文学'的模式"中跳出来③。"跳出来"

---

① 蒋子龙：《蒋子龙文集》第 1 卷，《蛇神》，北京：人民文学出版社 2013 年，第 337 页。

② 蒋子龙：《面对收割》，《蒋子龙文集》第 14 卷，《人生笔记》，北京：人民文学出版社 2013 年版，第 410 至 411 页。

③ 蒋子龙：《创作札记》，《蒋子龙文集》第 14 卷，《人生笔记》，北京：人民文学出版社 2013 年版，第 232 页。

的蒋子龙，获得了发现"风景"的"内在性"，唤醒了其最初的陌生体验，并使其以自己的眼睛观看生活和工作的车间与工厂，发现了"旧有的模式"不曾呈现的现代工业"风景"，"我至今还记得刚进厂时的震惊，展现在眼前的是一个巨大的工业迷宫，如果单用两条腿，跑三天也转不过来。厂区里布满铁道，一个工厂竟然拥有自己的三列火车，无论是往厂里进原料，还是向外运产品，没有火车就拉不动。当天车钳着通红的百吨钢锭，在水压机的重锤下像揉面团一样翻过来掉过去地锻造时，车间里一片通红，尽管身上穿着帆布工作服，还是会被烤得生疼……我相信无论是什么人，在这种大机器的气势面前也会被震慑"①。这一"风景"在中篇小说《弧光》得到呈现，"马越仔细检查了炉顶的焊接质量，她很满意。要准备下去了，她抬眼向四外打量了一下，真好！她被工厂的景色吸引住了。站在这九十米高的炉顶，鸟瞰四十里方圆的机器城，那厂房，烟囱，吊塔，炉墙……高低起伏，像一座大小不等的山峰；那白色的蒸汽管道，黄色的煤气管道，蓝色的空气管道，蜿蜒伸去，纵横交错，似条条明净的溪流；那厂区大道两旁的白杨、青松，点缀其间，郁郁葱葱"②。

国营大厂的"震惊"体验，以及大机器的宏伟气势，不仅造就了与农业社会截然不同的现代工业时代"风景"，而且必然导致与"旧有的模式"工业书写的分野，那种小作坊生产模式以及与之相对应的关系结构已无法满足现代大工业的需要，现代工业本身要求作家创作必须符合工业生产的内在逻辑，创造出工业社会的"新人"。蒋子龙指出，"文学如何反映反映工业建设？一、写生产作坊，小打小闹，实际是小业主式的生产形式。二、写以厂为家，做好人好事。三、像写农村一样，把一家人放在一个工厂里，在家族中间展开矛盾（实际是不可能的，在一个几千人、上万人，甚至是几万人的企业里，亲人也是很难在工作时间碰面的，除非一家人在一个工厂，又在一个车间，又在同一个生产组，上的又是同一个班次）。四、以工厂为幌子，把人物拉到公园或农村里进行描写，矛盾的主线还和写农村

---

① 蒋子龙：《答〈人民日报·海外版〉杨鸥问》，《蒋子龙文集》第 14 卷，《人生笔记》，北京：人民文学出版社 2013 年版，第 485 页。

② 蒋子龙：《弧光》，《蒋子龙文集》第 6 卷，《赤橙黄绿青蓝紫》，人民文学出版社 2013 年版，第 277 页。

青年的恋爱是一个方式"。这些方法实际上仍停留在农业社会上,"文学作品中所表现的从事现代化生产的人,其实还是小生产者,甚至根本就像个体经营的农民。不过是让农民穿上工作服、进了工厂",这也逼迫蒋子龙"必须为自己寻找适合新内容的新形式",寻找适合新内容、新形式的"新人"①。

　　乔光朴就是从工业"风景"中走出来的"新人"。乔光朴脱胎于现实生活,"我综合、研究了几位厂长的性格、特长和作风,最后确定了乔光朴的个性特征。小说中乔光朴所遇到的一些问题,他处理问题的办法,有些是实有其人实有其事的,我是把别人的事借用来放在他的身上……比如:请战出山,处理杜兵,请那个外国青年工人讲课及上任后遇到的一些矛盾和处理同郗望北的关系等等,都是有根据的"②。乔光朴是一个现实性的人物,"掌握全国机械工业生产状况的领导同事对我说:'我们的企业里不仅有乔厂长,还有比乔厂长更优秀的厂长。'从我接到的很多工厂读者的来信中,他们不仅不认为乔厂长是'假的',甚至把他当成了真的"。同时他更是一个"懂技术、讲科学、有事业心"的现代知识分子和现代企业管理者,拥有留学苏联并在列宁格勒电力工厂担任助理厂长和回国后任重型电机厂厂长的经历和资格。这就使得他上任后进行的一系列技术考核评比及改革措施具有了合法性依据的同时,突破了"工业题材"创作"不懂工业写不好工业题材,只懂工业也写不好工业题材"的局限,回避了此前工业题材中存在"农民穿工作服"进厂当工人的问题,真正从"表现现代化大生产的气派""表现大生产本身所具有的世界性规模"和"表现现代工业给社会带来的巨大变化、给人带来的变化"及"人与人之间的关系、道德、伦理、美学观念"③的变化,即从现代工业社会和生活的背景与逻辑中塑造和表现人物,而非像以前那样依据政治概念或农业社会的惯习。

　　《开拓者》中的车篷宽同样也是一个"懂技术、讲科学、有事业心"的现实性

---

　　① 蒋子龙:《大地与天空》,《蒋子龙文集》第 14 卷,《人生笔记》,北京:人民文学出版社 2013 年版,第 208 至 209 页。

　　② 蒋子龙:《生活和理想》,《蒋子龙文集》第 14 卷,《人生笔记》,北京:人民文学出版社 2013 年版,第 164 页。

　　③ 蒋子龙:《人物塑造》,《蒋子龙文集》第 14 卷,《人生笔记》,北京:人民文学出版社 2013 年版,第 306 页。

人物,是蒋子龙对现实的有感而发,"有一位能力很强的老干部,当时处境困难,逼得他不得不打退休报告。这位老同志在西安交大毕业后到了重庆,给周总理当过技术顾问,以后长期在国家机械工业部门做领导工作,精通英、德、日几种外语。一次我上他家,在他家简陋的会客室待了三个多小时,这中间大概有好几个局长、处长上他家去,向他请教各种问题,诸如有关跟外国搞合作,引进项目的账怎么算,说明书怎么看……都得他亲自教,亲自讲解。在他的宿舍里,一张大双人床,一张大办公桌,上面摆满了各种外文杂志、技术资料,为了阅读方便,一本本都摊开放着,我问睡觉怎么办,他说把外面的往里一推……情景同小说中写的完全一样"①。蒋子龙把这一细节写入小说《开拓者》,目的在于突出车篷宽的技术素养和管理才能。作为分管省里工业的副书记,车篷宽是改革的推动者和开拓者,他主张打开国门引进外国现代技术、按照经济规律进行经济建设和摒弃那种"搞瞎指挥",既来源于他"相当深"的专业知识和开阔的文化视野,同时也加强了他作为"现代"的"新人"特征,显然他和《机电局长一天》中的霍大道、《乔厂长上任记》的乔光朴同属于"开拓者家族"的精神兄弟。他们呼唤和拥抱的是正在到来"技术化、理性化了""机器主宰着一切,生活节奏由机器来调节""等级和官僚体制的世界"②,也即是现代工业社会。

蒋子龙喜欢他的开拓者,"我喜欢'开拓'这两个字的含义,开拓人物的灵魂,开拓新的手法、新的角度,开拓让当代文学立足的新基地"③。"开拓者"让蒋子龙一跃成为文坛最重要的作家。但是,"开拓者"呼唤的现代社会尚未完全到来,蒋子龙本人却已经厌倦了自己创造的工业叙事模式和"套子"。这种厌倦,其实是一个作家反思和超越自我走向成熟的必经阶段。

对于创作中的"简单化"做法,蒋子龙有着本能的警觉和抵制,"我是想把人和社会的关系表现得复杂一些。我不满意那些简单化的做法。从《乔厂长上任

① 蒋子龙:《小说杂谈》,《蒋子龙文集》第 14 卷,《人生笔记》,北京:人民文学出版社 2013 年版,第 253 页。

② [美]丹尼尔·贝尔著,赵一凡、浦隆、任晓晋译:《资本主义文化矛盾》,北京:生活·读书·新知三联书店 1989 年版,第 198 页。

③ 蒋子龙:《〈选集〉缀语》,《蒋子龙文集》第 14 卷,《人生笔记》,北京:人民文学出版社 2013 年版,第 280 页。

记》开始,想把人物关系铺得复杂一点。譬如,乔光朴和童贞之间,乔是从事业出发才和童贞结合的。童贞则是爱他这个人。当她发现乔光朴和她的结合是为了事业,便非常伤心……人本来是很复杂的,世界上哪有两个长相完全相同、性格完全一致的?冀申这个人物,也并不那么简单,在中国大地上,就有这种会当官不会办事的人。所以我想有意识地反映这些复杂性。《一个工厂秘书的日记》也是这样,我在《中国青年报》发表了一篇《狼酒》也是这样"①。但这种警觉和抵制并不能保证"开拓者"的模式化。蒋子龙承认,"不从具体人物出发,只从一个笼统的概念出发,就会落入现成的套子。比如,上年岁的开拓者,金戈铁马,气吞万里,而个人生活上不是没结婚就是死了老婆,要不有个第三者。我在制造这种套子上也有一定的责任。一九七九年夏天,我写过一篇《乔厂长上任记》,老乔的性格和他所遇到的困难,在当时来说也许不无一点典型性。但他的套子我不能再钻,于是在创作上拼命想躲开老乔那一套。写了《一个工厂秘书的日记》和《赤橙黄绿青蓝紫》等。可是年轻的开拓者,有知识,有主见,强烈的自尊心,顽强的自信心,谈吐锐利甚至有点玩世不恭,会不会又是个套子?"②

　　蒋子龙的这种"套子"感,既来源于题材本身的限制,他为了突破工业题材的限制而选择了逃离,"我是在自己的工业小说的创作高峰突然消失的……当时我感到自己成了自己无法逾越的疆界,我的工业题材走投无路。它不应该是这个样子,它束缚了我,我也糟蹋了自己心爱的题材。工业题材最容易吞食自我,我受到我所表现的生活,我所创造的人物的压迫";更源于现实社会的变化,城市改革的起步,改变了原有生活的轨迹,熟悉的工厂变得陌生起来,"我所熟悉的工厂生活会变成什么样子?无法预测。没有把握,没有自信。与其勉强地拙劣地表达,不如知趣的沉默……工业题材是险象环生的。在企业里,生产活动中的关键人物,往往也处在各种矛盾的中心,他们多是领导干部。政策性强,时代感强,难以驾驭,有强烈的政治色彩,随生活的变化而变化。很难把中国这种特殊的政治

---

① 蒋子龙:《时代召唤文学》,《蒋子龙文集》第 14 卷,《人生笔记》,北京:人民文学出版社 2013 年版,第 243 至 244 页。

② 蒋子龙:《创作的内功和外功》,《蒋子龙文集》第 14 卷,《人生笔记》,北京:人民文学出版社 2013 年版,第 292 页。

变为美,至少比把其他生活变成美更难。把他们创造成有长久生命力的文学形象更难"①。工业题材成了蒋子龙的"毒药",假如"跳不出来",他将会是"一无出路",窒息在其中,但同时也是他的"解毒药",蒋子龙从工业给整个社会、整个人类带来的冲击中,从它改变了人性,"改变了人的思维方式、改变了人们的生存方式"中,不仅看到了"开拓者"的社会学意义,同时也发掘和深化了它的美学内涵。当他从工业题材抽转身来,与熟悉的工厂人物和车间生活拉开一段距离,蓦然发现"对工业社会的熟悉更有助于我探索和表现工业人生",于是,"我的文学天地开阔了,能够限制我的东西在减少,创作的自由度在增长"②。

长篇小说《蛇神》就是这种"自由度"增长的结果。作为蒋子龙的第一部长篇小说,《蛇神》是蒋子龙"这条蛇正在蜕皮时的产物",他在《我写〈蛇神〉》中说:"不管读者认为我是有毒蛇还是无毒蛇,蛇蜕却是无毒的,可以入药。当然不能排除我一辈子也许都蜕不下这张皮的可能性。我不想丢掉自己,只想认识自己。"③"不想丢掉自己,只想认识自己"成为认识蒋子龙和解读《蛇神》的重要入口。对于不断"追击"的批评和批判,蒋子龙感到有些疲惫和厌烦,他希望人们放过自己,"忘记我和我的作品,让我安静而从容地生活、写作、休息"。当时新潮小说的不断涌现,不仅为蒋子龙提供了"好好调整一下自己的步伐"的机会,而且也使他有了反戈一击的武器和条件。借助"心理小说"等新式武器,蒋子龙在"现在的故事"与"过去的故事"的时空交错中创造了一个"矛盾"性格——邵南孙,这是一个与开拓者的明快与简洁截然不同的复杂人物,其突破尺度之大让当时的评论者感到吃惊和不解。有论者对邵南孙的分裂性格及其"复仇"行为表示质疑,"这个现今的蛇伤研究所所长、成名的作家和科学家,很快又被推荐为全国政协委员、提拔为地区文化局副局长,走出追悼会便落入地委书记女儿的怀抱,始则乱之,旋即弃之;不久又与记者华梅发生关系;甚至还与多次靠出卖肉体求荣的女演员方月萱乱搞;而这一切,据说都出自'复仇'意识。前后性格的这种反

---

① 蒋子龙:《"重返工业题材"杂议——答陈国凯》,《人民日报》1989 年 3 月 28 日。

② 蒋子龙:《面对收割》,《蒋子龙文集》第 14 卷,《人生笔记》,北京:人民文学出版社 2013 年版,第 412 页。

③ 蒋子龙:《蒋子龙自述》,郑州:大象出版社 2002 年版,第 145 页。

差,简直判若两人。这种心灵的扭曲、裂变乃至沉沦,怎么会在昔日的邵南孙、今日的事业家身上发生,小说缺乏令人信服的交代和铺垫……他的心灵因'文革'而又难以愈复的伤痕是可以理解的,但作为一个心地高洁的知识分子、新时期生活转机中的幸运儿,一个具有相当思想水平的作家,何至于狭窄到把'文革'的灾厄归罪于个别人去'复仇'呢? 更奇怪的是,他竟成为'复仇'的'男神',走向女人发泄'性'的报复,而不问这女人可爱还是可恶! 在这种心理变态和道德沦丧之后,小说又写他'道德自我完善'回到柳眉身边,决心跟这位并不漂亮的农村姑娘结婚,这就更乏令人信服的力量了"①。

蒋子龙毫无避讳地宣示"创作就是作家本人。文学就是'我'","我的灵魂能在小说中的人物身上附体,小说中的人物的灵魂也会钻进我的躯体"②,承认其创作的"弱点"是"离生活太近、太实。所有麻烦都来自这种'近'和'实'"③。尽管蒋子龙称《蛇神》是自己"梦的生活"和"生活的梦",力图对《蛇神》进行虚化,但这种虚化不足以遮蔽小说的现实色彩。花露婵的原型是著名京剧武生表演家裴艳玲,"关于学戏的问题是她的",邵南孙的原型是福建武夷山蛇园的园主张震,"关于毒蛇的知识,吃蛇肉的知识都是跟他学的"④,而且几乎"每个有名有姓的角色都有人对号入座"。《蛇神》由此形成"虚构"与"纪实"极端对立的紧张局面:质疑者批评蒋子龙人物性格发展缺乏现实性,对号入座者怀疑小说影射自己。小说的两极效应实际上表达了蒋子龙的矛盾心态,及以此为基点的抛物线所形成的轨迹。蒋子龙不仅不能控制邵南孙的报复情绪,"邵南孙的报复情绪来自对生活的恐惧,当他受了一系列的精神摧残之后,十几年来禁锢得很紧的感情,突然像炸弹一样爆炸了,强烈得连他自己都不能控制,我更无法左右他的行

---

① 张炯:《达到的和未达到的——评蒋子龙的长篇小说〈蛇神〉》,《文学的攀登与选择》,福州:海峡文艺出版社 1997 年版,第 233 至 234 页。

② 蒋子龙:《编集的恐惧》,《蒋子龙文集》第 14 卷,《人生笔记》,北京:人民文学出版社 2013 年版,第 356 页。

③ 蒋子龙:《"悲歌"之余——关于〈燕赵悲歌〉》,《蒋子龙文集》第 14 卷,《人生笔记》,北京:人民文学出版社 2013 年版,第 333 页。

④ 蒋子龙:《文坛漫话》,《蒋子龙文集》第 14 卷,《人生笔记》,北京:人民文学出版社 2013 年版,第 374 至 375 页。

动"①,而且也不能控制自己的报复情绪,邵南孙情绪失控的燃点在于作家自己多年来被禁锢感情和被摧残精神的"爆炸",在邵南孙这一人物身上,蒋子龙不仅宣泄了积郁心胸已久的闷气和"毒气",蜕下了充满怨恨和毒汁的《蛇神》这张皮,而且在这张蛇蜕中看到了"真实"的自我,及其情感张力的极点。

蒋子龙从来不忽视文学的艺术形式和构成,如在以《受审记》为代表的《饥饿综合征》中用现代主义手法展示"小说本旨的荒诞性",但蒋子龙从来不是一个单纯的"文学者"。蒋子龙看来,文学不应仅仅是一种艺术或艺术的展示,文学更是一种生活和责任,"一个作者要是除了文学什么都不懂,那他很可能连文学也不会懂的"②。作为生活的实践者和这种责任的承担者,作家以"工具"的形式媒介着现实生活与文学艺术之间的关系。从这个角度来说,不是蒋子龙选择了文学,而是文学选择了蒋子龙。文学通过蒋子龙表达着超越文学的内涵和意义。借助文学的"媒介",蒋子龙实现了对"文学者"的扬弃和超越。

谈到《乔厂长上任记》的创作过程,蒋子龙说,"当时我刚'落实政策'不久,在重型机械行业一个工厂里任锻压车间主任⋯⋯我憋闷了许多年,可以说攒足了力气,想好好干点活。而且车间的生产订单积压很多,正可大展手脚。可待我塌下腰真想干事了,发现哪儿都不对劲儿,有图纸没材料,好不容易把材料找齐,拉开架势要大干了,机器设备因年久失修,又到处是毛病。等把设备修好了,人又不听使唤,经历了'文化大革命'真像改朝换代一般,人还是那些人,但心气不一样了⋯⋯我感到自己像是在天天'救火',常常要昼夜连轴转,回不了家,最长的时候是七天七夜,身心俱疲"。所以当《人民文学》给蒋子龙落实"文学政策",向他约稿时,蒋子龙"用了三天时间,完成了《乔厂长上任记》。写得很顺畅,就写我的苦恼和理想,如果让我当厂长会怎么干⋯⋯""'乔厂长'是不请自来,是他自己找上了我的门。当时我完全没有接触过现代管理学,也不懂何谓管理,只有

---

① 蒋子龙:《蒋子龙自述》,郑州:大象出版社 2002 年版,第 146 页。

② 蒋子龙:《文学的脉搏》,《蒋子龙文集》第 14 卷,《人生笔记》,北京:人民文学出版社 2013 年版,第 317 页。

一点基层工作的体会,根据这点体会设计了'乔厂长管理模式'"①。乔厂长的"不请自来"让蒋子龙一举成名,成为新时期伊始工业题材领军人物和改革文学的旗手,但是就此从"文学者"的角度理解和解读蒋子龙和他的《乔厂长上任记》,以及随后出现的"开拓者"系列,那就大错特错了,以乔厂长为代表的"开拓者",一开始就是作为"思想者"呈现在人们面前,供人们膜拜、模仿和寻找。

对于"思想者"的乔厂长们,蒋子龙毫不掩饰自己的欣赏,"艺术的手段和目的在于自己说明自己。我试用让事实本身说明自己,通过事实认识世界,认识时代,认识人生。我不期望完美,也不可能完美。我的优点几乎都藏在缺点里"②。从另一个角度看,乔厂长们的缺点和其优点一样明显,为了塑造"鲜明的个性色彩",蒋子龙把那些"自己估计读者不爱看的,一律砍掉,尽量挤干水分,用东北话说'拿出干货来',不要卖一两酒,掺一两水"③。"挤干"水分的结果造成了人物的失衡和扁平,人物细小枯萎的躯体难以支撑其大脑袋的分量,"思想者"的深度和广度也必然因此受到牵连和局限。这也是蒋子龙花费巨力创作《农民帝国》、创造郭存先这一人物的一个潜在因素。

郭存先(《农民帝国》)是一个高度集成的人物,他既集合了蒋子龙"文学家族"人物之大全,同时又是一个独立的存在,一个大脑与躯体均衡发展的"思想者"。这种"均衡",来自于蒋子龙"认知"方式的调整,"自一九九〇年以来,我不再跟自己较劲,不想驾驭文学,而是心甘情愿,舒展自如地被文学所驾驭。超脱批判,悟透悲苦,悟出了欢乐,笑对责难和褒奖,写自己想写的东西"④。《农民帝国》作为蒋子龙"命中注定、非写不可的作品",充分体现了这种"认知"的自由,"对农民的命运和近三十年农村生活的变革,参不透就不参,把握不了就不去把

---

①　蒋子龙:《答〈人民日报·海外版〉杨鸥问》,《蒋子龙文集》第 14 卷,《人生笔记》,北京:人民文学出版社 2013 年版,第 481 至 482 页。

②　蒋子龙:《找到"泄流"的形式》,《蒋子龙文集》第 14 卷,《人生笔记》,北京:人民文学出版社 2013 年版,第 377 页。

③　蒋子龙:《小说杂谈》,《蒋子龙文集》第 14 卷,《人生笔记》,北京:人民文学出版社 2013 年版,第 261 页。

④　蒋子龙:《面对收割》,《蒋子龙文集》第 14 卷,《人生笔记》,北京:人民文学出版社 2013 年版,第 412 页。

握，我只写小说，能让自己小说里的人物顺其自然地发展就行"①。这种让生活进行自我书写的超脱，使得郭存先具有了开拓者的硬度、邵南孙的任性和自身丰满起来，并成为一个创建和终结农民帝国具有深厚历史意义的人物形象，他以自己的理性与疯狂回答了"开拓者"性格中令人不解的矛盾和疑惑。蒋子龙曾指出，"那些勇于开拓新局面的人，在个人的生活上往往不是胜利者，却是失败者，但在做人的方面，在做个真正的人上，他们是成功的"②。郭存先的成功导致了他的失败与覆亡，他的失败与覆亡又完善了其性格形象的成功，而他所有的成功与失败，都源于其农民的身份与宿命。郭存先是当代中国文学中一个标志性人物性格，他的失败及其农民帝国的覆亡，意味着从此以后不会再有农民帝国的可能，以及传统农民的终结。他为二十世纪以来的中国农民和农民帝国意识画上了一个句号。正是他的失败，使得中国真正开启了现代的大门，开始进入现代性的新历史时刻。正是他的失败，中国才抛去历史的背负和重担，以新的姿态融入新的世界。正是他的失败，中国才有可能在认真清算和反思国民性的基础上重塑国家和国民。郭存先是一个失败的农民，却是一个成功的思想者。

总之，从"开拓者"到"思想者"，蒋子龙不仅完成了他的"文学家族"构造，从文学角度实现了审美现代性的建构，而且在对"文学者"的超越中进入历史。而作家唯有实现对"文学者"的超越，真正进入"思想者"的行列，才能抵御历史浪潮的冲刷与淘洗，进入文学史家的视野。从这一点来说，蒋子龙的心血和付出是值得的。

---

① 蒋子龙：《关于"帝国"的构想》，《蒋子龙文集》第 14 卷，《人生笔记》，北京：人民文学出版社 2013 年版，第 427 至 428 页。

② 蒋子龙：《谁的心里不鸣奏生活的交响》，《蒋子龙文集》第 14 卷，《人生笔记》，北京：人民文学出版社 2013 年版，第 265 页。

第十一章　冯骥才：从行动散文到津味民俗小说

第一节　"他者"镜像中的现代性散文书写

20 世纪 80 年代初期，天津作家冯骥才出版散文集《雾里看伦敦》，记述他此前访问英国伦敦的过程。当时正值国门初开之际，冯骥才对英国伦敦的访问，是对"如同隔着一条深深的沟堑"①的东西方文化之间的一次沟通与交流。因而他的访问，不仅具有开创性的代表作用，同时当他以新时期中国作家的身份与眼光审视陌生的西方世界时，他的散文书写就具有了"他者"的意义。这一"他者"，不仅从其对象上表现为书写"他者"，而且从身份意义上也是一种"他者"的书写，在这种互为"他者"的镜像中，我们可以从民族、文化及身份上探索新时期以来散文书写的现代性质素，及其对后来的散文走向的影响。

面对"他者"的西方社会，作家首先感到一种表现为不同生活及行为方式和思想观念的文化冲击。相对于封闭的一元化的本土文化，这种冲击对初出国门的作家来说不仅是一种"震惊"体验，而且使得他们在一种"镜像"式的文化作用中不断调整并完成自我的文化立场。冯骥才就是在这种"他者"体验中以散文书写的方式完成了自己文化观念的转变与定型。

---

① 冯骥才：《冯骥才文集》(3)，天津：百花文艺出版社 1984 年版，第 153 页。

冯骥才于 1981 年 10 月下旬至 11 月初访问了英国伦敦,为了防止因文化上的差异而使自己的行为出现偏差甚至笑话,他对自己"雾中看花"式的观察始终保持着警醒,并以一种宽容的文化心态来看待并记录异域社会的风土人情,但我们还是在他的散文书写中看到其中的震惊与反思、矛盾和调和,以及由此而产生的观念上的变化。首先是身份意识的觉醒。作家主体的身份意识并不是一开始就存在,而是通过一系列的认同建构起来的,尤其是在与他者的认同中,主体的身份才开始得以形成。正如拉康把"照镜子阶段"①解释为身份意识形成的最初阶段,即在镜子的映像中,儿童第一次认识到"我"的主体性存在,冯骥才在英国被人称为"外国人"时,他才突然意识到自己已经成为别人眼中的老外,一个地地道道的外国人。在被观察对象的注视里,冯骥才自我文化身份的主体性意识才得以从其潜意识的深处浮现出来。这可以看作是一种新生,冯骥才以一种隐喻的方式在表达自己心灵受到震撼的同时,也发现了自我,一个相对于"小孩子"的、不断在观察学习中清晰和完善起来的自我。

身份是一系列认同的产物,从来就不会完成,也就是说,镜像中的自我一旦确立,就永远走在认同的路上。冯骥才意识到自己作为一个文化身份的主体之时,也开始了与"镜中之我"一起成长的塑造过程。冯骥才认为,"在世界上,似乎有这样一个道理:你发现的,才是真正属于你的。"②在英国伦敦这一处于发达资本主义桥头堡位置的现代性语境中,他开始探索一种真正属于自己的文化主体意识。可以说,冯骥才文化观念上的保守主义的批判立场与文学艺术上的现代主义思想,作为一种现代性意识,正是在伦敦这一巨大的"镜城"之中形成的,他所发现的伦敦种种"洋相",不仅仅是一种浮光掠影的映像,而是在镜像的反射中成为作者自我的一种较为持久的思想观念。

对于伦敦的想象,我们也许较为倾向于发现其器物上的现代化的一面,因为在当时"四个现代化"的中国语境中,伦敦无疑是我们模仿与学习的一个摹本,人们对西方世界的向往与渴望,往往用一种"移情"的方式大规模地在自己的文化

---

① [法]拉康著,褚孝泉译:《拉康选集》,上海:上海三联书店 2001 年版,第 92 页。

② 冯骥才:《冯骥才文集》(3),天津:百花文艺出版社 1984 年版,第 154 页。

中移植,并先见地影响着我们的视角与判断。冯骥才却以一个艺术家的素养与敏感,用一种反向的方式回溯并深入到事物的文化层面,这就是他对于伦敦的再发现。这是一个怎样的伦敦呢? 在冯骥才的笔下,我们看到的是一个古色古香的、保守的如风俗画般的文化伦敦。"当汽车驶入市区,在我面前展开的却是一幅几乎一成不变的古老的伦敦风俗画。古老的哥特式的建筑物,大厦、教堂、钟楼与尖塔,到处是木结构旧式屋宇,到处是平展的绿草坪,到处竖立着古代名人的金属雕像;在波光粼粼的泰晤士河上,架着大马路一样宽阔的闻名世界的滑铁卢大桥。它洁净又灰暗,美丽又深沉,高雅又古朴。只有伦敦才是这个样子!"①不仅城市立法保护旧建筑,不准推倒而另起高楼,普通的英国人也迷恋于古老的生活方式,依然沉睡在传统的旧梦中。即便他们生活的内容已经完全现代化了,使用的器具已是最为先进的电子设备,但古旧的壳子作为其文化传统却仍被保留,仍然被人们所珍视。冯骥才处处着眼于现代性伦敦的古老与怀旧,不仅想借此表达英国人怎样处理现代与古代关系,即他们"把应用的现代设备藏起来,将古老的英国风味的东西摆在表面而显眼的地方",也意在从精神层面上探索英国人的文化观念,他们并不自夸并向人炫耀其先进的现代设备,反而认为"一切都是旧的好,"因为"现代设备给人带来方便,是供人享受的物质;而古代的、先辈遗留下来的、为数有限的物品,包含着历史内容和民族特色,才是一宗真正值得自豪的精神财富。"②伦敦这一古老的镜像中,冯骥才想起了被拆掉的北京风味十足的旧东安市场,想起被当作交通障碍而推倒的天津旧城中心的鼓楼,以及全国各地诸多被毁掉的庙宇和古城,并深深地为此惋惜。冯骥才为中国这种拆旧造新的行为定性为"无知"时,意味着他对古老的伦敦文化情调的认同,并预示着其趋于保守的文化历史观念的形成。作为"他者"的伦敦,不是因其器物上现代化,而是其具有保守主义倾向的文化上的现代性,已经不自觉的对象化为冯骥才文化判断的价值标准,后者在"他者"的镜像中开始形成新的自我。

在冯骥才后来的文化行为及活动中,如 1996 年对天津老城的挽救,1999 年

---

① 冯骥才:《冯骥才文集》(3),天津:百花文艺出版社 1984 年版,第 155 页。
② 冯骥才:《冯骥才文集》(3),天津:百花文艺出版社 1984 年版,第 181 页。

对天津估衣街的大规模的抢救活动，以及最近以来他奔走于全国各地对趋于消亡的民间艺术和文化的整理与保护，都可以从伦敦镜像中发现其文化观念的源头。正如他在《手下留情——现代都市文化的忧患》一书中所说的那样，近几年来他的一个个"文化行动"，针对的就是"现代化冲击下都市个性的存亡问题"，和"文化的市场化、文化的传媒化、文化的趋同化以及纯文化的命运"等问题，他说，"廿年前我们的对手是保守与僵化，现在的对手则是一味地追求新潮。可惜我们的文化界反应迟钝，时至今日，仍然单声道地唱着昔日那种现代化的赞歌。"①冯骥才对当前文化的反思和批判，仍然是站在较为保守的文化立场上，尽管批判的语境发生了翻天覆地的变化，但我们仍可以在文化延续的脉流中发现他最初的影子，以及这一文化源头的影响意义，它所透露出的是认同主体的一种持续性与未完成性。

与文化保守主义批判立场相同步的是冯骥才的现代主义文学观念的形成。新时期初期，中国语境的整体特征是现实主义在文学领域仍然占据着独尊地位，及其开始在"思想解放"的叙事思潮中受到文学革新观念的挑战。如何解决二者的矛盾，以及应该站在怎样的立场看待问题，无疑是冯骥才当时亟待解决的现实和思想问题。正是在当代英国文学的他者镜像中，冯骥才看到了文学发展的前景与希望，这就是现代主义的文学。他首先肯定现代思潮在改革传统文学和文化时的积极意义。在伦敦 Alowych 剧院，冯骥才观看了一场莎士比亚的名剧《罗密欧和朱丽叶》，发现一向以正统自诩的英国皇家莎士比亚剧团，却让剧中十六世纪的人们穿戴着当今普通英国人的装束，显然这是"由于受了形式上千奇百怪的风靡一时的现代戏冲击之故"。对此，他不仅"没有吃夹生饭之感，而是十分自然地由始至终把戏看完"，反而认为这种改革可以给人一种亲切感，"缩短角色与观众因时代相隔久远而造成的距离感"。由此他从中获得的启示是：在现代思潮无情地猛冲旧的传统的今天，"无论思想、意识、审美趣味，还是艺术观"，"只要是活的事物，就不能一成不变。除非一件古董，它要保持原貌，却迟早要烂掉"②。

---

① 冯骥才：《手下留情——现代都市文化的忧患》，上海：学林出版社 2000 年版，第 1 页。
② 冯骥才：《冯骥才文集》(3)，天津：百花文艺出版社 1984 年版，第 194 页。

其次,在英国现代主义文学思潮中,冯骥才看到了现实主义文学观念的僵化与不足。他在介绍当代英国文学时说,二战以后成长起来的新一代青年,与战前求生活上稳定平安的老一代英国人具有明显的区别,"他们不满意现实,既仇恨门第观念浓厚的传统的生活方式和上层贵族的虚伪作风,也不相信生活能够改变得合理和完善,不免要受到当时风靡西方的存在主义思潮的影响"①。于是,现实生活及观念的变化在促使人们重新思考自我的存在和命运的同时,也促使文学的书写形式、对象和观念的改变,这就是现代主义文学在英国及西方世界的发生和崛起。以现代主义的文学观来看待现实主义,发现其"不是无懈可击的。像狄更斯那样描写别人家庭的生活和心理状态的传统的现实主义手法是不合理的",理由是,"你没有亲自体验过,怎么能说那样写就是真实的?"因而,"狄更斯不是现实主义者,而是一个幻想主义者"②。也就是说,现实主义最为核心的"真实"观念在现代主义眼中变为一种可疑的东西,后者在质疑和批判其"真实"性的同时也颠覆现实主义的存在基础。冯骥才进而指出,我国文学界之所以一时还难以理解现代主义,接受其观念,是由于我们还"囿于自己固有的观念","故步自封"的结果,他以一种含蓄的方式不点名地批评了僵化了的现实主义文学观所造成的我们视野上的缺陷。

冯骥才对当代英国现代派文学思潮的考察与接受,是以镜像的方式为中国当代文学的发展寻找理论依据,最终还要回到中国当代文学的现实状况与需求上来。针对不同的对象,冯骥才在为当代中国文学开拓现代主义的空间时,表现出了一种悖论性的矛盾态度。面对"1976 年以后,中国的社会发生巨大的转折,人们思想空前活跃,生活节奏遽然加快,人民的审美兴趣也发生改变"的现实状况,他认为"当文学面对的现实已非昔时,从内容到写作方式要发生根本的变化",从而在批评"传统和严谨的现实主义"这种"旧的写作方式无法驾驭新生活"的同时,肯定了现代主义在当代中国文学中的尝试与探索③。但是,面对西方国家现代派文学对当代中国文学强势影响的文化现实,冯骥才返身求助于中国

①　冯骥才:《冯骥才文集》(3),天津:百花文艺出版社 1984 年版,第 251 页。
②　冯骥才:《冯骥才文集》(3),天津:百花文艺出版社 1984 年版,第 252 至 253 页。
③　冯骥才:《冯骥才文集》(3),天津:百花文艺出版社 1984 年版,第 240 页。

传统文学及文化资源的现代转化,他在正反两个方面证明传统中国文化的前瞻性与包容性的同时,又回到了文化保守主义者的立场上来。他不仅强调中国历史久远,民族性强,根植在这民族性上的文化辉煌又雄厚,"至今还没有一个民族的文化取代了中国原有的文化",进而认为,"许多西方现代文学艺术形式,就其本质,与中国古典文学艺术有许多相通之处,并不新鲜"①。他批评"西方的艺术从逼真具体的写实主义渐渐脱出身来,而与中国传统的表现形式一点点接近时,中国有些舞台的演出反而舍弃自己的传统,追求西方早已过时的艺术方式","这实际上是艺术上的一种退步"②。

冯骥才对当代中国文学现代主义的矛盾态度,反映了"他者"镜像中现代性言说的困境。这不仅出于文化保守主义与文学现代主义之间的复杂关系,同时也是一种现代性自身的矛盾。卡林内斯库提出,现代性具有两种互相冲突却又彼此依存的性质,即进步、理性的现代性和美学的批判与自我批判的现代性之间的矛盾,它们体现了现代性本身之复杂的悖论关系。作为现代性诸种面孔之一的文学现代主义,同样"既是现代的又是反现代的:在它对革新的崇拜中,在它对传统之权威的拒斥中,在它的实验主义中,它是现代的;在它对进步教条的摒弃中,在它对理性的批判中,在它的现代文明导致珍贵之物丧失、导致一个宏大的综合范式坍塌消融、导致一度强有力的整体分崩离析的感觉中,它是反现代的"③。文学现代主义反现代的一面与文化保守主义构成一种呼应关系,从现代性的角度,后者以一种悖论的形式构成文学现代主义的一个方面。从这一意义上讲,冯骥才在西方"他者"的镜像中,不仅看到了一个分裂为两种现代性的文化伦敦及其英国当代文学与艺术,同时他自身也以一种分裂的现代性观念反观当代中国文学和文化。他的行为和态度,必然表现为两种现代性的深深分裂:一个为理性的、进步的、世界主义的;一个是批评理性的(或非理性的)、保守的、排他

---

① 冯骥才:《冯骥才文集》(3),天津:百花文艺出版社1984年版,第244页。

② 冯骥才:《冯骥才文集》(3),天津:百花文艺出版社1984年版,第197页。

③ [美]马泰·卡林内斯库著,顾爱彬、李瑞华译:《现代性的五副面孔》,北京:商务印书馆2002年版,第284页。

主义或民族主义的①。两种现代性对其散文书写行为本身也产生了较为深刻的启示与影响。

　　冯骥才书写"他者"散文的影响及意义,对散文文体本身来说,首先是促进了一种具有反思性主体身份意识的文化散文的确立。相对于形成于 20 世纪 50、60 年代并在 80 年代前期仍占据主导位置的散文模式,"这种模式,通常表现为以'以小见大''托物言志'的方式,来靠近'时代精神'和社会思潮的主题和结构趋向,以及追求散文的'诗化'和意境"②。冯骥才的独特之处在于,他在获得主体性身份意识的同时,在其散文书写中开始试着从"自我"的角度观看世界,表现出作家主体意识与散文文体意识同时发展的态势。与其说冯骥才是用眼睛引导读者进行游览,不如说他通过散文书写展示了作家主体的个性、思想及才情,并在艺术化转换的过程中,"把最深刻的生命——心灵,有姿有态、活喷喷地呈现出来"。与此同时,认同意味着选择,冯骥才为获得主体身份而在散文书写时的对象化选择过程,以及对此所做的思考,就具有了人文关怀与文化反思的意味。这种关怀与反思结合着个人感受,不仅在其以后的散文书写中成为一种经常性的行为,借此来透视历史、感悟现代生活、观察城市文化以及批评文学问题,而且也可以看作是兴起于 20 世纪 80 至 90 年代文化散文的先声。

　　其次,站在现代性的边缘性立场上,冯骥才不仅为散文书写增添了思想性的审美张力,而且散文本身也成为其思考现代性矛盾、担当并体现知识分子"文化良心"的一种"文化行动"。散文由此在现代性语境中成为一种结合了知识分子文化使命与忧患意识、展现知识分子疑惑、尴尬或无奈的自身处境、蕴涵了思辨性、叙事性、直观性等多种现代性质素的书写文体。从伦敦到天津,城市到农村,从 20 世纪 80 年代初的《河湾没了》到世纪末的《关于〈带血的句号〉》,世纪之交的《鲁迅的功与"过"》到新世纪的《癸未手记》,冯骥才之所以选择现代性的散文书写,是因为"小说只能做到深层的再现,却无法透彻地剖析",而散文"是从自己心里钻出来的芽子",可以"通过理性的思辨,将思想的文字一如锐利的刀子,扎

---

① ［美］马泰·卡林内斯库著,顾爱彬、李瑞华译:《现代性的五副面孔》,北京:商务印书馆 2002 年版,第 343 页。
② 洪子诚:《中国当代文学史》,北京:北京大学出版社 1999 年版,第 369 页。

进历史文化中一个个早已溃烂的病灶"①。由此,散文书写成为其文化行动的一个重要组成部分。

如冯骥才所言,伦敦作为一个"他者",其意义不仅对于作者来说,"它使我简单的头脑复杂起来,也使我模糊的认识清晰起来","它改变了我某些谬误的成见,也坚定了我原有的信念",而且从民族文化层面上,它也可以使我们"在与自己不同的东西中",看到"对自己更有用的东西"②。因此,冯骥才书写"他者"散文,在作者个体与作家群体的双重意义上具有了镜像作用。它使作者走向新的自我、使其散文书写向行动的文化散文迈进的同时,也在时代与民族的交汇点上,为新时期以来的散文书写走出同声共鸣的原有单一模式,走向多元与多维文化的现代性言说空间提供了实践与理论上的借鉴。

第二节 《怪世奇谈》与"津味小说"

关于"津味小说",尽管存在着不同的声音和观点,但它的出现及其概念的提出,与冯骥才的写作实验和大力倡导有着密不可分的关系。可以说,以《神鞭》③《三寸金莲》④和《阴阳八卦》⑤三部中篇小说组成的《怪世奇谈》,不仅成为"津味小说"的一个标尺,而且从身体政治的角度展示了城市最具性格特色的一面。我们重点解读和分析《怪世奇谈》,不仅从文学的角度研究"津味小说"的现实与可能,而且意在通过"津味小说"书写发掘城市与文学之间的"互文本"关系,进而探索城市身体政治的构成。

以"伤痕小说"写作闻名新时期文坛的冯骥才,从《神鞭》开始,有意在小说创作中加入"天津味","花很大力气去写当时的风土人情、规矩讲究、吃喝穿戴、

---

① 冯骥才:《手下留情—现代都市文化的忧患》,上海:学林出版社2000年版,第129页。
② 冯骥才:《冯骥才文集》(3),天津:百花文艺出版社1984年版,第247页。
③ 冯骥才:《神鞭》,《小说家》1984年第3期。
④ 冯骥才:《三寸金莲》,《收获》1986年第3期。
⑤ 冯骥才:《阴阳八卦》,《收获》1988年第3期。

摆饰物件、方言土语"①,把地方特色升华为具有审美价值的艺术内容。冯骥才小说创作的转向,不仅是其个性的使然,新时期初期冯骥才对"现代性叙事"的追求扩大了他创作的视野,而且在于他对于居住生活城市的"重新发现",当他抚平"创痕"以历史的眼光打量津城时,城市同时向他完全"敞开"。于是他从现实转身,进入到城市的身体及其历史内部。

如果把冯骥才笔下的天津与巴尔扎克笔下的巴黎做一下比较,可以看出城市身体政治的类似与不同。巴尔扎克因过于热爱巴黎而将巴黎当成"道德个体"与"有知觉的存在物"。大卫·哈维指出,"巴尔扎克无法将巴黎当成死物(如奥斯曼与福楼拜往后所做的那样)。巴黎拥有人格与身体。巴黎——'最令人喜悦的巨物'——经常被描绘成女性形象(引发巴尔扎克的男性幻想):'与赤贫老太婆完全沾不上边的美女如新王朝新铸的钱币一样清新,其优雅的气质与巴黎另一个角落追求时尚的淑女不分轩轾。'巴黎'既悲伤又快乐,既丑陋又美丽,既活力十足又死气沉沉;对热爱巴黎的人来说,巴黎是有知觉的存在物;每个个人、每栋房屋都是这个大娼妓细胞组织的一部分,而这个大娼妓的头、心脏和不可预测的行为,对身处当中的人来说是再熟悉不过了'。但巴黎的脑子却是男的,是地球的思想中心,'是领导文明前进的天才;是一个伟大的人,一个创意无限的艺术家,一个深谋远虑的政治思想家'"。他还强调,"巴尔扎克的小说绝大多数都以历史为背景,并且把重点放在 1814 年王制复辟之后。巴尔扎克经常在小说中哀悼帝国在灾难性崩解之后,法国一直未能建立'真正'的进步主义贵族、天主教与君主制的政权。过去的遗产对巴尔扎克的影响很大。在他笔下许多人物并不属于任何特定的历史时代:他们被区分成'帝国的记忆与移民的记忆'。记忆因此被历史所扭曲,有时还与历史冲突"②。

冯骥才同样把天津城市看作是"有性格的生命",他在文章中多次强调,"城市首先是一个生命。有运动,有历史,有记忆,有性格。它是一方水土的独特创

---

① 冯骥才:《小说观念要变!——关于〈神鞭〉》,《光明日报》1985 年 4 月 1 日。

② [美]大卫·哈维著,黄煜文译:《巴黎城记——现代性之都的诞生》,桂林:广西师范大学出版社 2010 年版,第 60 至 61 页。

造——是人们集体的个性创造和审美创造"①;"长期以来,我们只看重了城市的使用功能,忽略了城市是有性格的生命。任何一个城市,它独有的历史都是它的性格史和精神史"②;"城市和人一样,也有记忆,因为它有完整的生命历史。从胚胎、童年、兴旺的青年到成熟的今天——这个丰富、多磨而独特的过程全都默默地记忆在它巨大的城市肌体里"③。城市的生命体现在它的河流、街道、地名、建筑以及关于城市的想象中,"天津这城市,受益于海河水系。这无疑以码头为起点。那时四方货物都凭着河水的运载进行流畅的交换。码头便是转运站,或称枢纽。码头首先都是吃喝不愁,东西充足,各地运来的物品全是利润极低的'源头货'。这一来,人就都聚集到这儿来了。而且人聚一起,需要用品多,买卖店铺也就应运而生。店铺愈多,活计愈多。供和需互动,买和卖相生,码头便孕育出一个有血有肉的城市的胚胎"④。冯骥才对天津城市的解读,使得城市在个体生命的层面上具有了城市身体政治的特点。

从码头孕育生长出来的天津城市,其最为迷人的时代在清末民初,"那是这个城市的转型期,随着租界的开辟,现代商业进入天津跟本土的文化相碰撞,三教九流都聚集在天津,人物的地域性格非常鲜明和凸显"⑤。比如像苏七块、张大力、酒婆、刷子李、大回这样的人物,只有在这个时期出现才具有特殊的魅力,才在文学书写中透出迷人的色彩,错过了这个时期,这种个性特色与魅力很难再出现。"历史很有意思,它到了某一个历史时代的时候,它那个人文形态就特别有魅力,它有一股子劲,这股子劲过了那个时期,虽然还能够作为文化心理和文化性格,还会一代一代地相传,但是它淡化了。那么天津人最有魅力的时代,我写的这样的天津个性,这种集体性格就是清末民初。就是说那个时候天津的码头,

---

① 朱永新:《冯骥才:灵魂不能下跪》,《写在新教育边上》,北京:中国人民大学出版社 2012 年版,第276 页。

② 冯骥才:《手下留情》,《冯骥才分类文集》第 6 卷,《文化批评》,郑州:中州古籍出版社 2005 年版,第 59 页。

③ 冯骥才:《城市为什么要有记忆》,《冯骥才分类文集》第 6 卷,《文化批评》,郑州:中州古籍出版社 2005 年版,第 68 页。

④ 冯骥才:《老街的意义》,《冯骥才分类文集》第 6 卷,《文化批评》,郑州:中州古籍出版社 2005 年版,第 120 至 121 页。

⑤ 冯骥才、周立民:《冯骥才周立民对话录》,苏州:苏州大学出版社 2003 年版,第 203 页。

还有码头性质。我就觉得文学有一个任务,它不仅要把一个历史时代的画面留下来,它更重要的是把一个时代的性格留下来。就过了这个时代,人就不一样了"①。冯骥才关注的恰恰是天津的这一历史时期,他对这一时期的叙写赋予城市性格生命的同时,也使他获得了这一时期天津城市最佳言说者的身份,并成为城市身体的象征或组成部分。

这个历史时代画面在《神鞭》中是出皇会时的热闹与混乱交融的节日狂欢景象,"那年头,天津卫顶大的举动就数皇会了。大凡乱子也就最容易出在皇会上。早先只有一桩,那是嘉庆年间,抬阁会扮演西王母的六岁孩子活活被晒死在杆子上。这算偶然,哄一阵就过去了。可是自打光绪爷登基,大事庆贺,新添个'报事通灵会',出会时,贾宝玉紫金冠上一颗奇大珍珠,硬叫人偷去。据说这珍珠值几万,县捕四处搜寻,闹得满城不安。珠子没找到,乱子却接二连三地生出来。今年踩死孩子,明年各会间逞强斗胜,把脑袋开了瓢。往后一年,香火引起海神娘娘驻跸的如意庵大殿,百年古庙烧成了一堆木炭。不知哪个贼大胆儿,趁火打劫,居然把墨稼斋马家用香泥塑画的娘娘像扛走了。因为人人都说这神像肚子里藏着金银财宝。急得善男信女们到处找娘娘。您别笑,您也得替信徒们想想:神仙没了,朝谁叩头?"天后娘娘是天津城市的"主神","人管不了的事,全归神仙管。天津卫这里的'三界、四生、六道、十方',都攥在娘娘的手心里"②。皇会的热闹与狂欢景象的背后,则是以天后宫为核心城市文化精神的展演。冯骥才由此寻找到城市身体政治的精神内核及其性别身份。

冯骥才在《天后宫与天津人》一文中指出,"地域文化最深的内核在人的心态中。民俗只是外表,文化心态才是精神实质。一旦某种文化心态形成,它特有的民俗便有了不可动摇的根。这种地域文化才算是真正确立了。在研究天津的地域文化的成因时,笔者发现它的全部奥秘竟然深藏在一座古庙——天后宫中",起源于福建青浦的天后妈祖,到天津后不仅改了称呼,叫娘娘,或老娘娘,"注入了天津人的亲切感和人情,也就是天津的味道","而且她的司职和功能也被大大

①　冯骥才:《清末民初的天津社会生活长卷——冯骥才谈〈俗世奇人〉》,吴玉伦主编:《〈读书时间〉四十二本书》,济南:山东画报出版社2002年,第334页。

②　冯骥才:《神鞭》,《小说家》1984年第3期。

地扩展了"，"人们对娘娘最早的要求，只是救难扶危，保佑平安。由于此地人对娘娘的崇拜过甚，一切人间不能自已的事，统统依赖于她。中国百姓对神仙的奉敬是追求'现世报'的，并非单纯地理想依托，而更重现实功利的兑现。中国民间的造神心理全从切身需要出发，有一种需要，就造出一个神来。天后宫中娘娘的神像便由一尊演变成九尊。除去天后圣母，还有眼光娘娘（去除眼疾）、耳光娘娘（去除耳疾）、送生娘娘（保护生男育女）、斑疹娘娘（保佑患斑疹的孩子平安脱险）、奶母娘娘（保证妇女妊娠期奶水充足）、乳母娘娘（专管雇用奶母的奶水质量）、千子娘娘和子孙娘娘（保佑宗族延续不断）等"。不仅如此，天津人还进一步将娘娘市井化：

> 天津人为燕赵之地，民情淳朴，生活崇尚热烈。每逢腊月年底，信男信女在殿中焚香默祷，大庙院内却摆满年货，喝买喝卖。宫前广场更热闹非凡，俗称'宫前集'。在北方大都市中，惟天津最重过年，应时点景的物品无比丰富，各类小贩争售绒花、年画、灯笼、金鱼、香烛、剪纸、神图、空竹、花糕等数不尽的天津土特产；山门对面的戏楼上敲锣打鼓唱大戏，为人助兴。娘娘淹没在这浓厚的生活情致里，同时又是此地生活的一个重心。天津人尚红，过年尤甚，传说来自天后身穿的红衣。红衣的含义有二：一是辟邪，故此红灯照运动中女人通身穿红，谓之能避枪炮；二是吉庆，天津女子过年和出嫁时，穿戴物品一律用红；窗花、门联、福字，处处也都用红。辟邪吉庆就是娘娘祛灾降幅之意，无论辟邪还是吉庆，都是向往热烈美满的生活，此风一直延续至今；火辣辣的红色给天津人血液里注进炽烈的温度。重友尚义，慷慨好客，都是此地人的民风民情。①

天后娘娘的市井化，实现了市民信仰与娘娘信仰的融合，天后娘娘成为城市神祇的同时，城市本身在娘娘的庇护下完成了其女性化的想象，这是一种至高无上、母亲式的女性形象，既保留了女性身体和母性的头脑，同时也是全体市民生

---

① 冯骥才：《天后宫与天津人》，《关于艺术家》，南京：江苏文艺出版社 1995 年版，第 246 至 247 页。

活信仰的主宰。这也造就了出皇会时庄严与热闹并置、敬仰与戏谑交融人神一体的节日狂欢景象。

《神鞭》写的是傻二脑袋后面一条神出鬼没的大辫子,《三寸金莲》写的是戈香莲一双出神入化的小脚,作为身体的一部分,辫子和脚已经超越了原有的作用和功能,它们不仅以叙述的狂欢再现了民间诙谐文化的丰富与混杂,而且以夸张性的变形展示了其隐秘的身体政治作用。

巴赫金在拉伯雷研究中提出了"中世纪和文艺复兴时期民间诙谐文化的问题",他认为,作为民间创作的民间诙谐文化及其形式,是我们研究得最不够的一个方面,"在浩瀚的学术著作中,给予仪式、神话、民间抒情诗创作和叙事诗创作、诙谐因素研究的位置微乎其微。而尤其糟糕的是,民间诙谐的独特性完全被曲解,因为套用于它的是一些近代资产阶级文化和美学的条件下形成的,与之完全格格不入的概念。因此,可以毫不夸张地说,过去民间诙谐文化深刻的独特性至今还完全没有揭示出来"。然而,民间诙谐文化的规模和意义巨大,在中世纪和文艺复兴时期,"整个诙谐形式和表现的广袤世界与教会和封建中世纪的官方和严肃(就其音调气氛而言)文化相抗衡。这些多种多样的诙谐形式和表现——狂欢节类型的广场节庆活动、某些诙谐仪式和祭祀活动、小丑和傻瓜、巨人、侏儒和残疾人、各种各样的江湖艺人、种类和数量繁多的戏仿体文学等等,它们都具有一种共同的风格,都是统一而完整的民间诙谐文化、狂欢节文化的一部分和一分子"①。

借用巴赫金的民间诙谐文化概念,可以发现,冯骥才的《怪世奇谈》系列中运用了多种多样诙谐形式和表现,既有类似于狂欢节类型广场节庆活动的"出皇会"、诙谐仪式和祭祀活动的"驱鬼""缠脚"和"出殡",同时塑造了小丑、傻瓜及具有"江湖色彩"的奇人奇事,在表现一种文体狂欢的同时揭示了城市民间文化的源头,重构了具有津味风格的城市民间诙谐文化和市井社会空间。皇会所以吸引人,在于该项活动表现出的民间娱乐性与群众参与性,这使得皇会成为中国的"狂欢节","三月二十二,照例是娘娘'出巡散福'之日。这天皇会最热闹。津门各会挖空心思琢磨出的绝活,也都在这天拿出来露一手。据说今年各会出得

---

① 巴赫金著,李兆林、夏忠宪等译:《拉伯雷研究》,石家庄:河北教育出版社1998年版,第4至5页。

最齐全,憋了好几年没露面的太狮、鹤龄、鲜花、宝鼎、黄绳、大乐、捷兽、八仙等,不知犯那股劲,全都冒出来了。百姓们提早顺着出会路线占好地界,挤不上前的就爬墙上房。有头有脸的人家,沿途搭架罩棚,就像坐在包厢里,等候各会来到,一道道细心观赏"①。孤竹君在《看皇会》一文中描述了当年天津皇会的盛况,"这狭隘的一条街,人更拥拥挤挤的,整个的挤得个水泄不通,耗费了一个钟头的光景,好容易挤到了天后宫。刚刚的进宫内去,忽的一阵喧哗如雷,原来姜井的九狮图已然来到了,这一伙会就在天后宫的大殿下的阶下耍练一番,继而又到后殿的五位娘娘驾前叩首朝圣。这种九狮图把戏,是一个壮士和九头狮子争打起来,结果被狮子按倒,大小狮子群起夺食,行动逼真,颇有功夫,博得彩声如雷。陆续地来了一伙伙的游艺会都同样的先到大殿朝圣,刀叉齐举,分对开打。后来又有大觉庵的金音法鼓,悠扬顿挫,节奏可听;飞钹的表演,更是别有兴趣。随后独流、通庆的中幡妙舞,脑上指间,技艺更好像鹞子翻身,真不容易!西沽的太平花鼓,红红绿绿,十分好看,是一伙童子,有李逵,有燕青,又有六个女角在载歌载舞着,此外更有八个童儿,武生公子的打扮,各持双铙,互相穿插的敲敲打打"。作者感叹,"呵!好热闹!这才是真正的平民娱乐",并以诙谐幽默的口吻评价这次皇会,"天津这次的皇会是民国有史以来未有的壮举,轰动了天津,轰动了华北,更轰动了华南"②。

冯骥才把狂欢精神贯彻到小说创作中,以身体形象的"变形"书写,创造了一种带有个人特色的狂欢文体。在《神鞭》中,冯骥才把作为身体一部分的辫子作为"变形"的对象,并把武侠小说、风俗小说、荒诞小说、哲理小说等熔于一炉,创作了一部"荒诞+象征+写实主义或现实主义手法+古典小说的白描+严肃文学的思考+俗文学的可读性+幽默+历史风情画+民间传说等等"的"大杂烩"③。傻二、玻璃花、索天响等人物,可以说他们本身就是荒诞的产物,充斥了"笑"的因素。作为小说主人公的傻二,脑袋上盘着一条少见的粗黑油亮的大辫子,"好像码头绞盘上的大缆绳",这条神出鬼没的大辫子,不仅让大混混儿玻璃

---

① 冯骥才:《神鞭》,《小说家》1984 年第 3 期。
② 孤竹君:《看皇会》,《论语半月刊》1936 年 5 月 16 日。
③ 冯骥才:《〈神鞭〉之外的话》,《中篇小说选刊》1984 年第 6 期。

花在皇会上当场出丑，并接连战胜了戴奎一、索天响及东洋武士佐藤等人，而且是牵动人物运动的一条线索，是荒诞叙事的基本构成和引发笑的动因。如果把傻二看作是民间诙谐文化中的傻子，那么大混混玻璃花就是一个小丑。玻璃花不仅不是民国北派通俗小说中的"英雄"，而且不再拥有任何正面的道德品质。残缺的身体成为他个体的身份与代称，夸张滑稽的行为引来叙事的狂欢，他已经完全沦为一个插科打诨卖弄耻辱的小丑，成为小说中最具个性的人物形象。李陀在给冯骥才的信中指出，"《神鞭》读来饶有兴趣，我是一口气把它读完的。我的读后感十分复杂，我很难把这感受说清楚。但是我可以告诉你一个感觉，就是读《神鞭》时我总觉得自己好像在观赏一出木偶戏。飞来凤、玻璃花、死雀、索天响、金子仙以及主人公神鞭傻二，都很像一个个神气活现的木偶。木偶戏通常是比较轻松的，它总要引人发笑。而当你的这群木偶演出一场场闹剧时，我虽然不由得不笑，却在心里感到一阵阵痛楚。傻二练就的那套出神入化的'辫子功'，自然是一种极度的夸张，是一种荒诞，从傻二的辫子引发出来的那些荒唐可笑的故事也同样荒诞不经，但它们使人深思，使人感到这些'神了吧叽'的人和事后边有深意焉"①。傻二是"神了吧叽"的人物，玻璃花更是"神了吧叽"的人物，冯骥才让这些变形和残缺的身体展现了一种"特殊的生活方式"②。

在《三寸金莲》中，冯骥才通过身体部位脚的"变形"，同样以荒诞加现实的风格写作了这部狂欢化的小说。冯骥才详细叙述了裹脚的过程，展示了身体部位的扭曲，"香莲已经不知该嚷叫该求该闹，瞅着奶奶抓住她的脚，先右后左，让开大脚趾，拢着余下四个脚趾头，斜向脚掌下边用劲一掰，骨头嘎儿一响，惊得香莲'噢'一叫，奶奶已抖开裹脚条子，把这四个脚趾头勒住。香莲见自己的脚改了样子，还不觉疼就又哭了起来"③。就这样，香莲眼瞅着自己的一双脚，变成了扭曲的"丑八怪"。与脚的变形相比，冯骥才更是大篇幅地讲述"莲学"知识，通过"赛脚会"展现一种畸形的审美和民间的狂欢。"小脚美丑，在于形态。所谓形

① 李陀：《李陀同志的信》，冯骥才著：《我心中的文学》，上海：上海文艺出版社1986年版，第69至70页。
② 巴赫金著，李兆林、夏忠宪等译：《拉伯雷研究》，石家庄：河北教育出版社1998年版，第9页。
③ 冯骥才：《三寸金莲》，《收获》1986年第3期。

态,形和态呗! 先说形,后说态。形要六字具备,即短、窄、薄、平、直、锐。短指前后长度,宜短不宜长。窄指左右宽度,宜窄不宜宽,还须前后相称,一般小脚,往往前瘦后肥,像猪蹄子,不美。薄指上下厚度,宜薄不宜厚;直指足跟而言,宜正不宜歪,这要打后边看。平指足背而言,宜平不宜突,如能向下微凹更好。锐指脚尖而言,宜锐不宜秃,单是锐还不成,要稍稍向上翘,便有媚劲儿。向上撅得赛蝎子尾巴,或向下耷拉得赛老鼠尾巴,都不足取。这是小脚的形⋯⋯态字上要分三等。上等金莲,中等金莲,下等金莲"①。于是,裹脚的"丑陋"在深邃丰富的"莲学"中成为一种"美",这种"美"是历史的,也是性别的,历史的与性别的暴力在民间的土壤中获得了诡异性的绽放,而民间土壤血腥暴力的背后,不仅是上层高雅文化的渗透和征服,而且也可以看到新生的力量和自我更新的努力。戈香莲的自绝和其女儿牛俊英的胜利就是小说的一个重要寓意。

身体变形与扭曲背后是文化的变异,文化是身体政治的核心和本质。从《神鞭》《三寸金莲》到《阴阳八卦》,冯骥才的探索从有形的身体层面逐步递进到无形的民风习俗层面。

冯骥才在《关于〈阴阳八卦〉的附件》中对这三篇小说进行了比较,"我给《神鞭》严肃的内涵,以一个喜剧的形式,荒诞离奇的外表,因为我们对祖宗的尊崇依然超过荒诞的程度。《三寸金莲》是正剧形式和悲剧色彩,内涵却充满荒诞。因为自今天眼光看,三寸金莲所象征的文化自我束缚无比荒唐。那么《阴阳八卦》中,从内容到形式全是荒唐的。所有人物的性格和行为都浸透这种荒唐的溶液。一是离奇感,一是悲剧感,一是荒唐感"②。《阴阳八卦》这种从内到外的荒唐乃是建构在天津地方市井的传统人物和传统故事的堆积上,以城市传统民间社会作为承载的外壳,这就使得这一思考具有了地域性特点和思维范式特征。有学者指出,这三篇小说在故事的叙述中出现了明显的瑕疵,即故事的生动性与深刻性之间背离,《神鞭》所以还能让我们饶有兴味地往下读,那仅仅因为作为事件背景的民俗民风在不断变换,"这时我们会感到,在展览种种生动的掌故、趣闻、轶

---

① 冯骥才:《三寸金莲》,《收获》1986 年第 3 期。
② 冯骥才:《关于〈阴阳八卦〉的附件》,《中篇小说选刊》1988 年第 5 期。

事时,作家至少暂时地放弃了故事中更有深度的内在逻辑";《三寸金莲》的问题在于,"大量杂乱的民俗民风堆砌得臃肿不堪,偶尔闪现的故事必然性很快被淹没了。因为缺乏一个强有力的故事逻辑,对于这些民俗民风不感兴趣的读者则迅速地感到了疲倦。佐料过多是小说冗长赘重的重要原因";这种疑问在《阴阳八卦》中得到解释,"作家把民俗民风的传奇性与趣味性当作故事的内在逻辑",即具有传奇性与趣味性的民俗民风不仅是《怪世奇谈》的核心内容,而且也是它的"内在逻辑"①。

《阴阳八卦》叙述了一系列极具传奇性与趣味性的人物及其故事。小说第一回通过津城填仓节风俗,开始讲述故事的发生:北城户部街东边乡祠黄家一家老小,在二奶奶的折腾下过填仓节,"按例儿,今日填仓节。填仓原本是农家人过的,迎着年头,求好收成,填满仓囤。城里人拿这节,不过讨个吉利。天津人好事儿,过日子好例儿,恨不得天天有佛拜有神求有福来,一天没佛没神没父母官,心里就没根。二奶奶是地地道道天津土里出来的老娘们儿,最讲究这套。成天拜佛,事事有例,举手投足有忌讳。单说饺子,还得给她包一屉煮一锅素的,折腾得全家五迷三道"②。正是这个最为讲究爱折腾的二奶奶,引发了一连串奇人奇事的出现。如妙手医治被马车撞在墙上醉汉的神医王十二,一片立秋桐叶医治气结的庸医沙三爷,一道值千金的画家尹瘦石,未卜先知的红面相士,驱鬼捉妖的风水先生蓝眼,火眼金睛穿墙透壁截裤子看屁股的万爷,用铜环钓王八的鱼阁王老麦,神偷糊涂八爷,气功大师龙腾云老师等,先后出现在故事中。这些人物之间没有结构上的必然关系,本身成为自足的精彩故事片段,如糊涂八爷偷鸡,"三百六十行,天津卫嘛都讲玩绝的。不绝不服人,不绝人不服。即便鸡鸣狗盗之流,也照样有能人高人奇人。时迁偷鸡一绝,天津卫河北邵公庄糊涂八爷偷鸡更叫绝妙":

　　他拿个铜笔帽,尖上打个小眼儿,使根粗丝线穿过去,抽出线头儿。再

---

① 南帆:《媚俗:艺术的倾斜——读冯骥才〈神鞭〉〈三寸金莲〉〈阴阳八卦〉》,《沉入词语——南帆书话》,杭州:浙江人民出版社1997年版,第118至121页。
② 冯骥才:《阴阳八卦》,《收获》1988年第3期。

拿粒黄豆，也打个眼儿，把这粒黄豆拴在线头儿上。随后把这黄豆粒儿、线儿、铜笔帽儿全攥在手里。线尾巴绕在小拇指头上。只要见到鸡，左右前后没人，先把黄豆粒儿往地上一扔，抻抻线，黄豆一蹦一蹦，赛活的。鸡上来一口吞进去。他不急，等黄豆进肚子才一拉，线拉直，再把铜笔帽顺线儿一送，正套在鸡嘴上，鸡张不开嘴，没法子叫。黄豆往外一拉，也正好卡在里头，结结实实，比套狼还有劲儿。几下拉到身边，往上一提，活活一只大鸡，不叫不闹给棉袍子盖住，完活回家。

还不叫偷鸡，叫钓鸡。鱼阎王钓水里的，他钓陆上的。①

又如尹瘦石"千金一道"的功夫：

尹七爷"咔嚓"一撂茶碗，起身甩着两条细胳膊走来，这架势赛长坂坡赵子龙如入无人之境。叫人再搬一条长案连上，拿两张纸，接头并齐，使镇尺压牢，这家伙，居然要画一条两丈长的线，真是打古到今没听说过。只见他先在右边这头下角画个童子，再在远远左边那头上角画只风筝。打笔筒抽出一管羊毫大笔，蘸足墨汁，眼睛半闭，略略凝神。忽然目张赛灯，就打这右端孩童扬起的小手，飘出一根绳，赛有风吹送，悠悠升空，遥遥飞去，神化气，气入笔，笔走人走。气带人走，笔领线行。笔头到了两张纸接口处，不磕不绊不停不结，线条又柔又轻又飘又洒脱又劲韧，真赛一根细绳，能打纸上捏起来。笔管在瘦指头里转来转去，这叫捻管。画出的线，忽忽悠悠，有神儿，有味儿，有风儿。他横处走出六步，忽地身子一收，小脑袋黄毛一张，笔头一扬一住一抬，线头刚好停在风筝的骨架上。两丈多的画上，虽说只有一根线，却赛有满纸徐徐吹拂的风。②

为了写作《怪世奇谈》，冯骥才搜集了大量的奇人奇事，以至于创作了"俗世

---

① 冯骥才：《阴阳八卦》，《收获》1988 年第 3 期。
② 冯骥才：《阴阳八卦》，《收获》1988 年第 3 期。

奇人"系列这一副产品。冯骥才在《〈俗世奇人〉前记》中指出，"天津卫本是水陆码头，居民五方杂处，性格迥然相异。然燕赵故地，血气刚烈；水咸土碱，风习强悍。近百年来，举凡中华大灾大难，无不首当其冲，因生出各种怪异人物，既在显耀上层，更在市井民间。余闻者甚伙，久记于心；而后虽多用于《神鞭》《三寸金莲》等书，仍有一些故事人物，闲置一旁，未被采纳。这些奇人妙事，闻若未闻，倘若废置，岂不可惜？近日忽生一念，何不笔录下来，供后世赏玩之中，得知往昔此地之众生相耶？故而随想随记，始作于今；每人一篇，各不相关。冠之总名《俗世奇人》耳"①。在此，冯骥才坦言《俗世奇人》中这些奇人妙事之"各不相关"的同时，也等于间接承认了《怪世奇谈》中那些罗列众多的奇人怪事之"各不相关"。而把"各不相关"独立成篇的奇人奇事罗列在一起，一方面反映了冯骥才在美学上探索与创造，"我用心写过许多小说。但这套《怪世奇谈》全然不同。我努力写出一种'没有过的'小说样式，但并非改路子，而只是这套文化批判小说的总体构想所必需。我开过一个玩笑，写完《怪事奇谈》，混蛋再用这法子写小说"②。另一方面，则是城市文化结构内在作用使然。

由码头生长成近现代城市的天津，其独特的自然与社会生态环境造就了"奇人"辈出和崇拜"奇人"的文化土壤。《神鞭》中金菊花把傻二的辫子"当作宝贝一样爱惜，三日一洗，一日一梳"，"梳洗好拿块黄色绣金花的软绸布包上，还专门缝个细绢套，睡觉时套上，怕压在身子下边挫伤了"；《三寸金莲》第七回"天津卫四绝"，找出了"四件顶绝"的奇人奇事。《阴阳八卦》中惹惹黄大少爷经常说的一句话就是"我就喜欢能人"，见到奇人能人就要拜师。在码头上混生活，靠的是"硬碰硬"的本事和手艺，而不仅仅是权势和财富。这是天津码头的社会现实与生存规则。"手艺人靠的是手，手上就必得有绝活。有绝活的，吃荤，亮堂，站在大街中央；没能耐的，吃素，发蔫，靠边待着。这一套可不是谁家定的，它地地道道是码头上的一种活法……这一来也就练出不少能人来。各行各业，全有几个本领齐天的活神仙。刻砖刘、泥人张、风筝魏、机器王、刷子李，等等。天津人好

---

① 冯骥才:《冯骥才分类文集》第 2 卷,《乡土传奇》,郑州:中州古籍出版社 2005 年版,第 7 页。

② 冯骥才:《关于〈阴阳八卦〉的附件》,《中篇小说选刊》1988 年第 5 期。

把这种人的姓,和他们拿手擅长的行当连在一起称呼。叫长了,名字反没人知道。只有这一个绰号,在码头上响当当和当当响"①。

在这一社会现实和生存规则的支配下,不仅在各行各业形成了行头霸主,"天津这地方,有块地儿就有主儿。河有河霸,渔有渔霸,码头上有把头,地面上有脚行,商会有会长,行行有祖师"②,而且在此基础上形成了以"奇人奇事"为中心的具有"传奇性"特征的地方民风习俗和文化风貌。冯骥才《怪世奇谈》"把民俗民风的传奇性与趣味性当作故事的内在逻辑",以人物表现地方文化风貌的做法,只不过是顺从了津门城市社会现实与文化逻辑罢了,并不是他个人的创造。

《怪世奇谈》的创作,标志着"津味小说"的正式成型。冯骥才不仅有意识地实验这一全新的文体样式,而且从理论上阐释津味小说的构成及其特征,呼吁"发扬津味小说"和"再多一点天津味"③。

冯骥才创作津味小说,与其对文学地域意识的强化及对城市的敏感和自觉息息相关。冯骥才在《灵魂的巢》中指出,他和生活在其中的这座城市有着深厚的感情,这座城市不仅承载着他的"人生全部",而且有着他痴迷的"性格","这性格一半外化在它形态上;一半潜在它地域的气质里。这后一半好像不容易看见,它深刻地存在于此地人的共性中。城市的个性是当地的人一代代无意中塑造出来的。可是,城市的性格一旦形成,就会反过来同化这个城市的每一个人。我身上有哪些东西来自这个城市的文化,孰好孰坏?优根劣根?我说不好。我却感到我和这个城市的人们浑然一体。我和他们气息相投,相互心领神会,有时甚至不需要语言交流。我相信,对于自己的家乡就像对你真爱的人,一定不只是爱它的优点。或者说,当你连它的缺点都觉得可爱时——它才是你真爱的人,才是你的故乡"④。他对城市的"真爱",使得作为他生命出生地的天津,成为他"灵魂的巢",成为他创作的灵感和素材的来源。城市通过他的创造和叙述,以"津

---

① 冯骥才:《刷子李》,《冯骥才分类文集》第2卷,《乡土传奇》,郑州:中州古籍出版社2005年版,第9页。
② 冯骥才:《神鞭》,《小说家》1984年第3期。
③ 冯骥才:《再多一点天津味》,《新港》1983年第4期。
④ 冯骥才:《灵魂不能下跪:冯骥才文化遗产思想学术论集》,银川:宁夏人民出版社2007年版,第283页。

味"的方式催生了一种新的小说形式。

　　冯骥才认为,"津味小说"形成的可能性有三点,"一是天津的地域文化独特,生活色彩浓烈,民风习俗迥异他乡,历史虽短但层面丰富明晰。二是天津人群体个性强,人的心理以及人与人关系有地域文化的深刻烙印,各色人等的人物原型很突出。三是地方方言俚语别具风格。不仅腔调独特,表达方式体现此地人民独有的智慧,蕴藏着大量机智幽默的俏皮话。语言是文化坚固的围墙。围墙内是其特有的文化。由于天津地方有其独具的文化、生活、人和口语,就具备创造津味小说的必要条件"。有这种必要条件却不一定产生津味小说,民国天津报人小说或报载小说就是前车之鉴。冯骥才指出,"过去有过专意用天津地方生活和口语写的小说,代表作品是《沽上英雄谱》和《津门艳迹》,但它们都未能成功。原因在于两方面,一方面是它们被特定的地方生活所囿,缺乏具有深刻认识价值的思想内涵。只着意于地方味儿,反过来被一种狭窄的追求所制约。文学作品没有深广的人生价值、社会价值、思考价值、文化价值,很难产生深远影响。这种小说不应是风物指南,不应是婚丧嫁娶素材的铺陈,不应是风俗大展览大罗列大渲染。它的高要求是,既要钻入浓厚的地域文化,又要跳出这文化地域,做深邃宽广的历史和人生的思考⋯⋯另一方面《沽上英雄谱》和《津门艳迹》的语言没有提高到审美层次。对话写好容易,叙述语言写好困难。因为对话是人物的,叙事是作家自己的。对话可以直接来自生活,需要提炼和选择;叙述则不行,必须是经过高度创造的艺术语言。《津门艳迹》的失败在于叙述语言与对话语言分成截然不同两大块。对话中津味强烈,叙述则入旧小说滥套。叙述语言是作家对生活的感觉方式,或者说它最能体现作家的独特性和艺术追求。即使是口语化的语言,也不是口语,而是作家对口语的一种再创造,对口语境界的一种艺术追求。这么来说,津味小说写好就绝非易事"①。《沽上英雄谱》和《津门艳迹》作为津味小说的先驱,既为津味小说的创作提供了参照坐标和警示标志,同时也是津味小说必须跨过的门槛。

　　为了实现跨越而又不失其"味",冯骥才从传统小说审美经验的角度为《怪世

---

　　① 　冯骥才:《发扬津味小说》,《天津文学》1988 年第 4 期。

奇谈》设置了三个层次,"第一层,好看,有趣,可读性和娱乐性强,我不想放弃读者,故作高深,不想在小说的表层就对阅读拒绝。倘若读者不能自然而然,饶有兴趣地接受,就很难进入小说内涵,如果读者不想发挥,浅尝辄止,至少可作为消遣,聊以娱乐而已";"第二层,直接的象征和喻意。《神鞭》是祖宗留下的无往不胜的辫子,但在与洋人接触中小小一颗洋枪子打断,怎么办?《三寸金莲》是裹得无比完美的脚在放脚的时代,反而不会走路,陷入彷徨。缠也不是,放也不是,不得已放了缠,缠了放,乱哄哄打作一团。《阴阳八卦》则是祖宗留下的似有若无的金匣子,只要使劲找,家破人亡;一旦跳开这金匣子,扔在一边,家业兴旺,事泰人安。这种与现实紧紧相关的喻意,倘若读者稍动脑子,就不难悟道而有所得";"第三层,便是前面所述文化的内涵。我不指望所有读者都能进入小说的深层。谁能进入哪层就到哪层。小说的内涵是立体的,有如一座山,人入山中,在哪儿有所得、有所感、有所悟,就在哪儿停住,正好"①。三个层面的混杂,使得小说成为一种既非"纯文学"又不是"通俗小说"的"四不像"。这种混交文体虽然受到一些批评者的质疑,却让"津味小说"的称号由此传衍开来。

冯骥才为《怪世奇谈》创造这种"四不像"的文体形式,以及这种形式蕴含的"津味",也是这个城市的文化形式及其"味道",即冯骥才所谓的"天津味"。文学既是一种艺术形式,同时也是地域文化的一种记录,"地域文化的特征,表面看是地域风貌、建筑特色与人文景观,再加上饮食装束,这往往是旅游者所要看的;进而则是此地独有的生活风习、民间文化与民俗事项,有心的游客对此要多看一眼,外来的文化人则一定要着意地观察。再往深处便是这里的方言俚语,信仰崇拜和人们的集体性格。说到集体性格,大概只有作家才会去注意。因为它表面看不见,需要接触大量的人,从中感受、理解、分析、研究和归纳……集体性格其实就是文化性格。它是地域文化中最深刻的层面。当地域文化进入人的心理,便形成为人们共有的性格。有了共同性格,地域形象才真正成立起来……文化上的集体性格是一种共识。它还好被不同个性的人表现得千姿百态,演出光怪

---

① 冯骥才:《关于〈阴阳八卦〉的附件》,《中篇小说选刊》1988 年第 5 期。

陆离的社会生活故事。于是,作家就要把它们记录下来"①。

从城市表面的"地域风貌、建筑特色与人文景观"到"生活风习、民间文化与民俗事项",再到"集体性格",冯骥才从三个层面以递进的方式规定了城市的文化内涵与地域特征,这一规定不仅与津味小说形成的三个方面构成有趣的呼应和对照关系,而且与《怪世奇谈》的三个层次可以互相解读和互为文本,城市由此呈现出身体政治的意义。"集体性格"作为一种"集体无意识",是长期积累形成的,并以潜在形式影响或支配着人们的思维逻辑、生活习惯、行为规则和话语方式的共同意识和性格。这种具有"原型"色彩的"集体性格"既是城市文化的核心和灵魂,同时也是人们个体意识的来源和表现,城与人在这种共同"无意识"的交融与汇合中成为不可分割的一体,成为一种有知觉的生命体存在。这也是"津味"的缘起和根源。"能否挖掘出浸透地方文化特质的天津人的心态",即表现这种"集体无意识","以此塑造出各不相同、以往文学画廊所未见的个性艺术形象"②,成为"津味小说"是否成功的标志和最高追求。具体来说,《怪世奇谈》中对地域民风习俗的重笔描摹和再现,以及在人物及叙述语言中对方言俚语的改造和运用,一方面从"风景"的意义上表现城与人的独特面貌和风格,并把这种表现作为艺术与审美的形式和创造,成为一种"有意味的形式",另一方面这种"有意味的形式"本身既是"津味"的目的,"是一个城市精神气质可视的表现,是一个地域共性的审美,是一种文化"③,也是通往"集体无意识"的必经之路。冯骥才通过这种形式的书写,意在召唤一种象征与超越城市文化内涵与精神,一种直抵城市生命深处及灵魂的"天津味"。

① 冯骥才:《文学记录文化》,《冯骥才分类文集》第8卷,《案头随笔》,郑州:中州古籍出版社2005年版,第68页。
② 冯骥才:《发扬津味小说》,《天津文学》1988年第4期。
③ 冯骥才:《我们的城市形象陷入困惑——听冯骥才先生谈城市》,张泽群:《城市灵魂 电视主持人张泽群谈论城市文化》,郑州:大象出版社2006年版,第5页。

第十二章　秦岭：锐利、性感与写实

第一节　乡村教师的背后

青年作家秦岭以"乡村教师"系列引起了当前文坛的高度关注和热烈响应。人们在那些民办的、公办的西部山区乡村教师的生活、情感及其命运故事中，仿佛发现了一个既陌生又熟悉的天地。说它陌生，因为在当前的社会生活中，大量地充斥在人们视野中的是那些以消费为指向的快餐故事，而这类深入底层的叙事被有意无意地忽视了；说它熟悉，因为秦岭的小说，唤起了人们久远的记忆，尤其是那些生活在农村或具有农村生活经验的人们，在这些故事中看到了一段与自己相关的历史。作家秦岭也因此进入了人们的视野，人们开始从这些故事背后发掘秦岭其人与其文。

秦岭，原名为何彦杰，甘肃天水人。何彦杰最初在天水市一个叫作西口的地方做乡村教师，后进入政府机关，又从西北来到渤海湾的天津市，继续从事行政工作。当他从 1999 年开始写作小说，以官场小说和乡村小说系列闯入文坛，成为津门作家中一颗耀目的新星，并博得众多国内著名评论家、作家热评之时，人们才恍然发现，那个叫作何彦杰的西北汉子，已经成为天津作家秦岭了。三千里路云和月，十年宦途孕文心，从陇西高原到渤海之滨，从官员何彦杰到作家秦岭，秦岭在不断转换工作，变更身份的同时，他也完成了人生的蜕变，以作家秦岭的面目重新开始了新的跋涉。从某种程度上说,比起他以前的辉煌经历,那种从乡村教师到政府官员,从西北到海滨的令人羡慕的不断上升的人生风景,这次蜕变充满了挑战和艰辛,相对于官场较为固定的运行轨道,作家秦岭面对的是一个未知的、充满不确定因素的思想与精神的世界,这个世界中,曾经吞没了一些踌躇满志、才华横溢的文学梦想者,曾经又有多少被称为作家的人默默无闻,怀才不遇。作家秦岭对官员何彦杰的挑战,显得有些让人不可思议,显得有些傻和迂。然而这个西北汉子成功了,因为人们通过秦岭知道了何彦杰,而不是从何彦杰那里了解了秦岭。所以说,作家秦岭的背后,首先是那个官员何彦杰。

事实上,当秦岭初步涉足小说创作时,还是从他的背后,即他所熟悉的官场中开始的。秦岭起初本不想写官场小说,因为,"身处官场核心部门,每天如果不是步履匆匆地在上级机关和基层部门之间穿梭,那么就是在撰写调研文章,八小时之内用文学的思维审视官场的机会并不多,精力全部用在党务和政务工作中了"。但是,官场生活对秦岭又充满了诱惑,他说,"官场生活有一种奇异的无法拒绝的魅力,像一个无法谢幕的特殊剧场",因此,秦岭"终于没有管住电脑键盘上恣意弹跳的指头,一口气发表了20多个官场题材的中短篇"。在写作官场小说中,秦岭享受到"既当演员又当观众的"滋味,享受到"用文化的心态咀嚼着官场的真味"。而且,"官场是幽默生活与幽默艺术的富矿,而出于工作需要发表的40多万字的社科类论文,又从理论上增强了我体味官场生活的嗅觉,不断丰富着我的思考"①。可以看出,作家秦岭以官员何彦杰丰富的现实生活体验与理论总结为基础,以文化的心态,从另一个角度重新审视官场生活,欣赏着镜中的另一个自我,欣赏着自我的表演。不过,这个镜中的自我是作家艺术的创造,是一个具有典型特征的个性人物,绝不等于现实生活中的何彦杰本人,甚至离他的生活很远。小说人物和他本人之间差别之大,让熟悉他生活,和他一起共事的人感到诧异,以至于有人惊呼,秦岭小说中的人物怎么和现实差别这么大!

秦岭官场小说描写的对象,主要集中于秘书这一角色上。把秘书作为表现

---

① 秦岭 赵晓霞:《秦岭:自由歌唱的布谷鸟——与青年作家秦岭谈其小说创作与生活》,《陇东南周刊》2006年8月20日。

对象的官场小说不在少数，但真正把秘书作为一个特殊职业来表现，并把从事这一职业人们的特殊性格和特殊的精神面貌，以艺术的形式深入地表现出来的，是秦岭。何彦杰的秘书生涯给他提供了切身体验和深入思考的空间，给予了他表现秘书的特殊视角。秘书活跃在领导周围，服务的对象是领导，距离权力最近，但它本身并不具备权力，领导与秘书之间完全是上下级的单向关系，是主与从、尊与卑、命令与服从的关系，二者之间不可能进行平等的交流和互动，只能在这一权力支配关系中进行非对等交往。秘书必须领会领导的意图，必须学会察言观色，必须晓得官场的规则与潜规则，而秘书本人不能带有任何的性格棱角，因为领导的喜好直接关系到秘书的前途。所以说，从权力关系的角度来看，秘书往往具有寺宦性的精神与人格特征。秦岭通过对秘书形象的塑造，以细致的笔调表现了他们的寺宦性格及其形成过程。

《年轻的朋友来相会》中，年轻气盛的邱志扬作为调干生，他一来到机关便开始做局长的秘书，这个在大学当过学生会主席的邱志扬拥有别人少有的政治、学历和身体资本：大学毕业、学生党员、一米八几的个头，气宇轩昂，一表人才，甚至比局长更有局长的派头，而且思想进步、工作能力强，团结同志，具有这样优秀条件的秘书往往在正式工作一年以后就被提拔成副科级干部，而邱志扬从进机关时的小邱，到后来变为老邱，用了十八年的时间才完成这一历程。也就是说，在秘书的任上他干了十八年。这十八年中，他作为一个正直、诚实、肯干、爱家、忠诚，年年都获得优秀的局长秘书，却一直遭遇着碰壁，开始给霍局长当秘书，然后给袁局长做秘书，后又给石局长做秘书，铁打的衙门流水的官，局长一直在更换，而秘书邱志扬却没有任何的变化。直到和他一起进来同样为秘书的小熊被提拔为副主任科员，然后是副局长，邱志扬依然还是秘书，但已经变成老邱时，他的精神被彻底击垮了。邱志扬所以不被赏识和提拔的原因，在于他的正直和实在，或者说他的不识时务，不懂得领导心理和喜好的缘故。在残酷的现实面前，作为秘书的邱志扬终于抵挡不住权力的攻击，于是他的精神困顿了，被阉割了："十分明显的是，老邱的精神状态越来越不良好了，精气神也不足，这都是内在的变化。外在的变化也很大，许多人都逐渐发现，老邱的发型由当初时髦的一边倒理成了规矩的小分头，这个年龄理成这种太没讲究的发型，不仅显得不伦不类，倒突出了几分的憨厚来,就有些傻大个的意思。服饰不再有什么讲究,比起熊局长的差远了,脖子使劲深深缩进两肩,背微驼,气质和风度荡然无存,眉宇间那种轩昂和自信也灰飞烟灭,工作也不再那么泼辣了,推推诿诿,得过且过,整个身子围着熊局长转,活脱脱一李莲英同志"①。不仅老邱的精神被阉割了,而且作为男人的邱志扬,在妻子瑛瑛面前也"不行了",失去了往日的雄风,他的肉体仿佛也被阉割了。

寺宦人格的形成过程,就是道德感、责任感、荣誉感的泯灭过程,即人作为完整主体人格的扭曲、变形和异化的过程,人性的衰退过程。在这一过程中,秦岭没有进行平面性的描述和简单化的道德评价,而是放在一个合理化的社会背景中,以同情的态度展现这一人性退化中的矛盾与冲突。唯其是在一个合理性的社会背景中,是在同情性的理解态度中,寺宦人格的形成过程就显得更加触目惊心,唯其一切显得那么合情合理,这一叙事就更加具有警示与批判的意义。在《红蜻蜓》②中,秘书好学人生的变化,展示了这一人性蜕变的过程。好学虽然走出了农村中学,给苟县长作了秘书,在城里安了家,但是,他的人生面临着一个严峻的局面:妻子和超生的两个孩子还没有进行农转非,三人还是黑人黑户,作为秘书他却不受苟县长赏识,因而在秘书的位子上还看不到任何升迁的希望。在沉重的经济和精神压力下,秘书好学的人格开始发生动摇:他由开始时拒绝和初恋情人,已经作了红蜻蜓夜总会总经理的媛媛见面,到主动投入媛媛的怀抱;当初他以学识和才智打败了情敌,获得了妻子的芳心,但在贫苦的生活面前,当他发现妻子和情敌有染时,不仅没有表现出男性的暴怒,而是选择了屈辱的退缩,并把这一事情掩盖过去。最终当妻子以肉体从苟县长那里换取好学的升迁时,好学反而逼迫妻子向苟县长敬酒致谢,把苟县长当作好人、恩人。苟县长在秘书好学眼里由坏人变好人的过程,正标示了好学人生与价值观念的颠倒。好学虽然从秘书中升迁出来,然而他的人格也完成了痛苦的蜕变,成为一个寺宦性格的人。

---

① 秦岭:《年轻的朋友来相会》,秦岭:《红蜻蜓》,北京:光明日报出版社 2006 年版,第 86 页。
② 秦岭:《红蜻蜓》,《天津文学》2002 年第 4 期。

官场小说给秦岭带来了叙事的乐趣,但他并不满足于此,相反地,他一直抑制着创作官场小说的热情和欲望。秦岭把视角做了进一步的延伸,他把创作的精力转向了曾经熟悉的乡村生活和乡村教师,把三农题材、乡村教师题材的小说创作作为自己主要追求的目标。也就是说,在官员何彦杰的背后,在其背影的深处还兀立着一个作为乡村教师的和农民的何彦杰,有着一个以底层叙事为情感取向和目的的何彦杰。这才是真正和完整的秦岭。从某种程度上说,仅从官员何彦杰的身上无法解释一个完整的秦岭所代表的意义,因为在官场小说中,尤其在秘书这一符号中,表现出来的是一种类似精神分裂的症状,一种自虐式的分裂。秦岭是清醒的,作为一个西北汉子和曾经是乡村教师的秦岭,他清醒地认识到西北乡村的农民生活和西北乡村教师的生活是一座丰厚的、高品位的矿藏,等待着他去开采。所以,透过官场的喧嚣与骚动,秦岭以一种少有的冷静和敏锐,发掘着西北农村的农民和教师的命运及其人生故事。秦岭在做着超越自我的努力,从兴趣到认识,从感情到理智,从现在到过去,从他生活在其中的滨海城市到遥远的西北高原,从官场百态到农村生活,透过流淌过自身的那条隐秘的历史的河流,他以回望的姿态抓住了三农问题与乡村教师问题的核心,并直接叩问这些问题的现实原因及其历史意义。他的超越获得了丰厚的回报,仿佛是一个华彩的乐章,三农问题与乡村教师题材的小说,给秦岭的创作带来了一个高潮,给他带来了融入历史的契机。

秦岭关注三农问题,集中在最有代表性意义的"皇粮"上,他从这个有着两千六百多年存在历史的农民赋税中,从它和中国农民的紧张关系中,深入地探索农民的精神问题,探索"皇粮"对农民精神的奴役与创伤。秦岭的这一思考方式,保持了官场小说思考问题和揭示问题的一致性,但发现问题的广度和深度,显然有了新的拓展。在三农问题中,在对受到奴役和创伤的农民精神世界的探索中,秦岭从现象出发,开始拷问具有支配性意义的历史发展和历史规律问题,这就使得他的小说文本融汇了历史学、经济学、社会学和精神分析学等多种学科的内容,具有了超越美学文本的多重互文性的意义。在短篇小说《碎裂在 2005 年的瓦片》①中，秦岭通过村主任打破乡验粮员甄大牙家瓦房上的瓦片，又主动帮助甄大牙修补房瓦的行为，把农民这种近似自虐的阿Q精神表现出来。甄大牙是村主任推荐到乡粮站当验粮员的，作为党员，甄大牙以公正无私的态度保证了入库公粮的质量，然而正由于甄大牙的公正无私和不徇私情的态度，使得因天气原因而受了潮的村主任的小麦没有通过甄大牙的检验，没有完成上交公粮的任务。村主任心中的怨气，以偷偷扔砖头打破甄大牙家房瓦的方式来发泄，但作为党员和村干部，村主任还必须维公开护甄大牙的公正，维护甄大牙的尊严并保持甄大牙工作的热情，所以他又主动替甄大牙修补房瓦。这就使得故事陷入了悖论：验粮员甄大牙愈是公正，愈是损害包括村主任在内的所有必须交纳公粮的农民的利益，然而村主任和农民们还必须维护甄大牙的公正，维护这种公正对自己利益的损害，因为甄大牙验粮是出于工作的需要。于是就有了自己打破了房瓦自己去修补的结果。其实，甄大牙的公正不仅损害了交纳公粮的农民，而且也损害了他个人的利益，作为农民，他的公正直接把自己推到了与他所归属群体的对立面，推到了矛盾的风口浪尖上。见微知著，从小小瓦片的破碎中，可以看到"皇粮"制度下农民承受了怎样的物质与精神的压力，可以看到它对农民的精神造成了怎样的奴役和创伤。因而这一制度在2005年终止时，才会显示出它对农民所具有的重大意义。它的终止，是对农民物质和精神上的又一次解放，其意义可与土地改革相比拟。这篇小说获得了"关注三农"梁斌文学一等奖。

在农村中，存在着一个特殊的群体，这就是乡村教师。他们生活在农村，在农村学校中工作，与农村、农民、农业有着紧密的联系，课余假日，他们放下笔头就拿起锄头，就会出现在田间地头，就是地道的农民。然而他们又不是农民，他们有着自己的主业：教师。他们需要给农村里的孩子进行国民教育，他们是国家的公职人员，却不属于城里人。可以说，乡村教师是夹在农村农民与城市公职人员之间的一个中间性的行业与身份团体。正是它的中间性特征，造成了这一群体的独特性格面貌和精神特征。秦岭出生在农村，曾经做过两年的乡村教师，他对这一特殊群体有着深切的个体体验，因而当他把关切的目光投向这个群体时，

---

① 秦岭：《碎裂在2005年的瓦片》，《天津日报》2005年11月10日。

显得既合情合理,又生动自然,而且很容易地获得艺术上的成功,他的乡村教师系列的小说获得人们的关注和批评家的激赏,就是明证。

乡村教师作为教师,他们做着太阳底下最伟大的事业,然而这伟大的事业与他们实际的地位相比,显得那么的不相称,农村教师微薄的工资,造成了他们清贫甚至可以说困苦的生活,农村封闭的生活环境限制了他们的视野,限制了他们进一步发展的可能,而那些民办教师又是其中的最底层,生活就更加困顿了。在有些地方,乡村教师的经济地位连民工都不如,因而许多农民都瞧不上乡村教师这一行当,更不必说和城市公职人员相比了。若没有一点献身农村教育事业的理想,没有把自己的知识传授给这些贫苦的农村孩子们,使他们不至于陷入失学境地的朴素愿望,没有以教育为人类最伟大事业的精神支撑,没有那么一点点各式各样的所谓私心的存在,他们其中的大部分人或许早就离开这个行业而另谋生路了,从这一点说,他们是伟大的。然而,他们又是普通人,有着普通人的生活、情感和欲望,有着普通人的缺点和不足,从这一角度说,他们又是普通和渺小的。

对于乡村教师,秦岭既没有拔高,也没有贬斥,他只是从乡村教师个体情感生活的故事中对这一群体进行切面式的镜像分析和艺术表现,从对这一标本的解剖中折射他们群体性的精神特征。《绣花鞋垫》①中,堡子中学的校长雷大麻为了阻止民办教师赵祖国对女中学生苟大女子的追求,保护苟大女子,使其能考上中专,不惜采用欺骗方式让已经结婚的下乡支教老师艾关诗插入到其中,起到破坏赵祖国追求女学生的目的。但是,雷大麻对师生恋的阻止和破坏,虽然达到了相应的目的,但也产生了更加剧烈的副作用。因为乡村教师中间性地位的负面效应,在他们的婚姻中表现得最为典型,对乡村教师精神的触动也因此最为强烈。如在堡子中学这所偏远的乡村学校中,青年教师寻找的目标对象只有自己的学生,其余之外别无选择。因为城里的女性不可能嫁到这里来,而乡里稀有的公职女性资源也轮不上他们觊觎,作为乡村知识分子,他们又显然不愿把那些没有文化的乡村女性作为选择的对象,所以只好从女学生中选拔。青年男教师与

---

① 秦岭:《绣花鞋垫》,《北京文学》2003 年第 11 期。

女学生之间恋爱关系,在其他地方是令人忌讳且少有发生的。然而在西北高原的乡村中学中,这一有悖师道的关系不仅成为现实,而且显得颇为"合理"。在这悖论性的合理中,当雷大麻成功地阻止了赵祖国的纠缠,帮助苟大女子考上中专时,赵祖国发疯了,因为他失去了培养了三年的苟大女子,失去了他感情生活的唯一希望和寄托。这种希望和寄托如同拯救其精神沉沦与分裂的最后一根稻草,当这一根稻草失去时,赵祖国的精神自然就崩溃了,陷入了精神分裂的深渊之中。

作为本地老师的赵祖国被束缚在这个婚姻的怪圈中,作为"外来人"的赵五常同样无法打破这个坚硬的怪圈。《不娶你娶谁》①中,赵五常作为党员,大学毕业后放弃了留城的机会,主动来到位于偏远乡村的尖山中学任教。他是一位有理想、志愿于乡村教育事业的青年。他拒绝了女学生刘甜叶的求爱,企图打破青年老师娶学生的怪圈,让优秀的女学生能有机会接受更高层次的教育。但在现实面前,他陷入了两难选择的境地:他要么坚持原则而不得不离开乡村中学,要么为留在乡村中学而放弃原则。如果坚持原则且留在乡村中学的话,赵五常将无法找到老婆。最终,赵五常选择了后者,在不娶你娶谁的无奈中,赵五常接受了学生刘甜叶的爱情,对乡村教师婚姻的怪圈屈服了。尽管秦岭给这个师生之间的爱情故事找了一个高尚的理由,但在这个悖论性的爱情怪圈中审视乡村教师的生存状况和精神状态,可以发现他们除了承受着社会底层的贫瘠,和农民一样承受着这种贫瘠对精神的奴役和创伤之外,他们还承受了悖于师生伦理关系的精神枷锁。堡子中学校长雷大麻就是其中的一个例证。他所以极力阻断师生恋情,就是防止悲剧的重演。所以,在这种双重的奴役和精神枷锁中,分裂的不仅仅是乡村教师的精神——他们很难再具有一个完整的个性人格,与他们相关联的、整个西部地区贫瘠的乡村教育事业,也因此带有了精神分裂的特征。

以艺术性的形式和手法,从精神的高度发掘处于权力分裂关系中的秘书、农民和乡村教师等群体的人格特征与精神症状,构成秦岭小说的主要特征。他从熟悉的官场到自己出身的农村,再到他曾经做过的乡村教师,秦岭一步步地向后

---

① 秦岭:《不娶你娶谁》,《天津文学》2005 年第 4 期。

退,与他叙事的对象逐渐拉开了距离,最终他在乡村教师、在西部农村中找到了支撑他叙事的坚实基石,在乡村教师的背后探索西部乡村教育和三农问题,追究这些问题对人们精神所造成了怎样的分裂和创伤。官场生活训练了他发现问题的敏锐眼光和处理问题的灵活能力,乡村生活经历和乡村教师生涯则给了他丰厚的小说创作原料和宽阔的小说叙事视野,这使得秦岭站在了小说叙事的最深处,同时也站在了社会生活和社会问题的最前沿,以纵深性的历史眼光看待当前的社会问题。

在市场经济的浪潮中,中国经济得到持续快速发展的同时,也带来了一些问题。在《英雄弹球子别传》①中,秦岭以英雄弹球子的一生中为视点,突出了经济与社会发展中出现的道德下滑和精神衰落现象。20 世纪 50 年代,十五岁的孤儿弹球子从狼嘴里救下了杨瓜女,成为村里受人景仰和爱戴的英雄,他为此失去了左眼和性能力,成为一个废人,但这并没有影响到人们对他行为的肯定和对他生活的照顾。到了 80 年代,这种景仰和爱戴不仅消失了,弹球子沦落成为大家戏耍和取笑的对象,而且他的英雄行为也被取消和否定了。弹球子由英雄到小丑的变化,代表了整体社会关系和社会面貌的变迁。这个时候,人际关系构成和社会评价指标中道德与精神的一面缺失了,只剩下了经济利益的一面。资本得到凸显的同时,道德却缺位了。从资本的进攻与道德的后退过程中看待问题,秦岭发现了现实社会真实性的一面。如《难言之隐》②中,秘书范仕举不择手段的疯狂反击行为和对权力既渴望又蔑视的态度,使得他的人格一方面具有寺宦性的特征,同时他的行为还带有于连式的色彩;在《断裂》③中,卞绍宗借助情妇的关系和权力,从乡村教师爬升到县长,他在学校和官场中的奋斗和沉沦过程,更多的带有拉斯蒂涅式的人生特点。于连和拉斯蒂涅,这两个从欧洲资本主义原始积累时期的罪恶中成长起来的个人奋斗者和投机者,与范仕举和卞绍宗具有共通性。在塑造这两个具有高度典型性人物的过程中,秦岭不仅融入了自己的思考,而且也在寻找农村与城市,乡村教师与官场秘书之间的沟通与联系。

---

① 秦岭:《英雄弹球子别传》,《天津文学》2003 年第 9 期。

② 秦岭:《难言之隐》,《钟山》2005 年第 4 期。

③ 秦岭:《断裂》,北京:中国工人出版社 2008 年版。

第二节 皇粮钟下的真实

在解构思想盛行的当前,"真实"作为被质疑的对象已经成为一个暧昧与含混的字眼,但我还是坚持用"真实"二字来评论秦岭的长篇小说《皇粮钟》①,因为唯有"真实"二字才能确切表现秦岭的小说理想和艺术追求,表达《皇粮钟》所达到的历史的深度与现实的力度。尤其在理论盛行和话语喧闹的时代,小说越来越沦为利益集团的喉舌和商业经济的廉价奴仆,以主流或"非主流"的面目和虚幻的繁荣谄媚大众并攫取市场收益时,《皇粮钟》中的"真实"就具有了特别的意义,它不仅表达了一种守望的精神和坚毅的品质,而且以毫不掩饰地坦诚展示了重塑和表现现实世界的意愿,在承续了小说现实主义传统的同时重申了一个朴素的道理:小说并不是一个完全自我封闭的世界,无论其艺术的表现形式怎样花样迭出,它必然反映或阐释现实世界,"每一部成功小说的人物都与我们亲密地生活在一起"②。

《皇粮钟》是一部农村题材的小说,是生活、工作在天津的秦岭叙述的甘肃天水故乡村民与"皇粮"之间的故事,可以归为鲁迅所说的"乡土文学"一类。实际上,伴随着乡土中国现代转变的沉重步伐,20世纪以来的中国文学中,以乡村中国为叙述对象的乡土文学不仅构建了自己的叙事模式和类型,而且已经成为百年来中国的主流文学。不过,与已有的乡土文学的叙述模式相比,《皇粮钟》似乎显得有些"另类",它既不是启蒙性的批判叙事,也不是乡恋主题的浪漫叙述,更不是新时期以来文化审丑式的寻根故事,而是站在陇原黄土的"崖畔"近距离地看村庄,以注视、参与和体验的方式叙述"皇粮"制度下故土村民的悲欢而又平凡的日常生活故事,是一种具有史诗性质的崖畔叙事。不过,这种史诗性质与《山乡巨变》《红旗谱》《创业史》等经典史诗性的农村题材小说有着些许的不同,正

---

① 秦岭:《皇粮钟》,天津:百花文艺出版社2009年版。
② [美]莫里斯·迪克斯坦著,刘玉宇译:《途中的镜子:文学与现实世界》,上海:上海三联书店2008年版,第2页。

如有论者指出，这些"史诗性"的经典文本作为中国共产党建立现代民族国家目标的一种文学表现，不仅与社会历史发展进程紧密地缝合在一起，而且也意味着"乡村中国的文学叙事在这个时代终结了"①。尽管秦岭毫不讳言其对经典文本的推崇，并把它们作为自己的榜样，但《皇粮钟》并没有延续或模仿其叙事模式，它只是展现了"皇粮"历史的终结，并在乡土文学叙事的"终结"之后找到了一个观察农村、描写和表现村庄的新视点，即黄土陇原特有的"崖畔"，以其苍凉、悲壮的崖畔叙事表现了历史关节点上农民的生活及其精神状态，从而使其具有了历史的深度和诗性的关怀。

"崖畔"这个词在小说中出现了三十多次，它的多次出现使其具有植根黄土陇原并与当地农民的血脉与精神融会贯通的隐喻意义，如秦岭在后记中说："只有站在崖畔才是村庄和精神的制高点，袅袅炊烟下四邻八舍的悲欢一览无余，甚至能看到渗入麦垛和瓦楞之间的民俗故事，传递并糅杂着何等的古朴和时尚。古朴，那是镶嵌在历史纵深地带亘古不变的质地；时尚，则是现实的快感和疼痛无时不在提醒庄稼汉们，他们和土地、庄稼、羊群之间的关系圪蹴在怎样的坐标里。我无意证明拥有崖畔就定能清晰地鸟瞰中国农村历史的隧道在现实背景下延伸的状态，但我在乎目光的那种的触摸感，目光的指纹分明能感受到现实农村的边边、角角、沟沟、坎坎。"②

站在崖畔观看村庄，意味着秦岭拥有比寓居城市的乡土作家更近的心理距离，拥有和村庄村民更为平等的关系，意味着《皇粮钟》拥有更为便捷和直接的叙事视角，因而获得了更为"真实"的现实基础和表现效果。

《皇粮钟》的"真实"，首先表现在乡村民俗的描写上。小说一开始就传递着皇粮钟沉重、刺耳的响声，那是囊家秦爷在村民兵连长姚糖子的主持下带领村民祭拜皇粮钟的场面。皇粮钟铸造于明代，按囊家秦爷的推测，"若不是老百姓为了纪念某次铭刻心怀的大豁免所铸，那么必然是官府安置在老百姓心坎上的警

---

① 孟繁华《百年中国的主流文学——乡土文学/农村题材/新乡土文学的历史演变》，《天津社会科学》2009 年第 2 期。

② 秦岭：《站在崖畔上看村庄（代后记）》，《皇粮钟》，天津：百花文艺出版社 2009 年版，第 270 页。

钟,只有警钟长鸣,皇粮国税才能代代不息"①。它原本是一座"警钟",现在却成为秦家坝子村民必须顶礼膜拜的"圣物"。且不管它是如何由现实器物演变为宗教圣物的,仅就这种强制性的具有宗教意味的祭拜仪式来说,有着很强的现实性基础。据调查,20世纪初期的乡村中国,大众宗教以村庄为单位,根据"自愿组织"和"非自愿组织"而分为四种类型,皇粮钟祭拜仪式明显具有第三种类型宗教组织的特点,这是"以村为单位的非自愿性组织","它不是采取自愿参加的原则,而是包括所有的本村人。这就是说,尽管有人可能未意识到这一点,但事实上每个村民都被卷入该组织的活动,村民成为该组织的必然成员。这类宗教组织往往是村中唯一的全村性组织,负责全村性活动"②。不过,比较二者可以看到,秦家坝子村民祭拜的不是玉帝、关公、观音等大众神,而是皇粮钟;乡村中国的大众宗教只在20世纪的前半期存在,而《皇粮钟》中在20世纪90年代还有类似的宗教组织,这一方面说明了西部乡村的滞后与历史背负的沉重,另一方面则揭示了"皇粮"对西部贫困地区农民生活与精神尤其深重的奴役和扭曲,皇粮成为他们日常生活的主导和精神世界的主宰,成为一件被"自然化"和"神圣化"的民间习俗。

面对威慑与压制的皇粮钟,主人公唐岁求经历了一个始而逃避继而憎恶最后怀念的过程。在瘸腿之前,青年农民唐岁求是最早觉醒的一派,他自强自立自尊,在逃避对皇粮钟祭拜的同时,期望通过自己勤劳、善良与智慧获得爱情和一份普通的农民生活,把希望寄托在自己的行动而非皇粮钟的恩惠上。但是现实教育了他,为了解救被困矿工,他不仅被砸伤了一条腿,成了一个瘸子,而且遭到矿主和村民双方的嫌弃和疏离,因为正是他的举报,煤矿被查封了,矿主的利益受到了损失,矿工在生命安全与金钱利益的衡量中也选择了后者。唐岁求由此断送了外出的生路,而身体的残疾使他丧失了缴纳皇粮的能力,他与秦穗儿之间本是水到渠成的婚姻也因此而告吹。他对皇粮有着切齿的憎恨,他的瘸腿和婚姻失败的原因都可以追溯到皇粮上,如果说,瘸腿之前他尚能在缴纳皇粮的路上

---

①　秦岭:《皇粮钟》,天津:百花文艺出版社2009年版,第9页。

②　[美]杜赞奇著,王福明译:《文化、权力与国家:1900—1942年的华北农村》,南京:江苏人民出版社2003年版,第89页。

获取隋圆圆的好感,激发他对爱情的体验和憧憬,那么瘸腿之后的他则彻底成为皇粮的受害者,正因为他无法正常种田纳粮,使他沦为比宋满仓更差的境地,后者则凭借一身的蛮力攫取了曾十分鄙弃他的秦穗儿的爱情。瘸了一条腿等于失去了做男人的资格,等于失去了未来的一切,这不仅是唐岁求个人的悲剧,而是西部农村的现实逻辑,是农民最为真实的生活。如瘫痪在床的秦长赢劝导女儿秦穗儿放弃唐岁求时说:"啥叫真话? 啥叫真? 最真的是日子。懂吗穗儿,是日子。我不愿回答你,今后,让日子回答你。"①是日子教育了曾经村里的强者秦长赢,教育了瘸腿唐岁求,也改变了秦穗儿选择男人的标准,爱情在现实生活的逻辑面前注定不堪一击,这也是西部农村爱情生活的真实形态。

唐岁求对皇粮的憎恨自然牵连到作为皇粮象征的皇粮钟,但他当上验粮员以后,这种感情却突然发生了逆转:"唐岁求突然留恋起皇粮钟来了,想念起皇粮钟来了,牵挂起皇粮钟来了。对皇粮钟的恨和怨,竟然像冰雹落在旱田里,先是砸得尘土飞扬,遍地寒气袭人,但是日头一出来,冰雹就乖乖地融化了,渗透了,消解了,最后不见了,消失了,无影无踪了。此刻,如果祭拜皇粮钟的钟声骤然响起来,不是梦中而是在现实中,他在那'咣咣咣'的钟声中满面春风地进庄,该是一种啥样的心境啊!"②像迎喜神一样迎接验粮员唐岁求的秦家坝子村民们也一样怀恋皇粮钟,他们"撕肝挖心"地想念:"咱秦家坝子出人了,出验粮员了,出把皇粮说了算的人了,咱秦家坝子人在粮站可以挺直腰杆直脖子神腿脚了,要是,嗨嗨! 要是这阵子能听到皇粮钟的声音,那咱秦家坝子人该有多神气啊!"③唐岁求与村民对皇粮钟的怀恋实际上比他们对皇粮钟的憎恨更让人感到惊心,对皇粮钟的憎恨,实际上传达了他们"想做农民而不得"的愤怒;而对皇粮钟的怀恋,则表达了他们对"暂时坐稳了农民"的喜悦,后者对精神上的奴役与创伤表现得更为深刻。然而,这就是农民的真实思想,他们没有更高的要求,只想平稳地做一个农民,在无可避免地伤害面前,能退而求其次地获得适当的减免已经让他们感到无比欣喜了。在这一点上说,秦岭已经把笔触深入到农民精神的最黑暗处,

---

① 秦岭:《皇粮钟》,天津:百花文艺出版社 2009 年版,第 121 页。
② 秦岭:《皇粮钟》,天津:百花文艺出版社 2009 年版,第 202 页。
③ 秦岭:《皇粮钟》,天津:百花文艺出版社 2009 年版,第 213 至 214 页。

并用农民式的手法和语言把他们深层无意识表现了出来,达到了一个更高层次的真实。

伴随着唐岁求对皇粮钟情感转变的是他与秦穗儿的爱情经历,那一波三折的农村爱情在皇粮面前被揭去了唯美的面纱,露出了直抵痛感的真实。当秦穗儿明白了"日子"的道理放弃唐岁求而选择宋满仓时,她也会依照同样的逻辑主动献身于姚糖子,在宋满仓失踪之后靠姚糖子的长期协帮来种田和缴粮,同时兼靠主动协帮的光棍儿度日子,成为一个游刃于男人之间的风流寡妇。对于寡妇秦穗儿,瘸子唐岁求从灰心到动心并决定主动追求的心理变化,同样依据"日子"的逻辑,面对农村男多女少女娃纷纷外出打工外嫁打工仔的现实,前情人寡妇秦穗儿是他最佳也是唯一的选择。相同的逻辑使他们重新开始向对方靠拢和接近,继而"重逢"于向阳坡,然而这种"重逢"没有浪漫而唯有真实的疼痛和岁月的惆怅,因而唐岁求故意用话语刺疼秦穗儿时,唐岁求同样也刺疼了自己,刺穿了他被岁月遮埋了的陈年旧痛:"一个'疼'字,猛然让唐岁求的心颤了一下。是啊!如果漫山漫洼的张梅英都冒出来,追他,咬他,啃他,拧他,舔他,他该要谁呢?再咋要,也就是秦穗儿了。他这才发现,心底的某个旮旯里有啥东西给翻腾出来了,像开春时的第一锹土,窝了一冬,啥成色,谁种地谁晓得。"①这种疼,唐岁求晓得,秦穗儿晓得,种地的农民晓得,作者秦岭也晓得,正因为秦岭的不忍,他最终让唐岁求和秦穗儿走到了一起,这种不忍虽然更符合农村的现实因此也更为真实,但这种团圆式的结尾比起他的中篇小说《皇粮》的悲剧性结局,在艺术上稍显逊色。或许这是秦岭为真实而牺牲艺术的刻意之举。

第三节 写实的性感、锐利及本色

考察秦岭的小说,我想到了两个词:性感、写实。把性感与写实两个词连在一起,大概是秦岭的一个创造。这两个看似完全不搭边界的词语,在秦岭看来,

---

① 秦岭:《皇粮钟》,天津:百花文艺出版社2009年版,第205页。

它们原本是连根同生互为一体,性感本来就是写实的魅力,"文学写实的力量,一如一个性感模特,脱掉枝枝蔓蔓,美体毕现,大方登台","文学写实的力量就从这里来:脱掉枝蔓,美体毕现"。文学不被关注的一个很大因素,就在于其失去了写实的性感魅力,"往往是视野中过多摄入了古板僵硬的漂亮、平铺直叙的美丽,从而忽视了性感元素的发现和观察,更有甚者,被大多'描摹'出来的'现实'遮蔽了阅读期待和判断心理,反而混淆了对真正'写实'的科学判断"。因而,文学要"真实"反映现实,应该发掘"它浑身上下荡漾的诱人气息",展现其性感"美体"①。

秦岭对写实性感的探索与实践,在于他对社会现实世界的完全敞开和直接呈现,以现实世界的丰满、妩媚与暧昧赋予文学的性感魅力。中篇小说《父亲之死》②就是其所谓的"三点式"文学作品,它的特别之处不仅在于塑造了县长这一人物形象,描述了"模范干部是怎样诞生的",而且从生物意义的生与死和政治意义的死与生的空隙与开叉处绽露出了写实文学的魅惑与风情。出身基层的秦县长无疑是一位廉洁奉公、服务群众的"好班长、好兄长",他长期带病坚持工作,且因病发而倒在了去偏远乡镇检查群众冬季生活安排和慰问困难家庭的路上,属于典型"积劳而死""以身殉职"的模范干部。即便细究起来,秦县长身上散发的闪光点和人性味也难以掩饰,为了不影响工作和顾全大局,刚当上县长那年他把春节收受的八十万元偷偷缴给了扶贫办,此后每逢春节便把家搬到冷清的招待所以躲避送礼行贿,每到元旦必到几个偏远乡镇进行检查和慰问,为了全县的招商引资、争取项目和资金更是奋不顾身,以致患上阑尾炎:

> 在我的记忆中,父亲第一次发现自己患上阑尾炎是在当上副县长那年。那天他陪同县里请来的香港客商喝酒,香港客商比猴子还精,非要把父亲灌倒不可。既然客人有这个看笑话的愿望,为了全县的招商引资工作,父亲忍辱负重地大醉了一场,当天晚上肚子就疼了一夜,第二天又不疼了,母亲催

---

① 秦岭:《写实本来就是文学的性感魅力——"中国新写实系列丛书"感言》,秦岭的新浪博客:http://blog.sina.com.cn/s/blog_46ff302b0100jhes.html.
② 秦岭:《父亲之死》,《小说月报》2008年第2期。

他到医院看看,父亲说:"估计是阑尾炎,重度的得做手术呢,看来我这是轻度的,疼一疼也就过去了。"母亲说:"什么病都得早治,到医院住一段时间吧。"父亲说:"你说得倒好听,县里工作这么忙,你给我时间啊?!"母亲只好哑了口。从那以后,父亲的公文包里就带了止痛药,随时犯病随时吃。即便是风尘仆仆到北京、省城争取项目、资金,也是药不离身。那年他到省城参加全省"十佳县长"颁奖大会,面对省上领导、各大新闻媒体和上千听众,他的发言照样铿锵有力、抑扬顿挫,博得了全场最为热烈的掌声。返回的时候,陪同的邱书记见他大拇指上贴着创可贴,就问:"秦县长你大拇指怎么了?"父亲说:"没什么,磕的。"其实是发言的时候,为了抵抗从腹部蔓延上来的疼痛,他用中指和食指死死地掐着大拇指,把大拇指掐出了两个血坑。①

　　这个让秦县长长期遭受折磨的阑尾炎,却在意外的情况下要了他的命。阑尾炎算不上什么重大病症,即便在全县条件最差最边远的尖山卫生院,经小刘大夫做过的手术就有上百例,像阑尾炎这样的手术更是他的拿手绝活。然而面对突发阑尾炎且必须手术的紧急情况下,除了小刘大夫,包括秦县长本人在内的几乎所有人,不是安排秦县长就地医治马上手术,而是一而再地谋划如何在大雪封山的情况下转院,到条件最好的县医院进行手术医疗。从逻辑上讲,造成秦县长病情恶化的是封山的大雪,夺去其生命的是突发的阑尾炎,一切都发生在他检查工作的路上,这也是他死后被塑为模范干部而到处宣讲的主要理由。但从现实角度来说,造成秦县长死亡的不是封山大雪,不是突发的阑尾炎,而是其县长身份和身在其中的官场体制。同患阑尾炎的农民赵巴子就是例证。二人虽然是发小,同患阑尾炎,然而作为农民赵巴子的阑尾炎,与作为秦县长的阑尾炎,确实又不一样。因为前者到卫生院医治还需向医生派发红包,康复出院后继续做他的农民,后者需要在符合身份的条件最好的县医院医治,终因贻误病情不治而成为干部的榜样模范。县长身份和官场体制不仅导致了秦县长的死亡,而且在媒体中造就了一个崭新的县长的诞生。这个道理农民明白,他们为赵巴子感到庆幸:

①　秦岭:《父亲之死》,《小说月报》2008年第2期。

"幸亏巴子哥不是县长啊。"秦县长的夫人也明白:"你个千刀杀的,你不该把你的破命看那么重啊你,你把人家赵巴子的命没当命,但是人家的手术成功了。你把你的破命当成个命,那你的命如今在哪里呢? 你自己把你自己的命送了啊你,你以为我到处做报告心里舒服吗? 我在为你这个千刀杀的圆场呢。你可把我们孤儿寡母害惨了呀……"①但是这个大家都明白的道理谁也不会去说破,包括辞职远走的小刘大夫和外出打工的赵巴子。小说的魅力萌生于这个谁都明白却又无人会说破的道理中。

秦岭明白写实文学性感的妙处,在中篇小说《心震》②中,秦岭极力渲染梦芬黛尔睡衣的风情及其之于女人的意义:

> 如果说我们女人的身体是男人眼里的风景,女人的睡衣则是风景中的小桥流水,或者是柔媚的春风和盛开的花儿。睡衣是我们女人身上最具风情的宝贝儿,说是饰物也非过誉,它的魅力远比项链戒指耳环提供的习惯审美元素要丰饶得多。那种看得、抚得的丝光暗影顷刻间能让男人懂得女人,共享人间真味。它的神秘性在于一旦附着女人的胴体,对方就是唯一,非所有男人有缘赏得。私密空间里,睡衣的内韵让女人的妩媚无限蔓延,如雾中花儿开,品质不菲……男人们肯定无法想象,这样一件睡衣穿在樊绮云身上,是多么的风情万种。睡衣属很高档的梦芬黛尔牌子,产地威尼斯,真丝,低胸,无袖,鹅黄色,荷叶吊带,网眼花边。你可以进而延伸想象的触角,当樊绮云身着这样的睡衣,和夏景坤缱绻在某个精致的地方,所有的点滴,都是多么的诗情摇曳。所谓欧陆意境中的银河星梦,所谓中国古典意味的蝶恋花,想象去吧你。③

他描写婚姻之外女人花的艳丽绽放:

---

① 秦岭:《父亲之死》,《小说月报》2008 年第 2 期。
② 秦岭:《心震》,《中国作家》2011 年第 5 期。
③ 秦岭:《心震》,《中国作家》2011 年第 5 期。

红酒沾唇,难得的丝丝的甜。和樊绮云在一起,我们不一定非得说许多言不由衷的话,要说的,要表达的,全在这酒的颜色里,在女人针对女人特有的眼神里,在举杯时挂在嘴角的轻轻地微笑里。杯中酒,那酡红的荡漾,就是心海的波涛……我近乎贪婪地、带着嫉妒的心理,想象着樊绮云和夏景坤下次见面的情景,想象未必就是现实,但我真的希望樊绮云和夏景坤的这次见面,是在一个优雅、宁静的地方……我甚至无耻地想象到了细节:樊绮云睡衣上的束腰丝带,被一双懂交流的手轻轻拉开,拉开的,是帷幕,也是序曲,所有的剧目,花儿一样绽开……睡衣,我知道的。梦芬黛尔牌子,鹅黄色。①

很难想象如此细腻、性感、散发着女性体香的文字竟然出自一位男性的笔下,出自外表很西部很粗犷的男作家秦岭之手。它不仅让我们认识了女人,而且让我们从另外的角度看到了一个全新的秦岭,"论品评男人的经验和方法,男人和女人真是大相径庭。判断一个男人的品格和魅力,对女性来说是最严峻的考验。凭单纯的外表,你休想甄别一个男人的高下。夏景坤就是这样的男人,我无从知道他所有的内心世界,我只是和他的交流中感知到他内心的丰富和精神状态的饱满,这是一个真正男人最难得的资本"②。这是小说中惠儿对夏景坤的评判,也可以说是秦岭的最好写照。"真正的男人,必须懂女人",只有内心强大、丰富、敏感的男人才能打开女人幽谧的世界,让女人的美丽盛开,让女人的妩媚在梦芬黛尔睡衣的抚摸下无限蔓延。

秦岭更注重性感的现实作用,他通过性感的魅力极力探索写实文学的现实性深度。性感恰恰成为他深入现实解剖生活的一把锋刃,它割开了被地震废墟掩埋的真相。一场地震无情地吞噬了许多人的生命,制造了惨绝人寰的人间地狱景象,地震的废墟不仅掩埋了真实,而且也展示着另一种真实。借用《心震》中罗梦彤的话:"我们肉眼看到的事情,不一定就是真的,而虚构的东西,也许才

---

① 秦岭:《心震》,《中国作家》2011 年第 5 期。
② 秦岭:《心震》,《中国作家》2011 年第 5 期。

是最可信的。"被废墟湮没和定格的一个男人与两个女人的真实，尽管强烈地冲击着我们的视界，刺痛我们的感觉和感情，但也许只有通过文学的写实，才能还原和反映出"废墟里所有亡灵在灾难来临前面对生命、死亡、流血、伤残、亲情、财产、仇恨的人性世界"①，从梦芬黛尔睡衣的破损处，才能揭开樊绮云、夏景坤和谢凤珍三位遇难者之间真实关系的一角，而非废墟中显现的那种景象。秦岭通过《心震》这篇小说再次宣示了文学与现实的真实关系。用卡尔维诺的话说："有些时候，我真感到整个世界都快变成石头了：一种缓慢的石化，视乎不同的人和不同的地方，进度有所不同，但生活的方方面面都无一幸免。仿佛谁也无法逃避美杜莎那不可阻挡的目光。唯一有能力砍下美杜莎的头颅的，是穿着飞鞋的帕尔修斯。帕尔修斯不直视美杜莎的脸，而是通过他的铜盾反映的影像来观看她。"②为了砍下美杜莎的头颅而不被她的目光变成石头，帕尔修斯只能通过间接的方式——镜中的影像。镜像与现实成为诗人与世界关系的寓言。秦岭没有被现实废墟"石化"的原因，在于他借助了文学的"镜像"，他是这一意义上的帕尔修斯。

借助于文学的"镜像"，秦岭站在崖畔望村庄，看到了农村"边边、角角、沟沟、坎坎"处的每一寸土地，"反映"了社会变革时期农民的包容、理解与担待，他们的隐忍、怀疑与奋争，以及他们身上"富有国民性的道德交融与哗变"，触及农民从孕育分娩直到生命消逝甚至消逝之后生活与生命状态的本真。这既是写实文学的本色，也是秦岭的本来面目，他虽然走进了都市，却从来没有离开过自己的村庄。他写农妇的非正常分娩（《分娩》，《小说月报》2009 年第 9 期），即将分娩的农妇甄满满独自一人乘上没有终点的列车，等待婴儿在列车上的诞生，因为唯有在列车上生产这样异常事件的发生，才能引起各个方面的关注，从而使这个丈夫意外伤残、家庭一贫如洗无法正常分娩的农妇，享受到产妇应有的正常待遇。他写乡民对患病新生儿的遗弃（《弃婴》，《小说月报》2006 年第 8 期），农民球儿夫妇把刚满月的婴儿放在马路对面的草坪上，在牛肉面馆里等着好心人收养救治这个患有先天性疾病的婴儿，为了医治病儿，他们已经耗尽了所有家产，最终不

---

① 秦岭：《眼镜和心灵缘何划江而治》，《文学自由谈》2012 年 4 期。
② ［意］伊塔洛·卡尔维诺著，黄灿然译：《新千年文学备忘录》，上海：译林出版社 2009 年版，第 2 页。

得不把病儿遗弃。他写为了缴纳公社下派的鲜蛋收购任务,努力练就了"摸蛋"技术的山村男孩全全(《摸蛋的男孩》《北京文学》2012 年第 4 期),这个追求上进为了"缴任务"舍不得吃一个鸡蛋的小学生,当他看到城里孩子快乐食用煮蛋自己却无权分享时,用摸蛋的手指把下蛋母鸡的屁股捅破了,并开始逃学。他写农民工董承志被冤杀后请求投生为一头没有爱情和婚姻的骡子,冤杀的现实和被败坏的名声使他对来世正常的生活都失去了信心,"董承志说,像我这种名声,都臭了! 回到人间,还指望什么爱情和婚姻呢。"①他写民办教师对城里孩子的鞭打(《杀威棒》,《飞天》2010 年第 10 期),断续上过两年学的曹尚德,用挥舞的教鞭来宣示城乡之间的不公以及对由此受到的伤害的反击。他写"皇粮"的终结(《碎裂在 2005 年的瓦片》,《天津日报》2005 年 11 月 10 日),听到国家免除农业税时,农民甄大牙亲手打碎了自己房顶的瓦片,以瓦片碎裂的响声宣泄农民对"皇粮"的苦、怨和痛。

可以看出,秦岭以其本色的写实和敏感的触角,揭示了农民在当代医疗、教育、经济、法律、社会、政治等领域及体制中的全面沦陷,以及由此导致的他们在道德、精神与文化领的蜕化、异化与边缘化。他在天灾频仍人祸不断却竭力承载丰富历史与现实的大地上,力图勾勒出一幅农村、农民与农业的文学画像,以自己的农民本色、悲悯与情怀,在性感的轻盈、锐利的迅速之外,为写实的文学涂上一层厚重与沉重的底色。这也是文学写实的真谛与本源。

---

① 秦岭:《一头说话的骡子》,《飞天》2010 年第 11 期。

第三编　天津文学与文化

第十三章　作为想象城市方法的天津文学

　　把天津文学作为想象城市和进入城市内部的方法和途径,是基于天津文学与城市之间双向互动的紧密联系。天津文学的创作不仅大多取材于天津城市的历史与现实,而且作为城市文化的一个重要符号,塑造和展示城市想象的同时也为人们认识城市提供了参照坐标。

　　天津文学是城市文化的组成部分。城市转型发展激发了人们探索城市了解自我兴趣的同时,促进了关于城市的津味文学兴起,冯骥才在 20 世纪 80 年代曾撰文指出,除了文学创作个性追求之外,乃是受到文化学的影响,"从城市规划中大文化的宏观战略,到旅游饮食服饰民俗建筑家族等,无所不在的文化的热门研究,启迪作家从文化学(也称文化哲学)把握生活,开掘心灵。应运而生便是文化小说乡土小说市井小说风味小说。津味小说的提出则理所当然"[1]。作家从文化角度把握生活开掘心灵的背后,是我们生活在其中的城市发生了翻天覆地的变化,人们越来越离不开城市,享用和消费城市提供的全方位服务,并接受城市对自己的影响与改造,同时,城市却离我们越来越远,"城市变得以自身为目的,居住其中的市民仅仅是与它相关的组成部分"[2]。这个过程早在 19 世纪中期就已经开始,美国学者大卫·哈维通过比较巴尔扎克与福楼拜之间的区别,从"身体政治"的角度分析了巴黎城市整体性的解体,"不论对错,巴尔扎克与当时许多学者一样(如乌托邦思想家和乌托邦理论家,他们试图找出重建巴黎的恰当方法),相信自己可以拥有巴黎,并且让巴黎成为自己的城市。借由重建巴黎,就算不能

---

①　冯骥才:《发扬津味小说》,《天津文学》1988 年第 4 期。

②　[美]理查德·利罕(Lehan,R)著,吴子枫译:《文学中的城市——知识与文化的历史》,上海:上海人民出版社 2009 年版,第 355 页。

重塑社会秩序,至少也能让他们自己改头换面。然而在 1848 年之后,占有巴黎的却是奥斯曼、土地开发商、投机客、金融家以及市场力量,他们依照自己的特定利益与目的来重塑巴黎,留给广大人民的只剩下失落与剥夺感。这就是福楼拜消极接受的情况。因此,在福楼拜的书中不存在将巴黎当成一个整体而做的统一定义,遑论是'有知觉的存在'或'身体政治'。福楼拜将巴黎转化成舞台,不管舞台盖得多美丽,摆设有多高贵,都只是人类活动的背景陈设。巴黎因此成了死物"①。巴黎城市整体性的坍塌意味着城市现代性的开始,巴尔扎克、福楼拜等作家最先体验到这一时刻,并企图以想象的方式从他们的文学作品中表现出来。

津味文学发生在改革文学之后的城市转型期。新时期以来,经过以蒋子龙为旗手的改革文学的呼唤与洗礼,现代性终于在城市降临,然而它的到来却终结了改革文学的现代化叙事。津味文学在改革文学的困境中开辟出自己的生长点,它走出工业工厂的宏大叙事,走进了市井、家族与市民的日常生活,以文学的形式触摸、发掘和展现城市独特的人文景观和富蕴人性情感的历史,从而在城市内部确立自己的想象空间和建立自己的话语体系。

津味文学是一种回应"现代化"吁求的"现代性"的叙事,它重构了文学与城市的关系,开启了城市想象与记忆新的空间、时间及向度。城市虽然是一个具有"其自身力学基础的物质的现实",但在记忆和想象中,"它更是一种心态,一种道德秩序,一组态度,一套仪式化的行为,一个人类联系的网络,一套习俗和传统,它们体现在某些做法和话语中"②。津味文学对物质城市重新文本化,对现实进行"抽象",对现代城市进行"概念化","以便可以重新将城市恢复到人的尺度,以便可以将城市引向知识的焦点"③。作家林希指出:"老实讲,天津的地域特色和天津人的文化心态一直没有在文学作品中得到公正的反映,多少年来不少人写天津,但都写天津的粗野、蛮横和愚昧无知,虽说有人也曾将此类作品称之是

---

① 〔美〕大卫·哈维著,黄煜文译:《巴黎城记——现代性之都的诞生》,桂林:广西师范大学出版社 2010 年,第 99 页。

② 张英进,秦立彦译:《中国现代文学与电影中的城市:空间、时间与性别构形》,南京:江苏人民出版社 2007 年版,第 4 页。

③ 〔美〕理查德·利罕(Lehan,R)著,吴子枫译:《文学中的城市:知识与文化的历史》,上海:上海人民出版社 2009 年版,第 383 页。

津味小说,但这类作品因不具有较高的文学品位和较高的文化品位,所以也就不具有艺术魅力,它很可能不是一个艺术现象,自然也不具有文学价值……我想津味,首先是文化品位,是文学品位,是对具有天津地域特色的风物人情的认识与把握,而且具有一种能参与高层次文学对话的艺术灵性。"①在"人的尺度"上,津味文学不仅避免了天津市井小说写作中走过的弯路,在较高文化品位和文学价值上对天津城市进行"想象",重造了文本中的城市,而且为城市赋予了血肉与精神,使城市有了喜怒哀乐的主观情感和灵动的魂魄。

津味文学是一种关于城市的文学话语,它不仅为城市的历史与现实所滋养,同时也为我们提供了对城市的"洞见"。这是津味文学与城市双方的机缘与幸运,因为,"并非所有的城都天然地宜于文学的。文学绝不是无缘无故地冷落了许多城市。城只是在其与人紧密的精神联系中才成为文学的对象,文学所寻找的性格;也只有为数不多的城市有幸被作为性格来认识"②。天津就是一个有幸作为性格进入文学的城市。它有着别具一格的"味儿":"有北京式的古色古香的老城里,也有上海式的洋里洋气的租界;有'天津工人阶级的摇篮'三条石,六号门,也有青帮,杂八地云集的南市三不管儿;有满清遗族、遗老遗少,失意总统和军阀们隐居的小洋楼,也有群英后的青楼窑子和几近原始野合的落马湖袒露着肮脏乳房的等外妓女。有土有洋、中西合璧、雅俗并存,粗中有细,七拼八凑,南汇北集,形成了天津这座别具风味的城市"③。津味文学以其深刻的"洞见",不仅阐释了这座城市的前世今生,而且展示了城市的不同侧面,以及"津味"的多重"味道":既有回溯城市历史的老"津味",又有指涉当下生活的,"来自'活着'的民俗而不是标本化了的民俗"的新"津味";既有以"老城里""三不管"为代表的"带有民族性印记"的"津味",又有以"五大道""小洋楼"为症候的"源于外来文化"的"津味"④。总之,津味文学不仅拓展了中国地域文学的内涵与范围,而且作为一个具有丰富内涵和广泛外延话语,为我们阅读和理解城市打开了一扇大门。

① 林希:《津味小说浅见》,《小说月报》1992 年第 9 期。
② 赵园:《北京:城与人》,北京:北京大学出版社 2002 年版,第 8 页。
③ 许瑞生:《闲话天津味儿》,《天津文学》1988 年第 4 期。
④ 藏策:《"津味"到底什么味儿?》,《小说评论》2008 年第 4 期。

第十四章 双城记：
津、沪小说中的城市记忆和想象

在经济全球化的今天，城市作为经济主体发挥着越来越突出的作用，"大都市"计划在不同地方流行着，与此同时，城市的地域文化负载功能也得到进一步的表述和阐释。城市不但组织着人们的生活，而且还建构着人们对地方的历史记忆和现实想象，成为一个不断生发意义的空间。以城市为视角，我们不但可以为文学研究找到一个可资借鉴的理论资源，以城市在全球化背景下组织社会和文化的意义来透视文学的生成与表现，还可以从文学的角度分析城市的文化品格，以及它们之间的权力交换关系。更进一步，对分属不同地域和经济与文化背景的城市进行比较，有助于我们看清楚其中的知识构成，从不同城市作家的作品中发现其潜在的城市记忆和想象，以及由此所形成的城市的身份认同。

作为沿海主要城市及最早的直辖市并有着相似历史背景的津、沪两市，近年来不但经济发展迅速，而且文学创作上也在全国引起了较大反响，出现了一批分别以各自城市为叙述对象的作家。对此，我选择了林希、王安忆两位有代表性的作家为例，从文学和文化的角度比较分析他们是如何书写各自所在的城市，以及这种书写在全球化的今天对津沪两市的文化意义。

第一节　林希:市井与家族双重视野中的城市镜像

　　描摹天津的市井人物,林希不是第一人,早在 20 世纪的三四十年代就有一批北派通俗小说家描写天津的混混们。但这些作品总体上品位不高,不但没有使这些作家进入主流文学的行列,反而对天津的文化历史形成了负面的作用。从林希的身上,我们可以看到民国北派通俗小说作家的渊源。不过林希既没有沿袭民国北派通俗小说的写作路数,也没有以批判的形式来揭示混混的罪恶史,而是另辟蹊径,以当代人的视角为天津的混混重构了一种奇异的生活百态,创造了一种传奇性的市井文本。鲁迅论及唐人传奇文时指出传奇"源盖出于志怪,然施之藻绘,扩其波澜,故所成就乃特异,其间虽亦或托讽喻以纾牢愁,谈福祸以寓惩劝,而大归则讲究文采与意想,与昔之传鬼神明因果而外无他意者,甚异其趣矣"①。类似的特点也可以在林希的小说中找到,为了避免在把混混融入天津历史的同时产生揭疮之痛,他不得不避实就虚,不但隐去其表层的类型化特征,而且施加"藻绘",意在渲染故事的"波澜"。

　　首先,其故事选题上具有传奇性。作者有意搜取并创造一些奇人奇事。如在《相士无非子》②中,林希选择了相士这一特殊群体就已经很奇特了,更为奇特的是他创造了一个游戏于各种势力群体中专门为军阀政客占卜打卦预测福祸且具有化险为夷之本事的奇异人物大相士无非子。又如在《高买》③中,林希选取了很少为人们所熟知的偷盗一行,并讲述了一些与此相关的奇闻逸事。这就使小说本身具有了传奇性。其次,在叙述结构上,林希的市井小说大都选择外在式叙述者的身份。在叙事学中,"叙述者是叙述本文分析中最中心的概念。叙述者的身份在本文中的表现程度和方式,以及隐含的选择,赋予了本文以特征",另外,"外在式叙述者与人物叙述者的区别,即讲述其他人情况的叙述者与讲述其

①　鲁迅:《鲁迅全集》第九卷,北京:人民文学出版社 2005 年版,第 73 至 74 页。
②　林希:《相士无非子》,《中国作家》1990 年第 2 期。
③　林希:《高买》,《中国作家》1991 年第 1 期。

自身情况的叙述者的区别,可能与叙述意图的区别有关"①。那么,外在式的叙述者的选择在林希的小说中构成了怎样的文本特征,又传达了作者的何种叙述意图? 作者这样做,一方面凸现了小说的传奇性,同时也强调故事的虚构性。如《一杠一花》中,林希在讲述陈老六的故事时笔锋一转,谈起杨柳青的石家大院来,"有钱有势,归属于天津八大家之列,出过状元,出过名士,后来的电影艺术家石挥,就是石家大院的后人;当然这与本文无关,这里就按下不表了"②。这种类似于过去将来完成式的插语由于时空的交错为本来已经是叙述奇人奇事的小说文本增添了奇幻感,并为故事的展开定下了传奇性的笔调。又如讲到陈老六在火车站被人摘了"眼罩儿"——摔了底儿朝天,又在小酒馆遭大家讥讽后失意地回家睡觉时,林希又对此评论起来,"一篇小说写到这个火候,如果换了一位新潮才子,那正是出活的地方"③。这种假设本身就否定了故事的真实基础,而强调其虚构性。再次,从叙述效果上来看,林希为天津的混混在文学中找到了一席之地。本雅明认为,"在波德莱尔之前,apache(小流氓,巴黎的无赖)的全部生活局限于社会和大城市的狭小区域内,在文学里更是全无一席之地。《恶之花》中有关这一主人公的最震撼人心的描绘,Le Vin de I'assassin(凶手的酒),成了巴黎式文体的起点。歌舞酒吧'Chat noir'(黑猫酒吧)是它的'艺术总部','Passant, soi moderne'(路人,现代点儿)是它早期的英雄时代的碑铭"④。林希通过他的市井传奇,以虚构性的叙述方法,校正了北派通俗小说中过分纪实或美化混混的行为,真正从文学的方式来表现天津的混混们,达到了"文采"与"意思"并重的效果。

林希把天津的混混们带到文学的殿堂,不但为文学开辟了一个新的领域,同时也以文学的方式重塑了人们的城市记忆。在他的笔下,天津的混混们已经不再是那幅蛮暴可恨的嘴脸,他们反倒因小说文本建构的传奇性色彩而融入这个

---

① [荷]米克·巴尔(Mieke Bal)著,谭君强译:《叙述学:叙事理论导论》(Narratology: Introduction to the Theory of Narrative),中国社会科学出版社 1995 年版,第 139、142 页。
② 林希:《一杠一花》,《江南》1997 年第 2 期。
③ 林希:《一杠一花》,《江南》1997 年第 2 期。
④ [德]本雅明(Walter Benjamin)著,张旭东、魏文生译:《发达资本主义时代的抒情诗人》(A Lyric Poet in the Era of High Capitalism),北京:生活、读书、新知三联书店 1989 年版,第 98 页。

城市的文化史中,成为地域文化的一个有机组成部分。可以说,林希这种对天津地域文化的传奇性命名,符合当前市场经济条件下的城市发展对其历史的诉求。如果我们对比一下当前不断出现的仿古建筑,看看人们对这些重建的崭新、整齐的仿古建筑的热情,就不难理解当代人们的心理需求:人们并不想了解昔日混混们的残暴与非理性的一面,而是只想发现他们传奇的经历,借此探索城市的传奇的历史,从而满足人们日益增长的自信心。因此,在这种社会心理条件下,与其说是作家的作品重塑了人们的城市记忆,不如说是作家呼应了社会的需求,并以感性的形式把这种需求表现出来。

林希不仅写市井传奇,同时也把视角伸向 20 世纪初年以来的津沽世家,尤其是自己的家族。林希这样做不单出于个人出身的便利条件,(林希出身于买办之家,从曾祖父在天津开洋行、做买办算起,林希是这个大家族的第四代后人。)更基于家族文化对城市的塑造作用。买办不是天津所独有,但与天津的近现代历史紧密相连。自 1860 年天津被迫开埠以来,洋行就纷纷进入,如英国的怡和洋行、美国的美孚石油公司、德士古石油公司、日本的三井洋行等,它们垄断并控制天津及周边地区各种商品的进出口贸易。在洋行进入的同时,催生了一个新的事物——买办。买办的雇员和中介的双重特点不但要求自己资本雄厚,因此他们往往由传统官商转变而来,同时因洋人和官方的双重背景使他们在政治上也具有特殊的地位。所以做买办、开洋行所崛起的家族成为天津连接传统并走向现代的一个特殊中介,含载着特殊的历史及文化内涵。

林希首先借对买办家族的描述创造了一个繁盛、兴隆的短暂的历史局面。《买办之家》①的余家也好,《桃儿杏儿》②中的侯家也好,一开始都具有类似于贾府鼎盛时期的繁荣景象。余隆泰因当上了日本三井洋行的中国掌柜,到任未及三年,一跃就成为天津的首富,声势显赫,连天津府道台都不敢和他下棋。侯家的曾祖父当年在日本三井洋行做中国掌柜,"留下了不知道多少财产"。祖父在美国的美孚油行做大写,管理着美孚天津分行的经济大权。财势雄厚的侯家大

---

① 林希:《买办之家》,北京:中国文学出版社 1997 年版。
② 林希:《桃儿杏儿》,北京:作家出版社 1998 年版。

院是天津卫最大的侯家大院，相比之下，其他的侯家大院只能算做侯家小院。林希这样形容买办家族的繁盛，不仅是出于黍离之思，而是一种有意地渲染，强调其叙事的对比作用，在意义层面具有历史"溯源"的客观效果。因为在 20 世纪初年被列强肆意瓜分蹂躏下的天津，难得有这样的买办家族来维系津沽之地的繁华梦。虽然它们的历史短暂，却已融进城市的记忆，并成为今日求证的答案。

其次，买办家族与传统封建大家族相比，因他们所处的特殊位置而较早地接触西方的经济和政治文化，在经济生活和家庭作风中体现出一定程度的开放性和民主性。如侯家祖父对美孚油行兢兢业业，恪尽职守，严格维护自己的利益，但对家庭却比较宽松，而且尊重佣人人身的独立性。又如余泰隆对二子余子鹏办织布厂的意见和坚决支持的态度，不但体现了其现代实业家的眼界和思想，这是传统的商人所无法比拟的，而且也从侧面表现了天津城市的开放性。因此，林希从买办家族中发现的这种开放与民主，客观上呈现天津城市的现代化转向的同时，也为津城的历史记忆赋予了又一个重要特征。

其三，与强调故事的虚构性的市井传奇不同，由于林希采用了互文性的叙述方法使其家族小说具有逼真的叙述效果。所谓"互文性"，即文本之间由于公开或隐秘的引证和隐喻而形成的相互关系①。林希在讲述这些买办家族的故事时，都是依据同一个底本，即自己的家族往事，只是侧重点不同而已。所以在这些故事中，无论林希是否以叙述者的身份出现在小说中，都有着他记忆的影子，而那些故事人物，也在不同的故事中以相同或不同姓名出现，并多多少少与他相牵连。这样，所有这些家族故事，因林希的存在组成一个可以相互参阅和引证的互文性文本。如在《小的儿》②和《桃儿杏儿》中都有做戏子出身最后当上偏房的宋燕芳，发生的故事和结果也很相似。《买办之家》虽说讲的是大买办余家，可故事分明是侯家所发生的。还有男佣吴三代，曾在多篇小说中出现。另外，后设全知视角的第一人称"我"作为内在叙事者也在多个故事中的出现。林希这样做，不仅使故事在相互参照和改写中呈现出丰富的意义，同时也渲染了深层文本的真

---

① [美]M. H. 艾布拉姆斯著，朱金鹏、朱荔译：《欧美文学术语词典》，北京：北京大学出版社 1990 年版，第 373 页。

② 林希：《小的儿》，《小说》1995 年第 1 期。

实性,使其具有现实的真实感和历史的沧桑感。其结果,买办家族的轮廓和生存于其中的时代和城市在叙事文本虚构性的真实中一并被凸现出来,并做到真假难辨。可以说,借助互文性的叙述方法,林希使虚构的"真实"成为通往城市"繁华"和"开放"的秘密通道。

对林希小说的双重视野的考察,我们发现了其小说创作对天津这座城市的符号意义。林希一方面通过为市井混混"正名"的方式对城市历史做了"传奇"的命名,同时他对买办家族的"溯源"又为津城赋予了"繁华"和"开放"的旧梦。因此,林希的城市文本对津城具有一种镜像意义,它不仅折射出天津的当代面貌,而且表达了一种融入全球化发展趋势的渴望,充满了意识形态特点。阿尔都塞认为,"只有当意识形态的功能完全是把具体个体构成主体时,主体范畴才能构成全部意识形态",同时,"通过主体范畴的功能,全部意识形态都招呼或质询作为具体主体的具体个体"①。林希的主体性体现在他对"传奇"与"繁华"和"开放"的城市书写,这种书写不仅呼应着意识形态的招呼,进入了人们的城市记忆和想象;而且,它在质询过程中与流行的大都市计划共同激发起人们城市认同的渴望,一起塑造着城市的寓言文本,并成为当代由发展主义神话所支撑的主流意识形态的有机组成。

第二节 王安忆:阐释"上海问题"的立场和方法

与林希对津城的镜像描述不同,王安忆在讲述上海故事时所持的立场以及采用的方法值得我们注意。王安忆很少像林希那样直接把自己的经历写进故事,也不注重创造传奇文本,她在《寻找上海》中写道,"这样的地方与现实联系得过于紧密,它的性格融合在我们的日常生活里面,它对于我们太过真实了,因此,所有的理论性质的概念就都显得虚无了。我真的难以描述我所居住的城市,上

---

① [法]路易·阿尔都塞:《关于艺术问题给安得列·达斯普莱的信不过(1966)》,[英]拉曼·塞尔登(Raman Selden)编,刘向愚等译《文学批评理论——从柏拉图到现在》(The Theory of Criticism From Plato to the Present),北京:北京大学出版社 2000 年版,第 498、499 页。

海,所有的印象都是和杂芜的个人生活掺和在一起,就这样,它就几乎是带有隐私的意味"①。因此,王安忆并不着意于宏大叙事的理论架构,而是从日常生活的细节开始,依靠自己的女性本能和感觉讲述着上海女人和她们的故事,以小说中的女性身体和形象阐释上海问题。由于日常生活的个体经验性和女性性别在话语政治中的边缘地位,王安忆的城市文本因此具有了叙述立场的边缘特征。这一立场使她较为容易地进入上海城市生活的内部,并为我们揭示出城市最朴素的面貌。

王安忆首先赋予了上海一个完整的形象,对城市做了一个整体的架构。与以往那种因政治变革而形成的时代划分相对照,无论是王琦瑶和程先生的生活轨迹,还是富萍的命运,尽管跨越了不同时代,却依然是聚会的聚会,帮工的帮工,照样过着一份原来的日子。这就意味着上海尽管表面上在时代的风波中发生了许多变化,但其深处的内核以及由此所保有的城市神韵却依然如故,"它们也可说是落伍,和时代脱节,可看起来它们完全能够自给自足,并不依仗时代,也就一代一代地下来了"②。与这种不变的城市内核相关联,王安忆完成了对上海的整体的叙事架构和想象。而王安忆的这一叙事框架结构,不但解构了建基于时代分割与对立上的关于上海的政治话语,还其一个与日常生活息息相关的广阔的想象空间,同时也是她建立自己城市话语的起点。

其次,在这种完整的城市建构关照下,王安忆以隐喻的方式,为上海赋予了深层特征。或许出于自身的性别特征,王安忆的一系列城市小说都是围绕着女性来写的,如《长恨歌》《我爱比尔》③《妹头》④《富萍》⑤等,这些女性文本构建了不同时期和阶层的上海景象。从女性的视角出发,王安忆认为"上海的繁华其实是女性风采的,风里传来的是女用的香水味,橱窗里的陈列,女装比男装多。那法国梧桐的树影是女性化的,院子里夹竹桃丁香花,也是女性的象征。梅雨季节

① 王安忆:《寻找上海》,见《寻找上海》,上海:学林出版社2001年版,第1页。
② 王安忆:《死生契阔,与子相悦》,《寻找上海》,上海:学林出版社2001年版,第45页。
③ 王安忆:《我爱比尔》,北京:今日中国出版社1998年版。
④ 王安忆:《妹头》,海口:南海出版公司2000年版。
⑤ 王安忆:《富萍》,长沙:湖南文艺出版社2000年版。

潮粘的风,是女人在撒小性子,叽叽哝哝的沪语,也是专供女人说体己话的。这城市本身就像是个大女人似的,羽衣霓裳,天空撒金撒银,五彩云是飞上天的女人的衣袂"①。由于女性本身所包孕的丰富的文化内涵,王安忆对上海的女性书写因此也具有了同样的思想意识。首先,女性追求时尚的风尚引领了上海的摩登话语。作为开埠最早的沿海大城市,上海几乎是摩登的同义词,尤其是 20 世纪三四十年代,仿佛成为摩登上海的黄金时代。但从女性的角度来描述上海的摩登,王安忆却在无意中为它注入了更多的含义。一方面,上海的摩登确实从女性尤其是"上海小姐"的竞选中展现出来,是女性昭示了它的摩登。另一方面,女性处于"被看"的受压抑的性别地位又使它在西方面前居于弱者的面目。李欧梵在其学术著作中证实,三十年代的上海在成为"东方巴黎"——国际大都市的同时,在英语中却成了一个贬义动词②。这就使得上海在不同的对象面前具有不同的含义,它既是摩登的,又是落后的;既是高贵的,又是卑贱的,它的多重面目不但在人们的记忆中难以整合,在人们的城市想象中也是分裂的。所以,王安忆自觉担负起了拯救上海的责任和义务。其方法是极力突出女性坚忍不拔的刚毅性格,她们处变不惊,谨慎而又大胆,如王琦瑶那样即便在极度艰难的日子里仍然保持着布尔乔亚作风,为美丽而活着,为高雅的做派不惜牺牲一切。为此,王安忆不禁感叹道,"这,就是上海的布尔乔亚。这,就是布尔乔亚的上海。它在这些女人的身上,体现得尤为鲜明。这些女人,既可与你同享福,也可与你共患难。祸福同享,甘苦同当,矢志不渝"③。这种布尔乔亚在王安忆看来,不但从某些女人身上延续着,而且渗入城市的历史,成为建构上海想象的坚实的材料。但是,我们也看到这种历史正在时间的侵蚀下发生着变化,这种变化是如此显著以至于让人感到触目惊心。一是年龄的变化,如王琦瑶虽然装扮得典雅、高贵,但其衰老的面容仍无法被掩盖,"锅下的炭火一爆,发出红光,从下向上照耀着王琦瑶的脸,这张脸陡然间现出皱折,一道道的"④。这时的王琦瑶与"上海小姐"的娇

---

①　王安忆:《长恨歌》,北京:作家出版社 1996 年版,第 52 页。

②　李欧梵:《重绘上海文化地图》,《李欧梵自选集》,上海:上海教育出版社 2002 年版,第 192 页。

③　王安忆:《死生契阔,与子相悦》,《寻找上海》,上海:学林出版社 2001 年版,第 61 页。

④　王安忆:《长恨歌》,北京:作家出版社 1996 年版,第 357 页。

媚是无法比拟的，二者之间已是形成讽刺性的对比；二是时代的更替，这种遗留在城市深层的布尔乔亚精神在历经革命化与世俗化双重洗礼的当代究竟能够存活多久？恐怕王安忆的心里也没底，所以她只是以挽歌的调式歌唱这曲上海的"长恨歌"。

既然无法从王琦瑶式的生活史中对上海寄予更多的理想，王安忆于是把眼光向外、向下延伸，从而寻找到富萍与妹头等人。富萍虽来自乡下，长了一张显得有些"呆滞"的圆脸，但呆滞的表情下面却有一种"锐利"，而且在上海住了些日子后，"她两颊上的红渐渐褪去，像是白了，其实是黄，所以就显出些精明"①。妹头则是生在上海闹市人口密集的弄堂里的女孩子——有一种乡俚的娇憨，是那种摔摔打打的宝贝。如果说富萍代表着革命后上海的边缘人群，她们或帮佣，或聚集在最艰苦的城乡结合地带，是奔波在风雨里为生计而操劳的最为现实的一个群体。那么妹头则是上海五十年代中期出生并在共和国的政治风云中沉浮和长大的最为典型的淮海路上普通家庭的女孩，旧上海的风花雪月在她们的生活中只剩下记忆的壳子，运动的风浪又使她们失去了获取更多知识的机会，所以她们既缺乏布尔乔亚式的风范，又没有后起的上海知识女性的仪态，只是在弄堂经验的熏陶下出落成现实的小女人，买菜、做饭、办嫁妆、改造子房，全部的精明与泼辣体现在操持家务和对丈夫的驯服上。二者不但具有身份上的渊源关系，可以说，富萍是妹头的母辈，妹头家庭结构中的乡土气息以及上海因短暂的历史所造成的移民潮说明了这一点，而且在她们的性格深处也积淀一些共同的东西，那就是精明作风与务实的生活态度。她们是如此的现实，完全沉溺于生活的细节中，以至于让你感觉她们有些缺乏浪漫的飞扬，活得太沉重了，沉的有些硬。所以王安忆感叹上海"这地方的生存太结实了，什么都铿锵有声，没有升华的空间"②。不过这正是王安忆在小说中所寻求的城市内核，也就是上海浮华背后的支撑着它的躯体和框架的底子。也许我们比较一下就会明白这个论断。王安忆在此前写就的《我爱比尔》中对当代上海知识女性阿三的塑造，不仅表明了她寻

---

① 王安忆：《富萍》，长沙：湖南文艺出版社2000年版，第27页。
② 王安忆：《上海的女性》，《寻找上海》，上海：学林出版社2001年版，第86页。

找上海的困惑,也暗示了她的失望。在这篇小说中,大学艺术系学生阿三在与美国人比尔的爱情中不但遭遇退学,而且一步步地陷入与众多外国人的混乱关系中,最终被驱逐出上海,进了远郊的劳教所。其实,从故事表面的诱惑与堕落的主题中王安忆隐喻了一个深层内涵,即旧有的上海摩登与布尔乔亚已随着"上海小姐"的生命陨落而变得前景模糊,新生的上海摩登在开放的世界里无法抵御外来文化的夹击,于是它在混杂与多元的背景中无奈地沉没了。于是王安忆在把眼光转向富萍与妹头时,才蓦然发现繁华上海背后的内蕴。这不但是富萍与妹头对王安忆的启示,也是她们对上海的隐喻意义。对后者来说,正是她们的精明与务实,以及她们的勤劳,不但迅速确立了上海在全国的工业中心地位,而且也正在为把上海建设成为"国际中心城市"努力着。这一点,王安忆的城市话语与上海向国际化大都市迈进的主流话语不谋而合了。

王安忆的边缘立场及其性别文本,为日常生活中的上海赋予了深层意义。但这一立场与方法又威胁到了她探索的深度,正如人们批评王安忆对"肉身生活"的过度强调与信任"妨碍了她对当代中国结构性的视野与洞察"①,当王安忆把上海隐喻为女性形象时,其实也把它引进一个"性别陷阱",不但不能真正看清楚日益纷繁复杂的城市面目,阐释当代"上海问题",而且还会进一步加剧城市文化身份的认同危机。

第三节　天津/上海
——城市话语背后的认同危机

通过对津沪两市的平行研究我们发现,林希的城市文本关注点是清末民初的天津,最晚下行到二十世纪三十年代中期。王安忆视野中的上海则具有较大的时间跨度,从二十世纪三十年代一直下延到九十年代。由于两市相同的近现代语境,因此它们具有了谱系学上的意义,即林希笔下的天津不仅是天津的近代

---

① 郑国庆:《"生活",看到的,与没看到的》,《读书》2002 年第 11 期。

史,同时也可以看作是上海的城市前史;而王安忆笔下对上海现当代发展历程的想象与塑造,也可以看作是天津的过去和未来之路,它对后者的启示和指导作用是不言而喻的。这条路不但上海正在完成,天津也正在实践着,虽然快慢不同,但在时间坐标上是一致的,它们都实践着国际大都市的宏伟计划。

在林希的小说中,也可以发现上海对天津的影响来,不但美孚石油公司的中国总部设在上海,天津只是一个北方的较大分公司而已,即便上海的"飞口"——做贼的,也在天津同行中受到高看,更别说打着上海的名号招徕顾客的天津本地演员了。从林希这些对上海零散的叙述中,我们就可以看出两市之间互为他者的阐释意义,即天津在与上海的比较中确立了自己在中国的坐标,上海也在与内地城市诸如天津的比较中发现自己的影响地位。这种互为他者的影响一方面为解读各自的城市建构视角,发现意义,同时也是平行研究的一个很好的注解。

正如德·曼认为洞见与盲视如分币的两面一样同时存在,在全球化话语的背景下,林希洞见到的传奇、繁华与开放构成津城的当代镜像,却盲视其对主流话语的"共谋"作用。同样,王安忆处处警惕主流话语的侵蚀,刻意保持着自己的边缘立场,但是在表达的过程中却与主流话语合流了。这就是她的盲视。所以,在现代性的语境中,林希、王安忆的城市记忆和想象与全球化话语下的大城市发展的计划相吻合了,他们本身构成了这一计划的一部分。

进一步而言,他们的城市记忆和想象体现了资本主义全球化所造成的文化身份的迷失和重建的努力。首先,"国际化大都市"这一话语本身体现了西方中心的他者视点,是一种殖民话语。其次,在这种背景下,第三世界国家的城市发展计划主动或被动地被纳入这一发展趋势中,而且这一趋势早就开始了,它是以丧失自己的本来面目和城市性格特征为代价,向国际化的"世界性城市"靠拢①。其三,由此,任何的第三世界的城市文本具有了詹姆森式的寓言性质②,它们不仅

---

① [美]安东尼·D·金(King, Anthony D):《现代性的多重时空》(The Times and Spaces of Moderity),梁展编:《全球化话语》,上海:上海三联书店 2002 年版,第 204 页。

② [美]弗雷德里克·詹姆森(Fredlic Jameson):《处于跨国资本主义时代中的第三世界文学》(Third - World Literature in the Era of Multinational Capitalism),张京媛编:《新历史主义与文学批评》,北京:北京大学出版社 1993 年版,第 235 页。

抵抗这一趋势,而且也受到其同化的冲击。林希对天津历史的想象性地追溯,除了对当代的镜像意义外,正是表现了这种文化认同的困难,因为当代生活在跨国资本的冲击下正逐渐失去它的地域特征,人们欣喜地期盼城市变高、变宽、变亮的同时,古老拥挤的商业中心如估衣街等古建筑在改造的名义下被纷纷拆毁并建成巨大的钢铁和水泥建筑群的时候,它的历史文化内涵也随之消散,一个古老城市的历史背影就这样渐渐远去。王安忆也面临这样的问题,上海的文化身份不但迷失在王琦瑶、阿三、富萍等一系列具体的人物的寻找与位移中,而且也迷失在女性性别符号本身意义的不确定中。富萍就是"浮萍"的谐音,它意味着身不由己的漂泊与放逐,故事中她走进上海的中心又被迫走向城市的边缘就是对这一名词的解释,王安忆塑造这个人物,一方面凸现了上海文化身份的缺失,这种缺失不仅从富萍的命运中显现出来,而且蕴涵在作为"他者"的创造主体的女性性别中,同时也显示了王安忆对这种缺失的堂吉诃德式的抵抗,她力图从其中发现并重建一个城市所必需的保持其文化身份的核心本质。

林希与王安忆的城市文本就是这种背景下的文化身份认同困难的焦虑症候表征,他们以文学的方式力图重建正在或已经丧失的自己城市的文化身份,但作为一种"叙述性的"建构,在经济全球化和一体化的今天,不但这种身份建构本身是不确定的,具有如霍米·巴巴所说的"混杂性"特点①,同时,这种城市身份的重建又被纳入到由主流话语所倡导的这一发展趋势中,双重地丧失了其作用和理想。

---

① [美]霍米·巴巴(Homi F. Bhabha)编《民族和叙述》(Nation and Narration),转引自王宁:《霍米·巴巴和他的后殖民批评理论》,《南方文坛》2002 年第 6 期。

第十五章 乡土、市井与工业化:文学与天津

第一节 形象塑造与身份认同

文学作品与城市有着怎样的关系?对城市形象塑造及市民认同感提升是否有作用?这是一个值得关注和探讨的问题。在人们的印象中,文学作品不是被看作风花雪月式的虚构想象,就是被当作个体性休闲娱乐的阅读文本。总之,相对于股票信息、理财指导、法律文书、社会问题、餐饮知识、健康问答等实用类文字来说,文学作品被认为是一种脱离实际、与当下经济社会发展无甚关涉的"闲书",没有多大的价值,这也是当前文学作品不再像20世纪80年代那样具有重大社会影响力而逐渐被边缘化的一个主要原因。诚然,社会的转型突出了经济的主导作用,造成了以追求经济利益为目标的务实性的社会意识心理动向。但是,随着全球经济的一体化和国内市场化的深入,人们越发地意识到经济竞争背后文化所起到的深层性的决定作用,可以说,经济的竞争归根结底是文化的竞争。国与国之间如此,国内区域或城市之间也是如此。作为文化重要组成部分的文学作品,虽然不能给人们的现实生活提供具体的指导,就其实用性来说是"无用的",但它却能通过影响人们的思想和精神从而提升市民认同感和塑造城市形象,进而提升城市的软实力和竞争力,因此就其影响力来说又是"有用的",

而且文学作品水平的高低和研究与批评力量的强弱对城市形象塑造和市民认同感提升起到重要作用。

文学首先是一个城市的脸面和名片,文学作品在城市形象塑造中发挥了其认识功能,人们往往通过文学作品认识城市。例如,通过鲁迅的小说散文认识了"鲁镇"绍兴,通过老舍的《四世同堂》《骆驼祥子》等作品认识了"乡土中国"的老北京,通过沈从文的《边城》等作品认识了原始、彪悍、纯朴的湘西凤凰城,通过张爱玲的小说认识了20世纪三四十年代繁华与沉沦交织的大上海等等。这些城市或市镇正是由于文学作品的反映以丰满感性的形象出现在人们的视野中,文学作品不仅成为这些城市永久性的标识铭牌,成为人们记忆和寻梦的目的地,而且也成为进入近现代中国的入口,人们通过文学作品中的城市认识和把握了中国历史的进程和社会构成特征。

新时期以来,文学与城市的关系继续得到加强。作家古华的长篇小说《芙蓉镇》不仅使王村这个湖南土家族古镇声名远播、誉满全国,而且也由此改名为"芙蓉镇",成为湖南一个著名的民俗旅游景点。史铁生的长篇散文《我与地坛》为北京地坛赋予了精神的意义,使古老的地坛由于和史铁生的联系而重新焕发了生命的光辉,成为北京一个重要的人文景观。贾平凹的"商州系列"小说与散文通过民风习俗的描写与展示,使陕西商洛市一跃而闻名。王安忆的长篇小说《长恨歌》以一个20世纪40年代的"上海小姐"王琦瑶的一生为上海赋予了"摩登"而细腻的"小资"形象。

就天津城市来说,工厂出身的著名作家蒋子龙以短篇小说《乔厂长上任记》而轰动全国,不仅引导了新时期以来的"改革文学"潮流,而且也塑造了天津城市的大工业品格和形象,使得天津曾以现代化大工业城市和工业改革的引领者形象存留在人们的印象与记忆中,并影响至今。冯骥才的"津味"小说《三寸金莲》《神鞭》则通过对清末民初天津市井人物以及民俗风情的追溯,以"小脚""长辫"等符号赋予了天津城市的肉身形象,从而以批判性的视角在天津城市的工业性格形象之外为其探寻和建构了独具地域文化特征的世俗品质。蒋子龙和冯骥才等人的文学作品从工业和市井生活两个方面整合与组建了天津城市形象的不同方面,他们两人也因此成为20世纪80年代天津城市文化形象的代言人。

文学的发展与城市经济社会状况有着密切的联系。佳作迭出、文学兴盛时期往往是经济发展较为迅速、社会思想较为开放与活跃的时候。历史上如此，新时期以来也是如此，20世纪八十年代蒋子龙、冯骥才及其文学作品虽然一度成为天津城市的代名词，但其并没有改变20世纪90年代以来后继乏人、创作乏力的总体态势，与文学创作低迷相对应的是城市经济发展的落后和社会思想的封闭，城市不能给予文学创作思想的养分和发展的动力，文学作品则难以维护城市形象和提升城市的软实力。这一状况直到进入新世纪才得以改变，随着开放力度的加大和经济实力的增强，一批有影响的文学作品相继出现在天津文坛，除了蒋子龙推出其积十年之功的长篇巨作《农民帝国》，青年作家作为创作的主力军也纷纷创作出自己优秀作品，如肖克凡的长篇小说《机器》影响全国，他作为电影《山楂树之恋》文学剧本编剧又与张艺谋联手，在文学与影视方面走在全国前列。龙一的短篇小说《潜伏》，武歆长篇小说《延安爱情》，秦岭的长篇小说《皇粮钟》，被改编成电视剧、戏剧等多种文艺形式，成为全国热议的对象。这些作品不仅极大地改善了天津文学创作面貌，使天津文学创作跻身于全国一流行列，而且重塑与提升了天津城市形象和城市文化软实力。

就功能来说，文学作品还是"教育人民"的工具，它的教育功能主要体现为凝聚人心和团结人们，即通过阅读文学作品，以想象和情感认同的方式把城市中未曾谋面、独立松散的个体组织成为能彼此感觉到对方存在的、有一定边界和范围的"共同体"，从而在这一"共同体"中确定自我的存在和获得社会认同感。从国家的角度来说，文学作品是形成现代民族国家这一"共同体"的重要技术手段，现代中国文学的产生、发展就是与民族国家的出现与发展相伴随的，因此，无论是"五四"时期"为人生的文学"，以及由此产生的一批以"启蒙"为主题的文学作品，还是20世纪三四十年代"人民大众的文学"，以及由此产生的一批以"救亡"为主题的文学作品，都服从于民族国家不同时期的不同现实需求；从地方或城市的角度来说，文学作品是形成地域意识和地方与城市认同感的重要渠道，它为地方人们与市民提供了情感皈依和身份认同的空间。

文学作品对市民认同感的提升，在于它首先为城市赋予了历史的影像和记忆，市民在文学作品中不仅看到城市的根源，而且也获得了自我认同的依据。如冯骥才的小说《神鞭》开篇中不惜笔墨介绍清末民初天津民间闹皇会的风俗,从皇会上的绝活儿如太狮、鹤龄、鲜花、宝鼎、黄绳、大乐、捷兽等,周边的小吃如大官丁家的糖堆儿、鼓楼张二的咸花生、赵家皮糖、查家蒸食、祥德斋的大八件等,一直介绍到半路截会的诸种讲究,把出皇会的盛况做了完整的介绍。林希则在小说中详细描绘了清末民初的市井生活,如他写老天津从水铺买水的由来,孩子们春季郊外踩百病的讲究,高买盗贼行的规矩,相士相面的门道,巡警巡街的猫腻,混混黑帮的种种渊源切口,南市三不管里各种行当的热闹,租界销金窟里的奢靡,大家族里的长幼尊卑及其种种鲜为人知的事端,等等。这些风俗和行当现在大多已经式微或消失,如已成功申报"国家级非物质文化遗产"的天津皇会在民间早已不存在,但它们作为基因符号深深地渗透到城市文化中,不仅成为塑造城市形象的重要依据,城市正是在这些基因的基础上成长起来的,在其形象性格中依然可以发现这些基因的影子,而且它们也起到寄托情感保留记忆的作用,它们负载了市民个体丰富的情感内涵和生活经验,并以中介的形式把市民和城市连接在一起。

文学作品对市民认同感的提升,还在于它记录了城市的现实状况和市民生活,市民在文学作品中可以发现镜像化的自我,从而获得与城市的认同。如王昌定的长篇小说《海河春浓》不仅以纪实性的手法描写了天津柴油机厂从厂长到普通工人的生产、生活、婚恋与爱情,而且把海河及金刚桥、和平路、丁字沽、北宁公园等具有标志性的地理面貌和城市地名写入作品,这样的作品对于天津居民来说具有强大的感染力和召唤力,它超越了阶层和行业的界限,以情感和美学的方式把分散的城市个体凝聚为市民群体,在人们心中召唤出一个想象的休戚与共的城市共同体,一个替代现实居住空间的情感性的城市。一些文学作品虽然尽量虚化故事背景,但仍可以看出与现实的联系。如以城市危陋平房改造和道路建设为主题的蒋子龙的长篇小说《人气》和孙力、余小惠的长篇小说《都市风流》,分别把地点设置为"梨城"和华北某大城市,但从城市的地理面貌和故事内容上可以看出它们指涉的是天津,记录和反映的是市民闻见和熟识的事件,这些"似曾相识"的内容在拉近文学作品与市民之间距离的同时,也在为城市塑造着"合格"的城市居民,即新时期的市民群体。

第二节　今人眼中的天津城市形象

天津的城市形象往往不被人认可，一篇标题为《天津的城市形象》博文中指出："尽管人人都知道天津是中国大城市之一，但这座城市所塑造的自我形象似乎不过如此。它常常不被外地人看好，即使在一些不甚发达的中小城市，人们对天津也似乎缺少一点仰慕之心……从城市的起源看，天津与上海有着某些相似的地方，它们都是近代工商业都会和通商口岸，依托大片的租界区发展起来，然而，这两个城市对自己形象的塑造却截然不同。长期以来，上海始终保持着现代商业都会的形象。那时，在贵州，上海人的发型和装束，就曾被赶时髦的人所仿效。如果有人去过上海，似乎就等于说他见过'大世面'。即使在人们见了更多'大世面'的今天，上海也依然代表着'现代'，代表着'繁华'……反观天津，其城市形象却显得很暧昧。从历史看，它虽然也具有'洋场'特征，是崛起于现代的工商业都会，但从现实看，它曾经拥有的现代商业和文化资源却并没有得到强化，反而在众多沿海城市和省会城市壮大的过程中变得黯然。"[①]

这种天津城市印象的形成，固然与经济的发展状况有关，但也与城市文化资源的非正常的开发与利用有着密切联系。民国报人虽然热衷状写天津市井风情，但在他们的笔下，写尽了流氓、地痞、遗老遗少之"逸闻趣事"，使得天津"好像河东水西，城里关外尽是混星子、杂八地"[②]。天津城市的负面形象被夸大和凸显出来，不仅塑造了天津人粗野，打架，做事不勤快，处事惹惹惹，成大事业者绝无仅有，过小日子人人有份儿的带有下九流痕迹的形象，而且形成了以上提及的天津城市"暧昧"与"黯然"的印象。

实际上，这仅仅是天津城市形象的一个方面，并不代表城市的全部。天津作为开埠最早的口岸之一和北方工商业重镇，有着复杂的文化构成和辉煌的历史，

---

① 《天津的城市形象》，转引自：我爱南开站，2007 年 7 月 3 日。

② 马林 张仲：《关于"津味"文学的通信》，《天津文学》1990 年第 11 期。

它在不同镜像中呈现出多元的面貌和多样的风姿。文学作为城市形象构成的一种主要话语,不仅记忆了城市的过去,以编年史的形式记录了城市的利与弊,使其成为一个"可阅读"的文本,而且也以想象的方式重构了城市形象。人们通过文学阅读来探索城市,并建构对它的形象认知。因此有必要从文学这一载体出发来研究天津城市,寻找一个别样的文学中的天津城市形象。

第三节　通俗小说与乡土天津形象

天津原本是农耕社会中的一座军事卫城,始终是作为首都北京的辅助城市而存在和发展,尽管便利的交通和优越的自然区位促进了城市商贸的发展,但天津和其他城市一样仍属于传统的乡土城市。

这一情形在晚清开始发生变化。晚清开埠以来,天津工商业发展迅速。天津逐渐脱离对北京的依附,并取代了北京的经济地位,成为以工业为基础,金融业和商业发达的近代开放型城市。

天津城市的近代化存在着严重不平衡,这主要表现在租界内外的巨大差别。租界之内,街道宽平,洋房齐整,饮水清洁,电线网布,路灯明亮,井然有序,成为各国对中国政治经济侵入的基地和外国资本家与中国达官贵人的安乐窝和避难所;租界之外的中国管辖的新旧城区是另一番景象,"比国电灯电车公司供电已经 6 年,当地商民'燃电灯者甚属寥寥',到 20 世纪 30 年代很多地区仍用煤油灯照明,路灯稀落,市民饮水多靠水铺,很少有安装入院进户的;排水绝大部分靠附近的水坑容纳,各家多用泔水桶存贮污水,'进门是臭桶,出门是臭沟';街道主要是集中在环城周围和新市区的几条马路,其他地区街道简陋,路面仍以土路或石子路为主,且宽窄不一,直到 20 世纪 40 年代末在现在的河东区内仅有 3 条较正规的街道;公共交通亦仅限于旧城区环城马路附近,偌大的河北新市区竟没有有轨电车或汽车等公共交通,出门十分不便"①。

---

① 罗澍伟:《近代天津城市史》,北京:中国社会科学出版社 1993 年版,第 362 至 363 页。

天津城市近代化过程中的畸形发展,不仅影响到城市规划建设与市民生活,而且对文化发展也造成了不利影响。吴云心回忆抗战前天津文艺创作时指出,"天津这个地方,可能由于地理条件和历史原因,有一个现象,用迷信说法,它的'风水不好',北面叫北平抽去了,南边的有上海拉去了,即便出现了点人才,也是墙内栽花墙外开"①。"天津这个地方,不仅作者不景气,而且读者也缺乏足够的支持作者的力量。即使很有名的作家,也杀不进社会里来,就是社会言情小说家、武侠小说家,从文字质量上说是很不低的,但是在声望上却比不上张恨水、向恺然,原因恐怕就是在天津这块土壤上!"②吴云心先生一方面指出了抗战前天津文艺创作的贫瘠,另一方面也说明了社会言情小说与武侠小说等通俗小说创作的繁盛,它们是当时天津文学的主要代表样式。

社会言情小说和武侠小说在近代天津的兴起,与其市民的文化素养与需求有着明显的关系,是一种与天津作为工商业城市相匹配的"市场化"行为。天津城市工商业快速发展的结果,是城市人口的急剧膨胀。天津城市人口剧增的主要来源,是被划入市区的周围农村人口和华北农村的剩余人口。天津城市的外来人口大多成为手工业者、小商贩、工头、工厂的机匠、行帮头,以及工厂、商店和手工作坊的半熟练工人和非熟练工人,运输、建筑、装卸等行业的工人和季节工、临时工、摊贩等,他们构成城市社会的下层群体和主要人口。

来自华北农村的大量移民,一方面把乡土文化带入城市,使内地乡村文化随之不断融入城市,构成天津城市文化的有机组成;另一方面作为文化消费的大众,他们的文化层次和消费理念塑造了城市文化的形态。20世纪初期,这些来自北方各地,多半又是靠出卖劳动力来维持生计的社会下层,他们对于文化的需求是偏重实际与通俗化,因而各种富有民间色彩的通俗文化极易在天津获得发展。天津虽然是中国北方最早接受西方近代文化的窗口,但在一般人看来,这种文化是伴随着侵略而来的,结果造成了一种逆反式的消极排外心理,尤其是那些西方的消闲文化,反而不易在天津扩散③。因而,近代天津文化形成了乡土化与通俗

---

① 吴云心:《抗战前天津文艺界杂忆》,《吴云心文集》,天津:天津古籍出版社1990年版,第563页。
② 吴云心:《抗战前天津文艺界杂忆》,《吴云心文集》,天津:天津古籍出版社1990年版,第578页。
③ 冯骥才:《冯骥才谈天津文学 ABC》,《今晚报》1986年4月13日。

化的双重倾向。通俗小说也是在这一文化土壤与需求的基础上成长起来的,并建构了乡土化与通俗化并行的价值取向和形式特征。

通俗小说对乡土天津形象的塑造和展示,主要是通过艺人、小商贩、混混儿、妓女等下层群体及其生活居住的空间。他们虽然生活在城市,但居住的空间与环境,生活方式及行为与思想观念,无不是乡村生活的延续。在刘云若的长篇小说《粉墨筝琶》中,家境败落的程耋青搬到南门外的"巴巴胡同",这里环境和农村相似:"耋青向院中一看,天已大亮。原来窗户上糊着几层报纸,挡住光线。再看院落很小,只有四间灰土房,倒不怎么破烂。但只院中污秽非常,似已久未扫除。而且除马五住的一间外,其余三间全部都门窗洞开,并无住户"①。这里住的是马五之类的混混儿、大巧儿一样的从外地逃难到此摆摊卖烟的小贩,或者下等娼窑的娼妓,都是城市的底层人群。《小扬州志》中,青青、尤大娘等人居住的地方环境更加乡土化,"再往前走,人烟渐渐冷落,路旁房舍也都破烂非常,晓得到了贫民窟里。虎士向来养尊处优,何尝到过这等地方?又慢慢向前走,忽然闻得一阵臭气扑鼻,向前一看,居然豁然开朗。原来眼前是片大坑,方圆约有十几丈,坑里积着浓绿色而不透明的水,坑边还有几个很大的土丘和粪堆,乍看时,真似湖山映带,清景悠然,只是没有秀气,但有臭气。湖边依山傍水,还疏疏落落的住着几户人家"②。即便这样环境,小说主人公虎士居然从中发掘出了些许诗意:"一出篱门,只见明月在天,清光满眼,心里敞豁了许多。猛然想起明天便是中秋了,不觉又是百感纷来……中天月影,印入冰心,波平如镜,倒看着悠然意远。自想这夜幕真替世界掩饰许多丑态,月色又替人间增加无限美观;只这眼前的一片光景,真抵得西湖里的'三潭印月',与古人所谓月湖一样值得吟咏。"③这种诗意一方面反映了作者的乡土认同和底层意识,另一方面也是出于对大众阅读的迁就,平民大众正是在这种环境中发现了熟悉的生活与熟识的人物,从而激发了他们阅读的期待和兴趣。通俗小说与平民大众结合的结果,就是塑造了一个乡土化的近代天津形象。

---

① 刘云若:《粉墨筝琶》,天津:百花文艺出版社1987年版,第26页。
② 刘云若:《小扬州志》,天津:百花文艺出版社1986年版,第12页。
③ 刘云若:《小扬州志》,天津:百花文艺出版社1986年版,第26页。

第四节　新文学与近代市井天津形象

　　尽管中华人民共和国成立前天津文化底蕴相对不足,但也培养出了一批新文学作家,戏剧大师曹禺就是其中的杰出代表。

　　相对于通俗小说乡土化的天津形象认同和价值取向,新文学作家则表现出不同的态度和选择。曹禺在《雷雨》第三幕描写了居住在平民区的鲁贵家外的环境,鲁贵家所在的杏花巷,显然是乡土天津的一部分,池塘、蛙鸣、芦苇、垂柳以及乘凉夜话的人们,都带有浓郁的乡土气息和宁静的乡村景象。不过这只是夜幕掩饰下一种假象,在大雷雨即将来临的夜晚,这一切不仅面临着四伏的危机,而且与曹禺对鲁贵的厌恶联系在一起,他在《〈雷雨〉序》中指出,"那地方四周永远蒸发着腐秽的气息,瞎子们唱着唱不尽的春调,鲁贵如淤水塘边的癞蛤蟆哓哓地噪着他的丑恶的生意经"①。这里既生出四凤这样单纯美丽勤快的姑娘,更有鲁贵之类的市侩小人,它已经成为乡村与城市、乡土与市井的混杂地。从四凤房里烟草公司的"广告画"与旧年画并存,条凳、圆桌与时髦鞋的杂放中可以看到乡土天津的转变。它显然不再是作家精神栖息的故乡,而是随着它的现代转变开始成为被审视、剖析与批判的对象。

　　王余杞在《海河汨汨流》中写道,"天津这个都市,一向不曾予人以好感:人人提起天津,人人都会摇头。每把它来跟北平上海相比,讨厌它不如北平的壮美,也憎恶它不如上海的繁华"②。但是,天津还是做起了上海繁华梦,向着"上海化"方向前进,《大公报》社评《天津之上海化》一文指出,"自从北方战争,连年不息,天津租界,一天比一天发达。我们试到各处租界走走,哪一处不在建筑新屋,法租界梨栈一带,热闹得和上海公共租界的南京路差不多"③。天津的这种变化在《天津这个地方》这篇文章中得到证实,作者以游历者的眼光观察天津发现,

---

①　曹禺:《〈雷雨〉序》,《雷雨》,上海:文化生活出版社1936年版。

②　王余杞:《〈海河汨汨流〉序》,《益世报》1937年2月5日。

③　社评:《天津之上海化》,《大公报》1926年11月19日。

"玩的地方人可不少,一个三等电影院早早就'客满'了。中原公司的游艺场,两角钱可从下午一点起流连到夜里一点,杂耍,京戏,电影……一应俱全,机关布景,新奇砌末的'海派'连台戏也有了,二月二(自然是旧历的)那天就有并非《红鬃烈马》的《龙抬头》……还有,无线电广播很发达,收音机是家家都有,从上午九点起就放送,一天不断,直到深夜,节目应有尽有……平安、繁荣,似乎都已到达了",所以作者指出,"天津变了……这改变,使今年的天津,不仅不同于四年前的,而且不同于前年的,甚至不同于去年的天津了。转变得很快。不知道究竟是好呢? 抑或是坏"①。其实,天津上海化的结果,带来天津城市繁盛热闹的同时,也产生了"上海式"的问题,《大公报》社评指出,"天下事,有利就有害,文明进步,尤其是物质文明的进步,其弊害也是无可避免。如生活费之腾贵,风俗之奢靡,青年男女之堕落,强盗诈欺之犯罪,都是随物质文明进步以俱来。我们拿前五年天津社会,和现在的天津社会比较,有不胜今夕之感。自今以往,租界越繁盛,法律上道德上的犯罪越加多。这事只要拿上海作比例,可以断言的"②。

　　天津上海化后的"热闹"及其"奢靡"与"堕落",在曹禺的《日出》中得以展示。陈白露居住豪华旅馆房间是"奢靡"与"堕落"的,它映射在楼群挤压的"阴暗"中,"为着窗外紧紧地压贴着一所所的大楼,所以虽在白昼,有着宽阔的窗,屋里也嫌过于阴暗。除了在早上斜射过来的朝日使这间屋有些光明之外,整天是见不着一线自然的光亮的。屋里一切陈设俱是畸形的,现代式的,生硬而肤浅,刺激人的好奇心,但并不给人舒适之感。正中立着烟几,围着它横地竖地摆着方的、圆的、立体的、圆锥形的小凳和沙发。上面凌乱地放些颜色杂乱的坐垫。沿着那不见棱角的窗户是一条水浪纹的沙发。在左边有立柜,食物柜,和一张小几,上面放着些女人临时用的化妆品。墙上挂着几张很荒唐的裸体画片,月份牌,和旅馆章程。地下零零散散的是报纸,画报,酒精和烟蒂头。在沙发上,立柜上搁放许多女人的衣帽,围巾,手套等物。间或也许有一两件男人的衣服在里面。食柜上杂乱地陈列着许多酒瓶,玻璃杯,暖壶,茶碗。右角立一架阅读灯,灯

---

① 山女:《天津这个地方》,《益世报》1937 年 4 月 14 日。
② 社评:《天津之上海化》,《大公报》1926 年 11 月 19 日。

旁有一张圆形小几,嵌着一层一层的玻璃,放些烟具和女人爱的零碎东西,如西洋人形,米老鼠之类"①。

相对于陈白露居住的高等旅馆阴暗、奢华与凌乱,三等妓院门前是另一种"热闹"与喧嚣,"很令人惊奇的是尽管小鸽笼里面讲情话或者做出各种丑恶的勾当,院子外面始终在叫嚣着;唱曲的姑娘,沿门唱'数来宝'的乞丐,或者哼一两段二簧的漂泊汉,租唱话匣子的,卖水果花生栗子的,抽着签子赌赢东西的,哑着声音嘶喊的卖报的,拉着丝弦逗人来唱的,卖热茶鸡蛋的……各式各色最低的卖艺人,小买卖都兜揽生意,每个人都放开喉咙沿着每个小窗户喊,有时甚至于掀开帘子进去,硬要'客人'们替他们做点生意"②。这也是城市"堕落"的另一种景象。

为了搜集剧本的材料,曹禺曾冒着严寒,半夜里来到一片荒凉的贫民区等候两个嗜吸毒品的龌龊乞丐,来教他唱"数来宝",托人介绍"自己改头换面跑到'土药店'和黑三一类的人物'讲交情'","全部《日出》材料的收集都令我受了相当的苦难",因而曹禺提请人们注意"造成这地狱空气的复杂的效果"③。这种"地狱空气的复杂效果",既来自于陈白露居住的高等旅馆,也来自于下等妓院,喧嚣热闹的生活方式不仅体现了城市时间的错乱,而且以沉沦的方式否定了城市的未来:"尽管'子夜'过去了(在第2、3幕中),人们期待的光明的'日出'却没有到来。通过这个出人意料的结局,'日出'所负载的沉重意义就像茅盾的'子夜'所负载的沉重意义一样,质疑(甚至颠覆着)日出的基本含义:对更美好未来的憧憬。"④无论上层社会还是底层人群,都因失去乡土社会的根源而走向了"现代式"的畸形化,尽管这是一种现代的市井生活,却是一种"耗尽其能量的熵化过程","它自己供养自己,产生了各种堕落的观念,造成了人性的受难"⑤。

---

① 曹禺:《日出》,上海:文化生活出版社1946年版,第7页。
② 曹禺:《日出》,上海:文化生活出版社1946年版,第179页。
③ 曹禺:《〈日出〉跋》,《日出》,上海:文化生活出版社1946年版。
④ 张英进,秦立彦译:《中国现代文学与电影中的城市:空间、时间和性别构形》,南京:江苏人民出版社2007年版,第153至154页。
⑤ [美]理查德·利罕著,吴子枫译:《文学中的城市》,上海:上海人民出版社2009年版,第165页。

第五节 工业题材与城市的工业化

20 纪 40 年代末期,天津的工业建设已取得不俗的业绩。50 年代初期、第一个五年计划开始时,天津城市开始转型,即整合了城乡、工农等资源,发展现代工业,全力向现代工业城市转变,天津工业迅速得到了恢复和发展。

工业的恢复与发展和工人思想觉悟与生产积极性的提高,成为工厂文学的素材和反映的主要内容,并培养出一批工人作家。工人作家的崛起和工厂文学的兴盛在中华人民共和国成立以后很长的一段时间内成为天津文学的一个主要特征,工人文艺不仅担负着塑造作为领导阶级的工人队伍和教育农民的重任,是社会主义工业化的重要组成部分,而且也是推动城市发展与转型、展示城市新面貌的主要方式。工厂作家以主人翁的热情和觉悟,在展示天津工业生产新面貌的同时,也塑造了天津的工业城市形象。

大昌是天津中纺二厂的工人,他的短篇小说《郝家俭卖布》写了一个落后的、保守工人的进步,孙犁指出,"它使我感染到很多东西:它写出了当前比较突出的两种工人性格的典型,一个是作品的主人公郝家俭,一种老年的,在旧制度旧社会熬炼出来的,养成一种旧世故旧态度的工人。除去郝家俭,作者还写到一个唐头儿。与此对照,作者写出了一种接受新道理、新事物较快的,积极好胜的青年工人,就是杨涌泉"。作者通过对这两种类型工人性格的塑造,不仅达到了一个高尚的目的,即无产阶级的团结,而且也写出了产生这两种工人性格的环境,"故事紧密地和工人生活、工厂生活、家庭生活相连",因而"真实动人"①。

工人思想发生积极性转变的背后是其工作环境的变化,即工厂发生了巨大的变化。王昌定在《海河春浓》中叙述了天津柴油机厂中华人民共和国成立前后的巨大变化,工厂由 500 工人的规模发展到 2000 人,厂区的面积也随之扩展,"天车在响,混凝土搅拌机在歌唱,工厂暂时的处境,丝毫不曾掩盖建设的信心、

---

① 孙犁:《郝家俭卖布》,《孙犁文集》第 4 卷,天津:百花文艺出版社 2002 年版,第 466 至 467 页。

劳动的欢乐"①。工人思想的转变,不仅是工业生产的客观要求,而且也是工人阶级作为领导阶级的政治需要,文学通过对工人个体生活、精神的介入,创造了作为"新人"的工人形象和工人阶级,并成为天津城市居民的主体性代表;文学对工业生产、车间、工人宿舍的描述,不仅提供了工人工作、日常生活的空间,而且也以想象的方式表达了天津城市的格局与规划。工人、工厂通过文学的"反映",塑造了天津作为新兴工业城市的新面貌。

新时期以来,"改革文学"从天津兴起,作为"旗手"的蒋子龙不仅率先完成了从"工厂文学"到"改革文学"的历史跨越,"突破了过去以'方案之争'来反映工业战线上的矛盾冲突的模式,在表现生活的深度上,有了很大提高"②,更重要的是,他对建设和发展现代化工业与工厂的描述和期待,使得天津城市和"乔厂长"一起走向了全国。"乔厂长"成为新时期天津城市最为响亮的"品牌",他所领导的"重型电机厂"由此化为天津的城市缩影和形象代称。乔厂长的时间紧迫感和数字的危机意识,以及由此对大工业的现代化改革,应和了新时期初期人们的普遍心理期待,因此这一人物的出现不仅回答了特定时代的主要问题,而且也昭示了天津城市工业化的发展方向和城市形象的基本内涵。

随着经济、社会的发展,城市自身也发生着转型。作为单纯的工业城市的天津,在20世纪80年代以来显示出疲态。当年建起的新村宿舍早已成为危房,拥挤破败,传统工业的生产和发展陷入难以为继的境地,大批工人下岗,生存艰难。于是有了滨海新区开发、工厂外迁、工业东移、工人新村危房改造等城市的改造和形象的重塑。天津城市进入了产业升级与转换的新时代。蒋子龙紧跟时代的步伐,他在保持对社会密切关注的同时也及时调整自己创作思路,通过长篇小说《人气》,以几乎同步的形式反映了这一过程。评论家雷达指出:"他出于对现代化大工业发展的思考扩展为对现代化大都市生态环境的关照,过去的他更多地与所谓'工业题材'联系在一起,现在他'研究时代,了解社会,观察一切人'的一面突显出来,过去只说他善写大企业的矛盾纠纷,现在看来他也擅写机关人事、

---

① 王昌定:《海河春浓》,上海:上海文艺出版社1983年版,第31页。
② 夏康达:《乔厂长上任记》,滕云,张学正等编著:《新时期小说百篇评析》,天津:南开大学出版社1985年版,第58至59页。

都市风景和底层的市民们,却'津味'颇浓。于是小说中的都市景观多了,'闲话'多了,沧桑感多了,哲理化的感悟和杂文化的议论多了。比如他不仅研究经济体制改革,还研究起都市的个性和建设美学来了。这种种新因素渗入文本,画貌为之丰腴。"①此时,工业题材似乎到了举步维艰的境地,文学中的工业城市形象不仅变得有些模糊,而且也遭到人们的质疑和批判。

第六节　"津味"小说和市井天津形象的回归与重构

产业的升级和工厂的倒闭与重组,把原先依附于工厂的工人推向了社会,工人恢复市民身份获得个体自主性的同时,也产生了一种无可归依的精神认同危机和人身归属缺失。武歆短篇小说《老工人谢瑶环》②中的老工人"谢瑶环"就是其中的一个典型例证,他以最后一个工人的身份隐喻着城市转型的困境。"津味"小说的突起可以看作是这一社会症候在文学上的反应。这是一个有着重要影响的文学流派,几乎所有的津城作家都涉足过该领域。他们一方面对城市的现代化改造持批评立场,企图为城市保留文化的根基;一方面则通过回归历史寻找城市的根源和市民身份认同的依据。

城市的拆迁、改造与重新规划,方便了人们的生活,改善了城市的环境与条件,也改变了城市的外在形象,但对城市文化根基也形成一定的破坏。因为,"古往今来多少城市又无一不是时间的产儿。城市是一座座巨大的铸模,多少人终生的经验积累都在其中冷却着、凝结着,又通过艺术手段被赋予永恒的形式……在城市环境中,时间变得可以看得见、摸得着。建筑物、纪念碑以及公共要道、大街小巷,样样都比书写的文字记载更加公开而真实,样样都比乡村里分散的人工物更容易被大众观察到、注意到。甚至对于那些很无知、很冷漠的人们,城市的种种影像也会在他们的心目中留下生动印象。历史文化遗迹的保护已经是当今

---

① 雷达:《人气沛然——我读〈人气〉》,《今晚报》1999 年 11 月 18 日。
② 武歆:《老工人谢瑶环》,《中国作家》2010 年第 4 期。

城市中一项重要事实"①。城市的拆迁、改造不仅改变着城市的历史，而且也毁坏了城市文化的根源。基于对城市形象文化根源的保护，面对现实，冯骥才写出了《抢救老街》一类的"行动散文"——"它记载着一群文化的志愿者抢救一条濒临灭绝的老街的全过程。或者说，它是对一桩文化抢救事件的由始至终的真实记录；它采用严格的纪实笔法，巨细无遗地记述了这一空前并充满激情的文化行为"②，即用文学文字记录了抢救老街估衣街的行为过程。

冯骥才、林希等人全力打造"津味"小说作品，以镜像的方式回溯到清末民初的天津，表现了这一时期天津市井百姓的生活和民俗风情，从历史的、同时又异于传统报人小说的角度塑造了传统天津城市的形象。这些作品表现了城市历史的最富魅力的一面。如冯骥才在中篇小说《神鞭》中对天津皇会的详细描写，挖掘了天津地域文化中最具有代表性的因素。他在《天后宫与天津人》中指出，天津地域文化的奥秘在天后宫这座庙宇中得到揭示，天后宫作为天津城市形成的"原点"，不仅把作为燕赵故土、商业都市和水路码头的天津汇聚为一体，并创造出独特的、鲜明的地域文化，而且其本身也被市井化，成为天津人现实生活状态的符号指涉，"透过天后宫的演化，可以看到在天津城市形成的过程中，原始的农民文化心态，顺利地转化为小商小贩式市民文化心态。这种心态有很强的局限性和保守性，有力地扼制着此地大商业与大都市意识的形成"③。

林希则从对民国时期的三教九流各色人物的塑造中展示了天津文化最具个性的特征。他写"闲人""高买""相士""找饭辙的"和烟花女子、卖唱戏子、街头混混等南市市井人物，以及"婢女""天津扁担""蛐蛐四爷""吴三爷爷"等侯家大院的各色人等，叙述在这些人物身上发生的种种故事，发掘与其相关的"三个互相联系、互相补充、互相说明而又对立着的基本方面"："以南市、劝业场、玉川居、万国大铁桥等为主要特征的天津特定的地域文化环境以及与这种文化环境相适应的人文风貌；在世俗生活和以谋生为主要内容的生存环境中所形成的各种生

① ［美］刘易斯·芒德福著，宋俊岭、李翔宁、周鸣浩译，郑时龄校：《城市文化》，北京：中国建筑工业出版社2009年版，第2页。
② 冯骥才：《老街抢救·前记》，《抢救老街》，北京：西苑出版社2000年版。
③ 冯骥才：《天后宫与天津人》，《关于艺术家》，南京：江苏文艺出版社1995年版，第246页。

存相和世俗相;在世俗与上层社会之间所形成的天津市民文化,以及由此体现出来的天津'精神世界'"①。这是林希"津味"小说的魅力所在,也是市井天津形象的主要内涵。

冯骥才、林希等人的"津味"小说,可以说是民国通俗小说和新文学的当代延续,他们不仅从通俗小说中获得了进入清末民初天津城市历史的渠道,把描述的视角对准这一时期的城市生活及人生百态,而且也从新文学中汲取了艺术的手法和批判的态度,因此在他们的文学创作中以较为一致的形态和较高的艺术品质展现了城市的历史形象,发掘了天津城市独特的地域文化特征,寻找到了天津地域文化的根源和市民身份认同的依据。

第七节　文学创作与新天津形象的建构

城市的个性与形象是一种历史的产物,更是那个城市人的文化气质和心理特征最为鲜明直接的表现。有着特殊文化品格和精神气质的城市总是会给人以深刻的印象。天津就属于这种类型的城市。尽管言人人殊,观点不同,贬之者斥其"土气""粗俗"如文章开头所引博文,褒之者则赞其"讲理儿讲面儿""讲义气""注重人气"②,但都说明了天津城市个性的鲜明和形象的独特。可以说,乡土、市井、工业是天津城市形象构成的基本元素,一方面市民、市井文化不仅与传统乡土中国保持联系,同时也和天津作为码头、港口的特殊地理环境联系在一起,从而形成开放、豪放却带有传统文化固有特征的性格特点;另一方面现代工业、工厂文化又为城市培育了一种现代品格与经济理性精神。城市居民在工人阶级与市民身份之间进行着认同的选择,在不同时期形成不同的身份主体。因此,天津城市形象具有的双重性特征,以及市民在不同时期的不同认同取向,为天津城市发展奠定了良好的基础。天津要重塑城市形象,需要弥合这两种文化和市民

① 周海波:《津味,一种民俗的文化阐释——林希小说读札》,《当代作家评论》1999 年第 4 期。

② 章用秀:《天津老俗话》,天津:天津人民出版社 2011 年版,第 1 页。

身份:一方面从现代与后现代工业的角度培训市民阶层,培育适合现代与后现代工业社会的市民、市井文化;另一方面要从传统市民、市井文化积淀中寻求支持和素养。只有把两者结合在一起,天津城市形象才会以完整的形式展现出来,才能弥合市民认同之间的困惑与差异。当然,在这个过程中,不仅要保持兼容并蓄的开放心态,积极发掘和汲取天津历史上存在的雅文化传统和租界文化的有益因素,而且也需要从城市的空间布局、市民构成等方面寻找天津城市文化形象构成的补充因素。

作为开发和利用城市文化资源的一种最常态形式,作为城市形象构成的一种主要话语,如前所述,文学创作不仅以其明朗的线条呈现了天津城市性格与形象的历史发展和构成元素,而且也积极参与了这一建构过程。在天津城市着力弥合传统市民、市井文化和现代后现代工业社会市民、市井文化,积极发掘和汲取天津历史上存在的雅文化传统和租界文化的有益因素,努力打造更加圆融完满的国际化大都市的城市形象的历史时期,我们相信,文学创作将再次理所当然并当仁不让地,不仅即时与及时地向我们展示这样一个圆融而完满的新的天津城市形象,而且也积极参与这一新的天津城市形象的建构进程中。

第十六章　作为"意象"的都市：从老城区到五大道

　　城市既是一个物质性的实体，也是心灵与观念的产物，即一种意象性的存在，"它往往以街道、广场、建筑物等形象在视觉心理上组合而成"①。意象性的结构不仅使城市发挥着寄予情感、创造身份认同的"想象的共同体"的作用，而且通过道路、边界、标志物等物质形态元素形成了较为稳定的"公共意象"②。"公共意象"的生成与变迁，既是城市呈现自我的一种方式，也是我们进入城市文本内部、破解城市形态密码的一把钥匙。新世纪以来，天津都市意象从"老城区"到"五大道"的迁移，一方面可以看作城市意象理论的具体实践，同时也为解读与探索现代都市历史与现状提供了一个新视角，它从实体与观念相结合的角度展示了当代中国城市演变的轨迹。

第一节　城墙的拆除与现代城市的转型

　　现代天津城市格局与天津人的文化性格形成于 20 世纪初叶。天津城墙的拆除就是一个起点性的标志。在传统中国城市中，城墙扮演着重要的角色，"在

---

① 沈福煦：《城市意象——城市形象及其情态语义》，《同济大学学报（社会科学版）》1999 年第 3 期。
② ［美］凯文·林奇著，方益萍、何晓军译：《城市意象》，北京：华夏出版社 2001 年版，第 35 页。

中国历史上,'城'与'墙'是一不易区别的一体概念,'城'既代表着城市,也代表着城墙","城墙不仅仅构筑了我国传统城市的外观,规定了城市的范围,而且它已成为城市的属性界定"①。所以,刘石吉认为"城墙修筑是城市成立的标志","在传统中国一座没有修筑城墙的'城市',实难构成一个城市的条件"②。作为老天津象征的城墙,20世纪初被八国联军成立的都统衙门所拆除。1901年1月21日都统衙门出示告谕:"照得津郡街市地面狭窄,于各商往来运货甚为不便,兹本都统等公同商定,所有周围城墙全行拆尽,即一次地改筑马路之用。其靠城墙各房间,仰各业主速行拆去,其砖瓦木料等项准各房主领回。为此示谕各民人等知悉,仰即凛遵勿违,切切。特示。"③拆除城墙的行为遭到反对,"从中国人的观点来看,拆除旧城墙似乎是一种恶意破坏行为,为首的绅士们请愿说,他们不愿居住在没有城墙的城里而遭受耻辱"④。但是,城墙的拆除,不仅改善了城区的交通状况,"全长达三英里的城墙",变成了"地面非常平坦""宽十二间(24米)有余的新的大路","城墙遗址的大路变成了环绕天津繁华区的干线"⑤,而且对天津城市的成长起到明显的积极作用,"城垣的拆除,改变了以往天津市区发展中的那种不协调状态,消除了城区间的隔阂,方便了市内交通,使天津真正成为一座无城垣的开放型城市"⑥。

老城墙的拆除及其引发的城市空间的变革,除了军事上的原因之外——"从这个城墙上枪弹和炮弹可以有效地射到租界"⑦,"卫生的现代性"在其中扮演了关键角色。城墙拆除之前,城墙根是成片破烂的茅草屋和滋生病菌的污水坑塘,

---

① 刘凤云:《城墙文化与明清城市的发展》,《中国人民大学学报》1999年第6期。

② 刘石吉:《城市·市镇·乡村——明清以降上海地区城镇体系的形成》,《江南与中外交流》,上海:复旦大学出版社2009年版,第407页。

③ 刘海岩等编,倪瑞英、赵克立、赵善继翻译,汪寿松、郝克路、王培利编校:《八国联军占领实录:天津临时政府会议纪要》,天津:天津社会科学院出版社2004年版,第806页。

④ [英]雷穆森,许逸凡、赵地译:《天津租界史(插图本)》,天津:天津人民出版社2008年版,第198页。

⑤ 日本中国驻屯军司令部编,侯振彤译:《二十世纪初的天津概况》,天津:天津市地方史志编修委员会总编室1986年版,第20至21页。

⑥ 罗澍伟:《一座筑有城垣的无城垣城市》,《档案与历史》1987年第1期。

⑦ [英]雷穆森,许逸凡、赵地译:《天津租界史(插图本)》,天津:天津人民出版社2008年版,第198页。

以至于这个城市给外来者的最初印象是肮脏,"可以肯定地说,这个连郊区在内号称有五十万居民的天津给我们总的印象是一个我们从来没有到过的最肮脏、看上去最贫穷的地方","天津城是中国最肮脏、最令人厌恶也是最繁华的商业城市之一"①。卫生成为进行殖民统治和改造城市"唯一借口"。1900 年都统衙门成立后制定了五项目标:1. 整顿管辖区的秩序和治安;2. 在临时政府所管辖区域及其周围地区采取卫生防疫措施,预防发生流行性疾病和其他病患;3. 为联军驻扎提供方便,供应粮食及交通工具(役畜、车辆、船只及苦力等);4. 清理中国政府及私人放弃的动产和不动产,编造清单并且采取必要的保护措施;5. 采取防止本地人发生饥馑的措施②。"卫生和保健是管理这座城市的最紧急的任务"③。拆除城墙成为消灭病菌和实现"卫生的现代性"一个重要环节。罗芙芸指出,"在义和团运动之后,卫生的现代性不仅接触到了天津的身体,它还接触到了这个城市,并在接触中改变了它……高耸的防御城墙倒塌了,火车驶进,街道上运行了电车。乡村里的单层建筑被夷平,拔地而起的是多层的楼房,有栏杆、大门和拱顶。外国人建起昭示着资本主义与帝国主义的建筑,中国的改革者们也想通过建设公共空间、公共景观和合理的城市秩序来展示政治进步的新价值",在城市空间的变革中,"卫生的现代性"创造了一种不同的视觉美学:"笔直、光滑和有序"④。这种视觉美学成为现代城市空间布局和规划的基本规则。

拆除城墙的天津市区,不仅开始了从有城垣城市向无城垣开放城市的转变,在卫生现代性的规约下建构新的城市空间美学规则,而且与租界区的发展相呼应,城区范围得到大面积地扩展,初步形成了城市的现代面貌与空间特征。1902年袁世凯从都统衙门接手天津的管理权后,不仅决定在距离直隶总督衙门最近的海河以北地区开发新市区,"将督署以北东沿铁路,西至北运河,南起金钟河,

①　[英]雷穆森,许逸凡、赵地译:《天津租界史(插图本)》,天津:天津人民出版社 2008 年版,第 32 至 34 页。

②　刘海岩等编,倪瑞英、赵克立、赵善继翻译,汪寿松、郝克路、王培利编校:《八国联军占领实录:天津临时政府会议纪要》,天津:天津社会科学院出版社 2004 年版,第 1 页。

③　[美]罗芙芸,向磊译:《卫生的现代性:中国通商口岸卫生与疾病的含义》,南京:江苏人民出版社 2007 年版,第 184 页。

④　[美]罗芙芸著,向磊译:《卫生的现代性:中国通商口岸卫生与疾病的含义》,南京:江苏人民出版社 2007 年版,第 207 至 208 页。

北至新开路列为开发范围",而且他还计划开发天津旧市区北部,"以便形成于河
北新市区连成一气的格局"①。尽管后者未能实现,仅在这一地区重建北洋大学
堂和接收丁字沽附近绅士办的铃铛阁普通学堂为官立中学堂,但还是促进了天
津城区向西的延伸。袁世凯市区东移战略的实施,使得新市区很快成为城市的
经济与政治中心,"到20世纪20年代,天津河北新市区内有直隶省公署、交涉使
署、天津海关监督署、长芦盐运使署、省财政和实业各厅、省和天津县的审判厅和
检察厅、省印花税局、河务局、烟酒公卖局等众多的省和地方政府行政机关,还有
京奉、津浦两个铁路局,集中了许多学校,如直隶第一师范学校、直隶女子师范学
校、工业专门学校、水产专门学校、法政专门学校、达仁女学校、扶轮中学等等,形
成直隶省和天津市的政治中心和教育中心……河北新市区的工厂也有许多,如
金家窑的发电公司、恒源纱厂、华新天津纱厂、北洋银元局和直隶造币总厂、北洋
官报局等等。仅用20年时间,河北新市区已经从原来的荒僻之地,初步建成有
相当规模的城市市区"②。袁世凯对新市区的开发,不仅使"新设各署改从新式,
在光绪季年多惊为未曾有焉",而且使城市面貌发生了重大变化,如今"肩摩毂
击""店肆建筑""争新斗巧,尽皆新式"③的河北新市区成为继租界区后又一个工
商业发达的社区。

　　民国以后,各届政府把政治中心迁移河北新区,导致人口向新市区的快速转
移,"许多政府的中、下级工作人员为了路途方便,纷纷迁到河北居住,形成了三
马路与四马路、黄纬路与宇纬路之间东兴里、择仁里等新式的居民住宅群——院
落式里弄住宅;加之恒源纱厂等大型工厂的工人和铁路职工也都集中在这里,促
使河北新市区人口密度增加,各业发达"④。这些院落式里弄住宅,"上海称'弄
堂',天津当地人则称为'胡同',两地的里弄住宅在总体上无甚区别",它们是为
了适应城市家庭生活的需要,在本土住宅的基础上衍生出的连排式合院住宅,

---

①　罗澍伟主编:《近代天津城市史》,北京:中国社会科学出版社1993年版,第335,337页。
②　罗澍伟主编:《近代天津城市史》,北京:中国社会科学出版社1993年版,第336页。
③　《天津政俗沿革记》,《天津通志·旧志点校卷(下)》,天津:南开大学出版社2001年版,第13、10
页。
④　罗澍伟主编:《近代天津城市史》,北京:中国社会科学出版社1993年版,第336至337页。

"特点是小型化、均质化(各家都一样)、商品化,总体布局密集,以同一种模式在同一区域批量开发,并以租赁或出售的方式供给使用者,这和传统的一家一户盖房子,是两种全然不同的经营模式,住宅的商品属性被强调并作为大件商品进入市场",这种产生于半封建半殖民地的近代,处于新兴工业的起步阶段的里弄住宅,"既带有浓郁的传统合院住宅特征,又有表层被西方文明风华的痕迹"①,体现了城市工业化的现代转型。新市区由此形成了延续旧市区、对应租界区的一个具有"中间"形态的城市地带,并以此建构了中国城区与租界区并立的现代城市格局。

第二节 老城的消亡与意象的发生

城墙的拆除既是城市走向现代的契机与标志,也是老城区式微没落的起点。城墙遗址被辟为东、西、南、北四条宽阔的马路,天津成由此从"一个在封建时代城市网络中层序不甚高的近畿府城","能够脱颖而出,成为北方最大的贸易港口和工商业城市"②。但是,随着政治中心的北移和经济中心向租界区的迁移及连年战乱的洗劫,曾经以马千里、林墨青、刘芷青、王襄、孟广慧、沈浮、魏元泰等学者、艺人久居其中,以华世奎、张锦文、李春城、杨俊元、高德裕、卞荫昌等官商、乡绅家族豪宅大院遍布的老城厢,逐步沦为劳工阶层的住所,"交通工人、商店店员、人力车夫、制革工人、妓女和郎中都在这一片地方谋生"③。新时期以来,城市进入发展的快车道,而只有 1.55 平方公里的老城厢越发显得破落和边缘化,"根据有关部门的统计,2003 年大规模拆迁前,城内居住人口呈现出老年人多、困难户多、下岗职工多的特点。在 2.88 万户、7.88 万余人的居住人口中,享受最低生

① 聂兰生,邹颖,舒平:《21 世纪中国大城市居住形态解析》,天津:天津大学出版社 2004 年版,第 184 页。

② 罗澍伟:《一座筑有城垣的无城垣城市》,《档案与历史》1987 年第 1 期。

③ [美]罗芙芸著,向磊译:《卫生的现代性:中国通商口岸卫生与疾病的含义》,南京:江苏人民出版社 2007 年版,第 215 页。

活保障的困难户和残疾人家庭合计达 4000 余户,70 岁以上的老年人将近一万。人均居住面积 5.86 平方米,60% 居民人均居住面积低于 4 平方米。与传统的津沽文化在现代文明进程中被忽视的现状一样,只剩下残缺躯壳的老城厢地区在近几十年的城市发展中,虽带着历史遗韵的光环,但始终处在文化和经济的劣势地位"①。老城厢的衰落及其政治经济地位的边缘化,最终使其走向整体拆迁和"现代化改造"的不归路。

近现代以来老城区的持续走弱,并未影响到关于老城区意象的营造与走强。老城的消亡反而意味着老城意象的完成。在老城改造动工前的 1994 年 12 月 30 日,作家冯骥才计划进行"旧城文化采风","本来这一行动计划从租界区的洋房入手,此时,媒体忽然爆出新闻,政府与香港一家房地产开发集团公司合作,要对天津老城进行彻底的现代化改造。我马上意识到抢救老城乃是首要的事。遂组织历史、文化、建筑、民俗各界仁人志士,汇同摄影家数十位,风风火火进入天津老城展开一次地毯式考察。经过整整一年半的努力——我们是于 1996 年 7 月天津老城改造动工结束这一行动的——摄得具有历史文化内涵的照片五千余帧。然后精选部分,出版一部大型画集,名为《旧城遗韵》……这毕竟是天津老城改造前一次罕见的民间性的文化抢救,也是天津老城有史以来最广泛、最大规模的学术考察。记得 1995 年除夕之夜,一位摄影家爬到西北角天津大酒店十一层的楼顶,在寒风里拍下天津老城最后一个除夕子午交时、万炮升空的景象。我看到这张照片,几乎落下泪来。因为我感到了这座古城的生命就此辉煌的定格。这一幕很快变成过往不复的历史画面。我们无法拯救它,但我们也无愧于老城——究竟把它的遗容完整地放在一部画册里了"②。尽管无法挽住老城的消亡,但冯骥才在老城改造前的文化抢救行动及其行动的成果,对这座古城的生命就此辉煌的定格,不仅完成了老城文化意象的创造,而且造成了一种文化的崇高感,以及关于"文化的老城和老城的文化"。

老城文化及其崇高感的形成,源于对古城格局及其传统的坚持和固守。张

① 王岩,张欣:《天津老城厢地区历史文化及拆迁前保留建筑现状记述》,《天津大学学报(社会科学版)》2005 年第 3 期。

② 冯骥才:《挽住我的老城》,《民主》1999 年第 8 期。

仲的小说《龙嘴大铜壶》①中,卖茶汤的杨四儿一方面固守他的名号,"杨四儿,杨
四儿他爹老杨四,他爹的爹老老杨四,看上城犄角儿这地界儿,摆摊儿卖茶汤。
怎么都叫'杨四'? 这有嘛各色的。小摊儿辈辈传,喝茶汤的老少爷们儿认扣,这
么招呼顺口儿",通过对"杨四儿"这一名号的固守展示和渲染古城老派人物的性
格,本分、勤劳、务实、热诚、隐忍,且有那么一点认死理的固执与倔强;另一方面,
杨四儿坚守着他的摊位,城墙有的时候在那儿,城墙拆了照样在那儿,就认准了
那个"地脉","城,打八国联军进天津卫那年头就拆了,可是,这地界儿的人还把
住的地方叫'城犄角儿',或者,简短截说,叫:'城角儿'。其实,城都没有了,哪
来的角儿? ……这话灌进杨四儿耳朵里,亲的己的,非啐你一脸唾沫不行;生脸
儿的,杨四儿一撇嘴:'懂吗,这叫地脉!'"就是这个"地脉",自打明朝永乐二年
筑城设卫以来,除了八国联军拆去了"城圈","嘛玩意儿都纹丝不动",一切都是
原有的样子。还有就是他对作为老城象征的龙嘴大铜壶的挚爱和珍惜,这把大
铜壶哪儿来的? 怎么进了杨家的门虽无法考证,但这个落款"大明崇祯年造"的
大铜壶,不仅是杨四儿养家糊口的基本工具,而且是城市历史的见证,英法联军
打大沽口、闹义和团、八国联军进城、民国军阀混战、日本侵华占领天津等等,变
化的是历史,不变的是大铜壶和老天津卫。"独一份儿"的大铜壶蕴含的正是老
城独特地理位置与民俗风情。"'河水滔滔向东流,天津城在海西头。'城犄角儿
呢,又在天津卫西头。老天津卫一张嘴就是'河东水西','水西'就是西头。这
地界有老天津卫的风水,也有老天津卫的习俗。单说戏热闹儿,就是喜热闹,这
就是'城里''下边'(租界)比不了的"②。当大铜壶在 20 世纪 80 年代"改造城
市"口号下,和将要"底儿朝天,变一变模样儿"城市一起失踪时,老城意象具有的
崇高感,也在张仲《龙嘴大铜壶》对大铜壶历史与现状的描述中得以呈现。

　　张仲对龙嘴大铜壶的叙述,不仅探触到清末民初这一天津最为丰富和最具
性格特征的城市历史,而且为老城意象开创了叙述与想象的空间。这一时期的
城市历史,已经引起林希、冯骥才等人的关注。林希以《寒士》《茶贤》《相士无非

---

① 张仲:《龙嘴大铜壶》,《小说家》1987 年第 6 期。
② 张仲:《龙嘴大铜壶》,《小说家》1987 年第 6 期。

子》《高卖》等"津味小说"进入市井社会，在展示老城文化及其空间特征的同时，力图使天津地域文化得到公正展示。冯骥才从《神鞭》《三寸金莲》到《阴阳八卦》，以"怪世奇谈"概括城市的这一历史时段，依照历史时代的阶段性特征，冯骥才探索和展示"天津个性"与"集体性格"，留下那个时代的画面的同时，也解释了作为城市空间起点的天后宫对城市意象及城市文化性格的塑造作用。这座位于老城东北角至今依然香火鼎盛的古庙，不仅开创了城市空间并主宰了天津人的精神世界，形成了具有"俗"与"奇"杂糅独具特色的城市文化传统，而且也成为老城意象的元符号。它作为自发的民间信仰以一种潜意识的方式支配着人们的行为与思想，并以诸如老城拆迁改造的特定历史时期或事件为契机诉诸公众意识，以此来激活记忆和表达文化诉求。

第三节 空间分布与老城意象的文化构成

老城的意象空间，核心区域在旧城，并涵括了除租界区之外的旧城外围区和南市区。它们虽然具有都属于老城区，但从规划上说，却具有不同的结构形式，"旧城是有明确边界、带有'强制性'十字分割的矩形结构"，明显属于规划的结果；旧城外围区则不同，这些分布在城北、城东和城西三面的天津早期居民居住地，是在"无规划的基础上缓慢形成"，"其基本特征是同质性，具体表现为两个特点：（1）无明确边界；（2）呈'龟裂——蛛网'状"；南市区作为旧城和租界区的过渡区，体现了自发结构与租界区规划结构的"两种异质结构（如旧城与租界）的结合过程"①。三种异质性的规划结构共同组成了老城的意象文化空间。

老城不同区域的空间结构特征，为塑造城市不同的形态面貌及性格特点奠定了基础，并通过作家的创造展现出来。张仲特别强调人物与地理生活环境的联系，"'一方水土养一方人'。天津租界、城里、河东水西、娘娘庙跟驴市口，各个块与层面的人，行动坐卧，言谈举止，声音笑貌绝不相同……西窝洼出不了袁寒

---

① 滕绍华，荆其敏：《天津建筑风格》，北京：中国建筑工业出版社 2002 年版，第 16 页。

云……同样是老实憨厚,城里跟码头上的人不同;同样是尔虞我诈,租界的买办与鬼市上担大筐喝破烂的有很大差异。住西头大杂院同住小洋楼、单元房的人,在人与人的关系上,那股劲儿太不一样了……别说住花园洋房的,就是住单元式住宅或独门独院的,人与人要是有这种热乎劲儿才怪呢。当然,大杂院里磕磕碰碰,人际关系中有点火星儿真敢动刀的情景,单元住宅楼里也不常见"①。《神鞭》中傻二之所以有一条神出鬼没的大辫子,与城西北角吕祖堂一带小孩留辫子的习俗有关。孩子长到六七岁,需要在父母的带领下到吕祖堂烧香,认师傅,打小辫儿,"按照庙里的规矩,凡是认师傅的,到了十二岁再给老道点钱,老道在大殿前横一条板凳,跳过去,就出家成人,熬过了'孩灾'。俗例这叫作'跳墙'。照规矩,跳过板凳,就不许回头,跑出庙门,直到剃头铺,把娃娃头剃成大人样……傻二的辫子长得特足。十二岁跟大人一般粗细,辫梢长过屁股。他跑出庙门,没去剃头铺,直奔回家,听说他舍不得头上的辫子。所以他现在才长得这么粗,像条大鞭子"②。《阴阳八卦》中黄家二奶奶的行为做派,体现的是传统城里大户人家的门风惯习,为了过填仓节,"正月二十五一大早,北城户部街东边乡祠东街黄家一家大小,都给二奶奶折腾起来,人人带着两眼角眼屎,就洗肉洗菜剥葱切姜剁馅擀皮包饺子包合子,忙乎开了"③,一家人都在二奶奶的领导下隆重过节。

　　生长在旧城东门里头道牌坊下的马林,专门以东门为中心讲述他的"小巷故事"。他熟悉老城的"味道","我知道西南城角杨巴的爆三样是好菜……我还说东门脸左首百年老号恩发德的羊肉包好,……有人在报上议论天津八大碗竟议论到山东馆去了,我说差壶了。天津卫本地八大碗的老字号是天津东门里右首上的中立园,那位老掌柜我八九岁上就认识,甭说馆里摆席,连伙计用大提盒给城里老户送菜的样子我都常见"④。他对天津旧城东门里的感情和记忆,成为他塑造城市和展示创作个性的来源,"别人写天津味,大都取材上层、阔家,我却选择了下层人;有人写天津味,是写官绅、地痞、杂八地、玩狗玩笼子的老少爷们,我

---

① 马林,张仲:《关于"津味"文学的通信》,《天津文学》1990 年第 11 期。
② 冯骥才:《神鞭》,《小说家》1984 年第 3 期。
③ 冯骥才:《阴阳八卦》,《收获》1988 年第 3 期。
④ 马林,张仲:《关于"津味"文学的通信》,《天津文学》1990 年第 11 期。

以为这是对这块土地的嘲弄。我在天津旧城古牌楼下生活了几十年，经历了许多痛苦、善恶、真伪、美丑，许多人使我迷恋，许多事也给我留下了痛苦的回忆。这些年来，我在这条几乎没有一棵树的灰街上看遍了人生兴衰荣辱，读遍了小写的人、大写的人、各种各样的人。有些自称'草民'的往往不比那些大宅门的少于智，而那些五行八作的能人巧匠更是这城里历世的精华。时代变化了，冲击开始了，新的板块结构重新拼凑合成。我从这里走向社会、面向人生，我取这一侧面写下了我的里巷歌谣"①。

东门里大街作为天津文庙的所在地，也代表了天津文脉及斯文传统。林希通过《茶贤》里的沈用公这一人物描述了斯文传统在旧城的异变，"沈用公原来叫什么名字，人们不记得了。他取'天生我材必有用'的'用'字，自称是用公。他何以自认为必有用呢？因为他有一宗抱负。他家住天津东门里大街，这东门里大街的尽头，便是天津的孔庙。然而，天津有孔庙不是天津人的光荣，它却成了天津人的耻辱；天津因为没有出过状元，是从有状元以来，从来没有一位状元出生在九河下梢的水旱码头的天津卫，所以天津的孔庙只有旁门，没有正门。沈用公自幼是立志要给天津的孔庙开正门的人，他十四岁参加童子试，十六岁参加乡试，倒也步步金榜题名；谁料，他的满腹学问一到了殿试，就有一半多不肯跟随他一同登殿，另一半也让汗珠儿沤得发了霉……沈用公自从在功名上心灰意冷之后，每日便常去坐落在东北城角的正兴德茶庄闲坐，一来这正兴德茶庄的老板，本也出自书香门第，对于读书人有一种偏爱；二来，沈用公酷爱品茗，而且生就一身品茗的绝艺"②。沈用公功名未就成茶贤，这一奇异的突变成就了旧城遗老的另一身份与出路，他们以自身的特殊技艺不仅昭示时代与空间的特别，也使得老城意象走向奇谲怪诞之途。

老城区的区域分割及建筑与居住群体的不同，造就了性格与习俗上的差异，而这些差异因空间的融合而集聚形成公共性的意象。这是一种具有多重面孔与包容性格的合集，"茫茫天地、芸芸众生、达官商贾、三教九流，经日月映照，历史

① 马林：《古牌楼下》，《天津文学》1988 年第 4 期。
② 林希：《茶贤》，《中国作家》1986 年第 5 期。

筛选,所锻造的城市性格绝不可能是单一的,她必定是一个复杂的混合体。天津的性格中既有继承燕赵之地的慷慨豪爽之遗风,又有胆小怕事、洁身自好的习性;既有热情好客、乐于助人的侠肝义胆,又有着重实惠、目光短浅的市民气味;既有古朴淳厚的民风,又有商埠唯利的时尚;既有民间艺术的高产田,又是阳春白雪的贫瘠地。城市性格作为特点的多元态式,总是呈现出多面性和复杂性"①。梳理这种在传统城区碰撞、交流与融合基础上展现出来的城市"多面性"与"复杂性",可以发现老城厢基于卫护京畿而建立形成的重武轻文之风习、旧城外围区作为水旱码头积染的重利薄情之商贾品性和南市"三不管"地带的鱼龙混杂混混儿充斥造成的倚强凌弱尔虞我诈,不仅已经成为其多元与复杂中的主要方面和主流特征,而且经过渲染、提取和引导,其负面性的构成特征越发明显。林希批评民国报人小说时指出,"天津卫下九流的形形色色作为,那才真是写得淋漓尽致,从青皮混混到烟花女子,吃喝嫖赌、坑蒙拐骗,那已是写到了家。只是,他们越是写得逼真,他们就越是离开文学越远,直到最后,他们写了不计其数,结果也没有写出什么气候来。不仅没有写出气候,反而给后人写绝了道儿,使人们一提起天津味,立即就联想到打架骂街,要么就是吸鸦片,玩妓女,稍微斯文一点的,写到租界的遗老遗少,也不外就是讨小老婆、霸占民女罢了"②。林希的批评虽是针对历史上的报人小说,却有着明确的现实指涉。历史与现实空间的"逼真"描写,虽然旨在展示和勾勒城市社会与生活的文化根源及"本质",却在"俗"与"奇"的趣味中走向了引导的反面,这种过度解读与趣味偏好不仅使老城区意象不堪重负,而且距离现实越来越远。以老城提喻整个城市的意象构成显然不再合法。这也是城市公共意象转向"五大道"主要动因。

第四节　异质空间意象的转换与五大道的出现

老城意象得以突出和成为城市的公共意象,是以对以五大道为代表的作为

---

① 杨键:《漫话"津味"》,《文学自由谈》1987 年第 1 期。
② 林希:《"味儿"是一种现实》,《文学自由谈》1994 年第 4 期。

异质空间租界区的压抑为前提。后者作为城市空间文化意象的另一构成单元与发展脉络，虽然处在被遮蔽的阴影之中，但以独立的空间形态和完整的结构布局得到保护和留存。因而，当老城区进行大规模拆迁和"现代化"改造及老城意象出现合法性危机的同时，五大道作为替代符号出现在城市公共意象中就成为一种必然的选择。

五大道本是对原英租界区内东、西向并行排列的成都道、重庆道、常德道、大理道、睦南道和马场道等六条街道及其所属区域的泛称，现在主要指老城之外的租界区。天津自 1860 年开始，共有英、美、法、德、日、俄、意、奥、比等九国设立租界，面积达 23350.5 亩，是天津旧城的八倍。作为异质空间的租界，对于城市来说有着双重的面孔和复杂的感情。一方面作为帝国主义列强入侵的结果，"位于天津海河两岸的各国租界，不仅控制着天津航运、陆路交通的要道，而且扼守着从海口通往北京的战略要地。列强以租界为基地，对天津乃至全国肆无忌惮地进行经济、政治、军事、文化侵略。租界无疑是半殖民地的标志之一，它表明中国已丧失了主权和独立，经济上沦为帝国主义的附庸"，主权的丧失以及由此遭受的凌辱与欺压，"每一个中国人，尤其是每一个天津人都会铭心刻骨，永世不忘"①。另一方面，这一异质空间如同一把楔子不仅打开了坚固封闭的国门，而且也给古老城市带来了新鲜的经验与现代规则，并逐渐改变了城市，"20 世纪的租界已经不仅仅是西方文化传入的'窗口'，而是形成多源文化的汇合体，成为近代中国城市文化的独特类型。近代西方文化影响了租界的各个方面，举凡市政制度、建筑、生活方式、时尚、艺术、价值观等等，无不渗透其影响，并通过租界不断地传播到老城区……到 30 年代，随着近代城市中心在租界地区的形成，租界文化已经成为城市文化的主体"②。

中华人民共和国成立后，政府接管城市的同时把各个机关安置在租界区。租界区成为城市的政治与商业中心。改革开放以来，原租界区的金融功能得到恢复和发展，解放北路一带原中国实业银行、原汇丰银行、原横滨正金银行、原中

---

① 杨生祥：《天津租界简论》，《天津党校学刊》1994 年第 1 期。

② 刘海岩：《天津租界和老城区：近代化进程中的文化互动》，《城市史研究》第 15 至 16 辑，天津：天津社会科学院出版社 1998 年版，第 107 页。

央银行天津分行、原中法工商银行、原华义银行、原天津邮政储金汇业分局、原盐业银行、原朝鲜银行、原新华信托储蓄银行等金融机构的历史建筑,在得到保护和修复的同时,成为中国人民银行、中国银行、建设银行、农业银行、工商银行的天津分行,以及信托投资公司、证券机构等高级金融机构的办公营业场所。对租界区建筑及空间布局的利用、改造、修缮、保护和恢复,不仅在一定程度上复原和展现其历史风貌与原有的风采,而且通过风景的转换与话语的建构,在洗刷其殖民色彩与屈辱记忆等原罪的同时实现其与现代性源头的接驳。于是,围绕着原租界区的一切现实行为与话语实践,都朝着这一明确方向挺进。首先是地名的转变。地名至关紧要,反映着权力,"地名不仅是我们倚之区分不同地点的工具,为一个地方命名是一种社会行为,它反映着、浓缩着为权力地位和影响力而进行的斗争";地名还呈现具体的形象,"地名传达的也不仅仅是某地的方位那么简单……它们向我们讲述着这个社会中的种种故事。有的已经进入语言,比如'被送到考文垂'(意为被孤立、被排斥)。而对于一个地名来说,终极荣誉就是它被当作了形容词,'非常好莱坞''东岸知识分子''西岸之声''默西之声''巴黎风格''纽约样式',等等。而其中有的是如此强势,以至于其代表的意义变成了一个专有名词,比如哈米吉多顿(地名,圣经中世界末日善恶决战的战场)"①。以"五大道"取代原本以国家命名的租界区,除了体现国家权力对异质空间的完全贯彻、在民族国家的每一寸土地上实现均质化统治之外,还表达了与其特定建筑人文风貌的联系与想象。具有各国风貌特色的花园住宅和名人宅邸、风格各异的围墙、尺度宜人的林荫道、远离喧嚣的街道环境,不仅形成了自成一体的区域特征和静雅悠闲的格调品位,而且以其丰厚的历史积淀使其成为故事的讲述者,并成为一个"专有名词"。

五大道对租界区的替代,不仅表现在故事讲述方式的转变,而且体现在讲述故事的本身与其讲述时代的关联。"神话的作用——其出自实际冲突的建构与其对接受者的冲击力——始终联系着讲述神话的时代,而不是神话所讲述的时

---

① [英]约翰·伦尼·肖特著,郑娟、梁捷译:《城市秩序:城市、文化与权力导论》,上海:上海人民出版社2011年版,第471,472页。

代"①。通过发掘严实而不透空的围墙里面、扶疏花木掩映背后小洋楼及其居住在其中人物的命运与生活,一个符合国际化大都市话语规则和现实需要的新都市意象从五大道生发出来。这一意象有关于小洋楼的个体记忆与体验,"住进小洋楼之后,果然感觉就不一样了。小洋楼里的世界不算大,但是每一个人都有属于自己的空间。就说我们几个小弟兄吧,无论怎样在房里造反,楼上的父辈也听不见,再也不像过去住在城里老院子里的时候那样,小弟兄们动一动,老爷爷老奶奶们就全听得见看得见,事事都有他们干涉。这时,我才发现了小洋楼和四合院的根本区别。四合院里正房的老祖宗只要咳嗽一声,全四合院上上下下一切人等就全要一起随着惊动,四合院永远是最高权威实现权力的地方。而小洋楼一楼是客厅,长辈住在二楼,上了三楼就是小哥儿们的天下了。无论你在房里做什么,楼下的人也不知道。四合院时时提醒你不要忘了自己的地位,而小洋楼却给了你一种平等的感觉,使个人受到尊重,这就是小洋楼文化的根本特点"②。五大道意象还关联着从小洋楼生发出来的关于城市文化与历史的认同。小洋楼表现出的对个体尊重及平等意识,尽管源于西方生活方式及其价值观念,却经过"开埠"的洗礼、"启蒙"的觉醒、"摩登"的引领和"空间"的建构,在资本的召唤下已然作为一种价值支撑着五大道意象的出现。五大道作为成为一个具有高度标示性的空间区域,对于繁华喧嚣尚未褪尽、贩夫走卒引浆买车之流充斥的老城区,它是一个俨然有序、清雅可观和指向未来世界的范本;对于高楼大厦环伺、摩肩接踵、车水马龙的现代都市,它仍以自己的娴静淑雅与清淡婉约把时间定格在这一空间内,实现时间的空间化。对于老城区,五大道是异质的,对于现代都市,五大道同样具有异质性特征。双重异质的五大道不仅把现代都市与老城区牵连在一起,而且为城市赋予了个性化的身份认同。也正因为如此,已然消失的老城区和正在失去个性化的现代都市意象在五大道的意象空间中得到复活与重生。

城市意象从老城区向五大道的转换,在城市叙事语法上也有着内在的联系。如果把老城叙事比作市井通俗传奇,讲述的是市井社会的传奇故事,那么全球化

---

① [美]布里恩·汉德森,戴锦华译:《〈搜索者〉——一个美国的困境》,《当代电影》1987年第4期。
② 林希:《天津小洋楼——平民文化的另类生活》,《其实你不懂天津人》,天津:天津人民出版社2007年版,第181至182页。

时代日新月异的现代都市更像是冒险家的乐园,叙述的是都市英雄的传奇经历。当资本摧毁老城区、彻底斩断老城文化的物质根基,使老城叙事堕入"搜奇猎艳"之末流时,作为冒险家的都市英雄则开疆拓土、一路高歌所向披靡,不断创造时代神话与都市奇迹。它们不仅在传奇中完成角色的转换,而且在传奇中共同参与了现代都市叙事语法的建构,并"始终联系着讲述神话的时代"。这一讲述中,现代都市传奇的主角虽然是老城市井百姓的后代,但需要穿上西装皮鞋,在窗明几净的写字间闯荡江湖、开创事业、把新都市传奇故事延续下去。

第五节 五大道与都市意象的重构

五大道作为西康路、成都道、马场道与南京路合围的一块长方形区域,在1.28 平方公里的原英国租界区内,集中了 20 世纪二三十年代建造具有各国风格的房屋 2000 多所,其中保存完整的历史风貌建筑和名人故居 300 多处,它以其万国博览会式的物质形态不仅创造了特征鲜明的空间文化,而且重构了都市意象,成为现代都市代表性的意象符码。

五大道作为具有高度辨识性的城市区域,首先在区域认同的基础上建构了区域意象。"区域是城市内中等以上的分区,是二维平面,观察者从心理上有'进入'其中的感觉,因为具有某些共同的能够被识别的特征。这些特征通常从内部可以确认,从外部也能看到并可以用来作为参照"①。五大道区域有着明显的"进入"感,"二三层高的砖木结构小楼、风格各异的围墙、尺度宜人的林荫道、远离喧嚣的街道环境,构成了'五大道'这一区域的主题单元",使其不仅与老城区的拥挤、繁杂形成了鲜明对比,而且与其四周鳞次栉比的高楼及车水马龙的街道亦区别开来。有研究者指出,"从环境心理学的角度,五大道地区独特的空间形态及其历史背景,对生活、工作、行走其中的人们产生了或多或少的暗示、引导等

---

① ［美］凯文·林奇著,方益萍、何晓军译:《城市意象》,北京:华夏出版社 2011 年版,第 36 页。

行为心理影响"①。诗人林雪的《途经五大道》印证了这种影响与暗示："我试着说出马场道。说出我们精神里的/罗马。仿佛临街，从那幽暗地下室/隐约送来一丝酒香。仿佛尘埃中的/葡萄酒桶，有一声微弱如耳语的爆裂……我试着解释命运——我不是必然/且必须来到这里，担负诗歌/或爱情的意义。即使我的身姿/从不在这里闪现，总会有别的女人/适时出现，像真理，像谬论，像历史//我试着说出家——在许多夜晚/来临时，踟蹰在黄昏/一遍遍问自己/到底怎么生活，才能成为/必须要成为的那种人"②。马场道上的罗马式建筑，让诗人联想到幽暗地下室，想到里面贮存的葡萄酒桶和微微飘来的酒香，同时生发出对该区域别样生活的想象，并以此对自己生活及命运进行质问和探寻。五大道不仅激发了诗人林雪诗性创造的灵感，而且其本身作为诗的意象融合了现实生活与精神世界的分隔，并强化了区域的意象特征。

五大道区域的外在形态与内在结构，展现了一种内敛与张扬并存的双重文化形象。作为上层社会的居住区，五大道一方面"摒弃了西方开放式的布局形式，多采取中国传统的高墙深院以强调隐私，并由此形成五大道特有的深幽寂静的街市风格"③，另一方面"依从它们中国主人的口味和习惯，并信由中国的设计师们随心所欲地改造，致使各国租界晚期建筑彼此之间变得模糊"④，表现出开放包容、个性鲜明的建筑风格。五大道内敛私密的空间布局所表现的"藏"和多样融合的建筑形态所表现的"扬"，虽以其和谐相处与并行不悖展示了近现代中西方文化的冲突交汇及其创造性的再生，并造就了外"藏"内"扬"的都市文化性格，却也是导致其开放性的文化面貌及其曾经辉煌历史被遮蔽和埋没的一个重要因素。冯骥才指出："在二三十年代，大天津与大上海——这两个近代中国一南一北的名城，曾经何其相像！但奇怪的是，改革开放后，上海人很快地一脉相通衔接上昨日的都市感觉，找到了那种历史的优势。曾经在上海洋行做事的老

---

① 李小娟，陈擎：《天津"五大道"地区的空间文化》，《城市》2009 年第 3 期。
② 林雪：《途经五大道》，《诗探索》2010 年第 2 期。
③ 夏青等：《天津五大道历史街区空间形态及风貌特色解析》，《天津大学学报（社会科学版）》2012 年第 2 期。
④ 冯骥才：《小洋楼的未来价值——〈天津老房子·小洋楼〉序》，《中国摄影报》1997 年第 28 期。

职员,在如今回滩的合资公司便顺理成章地找到自己擅长的位置,甚至接通了中断久远的往来。但天津好像失掉了这个昨天。我读了上海年轻作家们写的《上海的风花雪月》和《上海的金枝玉叶》,感觉他们就像写自己老祖母的往事那样亲切与息息相通……而曹禺的《雷雨》与《日出》写的地地道道是那个时代的天津。但天津人还会把它当作自己的过去吗? 现在,人们已经误把《雷雨》和《日出》当作上海的往事了",不仅天津人如此,学者李欧梵面对五大道的现状及其历史,也惊诧不已,感觉"如闻异国的神话"①。

五大道独特的空间布局及其内敛的外在形态,虽然使其与外在世界发生断裂,却使得城市保持与延续了一种相对独立及优雅和谐的生活,创造了符合"慢行城市"的社区生活理念。宋安娜在《五大道之晨》中细致描述五大道区域的当下生活,"当第一抹晨曦跳上重庆道与广东路交口洋马车雕塑的琉铜金顶时,五大道上响起了环卫工人的扫帚声,唰,唰。七月槐花正茂,遍地鹅黄。工人将花瓣儿一簸箕一簸箕收起,倒入三轮车斗里。车轮水车般转,轻悠悠的,车后一路槐花香……如今五大道居民,士农工商,五方杂处。遛狗的女人牵着贵妇犬出门时,下岗女工的煎饼果子摊也点火了。女人们睡眼惺忪,用笑意相互问候,连狗儿都不叫,不忍打破这清晨的静逸……现今小区严禁小贩出入,而五大道却永远敞开着大门,也唯有五大道,还能听到小贩有滋有味的叫卖声,看见磨剪子戗菜刀的人坐在门槛以外,在磨刀石上兢兢业业磨快一把菜刀。生活细节往往印证时代,还有哪里能像五大道人家,每天用煤油墩布擦菲律宾木的地板,一年换两季窗户,夏天拆下里扇玻璃窗换纱窗,不等入冬,又拆下纱窗换玻璃窗的呢? 拆拆换换,年复一年,便是这年复一年,五大道在保护着历史风貌建筑的同时,也努力维系着原有的生活形态"②。五大道的静逸、雅致、宽和与包容,以及对原有生活形态的坚持与固守,与"慢行城市"理念形成了有趣的呼应。克劳斯·昆兹曼对始于1999年的"慢行城市"(Slow City)进行了解释,"慢行城市可以被视作这样一种城市:人们享受着舒适、愉快而安全的生活。一座慢行城市是一座适宜步

① 冯骥才:《阐释五大道》,郭长久主编:《五大道故事》,天津:百花文艺出版1999年版,第10页。
② 宋安娜:《五大道之晨》,《天津人大》2011年第8期。

行的城市,是一座尊重场所历史的城市,是一座挖掘经济发展潜力、保护自然资源和水资源的城市"①。可以说,宜居、舒适、愉快、安全、环保、节奏舒缓、尊重历史传统、以人为本的"慢行城市"理念,不仅是当下城市规划与发展的一个重要观念与基本目标,而且也为解释五大道为何在高楼林立、市声喧嚣、欲望张扬的后现代都市中仍然保稳健步伐、平和心态与盎然生机提供了一个恰当理由。

五大道的生活细节及其区域意象受到关注的同时,其开放包容的历史品格与个性化的建筑风格所代表"扬"的一面,在现代性的叙事语境中获得了解放与重生。五大道既是现实的区域,也是想象的空间,它通过空间的想象生产出关于都市的记忆与历史,并赋予它以现实性。它的角色和意义只有在其被赋予之后才可能获得客观有效性②。以城市的开埠为起点,沿着北洋时代的峥嵘、逊清皇家的遗风,在五大道的空间内,不仅可以看到这个独特区域形成过程中历史风云的交集,而且还能发现天津作为近现代工商业城市,其政治、经济、社会、思想、人文等各个方面发展与运行的历史脉络及由此发生的动人故事。透过密实的围墙和葱郁的花木,一幢幢形态各异、个性突出的建筑物,既是时代的参与者,也是历史的见证人,它们以一种凝固的形态记录着风云变幻年代各类名人的英雄伟业、命运际遇与生活点滴。从末代皇帝、前清王公大臣、民国总统总理,到各部总长、各省督军,以及洋行买办、实业家、著名学者、文化名人等,他们与生活起居的宅邸已经紧密地连接起来,共同组成近代中国百年激扬动荡的历史,共同见证这个城市的苦难辉煌。这一叙事,弥合了阶级叙事、殖民叙事的分裂,在消解租界区原罪记忆的同时,为五大道意象的敞开奠定了基础。五大道不仅融进了近代中国百年历史与民族伟大复兴的梦想,而且也成为建设国际化港口城市与生态宜居城市的理论依据,它在意象层面突破了空间区域的限制,成为城市形象的代表性符码。从这个意义上说,大型纪录片《五大道》的制作与播出,意味着五大道意象对都市意象替代与重构的完成。

---

① [德]克劳斯·昆兹曼著,邢晓春译:《慢行城市》,《国际城市规划》2010年第3期。
② [美]爱德华·W·萨义德著,王宇根译:《东方学》,北京:生活·读书·新知三联书店1999年版,第67页。

第十七章 "新村"想象与城市 形象的变迁:从工人新村到城市世纪危改

工人新村和城市世纪危改是天津不同时期的重要事件,前者指20世纪50年代初期工人新村建设,后者是20世纪90年代中期开始的拆除棚户区、老城区等危旧房屋改造工程。两个具有不同历史内涵的故事,不仅以解决城市居住问题为目的参与了城市历史叙事和城市形象的建构,而且具有相同的生产机制,体现了城市空间生产的基本特征,它们有着隐秘的内在联系和可类比的精神内核,共同指向带有乌托邦色彩的"过正当的人的生活"①新村理念。二者既是当代中国城市两个不同阶段代表性事件,也是弥合城市叙事断裂、建构当代城市历史的主体构件。因此,梳理这两个历史事件,对于认识和解读当代中国城市历史及其文化秩序结构,探索城市形象的变迁,具有重要意义。

第一节 建设性破坏与城市叙事焦虑症

1999年底,进行到第五个年头如火如荼的城市世纪危改工程开始改造处在三岔河口的大胡同商业区,津门最为古老的商业街即将被拆除重建的消息再次刺激了文化界人士敏感的神经,为了保住老街,作家冯骥才邀集了历史、建筑、文

---

① 周作人:《新村的精神》,《新青年》第7卷第2号。

博、摄影等界人士现场考察,对老街进行"文化拯救",并撰写了《老街的意义》《老街抢救纪实》《手下留情》等"行动散文",直斥危旧房危改工程本身的野蛮与非理性。冯骥才指出,在危旧房改造工程面前,"只要是旧房老屋,一律称之为危房陋屋",形成"建设性破坏"的城市改造狂潮,为此他"经常向一些城市管理者发问,你们到底要把城市改造成什么样子? 回答有两种:前一种是,没想那么多,先解决老百姓的住房问题再说;后一种是,建成现代化城市。后一种回答听起来有明确目标。但只要追问一句,这现代化城市具体的形态呢? 高楼林立,汽车飞驰,灯如繁星? 像香港? 像东京? 像纽约? 回答便卡壳了,或者又回到前一种回答:没想那么多"①。在解决住宅问题和城市现代化想象面前,历史老街区作为拆迁改造对象本身就具有多重的含义。

旧房危改直接毁掉了城市的历史与文化根脉。冯骥才指出,作为一个具有六百年历史的津城,有着和人一样的记忆与完整的生命历史,而承载其记忆的生命体往往是"一座座建筑物"及"成片的历史街区、遗址、老街、老字号、名人故居"②,等等,这些生命承载体本身又是城市"独具的思维方式、生存方式、审美方式,以及创造性和想象力的最生动的体现","一个城市不能被代替的个性内容,都在它的形态当中了"③。而这些承载着城市记忆和生命的物质性建筑在城市世纪危改面前却不堪一击,"每一分钟里,我们城市中都有大批文化遗存在推土机的轰鸣中被摧毁","历史遗存和原始生态一样,都是一次性的;一旦毁灭,无法生还。生态关乎人的生存,所以容易被看到;文化关乎人的精神,就常常不在人们的视野之中"。冯骥才企图把文化精神灌注到城市世纪危改之中,以免造成"三十年后我们祖先留下的千姿百态的城市文化将会所剩无几"的遗憾④。从这个意义上说,冯骥才以行动散文凸显了一个"文化人"的"文化责任感"。

与此同时,作家蒋子龙的长篇小说《人气》由作家出版社出版。这部以城市危旧房改造工程为叙述对象的长篇小说,以写实手法记录了危旧平房居住群体

---

① 冯骥才:《冯骥才分类文集 6:文化批评》,郑州:中州古籍出版社 2005 年版,第 59 页。
② 冯骥才:《冯骥才分类文集 6:文化批评》,郑州:中州古籍出版社 2005 年版,第 69 页。
③ 冯骥才:《冯骥才分类文集 6:文化批评》,郑州:中州古籍出版社 2005 年版,第 59 页。
④ 冯骥才:《冯骥才分类文集 6:文化批评》,郑州:中州古籍出版社 2005 年版,第 11 页。

的艰辛生活和世态百相,以及他们对拆迁改造工程的企盼、渴望及其人性弱点的展示。危改的对象主要集中在旧城区,它们拥有城市"贫民窟"的通病,拥挤、狭窄、肮脏、混乱的居住环境不仅严重影响了居民生活,甚至危及生命,而且引发失业、贫困、疾病、毒品、犯罪等各种社会问题。如城厢区的同福庄不仅是历史上的"贫民区","著名的落马湖、蓑草地等妓院就在这一带,是妓女聚集区",而且也把贫民区的"传统"一代代地继承下来,那些退学在家的混混无良少年,"早早地学会抽烟喝酒,而后是打架,偷盗,甚至奸淫妇女"。一场东南风引发全市平房区大面积煤气中毒,"发生煤气中毒的主要原因是由于天气突然转暖,大地返潮,气压变低,住在平房里的居民大都用烧煤的炉子取暖,烟筒戗风,煤气倒灌,导致中毒……全市有数百人有程度不同的煤气中毒反应,已死亡十一人,仅城厢区的同福庄就有二百多人被送进医院抢救";一场暴雨又让平房区汪洋一片,平房地面比院落地面低,院落地面比胡同地面低,胡同地面又比马路地面低的"三级跳坑",使得平房区的灾情格外严重,"全市差不多有四百多万平方米的平房"泡在雨水里,近二百万老百姓受灾。现代城市的人口密度应该是 1 平方公里 1 万人,而 20 世纪 80 年代的天津,"平均每平方公里 2 万人,简陋平房区则平均 5 万人,老城厢 1.55 平方公里居住着 10 万人……全市共有成片的危陋平房 740 万平方米,里面住着 60 万户,大约 180 万人","市政府的年年问卷调查,反映最强烈的一直是房子问题"①。人人都有权利追求更为美好的生活,向往现代化的舒适与便利。危旧平房区的"水深火热"生活,不仅是城市世纪危改的最大动力,也是其合法性的依据及现实意义所在。小说《人气》正是从这一角度展示作家直面现实和反映现实的勇气,并以自己的勇敢和坦诚揭示了城市世纪危改波澜壮阔的历史过程。

如果说《人气》面对平房区逼仄、破败的生活环境及其居民迫切需要改善居住条件的愿望,主要从经济与民生的现实角度考量城市世纪危改工程的话,冯骥才"抢救老街""手下留情"的吁请针对的则是"建设性破坏",表达的是一种历史层面上的文化反思与忧虑。二者的差别既出于不同的思考角度和需求取向,更

---

① 蒋子龙:《人气》,北京:作家出版社 1999 年版,第 62 页。

源于城市的现代性空间"破坏"与"建设"双重面孔焦虑症：一方面表现出与过去"一刀两断"地完全决裂，"它将世界视为白板（tabula rasa），并且在完全不能指涉过去的情况下，将新事物铭刻在上面——如果铭刻过程中，发现有过去横阻其间，便将过去的一切予以抹灭"①。另一方面它又不断地召回和重建传统，以"挽歌"的方式确定过去的价值及其在现代中的位置，使其成为一个想象的"他者"。可以说，"破坏"与"建设"的双重面孔，成为现代城市主体确立和形象塑造的主要方式。

第二节　"住宅问题"与社会主义城市工业化

　　城市世纪危改引发的现代焦虑症危机，在 20 世纪 50 年代社会主义城市的建设中就已存在，那种与传统消费城市急于分割和建设社会主义工业城市的迫切心态，在工人新村的建设中得到了较为完整的体现。以解决工人住宅问题为初衷的工人新村，却成为社会主义工业城市工业化的一个代表性符号。

　　中华人民共和国成立后，为了实现工业现代化，天津和全国其他主要城市一样实施计划经济下"高积累、低生活"的发展模式，这也是历经快速工业化和城市化社会主义国家发展经济的普遍做法。前苏联成立之初，"列宁和托洛茨基提出，初生的社会主义国家必须进行社会主义原始积累，才能够赶超西方资本主义世界。在东欧，许多刚刚萌芽的工业城市的生活条件也相对较差。因为政府把重心放在经济的快速增长上，工作和生活条件只是次要的考虑因素"②。经济的"高积累"使得城市工业得到迅速发展和扩大，截止到 1963 年，天津全市共有工业生产单位 1753 个，企业职工 61.29 万人，工业产值 46 亿元，形成涵盖电力、黑色金属、有色金属、动力机械、专用设备制造、电机制造、无线电、仪器仪表、日用

---

① ［美］大卫·哈维著，黄煜文译：《巴黎城记：现代性之都的诞生》，桂林：广西师范大学出版社 2010 年版，第 1 页。

② ［英］约翰·伦尼·肖特著，郑娟、梁捷译：《城市秩序：城市、文化与权力导论》，上海：上海人民出版社 2011 年版，第 87 页。

机械、五金线材、化工原料、塑料及制品、橡胶、玻璃、造纸、棉纺织、毛纺织、印染等 48 个工业行业、187 个工业部门的工业结构布局,各项指标居于全国 8 大城市第二的工业城市①。

　　天津工业快速发展在文学作品中也得到了展示,这些作品反映工人新生活、新面貌的同时,也叙述了工厂的发展与壮大,如 1957 年出版的长篇小说《海河春浓》写柴油机厂四年多时间不仅从一个五百人的工厂发展到两千人的大厂,而且输出八十个技术工人支援河南新建的拖拉机制造厂,成为城市日新月异的象征。相对于城市作为生产主体的快速扩展,作为消费主体的工人生活状况尽管与 1949 年以前有了较为明显的改观,但他们的生活水平"仍旧处在一个较低层次上"②。而住房问题尤为严重。不仅存量严重不足,而且居住环境恶劣,天津市政府研究室的报告指出,全市"房屋须要马上大量的修理,否则损失人民生命财产的事情将不断发生"③。为了改善产业工人的生活,1952 年天津市委、市政府组织全市纺织系统 14 个国有企业和天津钢厂等 96 个单位,在丁字沽、王串场、中山门、西南楼、唐家口、吴家窑、佟楼等地修建了 7 个工人新村。集资 3316 万元,建房 51221 间 90 余万平方米的工人新村,解决了 17 万工人及家属的居住问题。这些象征着工人阶级翻身当家做主和步入新生活的"工人新村",其实就是设计寿命为 10 年的联排式简易平房,"考虑到当时国家的财政状况,从解决大多数人的实际问题出发,规划设计采取苇箔草泥青灰顶,硬山木檩平房。新村布局,为达到节约土地、经济、适用目的,设计为若干个房簇(单元),组成 6—8 公顷街坊,每个房簇按照北方居民的生活习惯,采取南北向布置,以 10 间或 12 间为一排,每排之间留有适当间距作为庭院"④。房子竣工以后,"拿到钥匙的职工兴高采烈地赶着马车、骑着三轮、推着平板车,浩浩荡荡地迁入新居,一直生活在社会底层的工人们见证了社会主义制度的优越。居民们平生头一次使用公共自来水管和公

---

　　①　王昌军主编:《近代以来天津城市化进程实录》,天津:天津人民出版社 2005 年版,第 264 至 266 页。

　　②　陈柳青:《天津工人经济收入与生活状况考察(1930—1956)》,天津大学硕士学位论文,第 36 页。

　　③　《司法市政资料》甲集之五,天津市人民政府研究室 1950 年 3 月 15 日编印,第 36 页。

　　④　天津市地方志编修委员会:《天津通志 城乡建设志(上)》,天津:天津社会科学院出版社 1998 年版,第 114 页。

共厕所,区内配套有菜市场、粮店、煤店、百货店、银行、学校、托儿所等,住在新村里的居民无不为之自豪"①。人民教育出版社编辑的 1961 年小学语文课本中收录的《我们搬进了工人新村》一文表达了工人这种自豪与喜悦之情,"新房子都是红砖砌的,一排一排的,盖得很整齐。屋子里玻璃窗很亮,墙壁雪白。妈妈高兴地笑了。她摸摸自来水龙头,拧了一下,水流出来了。她摸了电灯开关,扳了一下,电灯亮了。她笑着说:'真方便!'大家这儿看看,那儿看看,一大堆才搬进来的东西也忘了收拾……妈妈不住地说:'想想吧,从前过的什么日子,现在过的什么日子!'"②。

"工人新村"的出现确立了社会主义城市的形象特征,它一方面体现了工人阶级当家做主和社会主义制度的优越性及其对光明未来的允诺,另一方面"关系到城市形态的变化(从'消费型城市'向'生产型城市'的转变)"③,即以"住宅问题"征兆的快速城市化和工业化过程。恩格斯指出,"当一个古老的文明国家这样从手工业和小生产向大工业过渡,并且这个过渡还由于情况极其顺利而加速的时期,多半也就是'住宅缺乏'的时期。一方面,大批农村工人突然被吸引到发展为工业中心的大城市里来;另一方面,这些旧城市的布局已经不适合新的大工业的条件和与此相应的交通;街道在加宽,新的街道在开辟,铁路铺到市里。正当工人成群涌入城市的时候,工人住宅却在大批拆除。于是就突然出现了工人以及以工人为主顾的小商人和小手工业者的住宅缺乏现象。在一开始就作为工业中心而产生的城市中,这种住宅缺乏现象几乎不存在……在伦敦、巴黎、柏林和维也纳这些地方,住宅缺乏现象曾经具有急性病的形式,而且大部分像慢性病那样继续存在着"④。恩格斯认为"住宅缺乏现象"无法"靠供求关系在经济上的逐渐均衡来解决",只有在"社会革命"之后,"只要无产阶级取得了政权,这种为

---

① 张健:《"新村"纪事》,《天津记忆》2010 年 12 月 20 日第 68 期。

② 人民教育出版社编:《十年制学校小学课本(试用本)语文 第 2 册》,广州:广东人民出版社 1961 年版,第 102 页。

③ 罗岗:《空间的生产与空间的转移——上海工人新村与社会主义城市经验》,《华东师范大学学报(哲学社会科学版)》2007 年第 6 期。

④ [德]弗·恩格斯:《〈论住宅问题〉第二版序言》,《马克思恩格斯全集》第 21 卷,北京:人民出版社 1965 年版,第 372 页。

社会福利所要求的措施就会像现代国家剥夺其他东西和占据住宅那样容易实现了"①。社会主义城市"工人新村"的建成,不仅以"社会福利"的形式把住宅钥匙交到产业工人手中,缓解了"住宅缺乏现象",而且这种"新的工业化、标准化、预制构件的、低成本的'平民住宅'","现实地解决在有限的空间之内,经济合理地容纳更多的人口这个问题,使他们过上有尊严的生活"②。工人新村的建设,第一次通过社会主义国家行为大规模地解决了工人住宅的短缺,以实践行动回应了革命导师恩格斯关注的新兴城市工业化过程中的住宅缺乏现象,它在完成与城市过去切割的同时重新生产了城市的传统与现实。

第三节　工人新村与城市性格

工人新村对工业城市的生产,反映在城市产业布局的调整。中华人民共和国成立前,相对于商业的集中分布,天津工业布局较为混乱,没有明显的功能分区,"纺织、化学、机器制造、仪器、造纸等行业广泛分布于当时的建成区内,以中小企业为主,聚集在商业集中的地区或接近高层消费者的市中心周围和中心商业区。在手工业和小型企业集中分布的老城区还存在一定的行业分区现象,如天津工业发祥地——三条石大街为机器、铸造企业集中区,南运河南岸的旧城内及旧城以北、西北地区为纺织业集中区……在城区和租界的边缘地带,大型工厂先后设立,并向远郊发展,如河北市区火车站外的小于庄、德租界南的小刘庄、挂甲寺、郑庄子、河北堤头、陈塘庄、塘沽等地"③。这种工厂与居民混杂、工业与商业互相干扰的产业布局,随着工人新村在城乡结合地带的建成得到明显的改变。

1954年12月,《天津城市建设初步规划方案》确立天津为工业城市,强调城

---

① 〔德〕弗·恩格斯:《论住宅问题》,《马克思恩格斯全集》第18卷,北京:人民出版社1965年版,第252页。

② 周博:《设计为人民服务》,《读书》2007年第4期。

③ 高雪莲:《超大城市产业空间形态的生成与发展研究》,北京:经济科学出版社2008年版,第159至160页。

市建设必须充分为工业发展创造便利条件。该方案一方面表现为严格限制商业和金融业的发展，"中心市区商业零售点从 1957 年的 57215 个下降到 1978 年的 7220 个。金融业也由于计划体制下的银行只执行财政金库职能而大为萎缩，原中街的一些金融大楼相继为政府机关占用，全市的政治中心与商业中心在空间上靠近"，形成了政治中心与经济中心重合的"单中心环形城市"结构布局①；另一方面，通过调整产业结构和产品结构，关、停、并、转一批工厂和手工作坊的同时，先后开辟了东南郊、陈塘庄、天拖、西营门、西站西、白庙、北仓、铁东、新开河、北站外和程林庄等工业区，形成了与工人新村空间上重合或接近的环城工业带新布局。由此，以中心城区作为政治和商业中心的空间地位被延续下来的同时，工人新村和新的工业区以其边缘的空间位置构成了社会主义工业城市蓬勃发展的动力源与增长极。"核心区为商业、居住区，中间部分为居住、工业混合带，西南部为科教、居住区，外部为工业、居住区"的"城市建成区的同心圆式产业空间形态"②，在很长一段时间内成为天津市的基本特征，而这一特征最明显的标志就是工人新村，它不仅以工业大生产的建制和结构呼应了"把消费城市改造为生产城市"计划目标，而且提供了作为社会主义工业城市主体工人阶级的生成空间和登场方式。

工人新村作为社会主义革命的结果，以新的空间形式对日常生活发挥创造性的影响。首先是把工业生产原则贯穿于生活中，通过"模糊工作与休息""集体生产与个人生活空间之间的界限"，培养一种"先生产、再生活""以厂为家""舍小家为大家"的生活方式，并从生活内部塑造集体主体及其意识。"工人新村的大量复制塑造了一批特殊的社会群体——'住新村的工人'，他们的身份认同、日常行为规范等方面具有独特的'新村'特征"③。在这一原则的实施中，工业城市的主体形象认同及其高度自觉的工人身份认同成为社会主义城市的意识形态。

---

① 高雪莲：《超大城市产业空间形态的生成与发展研究》，北京：经济科学出版社 2008 年版，第 161 至 162 页。
② 高雪莲：《超大城市产业空间形态的生成与发展研究》，北京：经济科学出版社 2008 年版，第 161 至 162 页。
③ 杨辰：《日常生活空间的制度化——20 世纪 50 年代上海工人新村的空间分析框架》，《同济大学学报（社会科学版）》2009 年第 6 期。

作家狄青指出,"很小的时候,我曾天真地以为,一个人如果生在城市里,那么他的未来就是要到工厂里去上班。我的周围来来往往的那些大人,他们上班的工厂几乎囊括你能想到的所有工商业门类,而这些工厂所涉及的企业性质也包罗万象:全民的、集体的;大集体的、小集体的;区办的、街办的……在我的印象里,他们的面色红润健康,他们的嗓音高亢洪亮,他们处处彰显着作为一个社会领导阶级一分子的沉稳与自信","这座城市的主体曾经就是由产业工人以及他们的家属所构成的,这也曾经是一座城市的足以自豪的标签。30 年前,一个技术工人走在大街上,会像今天的那些海归 CEO 一样踌躇满志,如果恰好他还是一个全民所有制企业里的职工,并且还从事诸如钳工、电工一类技术含量高同时又相对清闲的工种的话,提亲的会踢破家里的门槛"①。做一名"工人"而不是一位"市民",不仅是一个自然而然的事情,而且是一种关系到社会地位、个人生活与发展前途的抉择,这既是城市空间生产的导向,也是其必然的结果。

工业城市形象与产业工人主体认同在把消费城市改造为生产城市的同时,也建构了一种"工业之城"的城市精神或性格。这是一种体现现代大工业生产气势与面貌,以工业生产为中心、以工人为主体的精神气质构成。这种精神不仅体现在工人新村联排式建筑结构空间布局的设计上,而且沿着海河工业带扩展到整个城市,并用一种"风景"的方式体现出来。如《海河春浓》对城市密布的大大小小烟囱的描写与刻画,不仅以明喻的方式对作为工业时代典型符号的工厂烟囱进行了诗性化处理,而且用提喻的修辞呈现了转型与成长期新兴工业城市的形象面貌,为"机械文化中钢铁般的定则所取得的胜利"的"冷酷无情的工业城镇"②,赋予了一种温情和人性色彩。

---

① 狄青:《〈满耀德的生活杂碎〉创作谈:那些过去的人和事》,《中篇小说选刊》2011 年第 1 期。

② [美]刘易斯·芒福德著,宋俊玲、李翔宁、周鸣浩译,郑时龄校:《城市文化》,北京:中国建筑工业出版社 2009 年版,第 168 页。

第四节　世纪危改与新市民群体的产生

随着城市改革的起步,处在工业小说创作高峰期的蒋子龙1982年底写完短篇小说《拜年》之后突然离开了工业文学创作,因为改革的深入使他疏离了熟悉的工厂。尽管蒋子龙无法预测、没有把握的大工业改革直到今天还远没有完成,但是一个不争的事实是随着"工业发展东移"和"一挑扁担挑两头"的城市布局结构的形成,不仅改变了"单核心"的城市结构,形成了中心城区和滨海新区同步发展的"双核心"形态,而且以宜居、绿色、清洁、和谐、可持续发展为标志的后现代城市理念成为规划和追求的目标。于是,一方面"利用滨海优势以及港口、公路、铁路等良好的交通运输条件,发展现代化、集约化的大型工业","优化了城市产业布局"[①];另一方面,作为振兴天津经济战略目标之一的世纪危改工程大规模展开,从建筑与空间布局重塑城市新形象。

产业的新布局和工业发展的东移,使得一批土地利用效率低下、污染严重的工厂企业迁出市区,天津作为"全国先进制造研发基地和金融创新运营示范区的功能和作用"得到突出。城市产业布局的转变和新形象的创造,不仅"包含着对工业化遗产的超越",还需要实现对棚户区、旧城区的"更新"与"复兴"。过去把工人新村建在工厂旁边,"为的是让工人上班方便,工厂出了事故找工人也方便,便于培养'以厂为家'的主人翁精神。现在却给工厂的发展造成大不方便,污染、噪音干扰了居民生活。居民包围着工厂,工厂无法发展"[②]。不仅如此,"当年红砖灰瓦,煞是气派"的工人新村,在三十年的时间里,早已变成"一副脏乱不堪的样子"[③]。超期服役的"工人新村"成了"旧村"和"危村",居住条件和环境严重恶化。有居住者回忆,"那时居民生活都十分拮据,一间十三四平方米的住房往

---

① 邢卓:《天津市城市总体规划编制工作的回顾与反思》,何志敏等主编:《第五届天津青年科技论坛集萃》,天津:天津科学技术出版社2006年版,第752至755页。

② 蒋子龙:《人气》,北京:作家出版社1999年版,第125页。

③ 孙力,余小惠:《都市风流》,杭州:浙江文艺出版社1989年版,第209页。

往要住四五口人",而房子做工简单,耐久性差,"屋漏偏逢隔夜雨是再平常不过的事了。由于平房是通檩,几间房屋的顶部相通、透气,这就给老鼠、臭虫的繁殖带来极大的便利。晚上睡觉,经常感觉在纸糊的吊顶上,有细细碎碎的声响,打开电灯,用竹棍敲敲房顶,老鼠马上就流窜到旁边的屋里去了。后来为了制服老鼠,在纸糊的吊顶上开了天窗,将老鼠夹子放到上面,等到夜深人静,还真能听到老鼠的哀鸣。老鼠夹子管用了!但终归联排房子面积太大,灭鼠效果不大。还有就是臭虫,更可气了,天天咬得家人睡不好觉。看看墙上一个个臭虫的血渍印,让人不寒而栗"①。新村状况的恶化是工业城市发展阶段的一种必然结果,在城市化进程与工业化几乎同时进行的情况下,设施简陋、缺乏维护保养的工人新村事实上已经老化了。这样的居住环境使得其意识形态驯化功能逐渐失效,产业工人的自豪和领导阶级的尊严在缺乏"过正当的人的生活"居住环境面前变得不堪一击。

工人新村的老化与城市人口快速增加导致的住房紧张同时出现。1949 年至 1990 年,市区人口由 189 万增至 366 万,而 20 世纪 50 年代和 20 世纪 80 年代是人口增长的两个高峰期,1950 年到 1960 年市区人口自然增长净增 85 万人,"从市外净迁入人口 41.6 万人",合计增长 126 万人。20 世纪 80 年代由于出生率的增加和知青返城,"中心区人口十年增长了两成"②。人口剧增的背后是住房的紧张。1976 年唐山大地震不仅震毁了二十万平方米的房屋,而且催生了大量的临建房,"于是,本来就拥挤的城市,狭小的街道,就变得更加拥挤、狭小,越发脏和乱"③。如今天津版图上已销了号的西广开曾是一个典型棚户区,"在这片 1.7 万平方公里的土地上,居住着近 2 万户、7 万多人,这里有过臭气熏天的蓄水池,有过鳞次栉比的窝棚区,有着天津市著名的'四大锅底'之一的靶档大街","'蓄水池(地名)、靶档道(地名),年年下雨年年泡'的民谣,正是当时这些居民区的真实写照。这些危陋房区除了公用水管、公用厕所之外,基础设施非常落后。当

---

①　《工人新村(段平房)的记忆》,走错了的博客: http://zzq5671. blog. 163. com/blog/static/19850915720124261125485/2014 – 09 – 15.

②　陈卫民:《天津的人口变迁》,天津:天津古籍出版社 2004 年版,第 158 页

③　孙力,余小惠:《都市风流》,杭州:浙江文艺出版社 1989 年版,第 21 至 22 页。

时居民家的窗台下都搭建了简易的蜂窝煤棚，每到三伏盛夏，每家每户顶着烈日在院内生火做饭，苦不堪言"①。于是，以产业工人及其家属与中低收入市民为主体"贫民窟"化的工人新村、棚户区和部分老城区的破败与凋敝，在改革开放的新时期不仅是关乎城市尊严与形象、影响城市发展的经济问题，而且是见证和体现了产业工人没落和市民阶层分化并导致社会事件频发的政治问题。因此，如何改造这些危旧棚户区，以空间生产与更新弥合阶层的分化和创造新的市民，显然是一个城市亟需解决的重大工程。芒福德认为，指望通过革命行动来彻底解决无产阶级居住问题的想法"过于天真"，"因而，增加住宅数量的必要性，包括扩展其居住面积，增加室内设施，提供社区公有便利条件，这些要求才是更加革命性的措施；这些要求，比之征用富人的住宅，更要具有革命的含义。征用富人住宅的办法，只是一种软弱无力的报仇之举，而实实在在地增加住宅，才是对整个社会环境实行的真正革命性的改造"②。这种"扩展居住面积，增加室内设施，提供社区公有便利条件"的"革命性的改造"，在 20 世纪 90 年代恰当地成为天津城市世纪危改的强劲动力和直接后果，当 40 多万户、140 万居民搬进水、电、暖、气齐全，公用设施齐全的小区单元房时，其生活居住环境和质量的大幅度提升，难免会产生"一步登天"的感觉。这也是该项工程成为"民心工程"和"德政工程"的社会心理与道德基础。

通过大面积的拆迁和危房改造，整个城市的形象得到明显的改观和提升。西广开地区成为新的商贸中心，"商贸走廊与科贸街相映生辉，新技术产业基地与文化旅游基地连成一片。黄河道南侧新建成的 50 米进深的商业区，西市大街的绿化带连接着长虹公园、南开公园。人们在绿色中购物、在浓荫下徜徉"③。在危改的带动下，成片的棚户区不见了，破旧的工人新村拆除了，城市面貌焕然一新，一篇题为《一切为了人民——世纪危改铸就新天津新生活》的文章描述了新天津面貌，"金街流光溢彩，尽显都市繁华；津河宛如彩练蜿蜒，平添都市秀色，南

---

① 郭子源，卢松岳：《危房改造天津旧貌换新颜》，《人权》2002 年第 4 期。

② ［美］刘易斯·芒福德著，宋俊玲、李翔宁、周鸣浩译，郑时龄校：《城市文化》，北京：中国建筑工业出版社 2009 年版，第 194 页。

③ 郭子源，卢松岳：《危房改造天津旧貌换新颜》，《人权》2002 年第 4 期。

开星光广场,河北阳光广场,和平新文化花园广场,红桥、河东、河西危改广场,如今的老百姓,信步城市之间就会发现,星罗棋布的休憩场所在我们身边如雨后春笋般悄悄地生长出来"①。诗意化的语言和充满"绿色"幻想的渴望,不仅铸就了一个新的现代都市生活和面貌,而且以新的空间容纳和改造产业工人及各阶层市民的同时,也创造出新市民群体,即住小区单元楼房的市民。他们的身份已经随着危旧房的改造与工人新村、棚户区和老城区等地相分离,并与新的生活居住空间发生关系。世纪危改不仅改造了他们的居住环境,也从"破坏"与"建设"的意义上生产出新的身份认同。统一化、标准化的小区楼房从某种程度上发挥了中华人民共和国成立初期工人新村的功能与意识形态作用。

第五节 "新村"想象与后现代城市景象

如果把工人新村的建设与社会主义革命联系在一起的话,城市世纪危改工程同样具有"革命性的改造"意义。它们的"革命性"不仅体现在社会群体的塑造上,前者凸显了产业工人群体的主体意识及社会领导地位,后者则创造与生产出新的市民群体,而且在推动城市发展与转型参与城市形象建构的过程中体现了某种类同性特征,即对"新村"理念与遗产的继承。

来自于空想社会主义的"新村"理念,经过"五四"作家的引荐和青年革命者的倡导,20世纪50年代在"工人新村"建设中得到实践,"新村"一时成为现代城市空间的一种特殊形态,"工人新村在城市现代性想象中注入了乌托邦主义的激情,同时也是政治乌托邦的空间化和具体实现。整个新村就是一个微型社会,其中包括一个社会的基本机构和功能,管理也十分完善和整齐化"②;另一方面,在城市转型与更新过程中,新村叙事虽然逐渐被人们所遗忘,却以"遗产"或"记忆"的形式重新进入后现代城市空间,在参与新的城市形象建构的同时也具有了

① 花磊:《一切为了人民——世纪危改铸就新天津新生活》,《环渤海经济瞭望》2001年第3期。
② 张闳:《欲望号街车:流行文化符号批判》,北京:中国人民大学出版社2011年版,第23页。

符号学意义。

以解决住宅问题为主要目的的城市世纪危改，在社区规划与建设中不自觉地继承和实践了"新村"理念。丁字沽新村五段危改工程规划中，为了体现"旧区改造的经济、环境、社会效益的三统一"，尽管为了突出"识别性、个性化的建筑造型"，"立面设计注重建筑'第五立面'——斜顶、坡屋顶的设计，从整体到细部均采用欧洲风格建筑设计手法，精心设计了窗台线、阳台线、屋檐线、竖窗等，以抽象化的建筑语言和符号再现天津租界建筑的风格，延续了租界建筑文化所具有的地域特色"，但在整体上却采用了"房屋朝向依地势以南偏东38度为主，日照间距1:1H""住宅楼全部采用现浇楼板，适当降低住宅层高""适当增加单元拼接长度，渐少山墙间距，消灭山墙之间的消极空间"和"空间的垂直开发和综合利用：中心绿地集中布置，半地下可建造停车场"等措施，使得社区建筑密度高达35%，容积率为2.1%，"最大限度地发挥了土地效益"①，从而通过解决中低层收入居民的返迁问题，实现建房为大多数老百姓的根本目的。但是，这种高容积率的社区住宅显然与新时期以来大家庭的解体及集体生活的解散相一致，并创造出一种强调个体权利、私密性与包容性的城市主体。因此，后新村社区居住主体虽然不再是产业工人，不再以空间形式突出工人阶级的主体地位，却以包容性的建筑形态解除了武装产业工人群体的意识形态幻象，在融合阶层分裂的同时转化和创造了原子化的新市民主体，并对其允诺了带有乌托邦色彩的光明未来。

工人新村及老城区被新建城市社区所取代，但负载城市历史与记忆的地名并未消失，仍然发挥着城市文化认同的地标性作用。诸如"新村小学""丁字沽新村六段""工人新村十三段""幸福公园""唐家口新村六段""五爱道""友爱道""团结东道"等具有强烈时代特色的地名标识，不仅昭示了城市的历史与变迁，而且以鲜明的对比和悖论式的回归塑造着城市文化形象："瞧！再没有破旧肮脏的平房和棚户区了"，这是一个全新的国际化的后工业城市。于是，"新""幸福""友爱"等字在否定其历史的同时也预示着本义的重新回归。颇受争议的老城厢

① 潘江明：《天津丁字沽新村五段危改工程规划浅析——优化土地资源，美化居住环境》，《城市》1997年第4期。

地区同样如此,"谦祥益""瑞蚨祥"等百年老店仍然屹立在估衣街的中心地带,与各种中外品牌和谐共处,以历史的拼接和文化的多元昭示着后现代城市的丰富和杂驳。前现代的单纯与宁静、工业时代的雄伟与豪迈,在后现代城市文化中作为消费主义的符号被赋予了新的内涵和形式。后工业时代的城市一方面通过斩断历史确立主体,以全新的形象展示自我;另一方面把过去和历史作为营销的手段参与当下的建构,于是城市以其多元面貌、不同的意义来源与差异化的建筑格局及区域划分和谐地融合在一起,形成了超级意义符号系统和文化形象。这种混杂与多面,不仅造成解读的困难与认同的困境,成为激发我们不断追溯历史记忆和寻求认同依据的动力来源,而且消解城市文化"传统意义的情境"的同时,通过"被模仿、被复制、被不断的翻新、被重塑着风格"①实现后现代城市文化上"自我意识"的生成。

---

① ［英］迈克·费瑟斯通著,刘精明译:《消费文化与后现代主义》,南京:译林出版社 2000 年版,第 145 页。

第十八章　危机、生机与变革：新世纪天津文学

第一节　新世纪十年天津文学扫描

　　回顾十年来的文学创作，天津文学呈现出总体上升的趋势，不同代际的作家都有着出色的表现，优秀作品不断涌现，无论在数量上还是质量上都有很大的提升。不过，创作繁荣的背后也隐藏着一些问题和隐忧，它们成为天津文学进一步发展的掣肘。作为新世纪十年中国文学版图的一个有机组成部分，天津文学的成就与经验、问题与方法就超越了其区域界限而具有了标本意义上的启示性。因此，有必要对其进行理论上的分析和总结，从城市视角解读新世纪中国文学。

　　新时期以来，天津文学既有过 20 世纪 80 年代"狂飙突进"、引领"改革文学"风潮的"呐喊"，也有过 20 世纪 90 年代以来平稳过渡甚至淡出文学史家视野的"彷徨"，经历了一个从高潮到低谷的转变过程。"呐喊"与"彷徨"不仅构成新世纪十年来天津文学的前史，而且也是解读这一时期文学现象的重要前提和依据。

　　十年来的文学创作，总体上呈现出奋起直追、奋发图强的态势。天津文学"彷徨"的惨淡经历，对天津作家群体及文学管理机构产生了强烈冲击，使其产生了严峻的危机感和紧迫感。怀抱"呐喊"梦想、有着文学担当的作家意识到，必须有所作为才能改变现状，进入当下中国文学版图，否则他们可能在新世纪面前集体沦陷。这种群体的焦虑感波及文学管理机构，从而成为 2002 年天津作协文学院重组及天

津市青年作家创作奖设立的重要契机。重组后的作协文学院开始招聘合同制作家，第一届签约作家为赵玫、肖克凡、王松、李治邦、李唯、张永琛、牛伯成、黄桂元、吕舒怀、许向诚、王焕庆、桂雨清、宋安娜、李晶、陈吉蓉等 16 人，几乎囊括了活跃在创作一线的青年作家。天津市首届青年创作奖授予赵玫与肖克凡二人，并授予李晶、王松、李治邦、宋安娜等人提名奖。文学院的重组和青年作家创作奖的设立，可以看作天津文学进入新世纪的标志性符号，不仅表明了新的文学秩序的确立，而且带有告别过去重铸新生的宣言意味，是新的追求的开始。

　　新的机制激发了作者的创作热情，并从某种程度上释放了新世纪的焦虑。一篇题为《作协文学院签约作家硕果累累 天津文学全面丰收》(2006 年)的新闻稿报道了第二届签约作家的创作情况，"首届青年作家创作奖获得者、签约作家赵玫，两年来创作长篇小说《秋天死于冬季》和《爱一次，或者，很多次》，中篇小说 12 部，短篇小说 5 篇，还创作了电视连续剧《阮玲玉》和人物传记等作品。首届青年作家创作奖获得者、作家肖克凡创作长篇小说《浮桥》，中篇小说《爱情刀》等 7 部，短篇小说《一条大河》等 5 篇和散文随笔等 45 篇。第二届青年作家奖获得者、签约作家王松两年来创作了《浮游》《歌谣》《像幸福一样活着》《蛾的飞翔》等 4 部长篇小说，《幽深的雨夜》《双驴记》《眉毛》等 31 部中短篇小说"。"签约作家李治邦创作长篇小说《繁花落尽》，发表中篇小说《纯洁》等 20 部，短篇小说《除夕夜》等 25 篇作品。签约作家宋安娜创作专著 3 部，电视专题片 2 部，散文随笔等 30 篇，参与撰写反映民俗风貌的电视剧本《一个姑爷半个儿》等。签约作家刘敏先后创作了表现我国改革开放以来海外学习人员和海归人员的生活、工作状况的系列作品。签约作家武歆两年来共发表中短篇小说 36 部，多次被《小说选刊》《中华文学选刊》《小说月报》等转载。他最近创作的反映红军长征题材的中篇小说《枝桠关》更是受到评论家和读者的关注。签约作家龙一在《中国作家》发表了长篇小说《纵欲时代》和中篇小说《爱国者游戏》，在《人民文学》上发表了短篇小说《潜伏》，显示了不俗的创作实力。签约作家李唯创作的电影《美丽的大脚》获得'金鸡奖'最佳影片提名奖。生活在蓟县农村的签约作家尹学芸，以农村生活为题材，先后创作了《选举》《吐鲁番的葡萄熟了》等多部中、短篇小说，真实地反映了现代农村的生活状况。签约作家秦岭创作的中篇小说

《难言之隐》获'文化杯'一等奖,短篇小说《碎裂在 2005 年的瓦片》获'梁斌文学奖'一等奖"①。这篇报道仅是对第二届签约作家的一个总结。据统计,"十年以来,合同制作家在全国各类期刊报纸发表长篇小说 83 部、中篇小说 365 部、短篇小说 454 篇、诗歌 800 余首、散文随笔 1600 余篇、文学评论 237 篇、报告文学或纪实文学 100 余篇,出版小说集 18 部、诗集 17 部、散文随笔集 23 部、人物传记 3 部、专著编著 6 部,以及影视剧 50 余部、电视专题片 5 部。其中许多作品先后获得中宣部'五个一'工程奖、首届中国出版政府奖、鲁迅文学奖、梁斌文学奖"②。

创作上"硕果累累"的背后是作家创作状态的变化,这既是作家长期压抑或积累后的爆发,也是新作家不断涌现的结果。王松就是一个典型例证,他在签约的两年中,出版和发表出来的小说有 120 余万字,其中长篇小说 4 部,中篇小说 20 部,短小说 9 篇。这么多作品的出版,是他进入状态的结果,"写作是一种状态,一种心理和生理的状态,没有这个状态,你就是想快也快不起来,而一旦进入了这种状态,自然也就驾轻就熟"③。多年的积累和写作锻炼,使他在新世纪以后进入了写作的爆发状态,并表现出稳定的写作质量,颇有"大器晚成"的意味。龙一、武歆、尹学芸、秦岭等"新人"的涌现,以及他们在创作上的不断进步,成为新世纪以来天津文学中一个显著的增长极。他们虽然感受到了新世纪的焦虑,但更擅于把这种焦虑转化为"突围"的动力和创作的方向,龙一指出,"我个人一直有一个'文学天津'的理想,希望通过我的小说使其他地方的人们,或者后人能够真实地了解天津的地域文化、地域性格,特别是天津这座城市在历史上的价值和在今天的价值"④。在"文学天津"的理想与追求中,龙一开创了自己创作上的天地。

新世纪十年天津文学创作明显的特征是,不仅构成了一个代际分明、个性独具的作家群体,而且形成了一脉多支、多元发展的文化面貌。

就群体构成来说,以赵玫、肖克凡、王松、李唯等人为代表的 20 世纪 50 年代出生作家,也即首届合同制签约作家,构成了这个群体的明显一代。他们独特的

---

① 《作协文学院签约作家硕果累累 天津文学全面丰收》,《天津日报》2006 年 8 月 25 日
② 周凡恺:《天津市作家协会文学院十年回顾研讨会举行》,《天津日报》2013 年 5 月 23 日。
③ 王松:《写作是一种状态》,《今晚报》2006 年 8 月 25 日。
④ 龙一:《我的文学天津理想》,《今晚报》2006 年 8 月 25 日。

生活经历及理想追求使其作品更为关注精神空间和彼岸世界,带有更多的人文色彩。如以"唐宫女性三部曲"历史小说书写著称的赵玫新世纪以来发表了《秋天死于冬季》《漫随流水》《八月末》等当代题材的长篇小说,以飞翔的轻盈姿态,解构并重构一系列带有"自身色彩"的关于"欲望、引诱、颠覆、背叛的故事"。肖克凡执着于对工业史的发掘,创作了《机器》《生铁开花》等长篇小说。王松拓展了知青小说的表现深度和广度,创作了《双驴记》、《眉毛》、《哭麦》等"后知青"小说。李唯出版了《腐败分子潘长水》《看着我的眼睛》等中篇小说集,以对特定问题的深度思考和对可能性的极限发掘展示了自己的创作实力。

20世纪60年代出生新世纪在文坛崭露头角的作家,是作家群中的另一代,他们以龙一、武歆、尹学芸、秦岭、惟诚、狄青等人为代表。他们不是社会运动的主体,却带有深深的记忆,这种记忆作为一种情结在当代经济社会中酝酿发酵,转化为创作的动力或内容表现出来。如擅长历史题材小说书写的龙一,在写作《潜伏》《借枪》《暗火》等革命历史题材小说的同时,也创作了《藤花香》《屋顶上的男孩》《义气》《男孩的荣誉》等带有童年记忆的作品。惟诚以自己兵营经历写作了长篇小说《女兵》,展示了这一神秘群体的命运遭遇及心路历程。秦岭关注三农题材,创作了长篇小说《皇粮钟》及《弃婴》、《硌牙的沙子》、《碎裂在2005年的瓦片》《杀威棒》和《摸蛋的男孩》等中短篇小说,以"后农业税"的独特视角描述了转折时期农民的命运,揭开了历史隐秘的一面并触及其内在的创痛。

章元、霍君、李莹、方紫鸢等人是作家群中的新生代,他们有着时尚的面貌、青春靓丽的身段和丰富的想象力,强调个性注重自我贴近日常生活,富有创造意识且谙熟网络与商业文化。如章元出版《如此性感》《给我一把椅子》,霍君出版《情人像野草一样生长》,李莹(白夜)出版《闪婚当道》《爱是一碗寂寞的汤》,方紫鸢出版《墙外花枝》《单身女人日记——爱一天算一天》等都市情感小说。历史记忆已经远去,他们以无负载之"轻"介入文学和生活,文学虽然是其生活的一部分,但他们更注重文学的色彩及飞扬的潇洒。

新世纪天津作家虽然可以划分为不同代际,但相同的生活空间和文化源头,造就了一脉多支的群体文化面貌。工业题材文学创作是天津文学创作的一个重要支脉。"十七年"时期以阿凤、万国儒为代表的工人文学和新时期蒋子龙领军的改革文学，曾两次把工业题材文学推向创作高潮。进入新世纪，在工业题材文学如传统工业一样面临挑战和转型的危机中，肖克凡、武歆坚持回到工厂，"回到自己的文学出生地"。肖克凡有着六年的翻砂工经历，"粉尘飞扬的翻砂场笃定了我的青春，也奠定了我的人生立场"，"为期六年的翻砂生活，使我终生受益"①。他以《黑砂》《黑色部落》《遗族》等描写翻砂工人的中篇小说进入文坛，上世纪 90 年代又相继发表了工业题材的长篇小说《原址》及《最后一个工人》《最后一座工厂》《堡垒》等中篇小说，奠定了他在工业题材领域的位置。新世纪以来，他相继出版了长篇小说《机器》和《生铁开花》，以几十年的时间跨度表现了工厂的变迁和工人的心灵成长史。同样有着工厂经历的武歆把工业题材作为其创作的一个重要方向，在《天车》《抓贼》《风砂轮》等中短篇小说中表现了对工人生活与命运的思考，并在中篇小说《老工人谢瑶环》中表达了对工人阶级最终去向的隐忧。

津味小说是天津文学创作的一朵奇葩。20 世纪 80 年代中后期，冯骥才、林希把目光转向清末民初及 20 世纪二三十年代的天津卫，把这个时期的家族及社会市井人物作为叙述和表现对象，如冯骥才推出了《炮打双灯》、"怪世奇谈"及"俗世奇人"系列小说作品，林希则创作了《蛐蛐四爷》《婢女春红》《相士无非子》《高买》《天津闲人》等中短篇小说。在这些极具地方文化气息的作品中，他们一方面继承了 20 世纪二三十年代曾在津门盛极一时的刘云若、李燃犀、戴愚庵等确立的报人市井小说传统，另一方面也展示了新的创造，提出了"津味小说"的概念。新世纪以来，天津作家不断开拓津味小说的领域，如肖克凡的长篇小说《浮桥》、李治邦的长篇小说《津门十八街》、龙一的长篇小说《暗火》、武歆的中篇小说《天津少爷》、秦岭的短篇小说《天津"碰瓷儿"》、白青的长篇小说《大船》、扈其震的长篇小说《大画坊》、郁子与立民的长篇小说《天子门户》，都可以打上津味小说的印记。

解放区文脉是天津文学创作的一股潜流。以孙犁、梁斌、方纪、王林等进城作家为主体的解放区文脉，曾是天津文学创作的主体，尽管其随着时代的变迁和

---

① 肖克凡：《我的工厂生活》，《我的少年王朝》，天津：百花文艺出版社 2005 年版，第 229 页。

作家的退出而逐渐进入历史,但其作为潜流在王松、武歆、龙一等人的创作中得到继承和发展。"从长篇小说《红》中可以看到,王松在讲述知青故事的同时,也以特立独行的姿态走进红色岁月,书写革命根据地普通男女红军战士的故事。在中篇小说《长征食谱》中,龙一通过小厨子出身的炊事兵的视角写出了别具风格的红军长征历史。武歆悉心发掘革命者的浪漫情感,创作了反映红色爱情的长篇小说《延安爱情》。他们的创作,既不属于传统革命历史小说,也不同于解构、批判宏大叙事的新历史主义作品,而是在对革命历史的还原、修补与理解中建立了一种个人化的叙事"①。

纵览新世纪十年天津文学创作,其主要成就在于不仅整体上走出了 20 世纪 90 年代以来的"彷徨",表现出奋起追求的良好态势,而且形成了相对完整的群体构成与相对平衡的文化面貌。但不可否认,这种完整与平衡的基础较为薄弱,文学兴盛中不乏危机的预兆和显露。

首先,天津文学尽管作者众多,成果丰硕,但无法掩饰文学领军人物匮乏的现实。和其他文学省市相比,一个明显的指标是,天津文学不仅缺乏"茅盾文学奖"的获得者,而且在《人民文学》《收获》《当代》《花城》《大家》等文学名刊大刊上发表作品的作者也偏少。正如王松指出,"有水准的作品未必会上大刊,但大刊登载的作品一般都具有一定水准,这应该是一个很简答的逻辑问题"。是否获得"茅盾文学奖"也是同样的道理。一个无法进入名刊大刊的作家,肯定难以获得大家的认可,更不会成为名家大家或领军人物。而文学领军人物的有无和多寡是一个地区文学强弱的重要指标和标志。

其次,天津文学不乏基层作者,也不缺少有才华的作者,但缺乏有前途和竞争力的青年文学作家。当魏微、林森、艾玛、田耳、苏兰朵、郑小驴等一批 70 后、80 后作家在中国文坛初显身手时,同代际的天津作家却仍在热衷于写作畅销小说,从理念到实践都与这一群体拉开了距离。这也说明了天津文学存在着后继乏人的隐忧。这种状况的存在从某种程度上比缺乏领军作家更让人担忧,因为它预示了一个地区文学创作的未来景象。

---

① 闫立飞:《在"津味"的基础上开拓生机——津门作家群综论》,《光明日报》2012 年 12 月 4 日。

其三,新世纪十年天津长篇小说创作颇丰,长篇历史小说创作尤为突出,但精品不多。究其原因在于创作上缺乏必要的知识积累和写作技巧。历史小说创作更像是一种知识的书写。一个作家如果没有这方面的知识储备和基本素养,最好不要进入历史小说。否则不仅很难写作出好的作品,而且容易出现知识上的硬伤。作家具备了很好的创作条件,有了很好的生活素材,不一定写出好的作品,比如由于缺乏技术的支撑,使得作品显得很满,没有给读者留下思考与联想的空间,阅读这种的作品,感觉就是在观看电视剧,这样的作品就把良好的素材给浪费了。作家具备了良好的技术素养,且从自己熟悉的生活中进行创作,也不一定写好,比如有的小说结构很好,故事也很吸引人,却很难让我们有所感悟、想象和回味。这样的作品是由于作者缺乏相应的思想支撑所造成的。文学不仅是生活的再现,而且是生活的集中表现,它把生活中最富于意味、最具有超越意识的内在空间完全敞开。作家是否伟大也许就体现在对这个空间的勘探上。

其四,作家创作质量上波动严重,没有形成稳定的创作风格。有的作家在某种类型或题材的创作上表现突出,获得了中国文坛的瞩目,但在另一种类型或题材上表现平平。作家的这种"露拙"与自取其辱的行为尽管有着外在的因素,但对于作家本人来说是其文学观念出现了偏差。文学是一种指向未来的艺术文体,在思想观念上它走在社会的前面。作家如果没有对文学观念和文学文体有着深刻的理解,一旦涉及历史的题材,特别是已有定论或者有限制性规定的特殊历史题材,就容易回到过去的轨道上来,文学创作不仅不能有所创新,而且对文学本身造成巨大的伤害,就会使得自己创作上出现偏差或倒退。我同意米兰·昆德拉的话,"发现只有小说才能发现的,这是小说的存在的唯一理由。没有发现过去始终未知的一部分存在的小说是不道德的。认识是小说的唯一道德"①。

其五,创作上存在着游戏心态,缺乏对文学的执着和对文学的敬畏感。文学创作存在"游戏说",也有着娱乐性功能。但这种"游戏"是一种形而上的状态,不是形而下的心态。如果存在这种心态,必然会造成文学的投机和对文学的消费。投机和消费的文学可以流行,也可能产生可观的效益,但很难说是优秀的作

---

① [捷]米兰·昆德拉著,孟湄译:《小说的艺术》,北京:生活·读书·新知三联书店1992年版,第4页。

品。文学作品是否优秀的某些标准可能发生变更,但其精神指向的维度和高度不会变化的,这是人类文明本身的一种规定。文学是一种创造,作家不仅不能重复别人,而且也不能重复自己,尤其不能在创作素材上重复,一个作品中出现的情节,在另一部作品中就不应该再有。这是所有严谨的作家需要注意和避免的。

实际上,这些问题具有较为普遍的意义,其他区域同样存在。认识到问题才能有发展,才有可能把危机转化为生机,天津文学的发展需要作家、批评家及文学管理机构的共同努力。不过,文学创作毕竟是高度个人化的工作,能否创作出优秀作品,不仅依靠作家的才能、天分和悟性,也受到经济社会的外围因素影响,有时候外围的"文学气候"的作用更能左右一个作家的文学命运。但无论怎样,认识到创作发展的方向,并决心向这个方向冲刺的作家,总会有所收获的。

第二节 新世纪天津文学:变革与开拓

相对于20世纪90年代的沉潜与平静,新世纪伊始天津文学就表现出蓄力勃发的态势,并以新的姿态和新的观念重新进入国家文坛。这种态势可以在杨显惠创作中得到典型体现,当他以《上海女人》在《上海文学》2000年第7期的发表宣示自己回归与存在时,作家汤吉夫就明确指出,"杨显惠曾经是一位理想主义的、注重审美的小说家。1988年全国获奖之后,逐渐沉寂,前后竟达十年之久。当《上海女人》终于刊出的时候,熟悉他的人几乎难以相信这会是他的作品。他的文学观念和审美观念都发生了巨大变化"[①]。杨显惠的变革与开拓,不仅使其成为新世纪代表作家之一,而且也成为解读和进入新世纪天津文学的关键词。

新世纪天津变革的努力,首先表现在工业题材文学的创作上。天津作为近代中国工业起源地和北方工商业中心城市,在近现代中国工业发展中一直占有重要位置。新中国成立以来,工业文学不仅得到了孙犁、陈荒煤等进城解放区作家的倡导,而且培养出阿凤、万国儒、董乃相、大吕、滕红藻等一批优秀工人作者,

---

① 中国小说学会:《2000年中国小说排行榜(中篇小说卷)》,长春:时代文艺出版社2001年版,第692页。

1957 年底出版的王昌定长篇小说《海河春浓》,作为天津第一部描写工业题材的长篇力作,把天津工业文学创作推向高峰的同时,也为天津工业文学传统的形成打下了基础。进入新时期,"改革文学"从天津肇始,工厂出身的蒋子龙通过工业题材文学书写,不仅引领了"改革文学"的浪潮,而且把天津工业文学创作推向了全国,他笔下的"乔厂长"成为一个时代的象征。可以说,工业文学是天津文学的"龙骨工程"。面对天津工业文学的"辉煌"传统及其题材的特殊性,新世纪天津工业文学创作既没有中华人民共和国成立初期建设工业国家的激情澎湃,也没有新时期向"四个现代化"进军的歌声嘹亮,而是在经济转型、企业改制、国企工人下岗的背景中举步维艰。工业文学和工人阶级一样遭受着市场经济的考验。"昔日工业题材作家们积累多年的家底:公费医疗,铁饭碗,劳动模范,班组竞赛,女工委员,班车代表,年底食堂吃结余,长年歇班吃劳保,生活困难吃救济……这一系列烂熟于心的字眼儿所代表的写作资源,一夜之间成为'史料'而丧失了'现时用途'",这种考验导致作家们"好似经历了一次'精神土改'","一个个拥有丰富写作资源的'地主'被扫地出门沦为不具丝毫写作资源的赤贫者"①。

　　经历"精神土改"的肖克凡,告别了 20 世纪 90 年代《原址》《最后一个工人》《最后一个工厂》《堡垒漂浮》等"最后"系列工业题材小说的惆怅和留恋,新世纪以来连续创作了《机器》(湖南文艺出版社 2006 年)、《生铁开花》(北京十月文艺出版社 2011 年)两部工业题材的长篇小说,表现出强劲创作实力的同时,也重塑了作为天津文学"地标性建筑"工业题材小说的风格与形象。这种重塑一方面表现在对工业题材创作"载道"传统的"祛魅",即把附加在工业题材上的国家意识形态进行了淡化处理,使其不再为"中国工业的未来规划新的蓝图",不再充当"思想解放的大旗"和"改革开放的号角",放弃了文学之外的"担负"与"使命"②;另一方面从生活化与社会化角度表现工业生产和工人生活,在工人日常生活的细描和"劳动的诗境化抒写"③中呈示和塑造一种"工业文化",即把工业生

① 肖克凡:《想起"工业题材"》,《文学自由谈》2011 年第 2 期。
② 林希:《文坛黑马肖克凡》,《时代文学》2003 年第 3 期。
③ 何振邦:《劳动诗篇与平民传奇的艺术光彩——浅析肖克凡长篇小说〈机器〉的艺术特色》,《南方文坛》2008 年第 2 期。

产和工人生活进行文化学转化。通过文化的转化,"食堂饭票、加班券、理发票、
对调工作、改变工种、涨工资指标,大号铝制饭盒、高温作业补贴、医药费报销、泡
病号、迟到早退虚报考勤、冒领工作服、女更衣室、男浴池……这数不胜数的工厂
生活细节与生活场所,似乎都应当成为系列文化符号而转为恒久的写作资源,从
而丰富着不亚于农村自然风光的大工业文学景观"①。冰冷坚硬的现代大机器工
业生产不仅在这些文化符号构成的文学景观中变得柔和起来,而且其本身作为
展示人生命运的舞台而具有了诗意化的色彩。如肖克凡把女挡车工许金娣工作
的场面称作"挡车芭蕾舞"表演:"她巡回看车,步履轻盈;她换梭装纬,姿态优美;
她察看布面,身段潇洒;果然拥有'挡车芭蕾舞'的艺术魅力……许金娣的操作真
美啊,一台台高速织机化做一件件舞台道具,一个挡车女工竟然把这种又苦又累
的机器操作变成一种又轻又柔的艺术表演,令人心悦诚服"。他把工厂作为人生
的大舞台,让钱慧慧、王宪钢等人"垒起七星灶,铜壶煮三江",把人生和戏交织在
一起,在戏里戏外演绎世俗人生,从"生铁开花"的绚丽中描绘工人的现实生活与
时代际遇。

　　新世纪天津工业题材文学的"祛魅"化,使其走出"主流"的幻象和"庙堂"的
虚妄,重新回归到"写人"的"文学现实主义"传统上来,在以鲜活生命的塑造磨
平钢铁棱角和温润机器冰冷的同时,走向了津门市井社会。同样有着工厂生活
经历的武歆和狄青,新世纪以来分别创作了《天车》(《中国作家》2005 年第 7
期)、《中国象棋》(《当代》2006 年第 6 期)、《风砂轮》(《中国作家》2008 年第 4
期)、《三人行》(《滇池》2008 年第 7 期)、《抓贼》(《小说界》2008 年第 3 期)、《老
工人谢瑶环》(《中国作家》2010 年第 7 期)和《马贵的黄昏恋》(《天津日报》2006
年 11 月 16 日)、《满耀德的生活杂碎》(《中篇小说选刊》2011 年第 1 期)等工业
题材的中短篇小说。通过工厂生活的回溯和工厂工人的叙写,作家不仅实验着
工业叙事的可能性,而且在其"文学出生地"的工厂中找到了自我的镜像,这就使
得天车女工李美玲、痴迷象棋的工人楚小棋、老工人谢瑶环和满耀德等人在接受
地域文化滋养的同时,也走出了工厂的围墙泯然为津门市井俗社会众人中的

────────────
　　① 肖克凡:《想起"工业题材"》,《文学自由谈》2011 年第 2 期。

一员,他们和作者一样,"就生活在这座城市里,执著地在城市的每一个角落里顽强的生存着",并为了生存做着"五花八门"的努力①。向市井社会的敞开是新世纪工业题材创作一个明显走向,它不是自肖克凡开始,也不止于武歆和狄青,他们作为"土生土长的天津人"及其地道的工人经历,使其"为自己能够以小说手段表现家乡的历史容貌和人物表情而感到满意"②,因而他们提供的"工业人"和"工业景观"也必然沾染了地域的味道,甚至这种"味道"成为一种自觉的追求。

新世纪天津文学的变革,还表现在知青文学的创作上。天津作为知识青年上山下乡主要来源城市,"自 1962 至 1978 年下乡知青共有 419328 人",而且,"仅 1969 年,天津市上山下乡的知青就达到了 143242 人之多,去向大都是内蒙古、黑龙江、甘肃、新疆、山西、河北、辽宁、吉林、宁夏、云南及天津市的四郊五县,还有一些知青返乡回了祖籍"③。面对这样一个时间跨度大、波及面广、影响至深的上山下乡运动,天津知青文学创作虽然"起步稍显滞后,在风起云涌的'伤痕文学'大潮中鲜有亮相,很长一段时间没有打出自己的旗帜,更缺少话语权"。然而,随着时间的推移,天津不仅出现了王爱英的《当代骑士》(内蒙古人民出版社 1985 年)、宋安娜《五月农家》(《小说家》1986 年第 6 期)、牛伯成的"苏锐"系列(中篇小说《沙荒》《苦舟》《热土》等)及《最后一个知青》(山东文艺出版社 1998 年)、铁丽的《写不尽的岁月》(内蒙古人民出版社 1990 年)、李晶与李盈的《沉雪》(作家出版社 1998 年)、陈吉蓉的《饥饿荒原》(人民文学出版社 1999 年)等知青作家作品,"呈现出一个低开高走的良好态势",而且因其成绩的丰硕和开掘的不断深入在新时期中国知青文学版图占有"不可或缺的位置",并形成了天津知青文学创作的传统。

知青文学作为新时期天津文学创作的一个重要领域,新世纪以来因王松的加入不仅显得更为令人瞩目,而且拓展了中国知青文学的类型和疆域。王松是一个"大器晚成"的作家,他从 1983 年开始发表文学作品,1997 年后才"真正进入写作状态"。2000 年后,他接连发表了中篇小说《红汞》(《收获》2002 年第 3

---

① 狄青:《〈满耀德的生活杂碎〉创作谈:那些过去的人和事》,《中篇小说选刊》2011 年第 1 期。
② 肖克凡:《肖克凡作品集》第三卷,天津:百花文艺出版社 2005 年版,第 491 页。
③ 王之望,闫立飞:《天津文学史》,天津:天津人民出版社 2011 年版,第 866 页。

期)、《红风筝》(《收获》2004 年第 1 期)、《红莓花儿开》(《收获》2004 年第 4 期),引起评论界的注意。而最能体现王松创作成绩的,是 2004—2009 年期间以《后知青的猪》(《大家》2004 年第 3 期)、《双驴记》(《收获》2006 年第 2 期)、《秋鸣山》(《收获》2007 年第 2 期)、《哭麦》(《人民文学》2007 年第 9 期)、《葵花引》(《芙蓉》2007 年第 6 期)、《瘦龙河纪事》(《上海文学》2008 年第 10 期)等为代表的知青题材中短篇小说。作为 1970 年后下乡插队"后知青"的王松,不仅以插队所在地流传"当年闹土匪,现在是闹知青啊"的话解释创作《双驴记》的真正动机,质询当下有关知青的记忆与言说,"其实作为一个知青,我当时看到的令人汗颜的还有很多事,甚至比今天横行于世的种种怪现状更形形色色五花八门。只是时至今日,我们这些当年的知青都已无心再去认真回想,或文过饰非,或有意回避,更多的是用'控诉'或'缅怀'将往事的真相遮蔽起来",而且通过小说书写拆除了"公众话语中"知青作为"公认的理由"的道德话语方式及其意识形态机制,还原其复杂多面的历史形象,"作为知青这样一个群体,它曾经构建起的人际关系是极为奇特而且罕见的,可以这样说,它是那个特定时代所产生的一个特定的古怪群落,这个群落所映射出的,也不仅仅是意识形态层面的问题。因为它本身的实质就很可疑。而我,作为一个作家,只想让自己的作品为将来的社会学家人类学家乃至考古学家提供另一个视角"①。透过作为"另一视角"的知青书写,王松以"'反知青'形象的描写",表现了知青身上的"负面色彩"②,以犀利深刻的洞察和颇具荒诞现实主义的色彩呈现了人性深处的隐晦与复杂,不仅颠覆了新时期以来知青文学主题类型的细分,而且宣示了作为新世纪中国知青文学之"后知青写作"的诞生。从这一层面来说,"以《双驴记》为代表的后知青小说系列,更有着里程碑的意义"③。

　　杨显惠在新世纪写作出"夹边沟"系列作品,得益于他的知青身份和经历,"1965 年至 1981 年,我在地处河西走廊的甘肃省生产建设兵团农建十一师上山下乡。农建十一师在其建设发展的历史上接收过省、地、县的许多劳改和劳教农

①　王松:《羞谈往事》,《小说选刊》2006 年第 4 期。
②　王春林:《透视人性世界的扭曲与畸变—王松新世纪中篇小说读札》,《吕梁学院学报》2011 年第 1 期。
③　王之望,闫立飞:《天津文学史》,天津:天津人民出版社 2011 年版,第 882 页。

场,而我自己又在兵团内部调动过多次工作单位,所以结识了许多农场移交过来的右派和劳教人员。从他们嘴里我知道酒泉县有过一个夹边沟农场,从 1957 年 10 月开始,那里羁押了三千名右派……右派们的叙述在我的心中造成的震撼历久不息"①。《夹边沟记事之一——上海女人》的故事,就是从"右派"李文汉那儿听来的,李文汉因为"出身大资本家家庭的缘故","1957 年他被定为右派,开除公职,送夹边沟劳动教养",1969 年被移交小宛农场,"于是,他就成了我们十四连畜牧班的放牧员,和我同住在羊圈旁的一间房子里。在一起生活得久了。相互有了了解。也信任对方了,他便陆陆续续对我讲了许多夹边沟农场的故事"②。这个来源于作者知青经历的故事,和他早期知青小说《贵妇人》几乎同题,写得都是同一时代的"上海女人"在甘肃戈壁滩的经历,不同的是优雅、美丽、坚韧、固执及其面对极端困境宁死保持人的尊严的上海"贵妇人"况钟慧,在《上海女人》中被分成了两人——支援西北建设被打成右派的医生董建义和定期来农场探望的上海女人顾晓云夫妇,董建义宁可饿死也不吃"脏东西"的细节和顾晓云执意要亲眼见到被剜去屁股蛋和小腿肚子肉的丈夫尸体的固执,明显带有况钟慧的影子,因为二者均源自于给作者内心造成历久不息震撼的"右派们的叙述",源于"作家的良知和高贵的心灵"。从这个角度说,杨显惠的"夹边沟"系列和他的《贵妇人》《小赤佬》《洗个不停》和《不知道他是谁》等作品"一脉相承",一样同属于"知青文学",只不过这是另一种的"后知青文学":它一方面表现为超越知青个人悲欢离合情感与现实经历的面向特殊年代特殊群体"纯纪实"的书写,以冷峻的笔触撕开历史伤疤展示狂暴时代的血腥、惨痛、卑微与扭曲,另一方面则对人性和人道主义情怀的坚持、张扬和捍卫,丰盈和充实了新世纪知青文学的精神与灵魂。

新世纪天津文学在不断变革的同时,也在多个领域努力开拓,并取得了不俗的实绩。这种开拓首先表现在农村题材小说的书写上。农村题材小说创作曾是天津文学的制高点。以孙犁、梁斌为代表的解放区作家,不仅创作了《铁木前传》

---

① 杨显惠:《上海女人》,《上海文学》2000 年第 7 期。
② 杨显惠:《上海女人》,《上海文学》2000 年第 7 期。

《风云初记》《红旗谱》等经典作品,开启了天津文学的农村题材书写,而且他们以其杰出的创作成就重塑了天津文学的品格与传统。新时期以来,在农村题材文学受"改革文学"遮蔽呈现走弱态势下,张少敏、尹学芸等人却投身农村题材,分别写作了《灰腾梁》系列(包括《灰腾梁》《失落在河谷的爱》《枣红色的腈纶衫》《残阳》《西风古道》和《山风》等六部中篇小说)和《大河洼纪事》(《天津文学》1990 年第 5 期),为天津农村题材小说创作增添了一抹亮色。

以工业文学创作著称的蒋子龙,2008 年推出了农村题材的长篇巨作《农民帝国》(人民文学出版社 2008 年),这部酝酿十年之久的长篇小说,虽然没有产生《乔厂长上任记》那样的影响和轰动,但以其内容的丰厚与艺术的丰满,构筑了新世纪以来天津文学创作的高点。《农民帝国》作为蒋子龙"下功夫最大也是自己最看重的长篇小说"[1],"既可以被看作进入新世纪以来出现的一部优秀作品,更应该被看作是一部全面超越了蒋子龙既往全部小说创作的杰出作品"[2]。它的开拓与超越,首先在于接续农村题材史诗式"宏大叙事"传统的同时,把中国最为根本的"农民问题"置于现代性视野中进行分析和批判。蒋子龙指出,"毛泽东说过,中国什么问题最大? 农民问题最大。不懂农民就不懂中国。农民的问题贯穿于中国数千年历史发展的全部过程之中,其社会结构、政治制度、观念形态以及运作方式,无不是农民意志动向的直接或间接反映"[3]。尤其是近几十年来,中国农民问题随着现代化进程的加速越发变得急迫和尖锐,而如何表现这些问题及表现问题的哪些方面,不仅没有前车可鉴,更没有可供描摹的样本,这就要求作家具有改革探索的魄力和深入社会历史内面的洞察力。幸运的是蒋子龙具备这方面的素质和积累,他不仅创造了改革文学的辉煌成就,而且葆有童年农村生活的情感与记忆,"一直觉得自己的骨子里还是个农民"[4],20 世纪 80 年代还写过农村题材的中篇小说《燕赵悲歌》。所以《农民帝国》这部作者命中注定和非

①　蒋子龙:《蒋子龙文集》第 5 卷,北京:人民文学出版社 2013 年版,第 671 页。

②　王春林:《深入一个人的灵魂究竟有多难—评蒋子龙长篇小说〈农民帝国〉》,《当代作家评论》2009 年第 3 期。

③　蒋子龙:《蒋子龙文集》第 14 卷,北京:人民文学出版社 2013 年版,第 427 页。

④　蒋子龙:《蒋子龙文集》第 14 卷,北京:人民文学出版社 2013 年版,第 448 页。

写不可的作品,不只是对农民问题表现得特别深切,"完成了对于半个多世纪以来中国农村堪称风云变幻的历史场景的史诗性艺术表现",而且在于"第一次以史诗般的规制和力量,展示了中国人尤其是中国农民的生存现状,惊心动魄地揭示了中国农民的内心世界的那些被层层表象遮蔽的病痛和残缺,就此而言,它实在可以被当作认识变革时代的中国人精神状况的丰富而可靠的档案资料,可以被看作包含着深切焦虑和神圣忧患的启示录"①。《农民帝国》的深刻,还在于刻画和塑造了郭存先这一变革时代的典型农民形象,其最具审美价值的是,"郭存先不仅是一个农民英雄,而且还更是因为极具悲剧意味的农民英雄",蒋子龙的值得肯定之处,"不仅写出了郭存先的这出人生悲剧,而且还进一步联系中国的当下社会实际,联系长达几千年之久的中国传统文化,对于郭存先人生悲剧的成因进行了深入的艺术思考与艺术揭示。从而使郭存先这一人物形象,成了新世纪长篇小说中难得一见的丰满生动的人物形象"②。

同样为农民的命运做传,为民族留存"档案资料"的还有秦岭和王焕庆。在中国宣布取消绵延达两千六百年农业税的 2005 年,秦岭就创作了反映农业税的短篇小说《碎裂在 2005 年的瓦片》(《天津日报》2005 年 11 月 10 日),以农村验粮员甄大牙家房顶瓦片屡屡被砸一事,凸显中国农业税对农民心理的巨大冲击。2007 年创作了同题材中篇小说《皇粮》(《小说月报》2007 年第 5 期),以验粮员岁球球身份命运的浮沉折射农业税改革造成的沉重影响。2009 年秦岭出版了被称为"中国第一部成功反映农业税的作品"长篇小说《皇粮钟》(百花文艺出版社 2009 年),完善了"皇粮"系列的书写。"皇粮"系列为秦岭赢得了赞誉,"秦岭把今天中国政府体恤民生,废除了农民上缴皇粮之举,当成小说的文胆,因而使故事多了沉甸甸的分量,可以说从取材到人物情韵的描写,在当代描写农村生活的作品中,都称得上一声绝响"③,同时为他的农村题材小说创作打下了坚实的基础。王焕庆的"时代·农民·命运"三部曲(包括《抽搐》《梗塞》《再生》三部长篇

<hr>

① 李建军:《蒋子龙的风度》,《黄河文学》2010 年第 9 期。
② 王春林:《深入一个人的灵魂究竟有多难—评蒋子龙长篇小说〈农民帝国〉》,《当代作家评论》2009 年第 3 期。
③ 从维熙:《妙笔〈皇粮〉—阅秦岭》,《中国文化报》2008 年 4 月 22 日。

小说）（作家出版社 2012 年）以天津近郊农村魏家庄为中心，以 130 万字的篇幅，30 年的时间跨度，描述了新时期以来魏家庄人们由贫穷走向富裕，却又逐渐沦为弱势群体，最终告别村庄迁入城镇的历史过程，这期间，"他们体验过刚刚有钱便找不着北的恍惚，陷入因自身局限而无法与时俱进的困境，经历了与腐败势力的殊死搏斗和因失去土地所促成的痛苦涅槃"。通过一幕幕悲剧的发生，小说"深刻揭示出了社会转型期我国传统农业面临严峻挑战"及其命运改变的必然性。这个"真实得使人忧虑，生动得使人震撼"的长篇小说三部曲，堪称"稀有的全景式农村改革史诗"①。陈忠实在《抽搐》序中指出，"在未来多少多少年之后，人们回望 20 世纪末中国社会形态的时候，《抽搐》当是一部生动的参考书"②。陈忠实对《抽搐》的评价当用于整个三部曲。

新世纪天津文学的开拓，还表现在文体本身的探索上。这种探索，首先归功于赵玫的个性书写。"面目独特，自成另类"的赵玫，不仅在现实主义传统深厚、通俗文化盛行的津门一隅难以归类，即便放眼当代中国文坛，也仿佛是个例外，她不仅以其特立独行的姿态划定了自己书写范围与言说对象，而且其文本呈现出的探索与实验色彩也与文坛流行趋势相悖异。进入新世纪，赵玫在创作中越来越凸显故事的情绪色彩及其叙事的个人化，以对文坛"主流"渐行渐远的自我"流放"，呈示其新世纪的创作动向和艺术姿态。

赵玫宣称"探索"是她"创作中唯一的追求"，这种"探索"既有对"形式"的迷恋，"迷恋于形式变迁中所发生的那所有的意义"③，也有阅读中的"突发奇想"，因而带有很强的个体随意性和新奇性。如果说《上官婉儿》（长江文艺出版社 2001 年）为完成"唐宫女性三部曲"还遗有 20 世纪传统历史小说印痕，还在为故事的完整人物的塑造尽心竭力的话，那么新世纪的赵玫则主动打破了这种完整性，以碎片化的故事和流泻的意识实现她对"形式"的探索和作家的奇想。她在

---

① 赵宝山：《惊心动魄的农村改革史诗—读王焕庆"时代·农民·命运"三部曲》，《文艺报》2013 年 1 月 25 日。

② 陈忠实《乡村，喧哗与骚动—王焕庆长篇小说〈抽搐〉阅读笔记》，王焕庆：《抽搐》，北京：作家出版社 2012 年版，第 4 页。

③ 赵玫：《赵玫作品集》，天津：百花文艺出版社 2005 年版，第 461 页。

《秋天死于冬季》(四川文艺出版社 2006 年)中明确告诉人们,"《秋天死于冬季》的写作是一种游戏",这一"游戏"起因于对昆德拉的阅读,为了不辜负"那些我曾经认真记下的关于昆德拉的笔记","于是有一天忽然突发奇想,能不能把我对于昆德拉的那些未尽之言,作为我小说中的一个部分呢?我知道这是一个不易讨巧的办法。但对我来说不仅轻松而且合适。当那一天我终于找到了这种方式,我便立刻激情满怀"。因此,昆德拉不仅成为小说一个重要部分,"寓言般的""一种笼罩一种无形的精神",而且使得小说具有了"游戏"的"快感"与"自由":小说中的"每一个章节都是一个故事,都是人生中的一个片段。而小说中的那些人物,就是靠着这些人生的片段慢慢堆积,丰富起来,并逐渐清晰完整的",因而人们"可以从这部小说的任何一章进入",并且"不同的进入一定会产生不同的效果,甚至导致不同的理解和认识。这就是拼接所产生的积极的意义。我一直对此兴致盎然"。小说由于"拼接"而具有了随性的自由和意义的漂移,"很多不同时代的故事和背景被搅在一起。互相纠缠着。一些正在发展着的情节被无端打断。将一个话题兴之所至地说开去再说开去。旁征博引让一切变得无章可循。而所以要旁征博引是因为古今中外大千世界的万事万物都是相互关联,可以彼此佐证彼此注解的。完全是即兴式的写作,完全的'自由'。这大概就是那种所谓的'美妙的混乱'吧"①。《漫随流水》(江苏文艺出版社 2009 年)的"章节因由女人不断变更的名字而划分",因而随着沈萧、沈丹虹、沈向阳、沈牧歌及沈萧的更迭,"小说的每一个章节都有一个主调。每个章节都将展开一段生命的篇章。在每个章节开始的时候,女人都将是一个新人。尽管她的思想还在延续着上一个篇章的遗风,但,她现时的状态却已经完全两样"。也正因为全新人物的不断出现,"你会不相信眼前的这个女人就是原先的那个女人,或者未来的那个女人,因为她永远在前进,永远在变化,永远让你雾里看花,所以,她在你的眼前永远是光鲜的"②。在《八月末》(作家出版社 2010 年)中,赵玫更是强调"语言与故事同等重要",以小说对现实的"游离",主题的"模糊"和"多义",踏上了一条文体探

---

① 赵玫:《秋天死于冬季》,成都:四川文艺出版社 2006 年版,第 4 页。
② 赵玫:《漫随流水》,南京:江苏文艺出版社 2009 年版,第 454 至 455 页。

索的"不归路"①。

极力开拓文体的还有李唯、李治邦与龙一,与赵玫对形式与情绪的关注及其思辨性走向相反,他们更注重小说的故事性和情节的生活化,以对小说"戏剧化"的开拓为影视界所熟稔,如龙一短篇小说《潜伏》(《人民文学》2006 年第 7 期)改编的同名电视剧引发了新世纪特工题材的持续兴盛。从《黑炮事件》(1985 年)就已在小说与影视界双栖的李唯,新世纪以来游刃于两者之间如鱼得水,由于介入得彻底,他深刻体会到小说与影视之间的边界及其短长,因而他一方面追求"把小说写的像戏剧一样","小说,尤其是现在,可以在表述样式和结构样式上大幅度地借鉴影视戏剧,在内容的开掘上,可以发挥小说思考的优势,两者兼而有之,使小说在首先有个很人性的很能引入读者的展开,而后让读者点点滴滴地感受到小说厚重的魅力"②,在《暗杀刘青山张子善》(《北京文学》2013 年第 4 期)中通过对行为荒唐、充满戏剧性的农民特务刘婉香的塑造,李唯不仅把新中国第一个贪腐大案这个"旧材料"翻炒成一盘匪夷所思又妙趣横生、色香味俱全的"新菜",而且在颠覆了新世纪"潜伏"式英雄的同时,戏谑了所有关于敌特的记忆;另一方面李唯声称"小说改编影视剧是对小说的倒退",不仅清醒地意识到"影视相对于小说,它注定是浅薄的",而且对于小说揭示出来而影视无法表现的深刻,"如睿智,如哲理,如扭曲,如错乱变态,如潜意识,如梦魇,或者如诗化,如禅化,等等,这些或许都是生活中最为深刻的部分,也是小说之所以成为所有艺术之首的支撑点"③,他在小说创作中从未放弃。正是这种坚持,李唯把《一九七九年的爱情》(《北京文学(精彩阅读)》2009 年第 10 期)写得大笑不止又泪眼婆娑,让人为周武生,为杨秀女和雪的命运,为了浸透着泪和血而如今已经消逝的一九七九年爱情提心吊胆又怅惘若失。可以说,李唯等人以对小说文体结构的探索与重塑,为影视媒体僭居主宰地位的新世纪文学场域开辟了一条途径。

---

① 赵玫:《八月末》,北京:作家出版社 2010 年版,第 1 页。

② 李唯:《把小说写的像戏剧一样》,《小说月报第 12 届百花奖获奖作品集》,天津:百花文艺出版社 2007 年版,第 277 页。

③ 李唯:《小说改编影视剧是对小说的倒退》,《从小说到影视 2》,天津:百花文艺出版社 2011 年版,第 380 至 381 页。

新世纪天津文学的变革与开拓,及其呈现出来新的品质与特征,一方面与新世纪以来改革开放的深入发展,及城市社会面貌发生的巨大变化相关;另一方面也可以看作是文学自身发展逻辑的一种展示,或者说包括了两者在内的历史"合力"的结果。它症候着时代、作家和文学本身。

面对一个体制机制正在转型的社会,"一切固定的古老的关系以及与之相适应的素被尊崇的观念和见解都被消除了,一切新形成的关系等不到固定下来就陈旧了。一切固定的东西都烟消云散了,一切神圣的东西都被亵渎了","一切社会状况不停地动荡,永远的不安定和变动"的社会①,传统的见解和规范失效了,神圣的被"亵渎"了,"无所依傍"的作家只好从历史和记忆中寻找言说的主题和对象,于是,不仅新世纪天津工业文学、知青文学、农村题材文学等传统题材的创作走向了历史和过去,而且那些颇具先锋色彩的个人化叙事,也大都追忆着个人往事与经历,并在历史时间与事件的交叉点上实现个人叙事与宏达叙事的对接。如"当下中国诗界游离于体制外的最具影响力的自由诗人之一"②的朵渔,2009年发表了长诗《高启武传》(《钟山》2009 年第 5 期),以"高启武,我爷爷,鲁西单城一乡民,生于民国十一年(公元 1923),卒于共和三十九年春(公元 1988)"为对象,尝试着"将历史容纳进诗歌里,以诗入史","想从历史中寻找一些坚实的东西"救赎大变革时代"无力"的诗歌③。可以说,进入历史和回望过去,以文学的"无力"应对和回应"无力"文学的时代,是新世纪天津文学的一个明显表征。

现实的变动不居及言说的无力,还导致新世纪天津文学纪实与虚构的偏移,即想象虚构性的走弱和纪实性的增强。这种偏移既是一种后果也是出于策略的考量。如杨显惠在《夹边沟记事》中选择最为朴素的而略显笨拙的"现实主义"写实笔法,与其叙事对象的真实与沉重及其包含的重大历史含义密切相关,批评家雷达指出,"这部以夹边沟事件为原型的作品很难不采取纪实小说的方式,它甚至也无法摆脱采访体和转述体等等新闻手法的运用。应该承认,这部作品的感染力,有一半来自基本事实的惊人,但是,倘若没有作家主体的创造性重构,也

---

① 马克思,恩格斯:《马克思恩格斯选集》第 1 卷,北京:人民出版社 1972 年版,第 254 页。
② 黄桂元:《新世纪天津诗歌的另类考察》,《诗歌月刊》2010 第 111 期。
③ 朵渔:《个人情感与千秋风云结合》,《南方都市报》2010 年 4 月 9 日。

绝不可能拥有现在这样强烈的震撼力。就创作者一面而言,只能是戴着镣铐的舞蹈"。实际上,杨显惠在这种舞蹈中达到一种"貌似无技巧的技巧"①。进而言之,纪实的极致也会产生一种神秘感,当尹学芸把现实中可能生活于人们身边的"男人、女人、家人、同学、朋友、领导、同事甚至或楷模、无辜者","装到同一个故事里",写进她的中篇小说《玲珑塔》(《收获》2014 年第 1 期),而小说,"只负责撩开面纱的一角,而这一角提供的仅仅只是从生活真实到艺术真实的审美走向"②时,就产生了一种"缘聚缘散"的神秘。这也是写实的魅力所在。

也许受到强势纪实传统的影响,新世纪天津文学总体上稍显平和与沉闷。不仅在题材深广度与创作方法多样性的探索上还有待于进一步加强,而且在风起云涌、新生代作家不断涌现的新世纪中国文坛,天津文学似乎波澜不惊置身事外,以沉稳的姿态保持着原有的版图格局。当 70 后与 80 后作家成为一些地方创作的主体力量,甚至 90 后作家也崭露头角时,同龄的天津作家却仍陶醉于自恋式的写作展演或自娱自乐式的文字游戏,还处在青春期写作和所谓的"亚文学"状态,缺乏应有的担当和开阔的视野。这也造成新世纪天津文学"后继乏力"的隐忧。新世纪天津文学的接力棒已经开始向这一代的作家交接,他们是新世纪天津文学的未来与希望。

---

① 雷达:《雷达专栏:长篇小说笔记之十六—李修文〈滴泪痣〉、董立勃〈白豆〉、杨显惠〈夹边沟记事〉、黄宗之、朱雪梅〈阳光西海岸〉》,《小说评论》2003 年第 2 期。

② 尹学芸:《好的故事能够讲出来—〈玲珑塔〉创作谈》,《天津日报》2014 年 3 月 19 日。

后 记

2002年底,作为天津社会科学院首批重点学科的"天津文学"正式成立,文学研究所围绕着"天津文学"学科组建了自己的研究团队,开始了以本地资源为主要研究对象,文学研究为地方社会、经济与文化建设服务的转型与探索。就在那年七月,我进入天津社会科学院文学研究所,把天津文学当作自己的一个研究方向,开始了自己学术研究的转型与探索。

"天津文学"的成立,带有拓荒性质。天津虽是直辖市,但就文学来说,无论创作还是批评研究,不仅无法与京沪比肩,而且本身也处在被遮蔽状态。记得一位出版社朋友说,其出版物名称中尽量回避"天津"二字,因为一旦出现"天津"就会影响到销量。"天津文学"同样如此,不仅相关研究成果难以找到发表阵地和出版渠道,而且面临着研究资料较为匮乏和研究对象相对零散的困境。更为严峻的是,"天津文学"在学科积淀和理论建构从而获得现行专业规范与学科体系认证的过程中,很难得到国家层面的课题支持与承认,因而这一研究存在着身份认同危机和学术话语危机。但是,我们还是对"天津文学"进行了定义:所谓天津文学,是一门以天津区域作家、作品与文艺活动等文化现象为研究对象的区域文学学科。尽管国家学科分类目录中没有"天津文学",但天津文学自古以来不仅存在而且不断发展壮大的事实,以及新时期以来区域文学研究蓬勃发展成为中国文学的一个重要研究方向并有发展为二级学科的趋势表明,天津文学学科的建立不仅有着现实的基础,而且符合中国文学学科的学术规则和发展方向,因而,天津文学是一门新兴的区域文学学科,是可以看作属于中国语言文学学科的二级学科。

"天津文学"的拓荒性质使其具有灵活性、探索性与混杂性的多重特征。我们一方面依照专业研究模式从事作家作品与文学史研究,通过《天津文学史》的编写对天津文学进行奠基性理论建构,自觉地向二级学科方向发展;另一方面把文化研究的思路与方法引入天津文学研究,在城市与文学的文化视野中开拓研究畛域,探索和试验新的可能性。《城市的文学书写:天津文学与都市文化》便是这一探索与试验的结果,它以文学与城市为两个中心点,在相互牵引与相互排斥之中试图刻画与解读天津文学的同时,也展示了我对天津文学的一点个人探索与心得,以及蕴含其中的犹豫与困惑、经验与遗憾,可以看作是我的天津文学研究的一个小结。

天津文学具有中国文学的一般属性,但它与地域的密切关系使其已经成为天津城市文学与文化的一个有机组成部分。城市不但建构了天津文学独具个性的风格与面貌,而且也是天津文学研究需要注意和考虑一个重要因素。进入天津文学研究伊始,我就开始关注天津城市的历史与文化,并注意到城市史与文学史之间存在着某种"共生"关系,城市史不仅为文学创作提供题材、背景与灵感,而且也得到文学史的滋养与帮助,即城市的人与事、风俗与面貌在文学中得到映像并影响到文学创作的同时,文学以自己的城市记忆和想象"创造"着城市的历史与现实。这一想法后来得到理论的支持,理查德·利罕(Lehan,R)在《文学中的城市:知识与文化的历史》一书中明确指出"文学文本"与"城市文本"具有"共同的文本性",即"城市是都市生活加之于文学形式和文学形式加之于都市生活的持续不断的双重建构","随着历史和文化发生变化,包括与城市发展密切相关的从商业、工业到后工业时期的变化,文学要素也被重新概念化。这样,当文学给予城市一想象性的现实的同时,城市的变化反过来也促进文学文本的转变"。这一观点,改变了过去文学与环境之间单纯的影响关系,从观念与方法上建构了一种关于文学与城市的理论。

围绕着文学与城市两个中心点,我试图从长篇小说、作家作品及都市文化三个方面解读天津文学,分析文学对城市的想象与建构以及自身的变化过程。借用本尼迪克特·安德森"想象的共同体"概念,作为现代性产物的"小说与报纸"，不仅为"重现"民族这种想象共同体提供了技术上的手段，而且为文学实现其地域认同和"重现"现代天津城市共同体提供了物质基础。为此，我不仅以样本个案的形式分析了 20 世纪以来天津长篇小说的发生与演变及其与城市之间的关系，从作家个体及其作品中探索城市文化来源的多元性与形式的多样性，而且把天津文学作为想象城市的方法，通过文学勾勒城市形象的轮廓和城市意象的构成。论述中，我采取了由外到内的方式，以专题的形式从较为便捷的外围展开议题，意在从文学与城市互为镜像的边缘地带观察和揭示其内在隐秘的世界与复杂结构，从而深入其中。因而，尽管组织结构上显得有些散，但由两个中心点构成的抛物线并没有偏离原有的轨道，只不过因其引力的不同使得这一抛物线的轨迹更具有弹性而已。

当前，天津文学与天津文史研究越来越受到人们的重视，相关研究成果不断涌现。天津文学研究渐趋成型。这既和"天津文学"成立时的景象形成了鲜明对比，也是成立该学科的愿景与目的所在。我对天津文学发展前景充满信心，为自己从事的研究感到欣慰。相关章节曾以文章的形式在《文艺理论与批评》《天津师范大学学报（社科版）》《天津社会科学》《都市文化研究》《文学与文化》《天津文学》等刊物发表，再次感谢责编的同时，衷心感谢无私帮助支持我的师长、朋友和同事们。

闫立飞

2016 年 8 月 3 日